D1937226

KNAUR
SCIENCE FICTION FANTASY

Herausgeber
Werner Fuchs

Die alten Legenden berichteten von dem bösen Gott Torak, der das Auge Aldurs stahl und dessen Macht gegen Menschen und Götter zugleich einsetzen wollte, bis es den Alornern gelang, Torak den magischen Stein zu entwenden und ihn und seine Truppen in der Schlacht von Vo Mimbre zu schlagen. Aber in der Prophezeiung hieß es auch, der böse Gott würde eines Tages wieder aufwachen und erneut nach der Herrschaft über die Erde trachten. Und wenn ihm dann noch einmal das Auge Aldurs in die Hände fiele, wären die Tage der Menschen gezählt.

David Eddings wurde 1931 in Spokane, Washington, geboren. Sein erstes Buch, der Abenteuerroman »High Hunt«, wurde 1973 veröffentlicht. Mit dem fünfbändigen Fantasyzyklus »Das Auge Aldurs« schuf er ein Epos, das in den USA großes Aufsehen erregte und in die Taschenbuch-Bestsellerlisten vordrang. Die weiteren Titel der großen Saga von der Suche nach dem Auge Aldurs sind:

Band 1: *»Die Prophezeiung des Bauern«* (Band 5785)
Band 2: *»Die Zaubermacht der Dame«* (Band 5792)
Band 4: *»Turm der Hexerei«* (in Vorbereitung)
Band 5: *»Verwunschenes Endspiel«* (in Vorbereitung)

Deutsche Erstausgabe
© Droemersche Verlagsanstalt Th. Knaur Nachf. München 1985
Titel der Originalausgabe »Book Three of the Belgariad – Magician's Gambit«
Copyright © 1983 by David Eddings
Diese Übersetzung erfolgte mit Genehmigung von
Ballantine Books, A Division of Random House, Inc.
Die Karten zeichnete Karen Fuchs, Düsseldorf
Aus dem Amerikanischen von Irmhild Hübner
Umschlaggestaltung Franz Wölzenmüller
Umschlagillustration Victoria Poyser
Satz Compusatz, München
Druck und Bindung Clausen & Bosse, Leck
Printed in Germany 7 6 5 4 3
ISBN 3-426-05817-0

Für Dorothy
die den Eddings-Männern
nach wie vor gewogen ist

und für Wayne,
aus Gründen, die wir beide kennen,
aber nie benennen könnten.

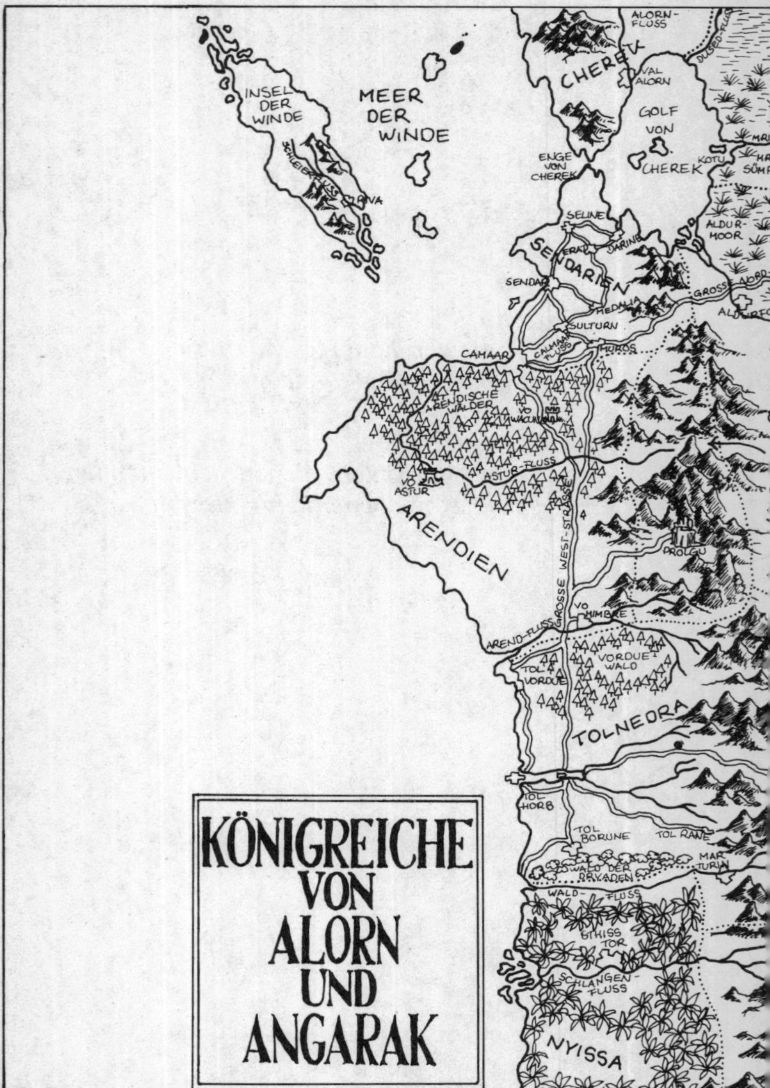
KÖNIGREICHE VON ALORN UND ANGARAK
INSEL DER WINDE
MEER DER WINDE
SCHLEIER-FLUSS
RIVA
ALORN-FLUSS
CHEREK
VAL ALORN
GOLF VON CHEREK
ENGE VON CHEREK
KOTU
ALDUR-MOOR
SELINE
SENDARIEN
SENDAR
DARINE
MEDALIA
SULTURN
CAMAAR
CALMAAR-FLUSS
MUROS
ARENDISCHE WÄLDER
VO WACUNE
ASTUR-FLUSS
VO ASTUR
ARENDIEN
GROSSE WEST-STRASSE
PROLGU
VO MIMBRE
AREND-FLUSS
TOL VORDUE
VORDUE WALD
TOLNEDRA
TOL HORB
TOL BORUNE
TOL RANE
MAR TURIN
WALD DER DRYADEN
WALD-FLUSS
STHISS TOR
SCHLANGEN-FLUSS
NYISSA

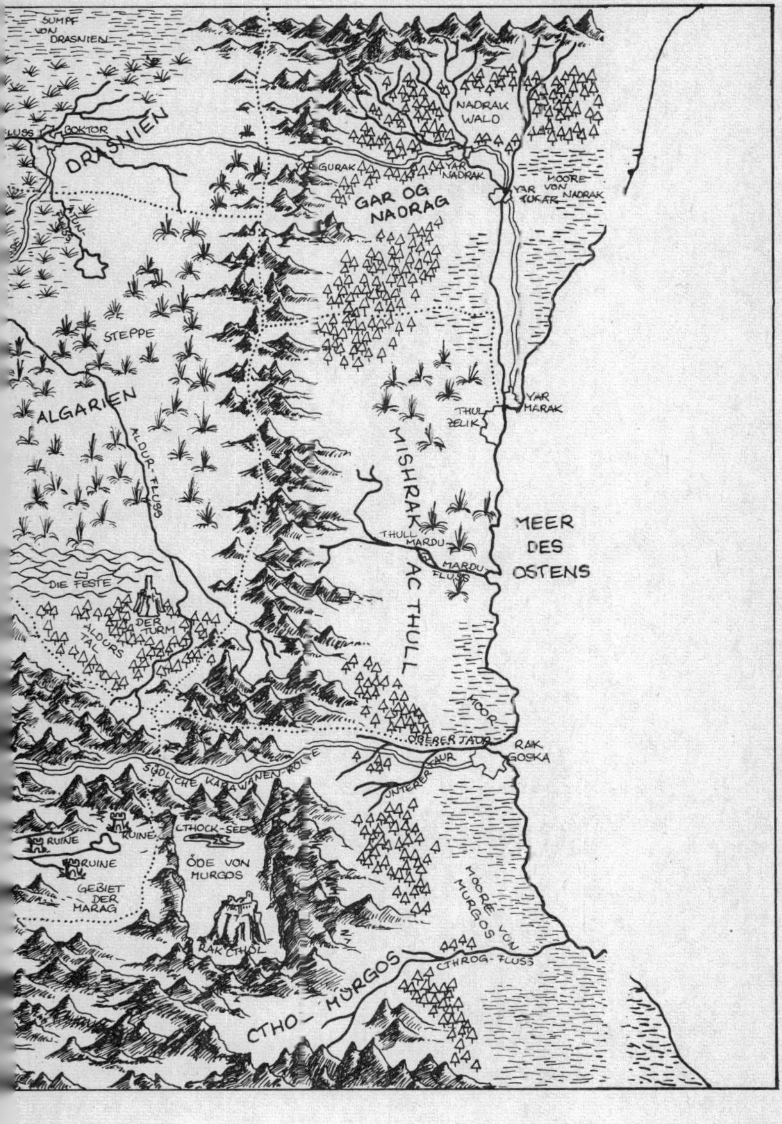
SUMPF VON DRASNIEN
FLUSS
BOKTOR
DRASNIEN
YAR GURAK
YAR NADRAK
NADRAK WALD
MOORE VON NADRAK
YAR TUKAR
GAR OG NADRAG
STEPPE
ALGARIEN
ALDUR-FLUSS
YAR MARAK
THUL ZELIK
MISHRAK AC THULL
THULL MARDU
MARDU-FLUSS
MEER DES OSTENS
DIE FESTE
DER TURM
ALDURS TAL
MOOR
OBERER TAUR
RAK GOSKA
SÜDLICHE KARAWANEN-ROUTE
UNTERER TAUR
CTHOCK-SEE
RUINE
RUINE
RUINE
ÖDE VON MURGOS
GEBIET DER MARAG
MOORE VON MURGOS
RAK CTHOL
CTHROG-FLUSS
CTHO-MURGOS

Prolog

Ein Bericht über die Suche des Gorim nach einem Gott für sein Volk, und wie er auf dem heiligen Berg Prolgu UL fand
– nach dem *Buch von Ulgo* und anderen Fragmenten.

Am Anfang aller Zeiten wurde die Welt von den sieben Göttern aus der Dunkelheit geschaffen, und sie schufen Tiere und Vögel, Schlangen und Fische und zuletzt den Menschen.
Nun lebte in den Himmeln ein Geist, der UL genannt wurde und der nicht teilnahm an dieser Schöpfung. Und da er seine Macht und seine Weisheit zurückhielt, war vieles, das geschaffen wurde, unvollkommen und unschön. Viele Geschöpfe waren häßlich und seltsam. Die jüngeren Götter wollten diese wieder ungeschehen machen, damit die Welt schön sei.
Aber UL streckte seine Hand aus mit den Worten: »Was ihr erschaffen habt, sollt ihr nicht rückgängig machen. Ihr habt den Frieden und das Gefüge der Himmel zerrissen, um diese Welt als Spielzeug zu eurer Unterhaltung zu erschaffen. Aber wisset, was immer ihr erschafft, sei es auch noch so ungeheuerlich, soll leben als Mahnung für eure Torheit. An dem Tag, an dem ihr ein Ding, das ihr erschaffen habt, ungeschehen macht, wird *alles* ungeschehen sein.«
Die jüngeren Götter waren erzürnt. Zu jedem ungeheuerlichen oder häßlichen Wesen, das sie geschaffen hatten, sagten sie: »Geht zu UL und laßt *ihn* euer Gott sein.« Dann wählte von den Völkern der Menschen jeder Gott das eine, das ihm gefiel. Und als es dann noch Völker gab, die keinen Gott hatten, trieben die Götter sie fort und sprachen: »Geht zu UL, denn *er* soll euer Gott sein.« Und UL sprach kein Wort.
Lange und bittere Jahre wanderten die Gottlosen umher, und ihre Klagen verhallten ungehört in den Öden und der Wildnis des Westens.
Dann erschien unter ihnen ein redlicher und rechtschaffener Mann namens Gorim. Er sammelte die Menge um sich und sprach: »Wir welken und fallen wie Blätter von den Bäumen

durch die Unbilden unserer Wanderung. Unserer Kinder und unsere Alten sterben. Es ist besser, wenn nur einer stirbt. Deshalb sollt ihr hierbleiben auf dieser Ebene. Ich werde den Gott namens UL suchen, so daß wir ihn anbeten können und einen Platz in dieser Welt haben.«

Zwanzig Jahre lang suchte Gorim nach UL, doch vergebens. Die Jahre vergingen, sein Haar wurde grau, und er wurde seiner Suche müde. In seiner Verzweiflung stieg er auf einen hohen Berg und rief mit mächtiger Stimme zum Himmel empor: »Nicht mehr länger! Ich werde nicht länger suchen. Die Götter sind nur Hohn und Täuschung, und die Welt ist eine trostlose Leere. Es gibt keinen UL, und ich bin der Trübsal und des Fluches meines Lebens überdrüssig.«

Der Geist UL hörte ihn und antwortete: »Warum zürnst du mir, Gorim? Deine Erschaffung und deine Verstoßung waren nicht mein Tun.«

Gorim fürchtete sich und fiel auf die Knie. Und wieder sprach UL: »Erhebe dich, Gorim, denn ich bin nicht dein Gott.«

Gorim erhob sich nicht. »Oh mein Gott«, rief er, »verberge dich nicht vor deinem Volk, das so tiefen Kummer hat, denn es ist verstoßen und hat keinen Gott, der es beschützt.«

»Erhebe dich, Gorim«, wiederholte UL, »und verlasse diesen Ort. Suche dir woanders einen Gott und laß mich in Frieden.«

Noch immer erhob sich Gorim nicht. »Oh mein Gott«, sagte er, »ich werde trotzdem ausharren. Dein Volk hungert und dürstet. Es braucht deinen Segen und einen Platz, wo es leben kann.«

»Deine Rede ermüdet mich«, sagte UL und verschwand.

Gorim blieb auf dem Berg, und die Tiere des Feldes und die Vögel der Luft brachten ihm Nahrung. Länger als ein Jahr blieb er. Dann kamen die ungeheuerlichen und häßlichen Wesen, die die Götter erschaffen hatten und setzten sich ihm zu Füßen und beobachteten ihn.

Der Geist UL war beunruhigt. Schließlich erschien er Gorim. »Harrest du noch immer aus?«

Gorim fiel auf die Knie und sprach: »Oh mein Gott, dein Volk ruft dich an in seiner Not.«

Der Geist UL floh. Aber Gorim harrte ein weiteres Jahr aus.

Drachen brachten ihm Fleisch, und Einhörner gaben ihm Wasser. Und wieder kam UL zu ihm und fragte: »Harrest du noch immer aus?«
Gorim fiel wieder auf die Knie. »Oh mein Gott«, rief er, »dein Volk geht unter ohne deine Fürsorge.« Und UL floh vor diesem rechtschaffenen Mann.
Wieder verging ein Jahr, in dem namenlose, nie gesehene Wesen ihm Speise und Trank brachten. Und der Geist UL kam zu dem hohen Berg und befahl: »Erhebe dich, Gorim.«
Auf Knien flehte Gorim: »Oh mein Gott, hab Gnade.«
»Erhebe dich, Gorim«, wiederholte UL. Er streckte die Hand aus und hob Gorim auf. »Ich bin UL – dein Gott. Ich befehle dir aufzustehen vor mir.«
»Dann willst du mein Gott sein?« fragte Gorim. »Und der Gott meines Volkes?«
»Ich bin dein Gott und der deines Volkes.«
Gorim blickte von der Höhe hinab und sah die häßlichen Kreaturen, die für ihn während seiner Mühsal gesorgt hatten.
»Was ist mit diesen, oh mein Gott? Willst du auch Gott sein für den Basilisken und den Minotaurus, den Drachen und die Chimäre, das Einhorn und das Wesen ohne Namen, für die geflügelte Schlange und das nie gesehene Wesen? Denn diese sind gleichermaßen verstoßen. Und doch ist Schönheit in jedem von ihnen. Wende dich nicht von ihnen ab, oh mein Gott, denn ein jedes besitzt großen Wert. Sie wurden von den jüngeren Göttern zu dir geschickt. Wer wird ihr Gott sein, wenn du sie ablehnst?«
»Es geschah gegen meinen Willen«, sagte UL. »Diese Wesen wurden zu mir geschickt, um mir Schande zu bereiten, weil ich die jüngeren Götter getadelt habe. Ich will keinesfalls Gott sein für Ungeheuer.«
Die Wesen zu Gorims Füßen wehklagten. Gorim setzte sich und sprach: »Dann will ich ausharren, oh mein Gott.«
»Harre aus, wenn es dir beliebt«, sagte UL und verschwand.
Es war wie vorher. Gorim harrte aus, und die Kreaturen versorgten ihn. Und vor der Heiligkeit Gorims bereute der Große Gott und erschien wieder: »Erhebe dich, Gorim, und diene

deinem Gott.« UL streckte die Hand aus und hob Gorim auf. »Bring zu mir die Wesen, die zu deinen Füßen, sitzen und ich werde sie begutachten. Wenn jedes Schönheit und Wert besitzt, wie du sagst, dann bin ich bereit, auch ihr Gott zu sein.«
Dann brachte Gorim die Wesen zu UL. Die Wesen ließen sich vor dem Gott nieder und baten um seinen Segen. UL wunderte sich, da er die Schönheit in jedem Wesen früher nicht erkannt hatte. Er hob die Hände und segnete sie mit den Worten: »Ich bin UL und finde in jedem von euch Schönheit und Wert. Ich will euer Gott sein, und ihr sollt gedeihen, und Friede soll unter euch sein.«
Gorim war frohen Herzens und nannte den Ort, an dem dies alles geschehen war, *Prolgu*, das heißt »Heiliger Ort«. Dann ging er und kehrte zurück zu der Ebene, um sein Volk zu seinem Gott zu führen. Aber sie erkannten ihn nicht, denn die Hände ULs hatten ihn berührt, und alle Farbe war von ihm gewichen, und sein Haar und seine Haut waren weiß wie Schnee geworden. Die Menschen fürchteten sich vor ihm und trieben ihn mit Steinen fort.
Gorim rief UL an: »Oh mein Gott, deine Berührung hat mich verändert, und mein Volk kennt mich nicht mehr.«
UL hob seine Hand, und alle Menschen wurden so farblos wie Gorim. Der Geist UL sprach mit mächtiger Stimme zu ihnen: »Hört die Worte eures Gottes. Dies ist der, den ihr Gorim nennt, und er hat mich bewogen, euch als mein Volk anzunehmen, über euch zu wachen, für euch zu sorgen und euer Gott zu sein. Von nun an sollt ihr UL-Go heißen in Erinnerung an mich und als Zeichen seiner Heiligkeit. Ihr sollt tun, was er befiehlt und gehen, wohin er euch führt. Jeden, der ihm nicht gehorcht oder ihm nicht folgt, werde ich verdammen, daß er verblüht und vergeht und nicht mehr ist.«
Gorim befahl seinem Volk, seine Habe zu packen, das Vieh zusammenzutreiben und ihm in die Berge zu folgen. Aber die Älteren aus seinem Volk glaubten ihm nicht, und auch nicht, daß es die Stimme ULs gewesen war. Statt dessen sprachen sie zu Gorim: »Wenn du der Diener des Gottes UL bist, dann vollbringe ein Wunder zum Beweis dafür.«

Gorim antwortete: »Seht eure Haut und euer Haar. Ist das nicht Wunder genug für euch?«
Sie waren beunruhigt und gingen davon. Aber dann kamen sie wieder zu ihm und sagten: »Dieses Zeichen an uns ist eine Seuche, die du von einem unreinen Ort mitgebracht hast und kein Beweis für die Gunst ULs.«
Gorim hob die Hände, und die Wesen, die ihn versorgt hatten, kamen zu ihm wie die Lämmer zu ihrem Hirten. Die Älteren fürchteten sich und gingen eine Zeitlang fort. Aber bald kamen sie zurück und sagten: »Die Kreaturen sind ungeheuerlich und häßlich. Du bist ein Dämon, der die Menschen ins Verderben lockt, kein Diener des Großen Gottes UL. Wir haben noch immer keinen Beweis für die Gunst ULs gesehen.«
Nun hatte Gorim genug von ihnen. Er rief mit tönender Stimme: »Ich sage dem Volk, daß es die Stimme ULs gehört hat. Ich habe viel für euch gelitten. Jetzt kehre ich nach Prolgu zurück, an den heiligen Ort. Wer mir folgen will, soll es tun; wer nicht, der soll bleiben.« Damit wandte er sich um und schritt auf die Berge zu.
Einige wenige kamen mit ihm, aber der größte Teil des Volkes blieb zurück und schmähte Gorim und jene, die ihm folgten: »Wo bleibt das Wunder, das die Gunst ULs beweist? Wir folgen und gehorchen Gorim nicht, und doch verblühen und vergehen wir nicht.«
Gorim sah sie mit tiefer Traurigkeit an und sprach zum letztenmal zu ihnen: »Ihr habt ein Wunder von mir verlangt. Dann nehmt dieses Wunder. So wie die Stimme ULs gesagt hat, werdet ihr verdorren wie der abgetrennte Ast eines Baumes. Wahrlich, am heutigen Tage beginnt euer Untergang.« Dann führte er die wenigen, die mit ihm kommen wollten, in die Berge und nach Prolgu.
Die Mehrzahl seines Volkes aber verspottete ihn und kehrte zu ihren Zelten zurück, um über die Torheit derjenigen zu lachen, die ihm folgten. Ein Jahr lang lachten und spotteten sie. Dann lachten sie nicht mehr, denn ihre Frauen waren unfruchtbar und gebaren keine Kinder mehr. Das Volk nahm ab, und mit der Zeit starb es aus und war nicht mehr.

Diejenigen, die Gorim folgten, kamen mit ihm nach Prolgu. Dort bauten sie eine Stadt. Der Geist ULs war mit ihnen, und sie lebten in Frieden mit den Wesen, die Gorim versorgt hatten. Gorim lebte viele Menschenalter; und nach ihm wurde jeder Hohepriester ULs Gorim genannt und lebte lange Zeit. Tausend Jahre lang war der Frieden ULs mit ihnen, und sie glaubten, es würde für immer so bleiben.

Aber der böse Gott Torak stahl das Auge, das der Gott Aldur geformt hatte, und der Krieg von Menschen und Göttern begann. Torak benutzte das Auge, um die Erde zu spalten und das Meer in das Land eindringen zu lassen, und das Auge verbrannte ihn entsetzlich. Und er floh nach Mallorea.

Die Erde war wahnsinnig vor Schmerz über ihre Verwundung, und die Wesen, die in Frieden mit dem Volk der Ulgos gelebt hatten, wurden ebenfalls wahnsinnig. Sie erhoben sich gegen die Gefolgschaft von UL und rissen die Städte nieder und mordeten die Menschen, bis nur noch wenige übrig waren.

Diejenigen, die entkamen, flohen nach Prolgu, wohin die Wesen ihnen nicht zu folgen wagten aus Furcht vor dem Zorn ULs. Laut waren die Klagen und das Wehgeschrei des Volkes. UL war besorgt und enthüllte ihnen die Höhlen, die unter Prolgu lagen. Das Volk stieg hinab in die heiligen Höhlen und lebte fortan dort.

Nach einiger Zeit führte Belgarath, der Zauberer, den König der Alorner und dessen Söhne nach Mallorea, um das Auge wiederzuerlangen. Als Torak sie verfolgen wollte, trieb ihn der Zorn des Auges zurück. Belgarath übergab das Auge dem ersten rivanischen König und sagte, so lange einer seiner Nachkommen das Auge besäße, sei der Westen sicher.

Nun teilten sich die Alorner und drängten nach Süden in neue Länder. Und die Völker der anderen Götter wurden durch den Krieg der Götter und Menschen aufgeschreckt und flohen, um andere Länder in Besitz zu nehmen, denen sie seltsame Namen gaben. Aber ULs Volk hielt an den Höhlen von Prolgu fest und hatte nichts mit ihnen zu schaffen. UL schützte und verbarg es, und die Fremden wußten nicht, daß dort ein Volk lebte. Jahrhundert um Jahrhundert nahm das Volk ULs keine Notiz von der Welt draußen, selbst dann nicht, als die Welt durch die Ermordung des letzten rivanischen Königs und seiner Familie erschüttert wurde.

Aber als Torak plündernd nach Westen kam und eine mächtige Armee durch die Länder der Kinder ULs führte, sprach der Geist ULs mit dem Gorim. Und der Gorim führte sein Volk bei Nacht heimlich fort. Es fiel über die schlafende Armee her und richtete verheerenden Schaden unter ihr an. So wurde die Armee Toraks geschwächt und von den Armeen des Westens an einem Ort, der Vo Mimbre heißt, geschlagen.

Dann rüstete der Gorim sich und ging, um Rat zu halten mit den Siegern. Und er brachte die Kunde mit zurück, daß Torak schwer verwundet worden war. Obwohl der Körper des bösen Gottes gestohlen und versteckt worden war von seinem Schüler Belzedar, hieß es, daß Torak in einem todesgleichen Schlaf gefangen liege, bis einst wieder ein Nachkomme des Hauses Riva auf dem rivanischen Thron säße – und das bedeutete niemals, denn es war bekannt, daß kein Nachkomme dieser Linie mehr lebte.

So schockierend der Besuch der Außenwelt für den Gorim auch gewesen war, so hatte er ihm doch kein Leid angetan. Die Kinder ULs gediehen weiter unter der Fürsorge ihres Gottes, und das Leben ging fast so weiter wie zuvor. Nur wurde festgestellt, daß der Gorim anscheinend weniger Zeit damit verbrachte *Das Buch von Ulgo* zu studieren und sich mehr mit brüchigen alten Pergamentrollen über Prophezeiungen beschäftigte. Aber eine gewisse Eigenheit konnte man von jemandem, der die Höhlen von UL verlassen und in die Welt anderer Völker gegangen war, ja wohl erwarten.

Dann erschien ein seltsamer alter Mann am Eingang zu den Höhlen und verlangte den Gorim zu sprechen. Und die Kraft seiner Stimme war derart, daß der Gorim herbeigerufen wurde. Dann wurde zum erstenmal, seit das Volk in den Höhlen Zuflucht gesucht hatte, jemand eingelassen, der nicht zu dem Volke ULs gehörte. Der Gorim nahm den Fremden mit in seine Kammer und blieb dort tagelang mit ihm eingeschlossen. Und anschließend kam der seltsame alte Mann mit dem weißen Bart und den zerlumpten Kleidern in langen Abständen wieder und wurde von dem Gorim willkommen geheißen.

Einst hatte sogar ein Knabe berichtet, daß ein großer grauer Wolf bei dem Gorim war. Aber das war wahrscheinlich nur ein Fiebertraum, obwohl der Junge sich weigerte, zu widerrufen.

Das Volk paßte sich der Eigenart seines Gorims an und akzeptierte sie. Und die Jahre vergingen, und das Volk dankte seinem Gott in dem Bewußtsein, daß es das auserwählte Volk des Großen Gottes UL war.

TEIL I

MARAGOR

MARAGOR
TOL RANE
MAR TERRIN
MONOLITH
DRA
WALDFLUß
TOL NE
RUINE
MAR AMON
RUINE
MONOLITH
RUINE
GOLDGRÄBER LAGER
CTHOL MURGOS
NYISSA
SCHLANGENFLUß

1

Ihre Kaiserliche Hoheit, Prinzessin Ce'Nedra, Juwel des Hauses Borune und lieblichste Blume des tolnedranischen Kaiserreichs, saß mit gekreuzten Beinen auf einer Seekiste in der eichegetäfelten Kabine im Heck von Kapitän Greldiks Schiff, kaute nachdenklich auf einer Strähne ihres kupferroten Haares und beobachtete die Dame Polgara, die sich um den gebrochenen Arm Belgaraths des Zauberers kümmerte. Die Prinzessin trug eine kurze, blaßgrüne Dryadentunika. Auf ihrer rechten Wange saß ein Ascheflöckchen. Vom Deck über sich konnte sie das rhythmische Schlagen der Trommel hören, die die Schläge für Greldiks Ruderer angab, während sie stromaufwärts aus der ascheverhangenen Stadt Sthiss Tor ruderten.

Alles war absolut gräßlich, entschied sie. Was lediglich als weiterer Zug in dem endlosen Spiel um Autorität und Auflehnung dagegen begonnen hatte, das sie mit ihrem Vater, dem Kaiser, schon spielte, solange sie sich zurückerinnern konnte, war nun tödlicher Ernst geworden. Sie hatte nie beabsichtigt, die Dinge so weit zu treiben, als sie mit Meister Jeebers in der Nacht vor so vielen Wochen aus dem Kaiserpalast in Tol Honeth geschlichen war. Jeebers hatte sie schon bald darauf verlassen – er war sowieso nur kurzfristig von Nutzen gewesen – und jetzt war sie an diese seltsame Gruppe von grimmig dreinschauenden Leuten aus dem Norden gefesselt, auf einer Suche, die sie nicht im geringsten verstand. Die Dame Polgara, deren Name allein der Prinzessin schon einen Schauer verursachte, hatte sie im Wald der Dryaden ziemlich barsch davon in Kenntnis gesetzt, daß das Spiel vorüber war, und daß keine Ausflüchte, Schmeicheleien oder Überredungskünste etwas an der Tatsache ändern konnten, daß sie, Prinzessin Ce'Nedra, an ihrem sechzehnten Geburtstag in der Halle des rivanischen Königs stehen würde – wenn nötig, in Ketten. Ce'Nedra wußte mit absoluter Gewißheit, daß die Dame Polgara dies auch genauso meinte, und sie sah sich schon vorwärts geschleppt, mit klirrenden Ketten, um in völliger Demütigung in dieser düsteren Halle zu stehen, während Hunderte bärtiger Alorner über sie lachten. Das mußte sie um jeden Preis vermeiden. Und so war es gekommen, daß sie diese Leute begleitete – vielleicht nicht ganz freiwillig, aber sich auch nie offen auflehnend. Das stählerne Funkeln in den Augen der Dame Polgara mahnte sie ständig an Handschellen und rasselnde Ketten, und diese Mahnung rang der Prinzessin weit mehr Gehorsam ab als alle Kaiserliche Macht ihres Vaters es jemals vermocht hatte.

Ce'Nedra hatte nur eine undeutliche Ahnung von dem, was diese Leute eigentlich taten. Sie schienen irgend jemandem oder irgend etwas zu folgen, und die Spur hatte hierher in die schlangenverseuchten Sümpfe Nyissas geführt. Irgendwie schienen auch Murgos darin verwickelt zu sein, die ihnen furchteinflößende Hindernisse in den Weg legten, und Königin Salmissra interessierte sich auch so sehr dafür, daß sie sogar soweit gegangen war, den jungen Garion zu entführen.

Ce'Nedra unterbrach ihre Grübelei, um den Jungen auf der anderen Seite der Kabine zu betrachten. Warum wollte die Königin von Nyissa ihn wohl haben? Er war ja sehr nett, mit glattem, sandfarbenem Haar, das ihm immer in die Stirn fiel, so daß es sie in den Fingern kribbelte, es zurückzustreichen. Er hatte auch ein ganz nettes Gesicht – auf eine einfache Art – und er war jemand, mit dem sie reden konnte, wenn sie sich allein oder verängstigt fühlte, jemand, mit dem sie streiten konnte, wenn sie sich ärgerte, denn er war nur wenig älter als sie selbst. Aber er weigerte sich entschieden, sie mit dem ihr zustehenden Respekt zu behandeln – wahrscheinlich wußte er nicht einmal, wie er das hätte anstellen sollen. Warum all das unausstehliche Interesse an ihm? Sie grübelte und betrachtete ihn nachdenklich.

Sie tat es schon wieder. Ärgerlich riß sie ihre Augen von ihm los. Warum beobachtete sie ihn nur immer? Jedesmal, wenn ihre Gedanken umherwanderten, suchten ihre Augen automatisch sein Gesicht, und so aufregend war das Gesicht doch auch wieder nicht. Sie hatte sich sogar dabei ertappt, wie sie vor sich selbst Entschuldigungen fand, um sich so zu setzen, daß sie ihn beobachten konnte. Es war zu dumm!

Ce'Nedra kaute an ihrer Haarsträhne und dachte nach und

kaute weiter, bis ihre Augen sich wieder einmal auf Garions Züge hefteten.

»Wird er wieder ganz gesund?« polterte Barak, der Graf von Trellheim und zupfte abwesend an seinem mächtigen roten Bart, während er der Dame Polgara dabei zusah, wie sie letzte Hand an Belgaraths Verband legte.

»Es ist nur ein einfacher Bruch«, antwortete sie geschäftsmäßig und legte ihr Verbandszeug beiseite. »Und bei dem alten Narren heilt es schnell.«

Belgarath stöhnte, als er seinen frisch geschienten Arm bewegte. »Du hättest nicht so grob zu sein brauchen, Polgara.« Seine rostbraune alte Tunika wies mehrere dunkle Schmutzflecken auf und einen neuen Riß, beredte Zeugnisse seines Zusammenstoßes mit einem Baum.

»Er mußte gerichtet werden, Vater«, erwiderte sie. »Du willst doch nicht, daß er schief zusammenwächst, oder?«

»Ich glaube, es hat dir auch noch Spaß gemacht«, sagte er vorwurfsvoll.

»Nächstes Mal kannst du ihn selbst richten«, schlug sie kühl vor und glättete ihr graues Kleid.

»Ich brauche etwas zu trinken«, brummte Belgarath den riesigen Barak an.

Der Graf von Trellheim ging zu der schmalen Tür. »Könntest du bitte einen Krug Bier für Belgarath bringen lassen?« fragte er den draußen wartenden Seemann.

»Wie geht es ihm?«

»Schlecht gelaunt«, antwortete Barak. »Und das wird wahrscheinlich noch schlimmer, wenn er nicht bald etwas zu trinken bekommt.«

»Ich gehe sofort.«

»Kluge Entscheidung.«

Dies war noch etwas, das Ce'Nedra verwirrte. All die Edelleute in ihrer Gruppe behandelten diesen schäbig aussehenden alten Mann mit enormem Respekt; aber so weit sie wußte, besaß er nicht einmal einen Titel. Sie konnte mit größter Präzision den genauen Unterschied zwischen einem Baron und einem General der Kaiserlichen Legionen bestimmen, zwischen einem

Großherzog von Tolnedra und einem Kronprinzen von Arendien, zwischen dem rivanischen Wächter und dem König von Cherek, aber sie hatte keinerlei Vorstellung, wo Belgarath einzuordnen war. Ihr materiell orientierter tolnedranischer Verstand weigerte sich sogar, die Existenz von Zauberern zu akzeptieren. Während es schon stimmte, daß die Dame Polgara, mit Titeln fast aller Königreiche des Westens ausgestattet, die am meisten respektierte Frau der Welt war, war Belgarath ein Vagabund, ein Landstreicher – und recht häufig sogar ein öffentliches Ärgernis. Und Garion, rief sie sich in Erinnerung, war sein Enkel.

»Es ist an der Zeit, uns zu erzählen, was geschehen ist, Vater«, sagte die Dame Polgara zu ihrem Patienten.

»Ich würde lieber nicht darüber reden«, antwortete er kurz.

Sie wandte sich an Prinz Kheldar, den merkwürdigen kleinen drasnischen Edelmann mit dem scharfgeschnittenen Gesicht und dem sardonischen Witz, der mit frecher Miene auf einer Bank lag. »Nun, Silk?« fragte sie.

»Du kannst sicher meine Lage verstehen, alter Freund«, entschuldigte sich der Prinz mit allen Anzeichen tiefsten Bedauerns bei Belgarath. »Wenn ich versuche, Geheimnisse zu bewahren, wird sie mich zwingen zu reden – auf unerfreuliche Art, denke ich mir.«

Belgarath sah ihn steinern an, dann schnaubte er voller Abscheu.

»Es ist nicht so, daß ich etwas sagen *wollte*, verstehst du.« Belgarath wandte sich ab.

»Ich wußte, du würdest es verstehen.«

»Die Geschichte, Silk!« drängte Barak ungeduldig.

»Es ist wirklich sehr einfach«, sagte Kheldar.

»Aber du wirst es schon kompliziert machen, nicht wahr?«

»Erzähle uns einfach, was geschehen ist, Silk«, sagte Polgara.

Der Drasnier setzte sich auf seiner Bank auf. »Es ist wirklich keine große Geschichte«, begann er. »Wir haben Zedars Spur gefunden und folgten ihr vor ungefähr drei Wochen nach Nyissa hinein. Wir hatten ein paar Zusammenstöße mit nyissischen Grenzwachen – nichts sehr Ernstes. Jedenfalls, die Spur des Auges bog nach Osten ab, kaum daß sie die Grenze überschritten hatte. Das war eine Überraschung für uns. Zedar war so zielstrebig nach Nyissa geeilt, daß wir beide angenommen hatten, er hätte irgendeine Vereinbarung mit Salmissra getroffen. Vielleicht wollte er, daß wir das glaubten. Er ist sehr schlau, und Salmissra ist berüchtigt dafür, sich in Dinge einzumischen, die sie nichts angehen.«

»Um sie habe ich mich gekümmert«, sagte Polgara grimmig.

»Was ist geschehen?« fragte Belgarath.

»Das erzähle ich dir später, Vater. Weiter, Silk.«

Silk zuckte die Achseln. »Da gibt es nicht viel mehr zu erzählen. Wir sind Zedars Spur gefolgt bis in eine der Ruinenstädte nahe der alten Grenze zu Maragor. Belgarath hatte dort einen Besucher – zumindest hat er das gesagt. *Ich* habe niemanden gesehen. Jedenfalls sagte er mir, daß etwas geschehen sei, das unsere Pläne änderte und daß wir umkehren und flußabwärts nach Sthiss Tor müßten, um euch wieder zu treffen. Er hatte keine Zeit, viel mehr zu erklären, denn der Dschungel wimmelte plötzlich von Murgos – entweder auf der Suche nach uns oder Zedar, das haben wir nicht feststellen können. Seitdem sind wir sowohl den Murgos als auch den Nyissern ausgewichen – Reisen bei Nacht, Verstecken usw. Wir haben einmal einen Boten geschickt. Ist er durchgekommen?«

»Vorgestern«, antwortete Polgara. »Er hatte allerdings Fieber, und es hat eine Weile gedauert, eure Botschaft aus ihm herauszubekommen.«

Kheldar nickte. »Jedenfalls, da waren die Grolims mit den Murgos, die versuchten, uns mit ihrem Geist aufzuspüren. Belgarath hat etwas getan, damit sie uns so nicht mehr ausfindig machen konnten. Was immer es auch war, es muß sehr große Konzentration erfordert haben, weil er kaum noch auf den Weg achtete. Zeitig heute morgen führten wir die Pferde durch ein Sumpfgebiet. Belgarath stolperte, die Gedanken mit etwas anderem beschäftigt, und da fiel der Baum auf ihn.«

»Ich hätte es mir denken können«, sagte Polgara. »War jemand dafür verantwortlich, daß er fiel?«

»Ich glaube nicht. Vielleicht war es eine alte Falle, aber ich bezweifle es. Er war von innen her verrottet. Ich habe versucht, ihn zu warnen, aber er ging einfach weiter.«

»Ja, ja«, sagte Belgarath.

»Ich *habe* versucht, dich zu warnen.«

»Du mußt nicht weiter darauf herumreiten, Silk.«

»Ich möchte nicht, daß sie denken, ich hätte nicht versucht, dich zu warnen«, protestierte Silk.

Polgara schüttelte den Kopf und sagte in einem Ton tiefer Enttäuschung: »Vater!«

»Laß gut sein, Polgara«, bat Belgarath.

»Ich habe ihn unter dem Baum ausgegraben und so gut ich konnte, zusammengeflickt«, fuhr Silk fort. »Dann habe ich das kleine Boot gestohlen und wir sind stromabwärts gefahren.«

»Was habt ihr mit den Pferden gemacht?« fragte Hettar. Ce' Nedra fürchtete sich ein wenig vor diesem großen, schweigsamen algarischen Grafen mit dem rasierten Schädel, seiner schwarzen Lederkleidung und der wehenden schwarzen Skalplocke. Er schien niemals zu lächeln, und der Ausdruck auf seinem habichtgleichen Gesicht, wenn auch nur das Wort »Murgo« erwähnt wurde, war hart wie Stein. Das einzige, was ihn ein bißchen menschlich machte, war seine überwältigende Liebe zu Pferden.

»Ihnen geht es gut«, versicherte ihm Silk. »Ich habe sie dort angebunden, wo die Nyisser sie nicht finden werden. Sie sind gut aufgehoben, bis wir sie wieder abholen.«

»Als du an Bord kamst, hast du gesagt, daß Ctuchik jetzt das Auge hat«, sagte Polgara zu Belgarath. »Wie ist das geschehen?«

Der alte Mann zuckte die Achseln. »Beltira ist nicht in Einzelheiten gegangen. Er hat mir nur gesagt, daß Ctuchik schon wartete, als Zedar über die Grenze nach Cthol Murgos kam. Es gelang Zedar zu fliehen, aber er mußte das Auge zurücklassen.«

»Hast du mit Beltira gesprochen?«

»Mit seinem Geist.«

»Hat er gesagt, warum unser Meister will, daß wir ins Tal kommen?«

»Nein. Wahrscheinlich ist ihm nie in den Sinn gekommen, danach zu fragen. Du weißt ja, wie Beltira ist.«

»Es wird uns Monate kosten, Vater«, wandte Polgara mit gerunzelter Stirn ein. »Es sind siebenhundertfünfzig Meilen bis ins Tal.«

»Aldur wünscht, daß wir dorthin gehen«, antwortete er. »Nach all den Jahren werde ich nicht anfangen, ihm ungehorsam zu sein.«

»Und in der Zwischenzeit bringt Ctuchik das Auge nach Rak Cthol.«

»Es wird ihm nichts nützen, Pol. Torak selbst könnte sich das Auge nicht gefügig machen, und er hat es über zweitausend Jahre lang versucht. Ich weiß, wo Rak Cthol ist, Ctuchik kann es nicht vor mir verbergen. Er wird mit dem Auge dort sein, wenn ich zu ihm gehen werde, um es ihm abzunehmen. Ich weiß, wie ich mit *diesem* Magier fertigwerde.« Er sprach das Wort »Magier« mit hörbarer Verachtung aus.

»Was wird Zedar in der ganzen Zeit tun?«

»Zedar hat seine eigenen Probleme. Beltira sagt, daß er Torak von dem Ort, an dem er ihn versteckt hatte, fortgebracht hat. Ich glaube, wir können darauf vertrauen, daß er Toraks Körper so weit wie er nur kann von Rak Cthol wegbringt. Eigentlich haben sich die Dinge ganz gut entwickelt. Ich hatte jedenfalls allmählich die Lust verloren, Zedar zu jagen.«

Ce'Nedra fand das alles etwas verwirrend. Warum waren sie alle so interessiert an den Unternehmungen zweier Angarak-Zauberer mit fremdklingenden Namen und an diesem geheimnisvollen Edelstein, den anscheinend jeder gern besitzen wollte? Für sie war ein Edelstein so gut wie jeder andere. In ihrer Kindheit war sie von solchem Luxus umgeben gewesen, daß sie schon lange aufgehört hatte, besonderen Wert auf Schmuck zu legen. Im Augenblick trug sie als einzige Schmuckstücke ein Paar winziger goldener Ohrringe in Form von Eicheln, und ihre Vorliebe für sie rührte weniger daher, daß sie aus Gold waren, als vielmehr daher, daß die geschickt ersonnenen Klöppel im Innern bei jeder Bewegung ihres Kopfes klingelten.

All das klang in ihren Ohren wie eine der alornischen Mythen, die sie vor Jahren von einem Geschichtenerzähler am Hofe ihres Vaters gehört hatte. Auch darin war ein magischer Edelstein vorgekommen, erinnerte sie sich. Er war von dem Gott der Angaraks, Torak, gestohlen worden und von einem Zauberer und einigen alornischen Königen zurückerobert worden, die ihn auf einem Schwert befestigten, das im Thronsaal von Riva aufbewahrt wurde. Irgendwie sollte er den Westen vor einem schrecklichen Unglück schützen, das eintreten würde, wenn er verloren ginge. Komisch – der Name des Zauberers in der Legende war Belgarath, genauso wie der des alten Mannes hier.

Aber das würde bedeuten, daß er Tausende von Jahren alt war, und das war lächerlich! Er war gewiß nach dem Helden dieses alten Mythos benannt worden – oder er hatte den Namen angenommen, um die Leute zu beeindrucken.

Wieder einmal wanderten ihre Augen zu Garion hinüber. Der Junge saß still in einer Ecke der Kabine, mit ernsten Augen und ebenso ernster Miene. Sie überlegte, daß es vielleicht seine Ernsthaftigkeit war, die ihre Neugier weckte und ihre Augen immer wieder zu ihm hinwandern ließ. Die Jungen, die sie gekannt hatte – Edle und die Söhne von Edlen –, hatten versucht, charmant und geistreich zu sein, aber Garion versuchte niemals zu scherzen oder kluge Dinge zu sagen, um sie zu unterhalten. Sie war sich nicht ganz sicher, was sie davon halten sollte. War er so ein Tölpel, daß er nicht wußte, was von ihm erwartet wurde? Oder vielleicht wußte er es, aber es lag ihm nicht genug an ihr, um sich die Mühe zu machen. Er könnte es wenigstens *versuchen* – wenn auch nur ab und zu. Wie konnte sie überhaupt mit ihm umgehen, wenn er sich schlicht weigerte, sich ihretwegen zum Narren zu machen?

Sie ermahnte sich scharf, daß sie wütend auf ihn war. Er hatte gesagt, daß Königin Salmissra die schönste Frau war, die er je gesehen hatte, und es war noch viel, viel zu früh, um eine solch unverschämte Bemerkung zu verzeihen. Sie wollte ihn auf jeden Fall für *diesen* beleidigenden Lapsus leiden lassen. Ihre Finger spielten mit einer der Locken, die ihr Gesicht umrahmten, und ihre Augen hefteten sich auf Garions Gesicht.

Am nächsten Tag hatte der Ascheregen, der von einem riesigen Vulkanausbruch in Cthol Murgos herrührte, so weit nachgelassen, daß das Schiffsdeck wieder benutzbar wurde. Der Dschungel längs des Ufers war noch immer teilweise in dem staubigen Dunst verborgen, aber die Luft war klar genug zum Atmen, und Ce'Nedra entfloh erleichtert der stickig-heißen Kabine unter Deck.

Garion saß an seinem gewohnten, geschützten Platz im Bug des Schiffes und war in ein Gespräch mit Belgarath vertieft. Ce'Nedra stellte mit einem gewissen Befremden fest, daß er heute morgen sein Haar nicht gekämmt hatte. Sie unterdrückte den impulsiven Wunsch, Kamm und Bürste zu holen, um ihre Anwesenheit zu rechtfertigen. Statt dessen schlenderte sie mit künstlicher Gelassenheit zu einer Stelle der Reling, von wo aus sie, ohne daß es den Anschein hatte, bequem lauschen konnte.

»... es war schon immer da«, sagte Garion gerade zu seinem Großvater. »Es hat immer mit mir geredet – mir gesagt, wenn ich kindisch oder dumm war oder so etwas. Es scheint in einer Ecke meines Geistes für sich allein zu leben.«

Belgarath nickte und kratzte geistesabwesend mit seiner gesunden Hand seinen Bart. »Es scheint völlig von dir getrennt zu sein«, stellte er fest. »Hat die Stimme in deinem Kopf je tatsächlich etwas getan? Außer mit dir zu sprechen, meine ich?«

Garions Gesicht wurde nachdenklich. »Ich glaube nicht. Sie sagt mir, wie ich etwas tun soll, aber ich glaube, ich bin derjenige, der es tun muß. Als wir in Salmissras Palast waren, hat sie mich aus meinem Körper herausgeholt, um Tante Pol zu suchen.« Er runzelte die Stirn. »Nein«, verbesserte er sich. »Wenn ich richtig darüber nachdenke, hat sie mir gesagt, wie ich es tun mußte, aber in Wirklichkeit habe ich es getan. Als wir erst draußen waren, konnte ich es neben mir spüren – es war das erste Mal überhaupt, daß wir voneinander getrennt waren. Aber ich konnte es eigentlich nicht sehen. Es *hat* mich wohl einige Minuten lang kontrolliert, glaube ich. Es hat mit Salmissra geredet, um sie von dem, was wir taten, abzulenken.«

»Du warst wohl ziemlich beschäftigt, seit Silk und ich euch verlassen haben, nicht wahr?«

Garion nickte verdrossen. »Meistens war es ziemlich schrecklich. Ich habe Asharak verbrannt. Wußtest du das?«
»Deine Tante hat mir davon erzählt.«
»Er hat sie ins Gesicht geschlagen«, berichtete Garion. »Ich wollte mit meinem Messer auf ihn los, aber die Stimme hat mir gesagt, ich sollte es anders machen. Ich habe ihn mit meiner Hand geschlagen und gesagt ›brenne‹. Das war alles. Einfach ›brenne‹ – und er fing Feuer. Ich wollte es löschen, bis Tante Pol mir sagte, daß er meine Mutter und meinen Vater getötet hat. Dann habe ich das Feuer heißer gemacht. Er hat gebettelt, daß ich es lösche, aber ich habe es nicht getan.« Er schauderte.
»Ich habe versucht, dich davor zu warnen«, erinnerte Belgarath ihn sanft. »Ich habe dir gesagt, es würde dir nicht gefallen, wenn es vorbei wäre.«
Garion seufzte. »Ich hätte auf dich hören sollen. Tante Pol sagt, wenn man einmal die ...« Er brach ab, suchte nach einem Wort.
»Macht?« schlug Belgarath vor.
»Gut«, stimmte Garion zu. »Sie sagt, wenn man sie einmal benutzt hat, vergißt man nie mehr, wie es geht, und man tut es immer wieder. Ich wünschte, ich hätte doch mein Messer genommen. Dann wäre dieses Ding in mir niemals losgelassen worden.«
»Das stimmt nicht, und das weißt du«, sagte Belgarath ruhig. »Schon seit einigen Monaten stehst du kurz vor dem Ausbruch. Du hast sie, ohne es zu wissen, mindestens ein halbes Dutzend mal gebraucht, soweit ich weiß.«
Garion starrte ihn ungläubig an.
»Erinnerst du dich an den verrückten Mönch, kurz nachdem wir nach Tolnedra gekommen waren? Als du ihn berührtest, hast du so viel Lärm gemacht, daß ich einen Moment lang dachte, du hättest ihn getötet.«
»Du hast gesagt, Tante Pol hätte es getan.«
»Ich habe gelogen«, gab der alte Mann gleichmütig zu. »Ich tue das ziemlich oft. Der Punkt ist aber doch, daß du schon immer diese Fähigkeit hattest. Sie mußte früher oder später ans Tageslicht kommen. Ich wäre nicht zu unglücklich über das, was du mit Chamdar gemacht hast. Es war vielleicht ein wenig

exotisch – nicht ganz so, wie ich es vermutlich getan hätte –, aber es lag doch schließlich eine gewisse Rechtfertigung darin.«
»Dann wird es also immer da sein?«
»Immer. So ist es nun einmal, fürchte ich.«
Prinzessin Ce'Nedra war recht stolz auf sich. Belgarath hatte gerade etwas bestätigt, das sie selbst Garion schon gesagt hatte. Wenn der Junge nur nicht so stur wäre, könnten seine Tante, sein Großvater und natürlich sie selbst – die alle viel besser wußten, was gut und richtig für ihn war, als er selbst – sein Leben ohne oder mit nur geringen Schwierigkeiten zu ihrer Zufriedenheit formen.
»Wir wollen noch einmal auf diese Stimme in dir zurückkommen«, schlug Belgarath vor. »Ich muß mehr darüber wissen. Ich möchte nicht die ganze Zeit einen Feind in deinem Geist mit uns herumschleppen.«
»Es ist kein Feind«, protestierte Garion. »Er ist auf unserer Seite.«
»Vielleicht scheint es so«, meinte Belgarath, »aber die Dinge sind nicht immer, was sie scheinen. Ich würde mich sehr viel wohler fühlen, wenn ich genau wüßte, was es ist. Ich liebe keine Überraschungen.«
Prinzessin Ce'Nedra war jedoch bereits wieder in Gedanken versunken. In einer Ecke ihres komplizierten kleinen Verstandes begann eine Idee, Form anzunehmen – eine Idee mit sehr interessanten Möglichkeiten.

2

Sie brauchten fast eine Woche, um die Stromschnellen des Schlangenflusses zu überwinden. Obwohl es noch immer drückend heiß war, hatten sie sich alle inzwischen wenigstens teilweise an das Klima gewöhnt. Prinzessin Ce'Nedra verbrachte die meiste Zeit mit Polgara an Deck und ignorierte Garion. Hin und wieder warf sie jedoch einen Blick in seine Richtung, um festzustellen, ob es irgendwelche Anzeichen dafür gab, daß er unter ihrer Nichtbeachtung litt.

Da ihr Leben völlig in den Händen dieser Leute lag, hatte Ce'Nedra das dringende Bedürfnis, sie für sich einzunehmen. Belgarath stellte kein Problem dar. Ein reizendes Klein-Mädchen-Lächeln, ein bißchen Wimperngeklimper und ein spontan wirkender Kuß oder zwei, und schon würde sie ihn um den Finger wickeln können. Diese Taktik konnte angebracht werden, wann immer sie es für ratsam hielt, aber bei Polgara sah es anders aus. Einmal schüchterte Ce'Nedra die außerordentliche Schönheit der Dame ein. Polgara war makellos. Selbst die weiße Locke in ihrem nachtschwarzen Haar war weniger ein Mangel als ein Akzent – ein persönliches Zeichen. Am meisten irritierten die Prinzessin Polgaras Augen. Abhängig von ihrer Stimmung wechselte ihre Farbe von grau zu tiefblau, und sie schienen alles zu durchdringen. Vor diesem ruhigen, steten Blick war keinerlei Verstellung möglich. Immer, wenn die Prinzessin in diese Augen sah, vermeinte sie, das Klirren von Ketten zu hören. Mit Polgara mußte sie sich auf jeden Fall gut stellen.

»Dame Polgara?« fragte die Prinzessin eines Morgens, als sie zusammen an Deck saßen und der dampfende, graugrüne Dschungel am Ufer vorbeiglitt und die Seeleute an ihren Rudern schwitzten.

»Ja, Liebes?« Polgara blickte von Garions Tunika, an der sie einen Knopf wieder annähte, hoch. Sie trug ein blaßgraues Gewand, das sie der Hitze wegen am Hals geöffnet hatte.

»Was *ist* Zauberei? Man hat mir immer gesagt, daß es so etwas nicht gibt.« Es schien ihr ein guter Anfang für ein Gespräch.

Polgara lächelte ihr zu. »Die Erziehung in Tolnedra neigt dazu, etwas einseitig zu sein.«

»Ist es irgendein Trick?« beharrte Ce'Nedra. »Ich meine, ist es so, als wenn man den Leuten mit der einen Hand etwas zeigt und dabei mit der anderen Hand etwas verschwinden läßt?« Sie spielte mit den Riemen ihrer Sandalen.

»Nein, Liebes. Es hat überhaupt nichts damit zu tun.«

»Was kann man denn damit tun?«

»Wir haben noch nie dieses Grenzgebiet erforscht«, antwortete Polgara, deren Nadel wieder geschäftig durch den Stoff glitt.

»Wenn etwas getan werden muß, tun wir es. Wir denken nicht darüber nach, ob wir es können oder nicht. Trotzdem sind verschiedene Leute auch in verschiedenen Dingen besser. Es ist so, wie der eine ein besserer Zimmermann ist und ein anderer ein besonders guter Steinmetz.«

»Garion ist ein Zauberer, nicht wahr? Wieviel kann er tun?« Warum hatte sie nun gerade *das* gefragt?

»Ich habe mich schon gefragt, worauf du hinauswolltest«, sagte Polgara und sah das zierliche Mädchen durchdringend an.

Ce'Nedra errötete leicht.

»Kau nicht auf deinen Haaren herum, Kleines«, befahl Polgara. »Sonst spalten sie sich.«

Rasch zog Ce'Nedra eine Locke zwischen ihren Zähnen hervor.

»Wir sind noch nicht sicher, was Garion tun kann«, fuhr Polgara fort. »Es ist wohl noch viel zu früh, um das beurteilen zu können. Er scheint Talente zu haben. Er macht jedenfalls genug Lärm, wenn er etwas tut, und das ist ein recht gutes Zeichen für sein Potential.«

»Dann wird er wahrscheinlich einmal ein sehr mächtiger Zauberer sein.«

Ein leichtes Lächeln huschte über Polgaras Gesicht. »Vermutlich«, erwiderte sie. »Immer vorausgesetzt, er lernt, sich unter Kontrolle zu halten.«

»Nun«, erklärte Ce'Nedra energisch, »dann müssen wir ihm eben beibringen, sich unter Kontrolle zu halten, nicht wahr?«

Polgara sah sie einen Moment an, dann begann sie zu lachen.

Ce'Nedra kam sich etwas einfältig vor, lachte aber mit.

Garion, der in ihrer Nähe stand, sah sich um. »Was gibt es so Lustiges?«

»Nichts, das du verstehen würdest, Lieber«, antwortete Polgara.

Er sah beleidigt drein und stapfte hochaufgerichtet davon, einen entschlossenen Zug um den Mund.

Ce'Nedra und Polgara lachten wieder.

Als Kapitän Greldiks Schiff an einem Punkt angelangt war, wo Felsen und Strudel es unmöglich machten, weiterzukommen, vertäuten sie es an einem großen Baum am Nordufer des

Flusses und machten sich bereit, an Land zu gehen. Barak stand schwitzend im Kettenhemd neben seinem Freund Greldik und beobachtete Hettar, der das Entladen der Pferde beaufsichtigte.
»Wenn du zufällig meine Frau sehen solltest, grüße sie von mir«, bat der rotbärtige Mann.
Greldik nickte. »Wahrscheinlich werde ich irgendwann im kommenden Winter in der Nähe von Trellheim sein.«
»Du mußt ihr nicht unbedingt erzählen, daß ich von ihrer Schwangerschaft weiß. Vermutlich will sie mich mit meinem Sohn überraschen, wenn ich heimkomme. Ich möchte ihr diese Freude nicht verderben.«
Greldik sah ihn überrascht an. »Ich dachte, du würdest ihr mit Freuden etwas verderben, Barak.«
»Vielleicht ist es Zeit, daß Merel und ich Frieden schließen. Unser kleiner Krieg war unterhaltsam, als wir noch jünger waren, aber es wäre keine schlechte Idee, ihn jetzt beizulegen – schon allein um der Kinder willen.«
Belgarath kam an Deck und gesellte sich zu den beiden bärtigen Chereks. »Geh nach Val Alorn«, bat er Kapitän Greldik. »Sag Anheg, wo wir sind und was wir tun. Sorge dafür, daß er den anderen Bescheid gibt. Sag ihm, daß ich es absolut verbiete, daß sie zum jetzigen Zeitpunkt einen Krieg mit den Angaraks beginnen. Ctuchik hat das Auge in Rak Cthol, und wenn es Krieg gibt, läßt Taur Urgas die Grenzen von Cthol Murgos schließen. Es wird auch ohne das schwierig genug für uns werden.«
»Ich werde es ihm sagen«, antwortete Greldik nachdenklich. »Aber ich glaube nicht, daß es ihm gefallen wird.«
»Es muß ihm auch nicht gefallen«, sagte Belgarath trocken. »Er muß sich nur danach richten.«
Ce'Nedra, die nicht weit entfernt stand, war etwas verblüfft, als sie hörte, wie der schäbig aussehende alte Mann solche entscheidenden Befehle äußerte. Wie konnte er so zu souveränen Königen sprechen? Und was, wenn Garion, als Zauberer, eines Tages eine ähnliche Autorität besaß? Sie wandte sich um und starrte den jungen Mann an, der Durnik dem Schmied half, ein aufgeregtes Pferd zu beruhigen. Er *wirkte* gar nicht gebiete-

risch. Sie nagte an ihrer Unterlippe. Irgendein Gewand konnte helfen, überlegte sie, und vielleicht so etwas wie ein Zauberbuch in der Hand, und eventuell ein kleiner Bart. Sie machte die Augen zu und stellte ihn sich so vor – mit Gewand, Buch und Bart.

Garion, der offenbar ihren Blick auf sich ruhen fühlte, sah rasch in ihre Richtung und blickte sie fragend an. Er war so *normal.* Die Vorstellung von diesem schlichten, offenen Jungen in dem Ornat, das sie für ihn ersonnen hatte, kam ihr plötzlich lächerlich vor. Ohne es zu wollen, mußte sie lachen. Garion wurde rot und wandte ihr beleidigt den Rücken zu.

Da die Stromschnellen des Schlangenflusses jede weitere Schiffahrt stromaufwärts unmöglich machten, war der Pfad, der in die Hügel führte, recht ausgetreten; ein deutliches Zeichen dafür, daß die meisten Reisenden von hier aus den Landweg wählten. Im Morgensonnenschein ritten sie das Tal hinauf und durchquerten rasch den dichten Dschungel, der den Fluß säumte. Dann kamen sie in einen Hochwald, der weit mehr nach Ce'Nedras Geschmack war. Auf dem Kamm des ersten Hügels wehte sogar ein leichter Wind, der die drückende Hitze und den Gestank von Nyissas verpesteten Sümpfen hinwegzufegen schien. Ce'Nedras Stimmung hob sich sogleich. Sie erwog, neben Prinz Kheldar zu reiten, aber der döste im Sattel vor sich hin, und außerdem hatte Ce'Nedra ein klein wenig Angst vor dem spitznasigen Drasnier. Sie hatte sofort erkannt, daß der zynische, kluge kleine Mann wahrscheinlich in ihr lesen konnte wie in einem offenen Buch, und diese Vorstellung behagte ihr nicht sonderlich. Statt dessen ritt sie an der Gruppe vorbei nach vorn zu Baron Mandorallen, der wie immer die Vorhut bildete. Zum Teil wurde sie von dem Wunsch gelenkt, so weit wie möglich von dem dampfenden Fluß wegzukommen, aber es war nicht nur das. Ihr war eingefallen, daß es eine ausgezeichnete Gelegenheit sein könnte, den arendischen Edelmann über etwas auszufragen, das sie sehr interessierte.

»Eure Hoheit«, grüßte der gepanzerte Ritter respektvoll, als sie ihr Pferd neben sein riesiges Schlachtroß führte, »haltet Ihr es für klug, Euch dergestalt zu der Vorhut zu gesellen?«

»Wer wäre schon so töricht, den tapfersten Ritter der Welt anzugreifen?« fragte sie mit gespielter Unschuld.
Die Miene des Barons verfinsterte sich, und er seufzte.
»Weshalb der tiefe Seufzer, Herr Ritter?« neckte sie ihn.
»Es ist nicht von Bedeutung, Eure Hoheit«, antwortete er.
Sie ritten schweigend unter den schattigen Bäumen weiter, wo Insekten summten und kleine Krabbeltiere durch das Gebüsch neben dem Pfad huschten. »Sag mir«, fragte die Prinzessin schließlich, »kennst du Belgarath schon lange?«
»Mein ganzes Leben, Eure Hoheit.«
»Wird er in Arendien hoch geschätzt?«
»Hoch geschätzt? Der Heilige Belgarath ist der geachtetste Mann der Welt! Sicherlich wißt Ihr das, Prinzessin?«
»Ich bin Tolnedranerin, Baron Mandorallen«, erklärte sie. »Unsere Bekanntschaft mit Zauberern ist begrenzt. Würde ein Arendier Belgarath als Mann von edler Geburt bezeichnen?«
Mandorallen lachte. »Eure Hoheit, die Geburt des Heiligen Belgarath ist so verloren in den verschwommenen Regionen der Vergangenheit, daß Eure Frage keine Bedeutung hat.«
Ce'Nedra runzelte die Stirn. Sie konnte es nicht leiden, wenn man sie auslachte. »Ist er nun ein Edelmann oder nicht?« drängte sie.
»Er ist Belgarath«, erwiderte Mandorallen, als ob das alles erklärte. »Es gibt Hunderte von Baronen, etliche Fürsten und Grafen ohne Zahl, aber es gibt nur einen Belgarath. Alle Menschen stehen hinter ihm zurück.«
Sie funkelte ihn an. »Und was ist mit der Dame Polgara?«
Mandorallen blinzelte, und Ce'Nedra merkte, daß sie zu schnell für ihn vorgegangen war. »Die Dame Polgara wird vor allen Frauen geehrt«, sagte er etwas verwirrt. »Hoheit, könnte ich nur das Ziel Eurer Befragung erkennen, so könnte ich Euch wohl eine zufriedenstellendere Antwort geben.«
Sie lachte. »Mein lieber Baron, es ist nichts Wichtiges oder Ernstes – nur Neugier, und eine Möglichkeit, uns auf unserem Ritt die Zeit zu vertreiben.«
Durnik der Schmied kam in dem Moment herangetrabt, die

Hufe seines Braunen klapperten auf der festgestampften Erde des Pfades. »Herrin Pol bittet euch, einen Moment zu warten.«
»Stimmt etwas nicht?« frage Ce'Nedra.
»Nein. Aber sie hat in der Nähe des Pfades einen Strauch entdeckt. Sie möchte die Blätter ernten – ich glaube, sie haben eine heilende Wirkung. Sie sagt, daß sie sehr selten sind und nur in diesem Teil Nyissas wachsen.« Das offene, einfache Gesicht des Schmiedes war respektvoll, wie immer, wenn er von Polgara sprach. Ce'Nedra hatte ihre eigenen privaten Vermutungen über Durniks Gefühle, aber sie behielt sie für sich. »Oh«, fuhr er fort, »sie bat mich, euch vor dem Strauch zu warnen. Es könnten noch andere hier wachsen. Er ist ungefähr einen halben Meter hoch und hat stark glänzende Blätter und eine kleine, dunkelrote Blüte. Er ist tödlich giftig, selbst bei einer Berührung schon.«
»Wir werden nicht vom Weg abweichen, Freund«, beruhigte Mandorallen ihn, »aber wir werden hier warten, bis die Dame Erlaubnis gibt weiterzureiten.«
Durnik nickte und ritt wieder zurück.
Ce'Nedra und Mandorallen führten ihre Pferde in den Schatten eines weitausladenden Baumes und warteten. »Wie betrachten die Arendier Garion?« fragte sie unvermittelt.
»Garion ist ein braver Bursche«, antwortete Mandorallen leicht verwirrt.
»Aber wohl kaum von Adel«, meinte sie.
»Hoheit«, erklärte Mandorallen taktvoll, »ich fürchte, Eure Erziehung hat Euch irregeführt. Garion stammt von Belgarath und Polgara ab. Obwohl er keinen Titel hat wie Ihr oder ich, ist sein Blut das edelste der Welt. Ich würde ihm ohne Frage jederzeit den Vortritt lassen, wenn er es von mir verlangte – was er aber nicht tun würde, denn er ist bescheiden. Während wir am Hofe König Korodullins von Vo Mimbre weilten, hat ihn eine junge Gräfin beharrlich verfolgt, die Rang und Ansehen durch eine Heirat mit ihm gewinnen wollte.«
»Wirklich?« fragte Ce'Nedra mit einer leichten Schärfe in der Stimme.
»Sie wollte eine Verlobung und hat ihm oft Fallen gestellt mit dreisten Einladungen zu Schäkerei und süßem Geschwätz.«

»Eine *schöne* Gräfin?«
»Eine der größten Schönheiten des Reiches.«
»Ich verstehe«, sagte Ce'Nedra eisig.
»Habe ich Euch beleidigt, Hoheit?«
»Es ist nicht wichtig.«
Mandorallen seufzte wieder.
»Was ist denn nun schon wieder?« fuhr sie ihn an.
»Ich sehe, daß ich viele Fehler habe.«
»Ich dachte, du würdest als der perfekte Mann gelten.« Sie bereute das sofort.
»Nein, Hoheit. Ich weise mehr Fehler auf, als Ihr Euch vorstellen könnt.«
»Ein bißchen undiplomatisch vielleicht, aber das ist kein großer Makel – bei einem Arendier.«
»Aber Feigheit ist es, Eure Hoheit.«
Sie lachte bei der Vorstellung laut auf. »Feige? Du?«
»Ich habe diesen Fehler an mir feststellen müssen«, gestand er.
»Sei nicht albern«, spottete sie. »Wenn überhaupt, liegt dein Fehler in der entgegengesetzten Richtung.«
»Es ist schwer zu glauben, ich weiß«, erwiderte er. »Aber ich versichere Euch mit großer Beschämung, daß die kalte Hand der Furcht sich um mein Herz gekrampft hatte.«
Ce'Nedra war bestürzt über das traurige Geständnis des Ritters. Sie suchte mühsam nach einer passenden Entgegnung, als plötzlich, ein paar Schritte entfernt, etwas mit einem lauten Krachen aus dem Unterholz brach. Von plötzlicher Panik ergriffen, raste ihr Pferd davon. Sie erhaschte nur aus dem Augenwinkel heraus einen Blick auf etwas Großes, Gelbbraunes, das aus dem Gebüsch auf sie zusprang – groß, gelb und mit weitaufgerissenem Maul. Verzweifelt versuchte sie, sich mit einer Hand am Sattel festzuhalten und mit der anderen Hand das verängstigte Pferd unter Kontrolle zu bringen. In seiner panischen Flucht rannte das Pferd jedoch unter einem tiefhängenden Ast hindurch, der sie aus dem Sattel fegte und sie ganz unfeierlich mitten auf dem Weg landen ließ. Sie rappelte sich auf und erstarrte, als sie sich dem Tier, das so plump aus seiner Deckung herausgebrochen war, gegenübersah.

Sofort erkannte sie, daß der Löwe noch sehr jung war. Er hatte zwar schon seine volle Größe, aber seine Mähne war noch kurz. Offensichtlich war es ein Jungtier, noch ungeübt im Jagen. Er brüllte vor Enttäuschung, als er das fliehende Pferd den Pfad hinunter verschwinden sah, und sein Schwanz peitschte hin und her. Einen Moment lang war sie leicht amüsiert – er war so jung, so unbeholfen. Dann wich ihre Belustigung dem Zorn über dieses ungeschickte junge Tier, das die Schuld daran hatte, daß sie so unelegant vom Pferd gefallen war. Sie kam auf die Füße, klopfte sich den Staub ab und blickte den Löwen streng an. »Kusch!« sagte sie und wollte ihn fortscheuchen. Sie war schließlich eine Prinzessin, und er war nur ein Löwe – ein sehr junger und dummer Löwe.

Dann ruhten die gelben Augen auf ihr und wurden zu schmalen Schlitzen. Der peitschende Schwanz verharrte plötzlich ganz still. Die Augen des jungen Löwen strahlten mit einer schrecklichen Intensität, dann duckte er sich, den Körper dicht am Boden. Seine Oberlippe zog sich zurück und entblößte seine langen, weißen Zähne. Er kam langsam einen Schritt auf sie zu, seine großen Pfoten machten kaum einen Laut.

»Wag es nicht«, befahl sie empört.

»Bleibt ganz ruhig, Hoheit«, warnte Mandorallen sie mit tödlich ruhiger Stimme. Aus dem Augenwinkel heraus sah sie ihn aus dem Sattel gleiten. Der Löwe funkelte ihn zornig an.

Behutsam, Schritt um Schritt, kam Mandorallen näher, bis er seinen gepanzerten Körper zwischen den Löwen und die Prinzessin gebracht hatte. Der Löwe beobachtete ihn aufmerksam, ohne recht zu begreifen, was sich da abspielte, bis es zu spät war. Dann, um eine weitere Mahlzeit geprellt, wurden die Augen der Raubkatze trüb vor Wut. Mandorallen zog ganz bedächtig sein Schwert und reichte es Ce'Nedra. »Damit Ihr ein Mittel zu Eurer Verteidigung habt«, erklärte der Ritter.

Zweifelnd griff Ce'Nedra mit beiden Händen nach dem riesigen Schwert. Als Mandorallen seinen Griff jedoch löste, fiel die Schwertspitze sofort zu Boden. Obwohl sie sich noch so sehr bemühte, Ce'Nedra konnte das mächtige Schwert nicht hochheben.

Schnaubend duckte sich der Löwe noch tiefer. Sein Schwanz fuhr einen Augenblick lang wütend hin und her, dann versteifte er sich. »Mandorallen, paß auf!« kreischte Ce'Nedra, die sich noch immer mit dem Schwert abmühte.

Der Löwe sprang.

Mandorallen breitete seine stahlgeschützten Arme weit aus und trat dem Angriff der Katze entgegen. Sie trafen mit einem lauten Krachen aufeinander, und Mandorallen schloß seine Arme um den Körper des Tieres. Der Löwe schlang seine mächtigen Pranken um Mandorallens Schultern, und seine Krallen verursachten ein ohrenbetäubendes Kreischen, als sie auf dem Stahl der Ritterrüstung abglitten. Seine Zähne knirschten und mahlten, als er versuchte, in Mandorallens behelmten Kopf zu beißen. Mandorallen verstärkte seine tödliche Umarmung.

Ce'Nedra krabbelte aus dem Weg, das Schwert hinter sich her schleppend, und starrte mit vor Furcht weit aufgerissenen Augen auf den schrecklichen Kampf.

Das Strampeln des Löwen wurde verzweifelt, und lange, tiefe Kratzer erschienen auf Mandorallens Rüstung, während der Mimbrer unerbittlich seine Arme zusammenpreßte. Aus dem Brüllen wurde Schmerzensgeheul, und der Löwe kämpfte jetzt nicht mehr, um zu töten, sondern ums Überleben. Er wand sich, trat um sich und versuchte zu beißen. Seine Hinterpfoten kratzten wütend an Mandorallens gepanzertem Rumpf. Sein Geheul wurde schriller, von Panik erfüllt.

Mit einer übermenschlichen Anstrengung preßte Mandorallen seine Arme fest zusammen. Ce'Nedra hörte deutlich, wie Knochen knackten, und plötzlich schoß ein Blutstrom aus dem Maul der Raubkatze. Der Körper des jungen Löwen erbebte, der Kopf fiel nach hinten. Mandorallen lockerte seine Arme, und das tote Tier glitt schlaff zu Boden.

Wie betäubt starrte die Prinzessin den gewaltigen Mann an, der in seiner blutbeschmierten und zerkratzten Rüstung vor ihr stand. Sie war gerade Augenzeugin des Unmöglichen geworden. Mandorallen hatte den Löwen nur mit seinen mächtigen Armen getötet, ohne jede Waffe – nur für sie! Ohne zu wissen

warum, jubelte sie vor Freude. »Mandorallen!« Sie sang seinen Namen. »Du bist *mein* Ritter!«
Noch keuchend vor Anstrengung, hob Mandorallen sein Visier. Seine blauen Augen waren groß, als hätten ihn ihre Wort mit betäubender Wucht getroffen. Dann sank er vor ihr auf die Knie. »Eure Hoheit«, sagte er mit erstickter Stimme, »ich schwöre Euch hier bei der toten Bestie, Euer treuer und aufrechter Ritter zu sein, solange ich Atem habe.«
Tief in ihrem Innern spürte Ce'Nedra ein vernehmliches Klikken – als ob zwei Dinge, die seit Anbeginn der Zeit füreinander bestimmt waren, endlich zusammengefunden hätten. Irgend etwas – sie wußte nicht genau, was – aber etwas Wichtiges war hier auf dieser sonnendurchfluteten Lichtung geschehen.
Und dann kam Barak, riesig und eindrucksvoll, den Pfad heraufgaloppiert, Hettar zur Seite und die anderen dicht hinterher. »Was ist los?« rief der große Cherek und schwang sich vom Pferd.
Ce'Nedra wartete, bis alle ihre Pferde gezügelt hatten, um ihre Ankündigung zu machen. »Der Löwe hier hat mich angegriffen«, sagte sie in einem Tonfall, als handelte es sich um ein alltägliches Ereignis. »Mandorallen hat ihn mit bloßen Händen getötet.«
»Tatsächlich habe ich diese hier getragen, Hoheit«, erinnerte sie der immer noch kniende Ritter und hielt seine Hände in den Stahlhandschuhen hoch.
»Es war die tapferste Tat, die ich je in meinem Leben gesehen habe«, fuhr Ce'Nedra fort.
»Warum liegst du auf den Knien?« fragte Barak Mandorallen. »Bist du verletzt?«
»Ich habe Baron Mandorallen gerade zu meinem persönlichen Ritter gemacht«, erklärte Ce'Nedra, »und wie es sich gehört, kniete er, um diese Ehre aus meiner Hand zu empfangen.«
Aus dem Augenwinkel heraus sah sie Garion aus dem Sattel gleiten. Er blickte so finster drein wie eine Gewitterwolke. Innerlich frohlockte Ce'Nedra. Dann beugte sie sich vor und drückte Mandorallen einen schwesterlichen Kuß auf die Stirn.

»Erhebt Euch, Herr Ritter«, befahl sie, und Mandorallen stand knirschend auf.
Ce'Nedra war ausgesprochen zufrieden mit sich.
Der Rest des Tages verlief ohne Zwischenfall. Sie überquerten eine flache Hügelkette und kamen in ein kleines Tal, als die Sonne langsam in einer Wolkenbank im Westen versank. Das Tal wurde von einem kleinen Fluß bewässert, dessen kaltes Wasser glitzerte. Hier schlugen sie ihr Nachtlager auf. Mandorallen, in seiner neuen Rolle als beschützender Ritter, war entsprechend aufmerksam, und Ce'Nedra akzeptierte huldvoll seine Dienste, wobei sie hin und wieder Garion verstohlene Blicke zuwarf, um sicher zu sein, daß er auch alles mitbekam.
Etwas später, als Mandorallen gegangen war, um nach seinem Pferd zu sehen und Garion schmollend davongestapft war, setzte sie sich auf einen moosbewachsenen Baumstumpf und gratulierte sich zu den Erfolgen des Tages.
»Du spielst ein grausames Spiel, Prinzessin«, sagte Durnik barsch von der Feuerstelle her zu ihr.
Ce'Nedra war erstaunt. So weit sie sich erinnern konnte, hatte Durnik sie noch nie direkt angesprochen, seit sie sich der Gruppe angeschlossen hatte. Der Schmied fühlte sich offensichtlich unwohl in Gegenwart von Fürstlichkeiten und schien sie sogar zu meiden. Aber jetzt blickte er ihr direkt ins Gesicht, und sein Ton war mißbilligend.
»Ich weiß nicht, wovon du sprichst«, erklärte sie.
»Ich glaube doch.« Sein ehrliches, einfaches Gesicht war ernst, sein Blick fest.
Ce'Nedra schlug die Augen nieder und errötete.
»Ich habe schon Dorfmädchen dasselbe Spiel spielen sehen«, fuhr er fort. »Es kommt nie etwas Gutes dabei heraus.«
»Ich will ja niemandem wehtun, Durnik. Es ist wirklich nichts Derartiges zwischen Mandorallen und mir – und wir beide wissen das.«
»Aber Garion nicht.«
Ce'Nedra tat erstaunt. »Garion?«
»Darum geht es doch überhaupt, nicht wahr?«
»Natürlich nicht«, widersprach sie entrüstet.

Durnik sah sie äußerst skeptisch an.
»Das hatte ich nie im Sinn«, redete Ce'Nedra hastig weiter. »Es ist völlig absurd.«
»Wirklich?«
Ce'Nedras Verteidigung nach vorn brach zusammen. »Er ist so stur«, klagte sie. »Er will einfach nichts so tun, wie man es von ihm erwartet.«
»Er ist ein aufrichtiger Junge. Was immer er sonst noch ist oder werden mag, er ist immer noch der offene, einfache Junge, der er auf Faldors Farm war. Er kennt die Spielregeln des Adels nicht. Er wird nicht lügen oder dir schmeicheln oder dir Dinge sagen, die er nicht wirklich fühlt. Ich glaube, in Kürze wird etwas sehr Wichtiges mit ihm geschehen – ich weiß nicht, was, aber ich weiß, daß es all seine Stärke und seinen Mut verlangt. Schwäche ihn nicht mit deinen Kindereien.«
»Oh, Durnik«, sagte sie mit einem tiefen Seufzer. »Was soll ich nur tun?«
»Sei ehrlich. Sage nur, was du in deinem Herzen fühlst. Sag nicht das eine, wenn du etwas anderes meinst. Das wird bei ihm nicht wirken.«
»Ich weiß. Das macht es ja alles so schwierig. Er wurde eben so erzogen, ich so. Wir werden nie zusammenkommen.« Sie seufzte wieder.
Durnik lächelte, ein sanftes, eigentümliches Lächeln. »So schlimm ist es auch nicht, Prinzessin«, sagte er. »Ihr werdet zuerst viel streiten. Du bist fast so stur wie er, weißt du. Ihr seid in verschiedenen Teilen der Welt geboren, aber innerlich seid ihr gar nicht so verschieden. Ihr werdet euch anschreien und mit den Fäusten drohen, aber mit der Zeit wird das vorbeigehen, und ihr werdet euch nicht einmal mehr daran erinnern können, weshalb ihr so gestritten habt. Einige der besten Ehen, die ich kenne, haben so angefangen.«
»Ehe?«
»Das hast du doch im Sinn, oder?«
Sie starrte ihn ungläubig an. Dann lachte sie plötzlich. »Lieber, lieber Durnik«, sagte sie. »Du verstehst überhaupt nicht, oder?«

»Ich verstehe, was ich sehe«, erwiderte er. »Und was ich sehe, ist ein junges Mädchen, das alles tut, um einen jungen Mann einzufangen.«

Ce'Nedra seufzte. »Das steht völlig außer Frage, weißt du – selbst wenn ich so fühlte, was ich natürlich nicht tue.«

»Natürlich nicht.« Er sah sie leicht belustigt an.

»Lieber Durnik«, erklärte sie, »ich kann mir nicht einmal solche Gedanken gestatten. Du vergißt, wer ich bin.«

»Das ist wohl kaum möglich«, widersprach er. »Du achtest gewöhnlich sehr genau darauf, diese Tatsache jedermann immer wieder vor Augen zu führen.«

»Weißt du denn nicht, was das bedeutet?«

Er wirkte etwas verwirrt. »Ich kann dir nicht ganz folgen.«

»Ich bin eine kaiserliche Prinzessin, das Juwel eines Reiches, und ich *gehöre* dem Reich. Ich werde absolut keine Stimme haben bei der Entscheidung, wen ich heirate. Diese Entscheidung werden mein Vater und der Kronrat treffen. Mein Gatte wird reich und mächtig sein – wahrscheinlich sehr viel älter als ich –, und meine Heirat mit ihm wird zum Vorteil des Reiches und des Hauses Borune sein. Ich werde in dieser Angelegenheit vermutlich überhaupt nicht gefragt.«

Durnik sah sie bestürzt an. »Aber das ist empörend«, wandte er ein.

»Eigentlich nicht«, erklärte sie. »Meine Familie hat das Recht, ihre Interessen zu wahren, und ich bin ein besonders wichtiges Stück für die Boruner.« Sie seufzte wieder, einen hilflosen, kleinen Seufzer. »Trotzdem könnte es schön sein – wenn ich selbst wählen könnte, meine ich. Wenn ich Garion wenigstens so ansehen dürfte, wie du geglaubt hast, daß ich es tue –, obwohl er völlig unmöglich ist.«

»Das wußte ich nicht«, entschuldigte er sich mit einem traurigen Blick.

»Nimm es nicht so schwer, Durnik«, sagte sie leichthin. »Ich wußte ja immer schon, daß es so sein muß.«

Trotzdem stand eine große glitzernde Träne in ihrem Auge, und Durnik legte ihr unbeholfen seine rauhe abgearbeitete Hand auf den Arm, um sie zu trösten. Ohne recht zu wissen

warum, schlang sie die Arme um seinen Hals, vergrub ihr Gesicht an seiner Brust und schluchzte.
»Aber, aber«, sagte er und tätschelte linkisch ihre bebende Schulter. »Aber, aber.«

3

Garion schlief in dieser Nacht nicht gut. Wenn er auch noch jung war und wenig Erfahrung besaß, so war er doch nicht dumm, und Prinzessin Ce'Nedra war recht deutlich geworden. In den Monaten, seit sie bei ihnen war, hatte er beobachten können, wie sich ihre Haltung ihm gegenüber veränderte, bis sie so etwas wie eine besondere Freundschaft füreinander empfanden. Er mochte sie, sie mochte ihn. Bis zu diesem Punkt war alles gut gewesen. Warum konnte sie es nicht dabei bewenden lassen? Garion vermutete, daß es wohl etwas mit dem Wesen des Weiblichen zu tun hatte. Sobald Freundschaft eine bestimmte Grenze überschritten hatte – eine geheimnisvolle, unsichtbare Linie –, wurde eine Frau eben ganz automatisch von dem heftigen Drang überfallen, die Dinge zu verkomplizieren.
Er war sich fast sicher, daß ihr leicht zu durchschauendes Spielchen mit Mandorallen *ihm* gegolten hatte, und er überlegte, ob es nicht besser wäre, den Ritter zu warnen, um ihm in Zukunft weiteren Liebeskummer zu ersparen. Ce'Nedras Spielerei mit den Gefühlen dieses großen Mannes war mehr als nur die gedankenlose Grausamkeit eines verwöhnten Kindes. Mandorallen mußte gewarnt werden. Seine arendische Dickköpfigkeit könnte leicht dazu führen, daß er das Offensichtliche übersah. Und doch, Mandorallen *hatte* den Löwen für sie getötet. Solche enorme Tapferkeit konnte recht gut die launische kleine Prinzessin überwältigt haben. Was, wenn ihre Bewunderung und Dankbarkeit die Grenze zur Betörung bereits überschritten hatte? Diese Möglichkeit, die Garion in jenen dunkelsten Stunden kurz vor der Morgendämmerung in den Sinn kam, machte jeden weiteren Gedanken an Schlaf unmöglich. Am nächsten

Morgen stand er mürrisch, mit verklebten Augen, auf, und diese Sorge nagte schrecklich an ihm.
Als sie in die blaugetönten Schatten des frühen Morgens hinausritten und die schrägen Strahlen der Sonne auf den Baumwipfeln glänzten, ritt Garion neben seinem Großvater, um in dessen Gesellschaft Trost zu suchen. Aber es war nicht nur das. Ce'Nedra ritt mit Tante Pol dicht vor ihnen, und Garion verspürte das starke Bedürfnis, sie im Auge zu behalten.
Meister Wolf ritt schweigend, er wirkte mürrisch und reizbar, und hin und wieder fuhr er mit den Fingern unter die Schiene an seinem linken Arm.
»Laß das, Vater«, sagte Tante Pol, ohne sich umzudrehen.
»Es juckt.«
»Weil es heilt. Laß einfach die Finger davon.«
Er brummte etwas in seinen Bart.
»Welchen Weg zum Tal willst du einschlagen?« fragte sie.
»Wir werden über Tol Rane reisen.«
»Das Jahr schreitet voran, Vater«, erinnerte sie ihn. »Wenn wir zu lange brauchen, werden wir in den Bergen in schlechtes Wetter geraten.«
»Ich weiß, Pol. Würdest du lieber direkt durch Maragor reiten?«
»Sei nicht dumm.«
»Ist Maragor wirklich so gefährlich?« fragte Garion.
Prinzessin Ce'Nedra drehte sich im Sattel um und warf ihm einen vernichtenden Blick zu. »Weißt du denn überhaupt nichts?« fragte sie maßlos überheblich.
Garion reckte sich, ein Dutzend passender Antworten schossen ihm zugleich durch den Kopf.
Meister Wolf schüttelte warnend den Kopf. »Laß gut sein«, meinte er. »Es ist noch viel zu früh für so etwas.«
Garion biß die Zähne zusammen.
Sie ritten etwa eine Stunde lang durch den kühlen Morgen, und allmählich besserte sich Garions Stimmung. Dann kam Hettar heran, um mit Meister Wolf zu sprechen. »Es kommen Reiter«, berichtete er.
»Wie viele?« fragte Wolf rasch.

»Ein Dutzend oder mehr – sie kommen von Westen.«
»Es könnten Tolnedraner sein.«
»Ich werde sehen«, murmelte Tante Pol. Sie hob den Kopf und schloß für einen Moment die Augen. »Nein«, sagte sie dann. »Keine Tolnedraner. Murgos.«
Hettar blickte finster drein. »Kämpfen wir?« fragte er mit einem erschreckenden Eifer, während seine Hand schon zu seinem Säbel fuhr.
»Nein«, erwiderte Wolf knapp. »Wir verstecken uns.«
»So viele sind es doch gar nicht.«
»Vergiß es, Hettar«, sagte Wolf. »Silk«, rief er nach vorn, »von Westen kommen einige Murgos auf uns zu. Warne die anderen und suche ein Versteck für uns.«
Silk nickte und galoppierte davon.
»Sind Grolims dabei?« fragte der alte Mann Tante Pol.
»Ich glaube nicht«, antwortete sie mit einem Stirnrunzeln. »Einer von ihnen hat einen seltsamen Geist, aber er scheint kein Grolim zu sein.«
Silk kam rasch wieder zurück. »Zur Rechten ist ein Dickicht«, erzählte er. »Es ist groß genug für uns alle.«
Das Dickicht lag etwa fünfzig Meter abseits zwischen großen Bäumen. Es erwies sich als ein Ring aus dichtem Gebüsch, der eine kleine Lichtung umschloß. Der Boden der Lichtung war feucht, denn in der Mitte entsprang eine kleine Quelle.
Silk hatte sich vom Pferd geschwungen und hackte mit seinem kurzen Schwert einen Busch ab. »Versteckt euch hier«, befahl er. »Ich gehe zurück und verwische unsere Spuren.« Er nahm den Busch auf und schlängelte sich aus dem Gehölz.
»Sorge dafür, daß die Pferde keinen Lärm machen«, bat Wolf Hettar.
Hettar nickte, doch seine Augen verrieten seine Enttäuschung.
Garion ließ sich auf die Knie nieder und kroch durch das dichte Gebüsch bis zum Rande des Dickichts, dort kauerte er sich auf dem trockenen Laub nieder, das den Boden bedeckte, und spähte zwischen den dicken, knorrigen Stämmen hindurch.
Silk ging rückwärts und verwischte mit einem Busch ihre Spuren, die zum Dickicht führten. Er bewegte sich schnell,

achtete aber sorgfältig darauf, ihre Spuren vollständig auszulöschen.
Hinter sich hörte Garion ein schwaches Rascheln und Knacken, dann kroch Ce'Nedra heran und sank neben ihn auf den Boden.
»Halte dich nicht so nah am Rand des Gebüschs auf«, sagte sie leise.
»Du auch nicht.«
Er antwortete nicht darauf. Die Prinzessin war von einem warmen, blumigen Duft umgeben, und aus irgendeinem Grund machte das Garion sehr nervös.
»Was glaubst du, wie weit sind sie weg?« flüsterte sie.
»Woher soll ich das wissen?«
»Du bist doch ein Zauberer, oder nicht?«
»So gut bin ich in so etwas auch nicht.«
Silk beendete seine Spurenbeseitigung und prüfte kurz, ob er auch nichts übersehen hatte. Dann bahnte er sich einen Weg in das Dickicht und hockte sich ein paar Schritt von Garion und Ce'Nedra entfernt hin.
»Graf Hettar wollte mit ihnen kämpfen«, wisperte Ce'Nedra Garion zu.
»Hettar will immer kämpfen, sobald er Murgos sieht.«
»Warum?«
»Die Murgos haben seine Eltern getötet, als er noch sehr klein war. Er mußte dabei zusehen.«
»Wenn es euch Kindern nichts ausmacht«, sagte Silk sarkastisch, »versuche ich, ob ich ihre Pferde hören kann.«
Irgendwo jenseits des Pfades, den sie gerade verlassen hatten, hörte Garion das dumpfe Getrappel von trabenden Pferdehufen. Er drückte sich tiefer in das Laub und hielt Ausschau, wobei er kaum zu atmen wagte.
Als die Murgos auftauchten, zählte er etwa fünfzehn, in Kettenhemden und mit den typisch vernarbten Wangen ihrer Rasse. Ihr Anführer jedoch war ein Mann in geflickter, schmutziger Tunika mit struppigem, schwarzem Haar. Er war unrasiert und schielte. Garion erkannte ihn sofort.
Silk sog mit einem hörbaren Zischen die Luft ein. »Brill«, murmelte er.

»Wer ist Brill?« flüsterte Ce'Nedra.
»Erzähle ich dir später«, flüsterte er zurück. »Shh.«
»Shhh mich nicht an«, brauste sie auf.
Ein strenger Blick von Silk brachte sie jedoch zum Schweigen.
Brill sprach energisch mit den Murgos und unterstrich seine Worte mit kurzen, abgehackten Gesten. Die Murgos nickten mit ausdruckslosen Gesichtern und schwärmten über den Pfad aus, ihren Blick dem Dickicht zugewandt, in dem Garion und die anderen sich versteckten. Brill ritt weiter den Pfad hinauf.
»Haltet eure Augen offen«, rief er ihnen zu. »Los.«
Die Murgos ritten im Schritt vorwärts. Zwei von ihnen kamen so dicht an dem Gebüsch vorbei, daß Garion den Schweiß ihrer Pferde riechen konnte.
»Ich bin diesen Mann allmählich leid«, bemerkte einer von ihnen.
»Ich würde mir das an deiner Stelle nicht anmerken lassen«, riet der zweite.
»Ich kann Befehle so gut entgegennehmen wie jeder andere«, sagte der erste, »aber der hier fängt an, mich zu reizen. Ich finde, ein Messer zwischen den Rippen stände ihm sehr gut.«
»Ich glaube nicht, daß ihm das gefallen würde, und außerdem würde es nicht leicht zu bewerkstelligen sein.«
»Ich könnte ja warten, bis er schläft.«
»Ich habe ihn noch nie schlafen sehen.«
»Jeder schläft mal – früher oder später.«
»Es ist deine Sache«, antwortete der zweite mit einem Achselzucken, »aber ich würde nichts Übereiltes tun – es sei denn, du willst Rak Hagga nie wiedersehen.«
Die beiden ritten weiter und waren bald außer Hörweite.
Silk duckte sich und kaute nervös an seinen Fingernägeln. Seine Augen wurden zu schmalen Schlitzen, und sein scharfgeschnittenes Gesicht war gespannt. Dann begann er, vor sich hinzuschimpfen.
»Was ist los, Silk?« flüsterte Garion.
»Ich habe einen Fehler gemacht«, antwortete Silk gereizt. »Laßt uns zu den anderen gehen.« Er kroch durch die Büsche auf die Lichtung zu.

Meister Wolf saß auf einem Baumstamm und kratzte geistesabwesend seinen geschienten Arm. »Nun?« fragte er aufblikkend.
»Fünfzehn Murgos«, antwortete Silk knapp, »und ein alter Freund.«
»Es war Brill«, berichtete Garion. »Er schien der Anführer zu sein.«
»Brill?« Die Augen des alten Mannes wurden groß vor Erstaunen.
»Er hat Befehle erteilt, und die Murgos haben sie ausgeführt«, sagte Silk. »Es gefiel ihnen zwar nicht besonders, aber sie haben getan, was er ihnen befahl. Sie schienen Angst vor ihm zu haben. Ich glaube, Brill ist etwas mehr als nur ein einfacher Mietling.«
»Wo ist Rak Hagga?« fragte Ce'Nedra.
Wolf sah sie scharf an.
»Wir hörten zwei von ihnen reden«, erklärte sie. »Sie sagten, daß sie aus Rak Hagga wären. Ich dachte, ich würde die Namen aller Städte in Cthol Murgos kennen, aber den habe ich noch nie gehört.«
»Bist du sicher, daß sie Rak Hagga gesagt haben?« fragte Wolf.
»Ich habe es auch gehört«, sagte Garion. »Das war der Name, den sie gebrauchten – Rak Hagga.«
Meister Wolf stand auf, sein Gesicht war plötzlich finster. »Dann müssen wir uns beeilen. Taur Urgas bereitet sich auf den Krieg vor.«
»Woher weißt du das?« fragte Barak.
»Rak Hagga liegt dreitausend Meilen südlich von Rak Goska, und die Murgos aus dem Süden kommen nie in diesen Teil der Welt, wenn der König der Murgos nicht kurz vor einem Krieg steht.«
»Laß sie nur kommen«, meinte Barak mit einem finsteren Lächeln.
»Wenn es euch recht ist, möchte ich erst unsere Aufgabe erledigen. Ich muß nach Rak Cthol, und ich würde es vorziehen, wenn ich nicht durch ganze Murgo-Armeen waten müßte, um dorthin zu gelangen.« Der alte Mann schüttelte zornig

den Kopf. »Was denkt sich Taur Urgas bloß?« brach es aus ihm heraus. »Die Zeit ist noch nicht reif.«

Barak zuckte die Achseln. »Eine Zeit ist so gut wie jede andere.«

»Nicht für *diesen* Krieg. Zu viele Dinge müssen erst noch geschehen. Kann Ctuchik diesen Irren denn nicht im Zaum halten?«

»Unberechenbarkeit macht einen Teil von Taur Urgas' einzigartigem Charme aus«, stellte Silk sardonisch fest. »Er weiß selbst nicht, was er von einem auf den nächsten Tag tun wird.«

»Kennt Ihr den König der Murgos?« fragte Mandorallen.

»Wir haben uns getroffen«, erwiderte Silk. »Wir lieben uns nicht besonders.«

»Brill und seine Murgos müßten jetzt weg sein«, sagte Meister Wolf. »Wir müssen weiter. Wir haben einen langen Weg vor uns, und die Zeit läuft uns allmählich davon.« Er ging rasch zu seinem Pferd.

Kurz vor Sonnenuntergang kamen sie an einen hohen Paß, der zwischen zwei Bergen hindurchführte, und blieben für die Nacht in einer kleinen Schlucht ein paar Meilen hinter dem Paß.

»Mach ein möglichst kleines Feuer, Durnik«, bat Meister Wolf den Schmied. »Die Murgos aus dem Süden haben scharfe Augen und können den Schein eines Feuers meilenweit sehen. Ich möchte nicht mitten in der Nacht Gesellschaft haben.«

Durnik nickte und machte die Grube für ihr Feuer tiefer als sonst.

Mandorallen war Prinzessin Ce'Nedra gegenüber sehr aufmerksam, als sie sich für die Nacht bereitmachten, und Garion beobachtete dies verdrossen. Obwohl er sich jedesmal heftig gewehrt hatte, wenn Tante Pol darauf bestand, ihn zum persönlichen Diener Ce'Nedras zu machen, hatte Garion jetzt, wo das kleine Mädchen den Ritter hatte, der für sie Dinge holte oder trug, das Gefühl, als hätte ihm jemand seine rechtmäßige Position streitig gemacht.

»Wir müssen unsere Reisegeschwindigkeit erhöhen«, sagte Wolf, als sie ihr Mahl aus Speck, Brot und Käse beendet hatten.

»Wir müssen die Berge hinter uns gebracht haben, ehe die ersten Stürme kommen, und wir müssen versuchen, Brill und seinen Murgos voraus zu bleiben.« Er scharrte eine Fläche auf dem Waldboden frei, nahm einen Ast und zeichnete eine grobe Karte. »Wir sind hier.« Er bezeichnete die Stelle mit dem Stock. »Maragor liegt direkt vor uns. Wir schlagen einen Bogen nach Westen, gehen über Tol Rane und halten uns dann nach Nordosten, bis wir zum Tal kommen.«

»Wäre es nicht kürzer, Maragor zu durchqueren?« schlug Mandorallen vor und deutete auf die Karte.

»Vielleicht«, antwortete der alte Mann, »aber das werden wir nicht tun, solange wir nicht unbedingt müssen. In Maragor spukt es, und es ist am besten, es wenn möglich zu umgehen.«

»Wir sind keine Kinder, die sich vor körperlosen Schatten fürchten«, erklärte Mandorallen etwas steif.

»Niemand zweifelt an deinem Mut, Mandorallen«, sagte Tante Pol, »aber der Geist Maras wehklagt in Maragor. Es ist besser, ihn nicht zu beleidigen.«

»Wie weit ist es bis Aldurs Tal?« fragte Durnik.

»Etwa siebenhundertundfünfzig Meilen«, antwortete Wolf. »Wir werden einen Monat oder länger in den Bergen sein, selbst unter günstigsten Bedingungen. Jetzt sollten wir besser schlafen. Morgen erwartet uns vermutlich ein harter Tag.«

4

Am nächsten Morgen standen sie bereits auf, als das erste blasse Licht des Tages sich am östlichen Horizont zeigte. Der Boden war mit silbrigem Frost bedeckt, und eine dünne Eisschicht lag über der Quelle der Lichtung. Ce'Nedra, die zur Quelle gegangen war, um sich zu waschen, hob eine hauchdünne Eisschicht von dem Wasser ab und starrte sie an. »Hier oben in den Bergen ist es nun einmal viel kälter«, erklärte Garion, während er sein Schwert umgürtete.

»Das ist mir klar«, erwiderte sie spitz.

»Vergiß es«, murmelte er und stapfte davon.

In leichtem Trab ritten sie aus den Bergen hinaus in das helle Sonnenlicht. Als sie um eine hervorspringende Felsnase bogen, sahen sie in den weiten Talkessel hinunter, der einst Maragor gewesen war, das Gebiet der Marag. Die Wiesen waren von einem staubigen, herbstlichen Grün, und die Flüsse und Seen glitzerten in der Sonne. Eine aus der Entfernung winzig wirkende Ruine erhob sich weit draußen auf der Ebene.

Garion merkte, daß Ce'Nedra sich abwandte, sich weigerte, auch nur hinzusehen.

Etwas weiter unterhalb am Hang war eine Ansammlung einfacher Hütten und Zelte zu sehen, die in einer steilen Schlucht lagen, durch die ein tosender Bach hinunterstürzte. Schmutzige Straßen und Pfade wanden sich an den Abhängen der Schlucht entlang, und etwa ein Dutzend zerlumpter Männer hockte verdrossen mit Hacke und Pike am Ufer des Baches und verwandelte das Wasser unterhalb der schäbigen Ansiedlung in ein schmutziges Gelbbraun.

»Eine Stadt?« fragte Durnik. »Hier draußen?«

»Eigentlich keine Stadt«, antwortete Wolf. »Die Männer in solchen Siedlungen sieben Geröll und Sand und graben am Flußufer nach Gold.«

»Gibt es denn hier Gold?« fragte Silk rasch, seine Augen blitzten.

»Ein wenig«, sagte Wolf. »Wahrscheinlich nicht genug, daß es sich lohnt, Zeit in die Suche zu investieren.«

»Warum tun sie es dann?«

Wolf zuckte die Achseln. »Wer weiß?«

Mandorallen und Barak übernahmen die Führung, und sie ritten den felsigen Pfad hinunter zu der Siedlung Als sie sich näherten, kamen zwei Männer aus einer der Hütten, rostige Schwerter in der Hand. Der eine, ein dünner, unrasierter Mann mit hoher Stirn, trug eine schmierige tolnedranische Schürze. Der andere, wesentlich größer und kräftiger, war in die zerlumpte Tunika eines arendischen Leibeigenen gekleidet.

»Das ist weit genug«, rief der Tolnedraner. »Wir lassen keine bewaffneten Männer näherkommen, ehe wir nicht wissen, was sie wollen.«

»Du versperrst den Weg, Freundchen«, sagte Barak. »Du könntest feststellen, daß dir das nicht gut bekommt.«
»Ein Ruf von mir bringt fünfzig Bewaffnete herbei«, warnte der Tolnedraner.
»Sei kein Narr, Reldo«, sagte der große Arendier zu ihm. »Der mit dem ganzen Stahl an sich ist ein mimbrischer Ritter. Es gibt auf dem ganzen Berg nicht genug Männer, um ihn aufzuhalten, wenn er sich entschließt, einfach durchzureiten.« Er sah Mandorallen wachsam an. »Was sind Eure Absichten, Herr Ritter?«
»Wir folgen lediglich dem Pfad«, antwortete Mandorallen. »Wir haben kein Interesse an Eurem Dorf.«
Der Arendier grunzte. »Das ist für mich gut genug. Laß sie durch, Reldo.« Er steckte sein Schwert in den Gürtel.
»Und wenn er lügt?« gab Reldo zurück. »Was, wenn sie hier sind, um unser Gold zu stehlen?«
»Welches Gold, du Dreckskerl?« fragte der Arendier voller Verachtung. »Im ganzen Lager gibt es nicht genug Gold, um einen Fingerhut zu füllen – und mimbrische Ritter lügen nicht. Wenn du mit ihm kämpfen willst, nur zu. Wenn es vorbei ist, kehren wir zusammen, was von dir noch übrig ist und werfen es in irgendein Loch.«
»Du hast ein loses Mundwerk, Berig«, stellte Reldo finster fest.
»Und was willst du dagegen tun?«
Der Tolnedraner starrte den größeren Mann an, dann wandte er sich ab und ging fluchend davon.
Berig lachte rauh, dann wandte er sich wieder Mandorallen zu. »Kommt, Herr Ritter«, lud er ihn ein. »Reldo ist nur mit dem Mund groß dabei. Ihr müßt Euch seinetwegen keine Sorgen machen.«
Mandorallen ritt ein paar Schritte vorwärts. »Ihr seid weit weg von der Heimat, Freund.«
Berig zuckte die Achseln. »In Arendien hat mich nichts gehalten, und es gab ein Mißverständnis mit meinem Herrn wegen eines Schweins. Als er drohte, mich aufhängen zu lassen, habe ich mir gedacht, ich könnte mein Glück auch in einem fremden Land suchen.«
»Klingt vernünftig.« Barak lachte.

Berig zwinkerte ihm zu. »Der Pfad führt zum Fluß hinunter und auf der anderen Seite hinter den Hütten wieder hinauf. Die Männer dort drüben sind Nadraks, aber der einzige, der Euch vielleicht Ärger macht, ist Tortek. Aber der hat sich letzte Nacht vollsaufen lassen, und jetzt schläft er wahrscheinlich noch seinen Rausch aus.«

Ein Mann in sendarischer Kleidung stolperte mit leeren Augen aus einem der Zelte. Plötzlich hob er den Kopf und heulte wie ein Hund. Berig nahm einen Stein und warf ihn auf den Sendarier. Dieser wich dem Stein aus und lief kläffend hinter eine der Hütten. »Eines Tages tue ich ihm den Gefallen und jage ihm ein Messer zwischen die Rippen«, meinte Berig verdrießlich. »Er heult die ganze Nacht den Mond an.«

»Was hat er für ein Problem?« fragte Barak.

Berig zuckte die Achseln. »Er ist verrückt. Er dachte, er könnte einen kurzen Ausflug nach Maragor machen und etwas Gold zusammenraffen, ehe die Geister ihn einholten. Er hat sich geirrt.«

»Was haben sie mit ihm gemacht?« fragte Durnik mit großen Augen.

»Das weiß niemand«, antwortete Berig. »Es passiert immer wieder, daß sich jemand betrinkt oder zu gierig wird und meint, er schafft es. Aber es hat keinen Sinn, selbst wenn die Geister einen nicht in die Hände bekommen. Jeder, der wiederkommt, wird sofort von seinen Freunden ausgeraubt. Niemand kommt dazu, das Gold zu behalten, das er mitbringt, wozu dann also der ganze Ärger?«

»Ihr seid in liebenswerter Gesellschaft«, meinte Silk trocken.

Berig lachte. »Sie paßt zu mir. Besser, als in Arendien in der Apfelplantage meines Herrn einen Baum zu zieren.« Er kratzte sich. »Ich glaube, ich sollte lieber ein bißchen graben«, seufzte er. »Viel Glück.« Er drehte sich um und ging auf eins der Zelte zu.

»Wir müssen weiter«, sagte Wolf leise. »An solchen Orten wird es im Laufe des Tages meist etwas rüpelhaft.«

»Du scheinst ja einige davon zu kennen, Vater«, bemerkte Tante Pol.

»Es sind gute Verstecke«, antwortete er. »Niemand stellt Fragen. Ein-, zweimal in meinem Leben war es nötig, daß ich mich versteckte.«
»Ich frage mich nur, warum.«
Sie ritten die staubige Straße zwischen den roh zusammengezimmerten Hütten und den geflickten Zelten entlang, die zu dem tosenden Fluß führte.
»Wartet!« rief jemand hinter ihnen her. Ein heruntergekommener Drasnier lief ihnen nach und schwenkte einen kleinen Lederbeutel. Atemlos erreichte er sie. »Warum habt ihr nicht gewartet?« fragte er vorwurfsvoll.
»Was willst du?« fragte Silk.
»Ich gebe euch zwei Unzen gutes Gold für das Mädchen«, keuchte der Drasnier und schwenkte wieder seinen schwarzen Lederbeutel.
Mandorallens Gesicht wurde starr, seine Hand fuhr zu seinem Schwert.
»Warum läßt du mich das nicht regeln, Mandorallen?« schlug Silk sanft vor und glitt aus dem Sattel.
Ce'Nedra war zuerst schockiert gewesen, jetzt war sie empört. Sie stand kurz vor einer Explosion, als Garion ihr die Hand auf den Arm legte. »Paß auf«, sagte er leise.
»Wie kann er es –«
»Shhh. Paß gut auf. Silk wird das schon machen.«
»Das ist ein ziemlich armseliges Angebot«, sagte Silk und spielte müßig mit seinen Fingern.
»Sie ist noch jung«, erklärte der andere Drasnier. »Sie hat offensichtlich noch nicht viel Erfahrung. Wem von euch gehört sie?«
»Dazu kommen wir gleich«, erwiderte Silk. »Sicher kannst du ein besseres Angebot machen.«
»Das ist alles, was ich habe«, meinte der abgerissene Mann kläglich und fuchtelte mit seinen Händen wie zur Bekräftigung herum, »und ich will mich nicht mit einem dieser Banditen zusammentun. Dann sehe ich nie einen Gewinn.«
Silk schüttelte den Kopf. »Tut mir leid«, lehnte er ab. »Es kommt gar nicht in Frage. Du kannst das sicher verstehen.«

Ce'Nedra gab erstickte Laute von sich.
»Sei still«, fuhr Garion sie an. »Hier ist nicht alles, was es zu sein scheint.«
»Was ist mit der älteren?« schlug der Drasnier in einem verzweifelten Ton vor. »Sicherlich sind doch zwei Unzen ein guter Preis für sie.«
Ohne Warnung schoß Silks Faust vor, und der zerlumpte Mann wich vor dem Hieb zurück. Seine Hand flog an seinen Mund, und er begann, wilde Flüche auszustoßen.
»Reite ihn nieder, Mandorallen«, sagte Silk beiläufig.
Der finsterblickende Ritter zog sein Breitschwert und lenkte sein Streitroß direkt auf den schimpfenden Drasnier zu. Nach einem bestürzten Schrei drehte der Mann sich um und floh.
»Was hat er gesagt?« fragte Wolf Silk. »Du hast so vor ihm gestanden, daß ich nichts sehen konnte.«
»Die ganze Gegend wimmelt vor Murgos«, antwortete Silk und stieg wieder auf sein Pferd. »Kheran sagt, daß in der letzten Woche etwa ein Dutzend Gruppen hier durchgekommen ist.«
»Du *kennst* dieses Tier?« fragte Ce'Nedra.
»Kheran? Natürlich. Wir sind zusammen zur Schule gegangen.«
»Drasnier behalten gern alles im Auge, Prinzessin«, erklärte Wolf. »König Rhodar hat überall seine Agenten.«
»Dieser gräßliche Mann ist ein Agent von König Rhodar?« fragte Ce'Nedra ungläubig.
Silk nickte. »Tatsächlich ist Kheran Markgraf«, sagte er. »Er hat unter normalen Umständen ausgezeichnete Manieren. Er bat mich, dir seine Empfehlungen zu übermitteln.«
Ce'Nedra war völlig verblüfft.
»Drasnier unterhalten sich mit ihren Fingern«, sagte Garion. »Ich dachte, das wüßte jeder.«
Ce'Nedra sah ihn scharf an.
»Tatsächlich hat Kheran gesagt: ›Sag der rothaarigen Hexe, daß ich mich für die Beleidigung entschuldige‹«, erzählte Garion ihr selbstgefällig. »Er mußte mit Silk reden, und er brauchte eine Ausrede.«

»*Hexe?*«
»Sein Wort, nicht meins«, beeilte Garion sich zu sagen.
»*Du* kannst diese Zeichensprache?«
»Natürlich.«
»Das reicht, Garion«, sagte Tante Pol entschieden.
»Kheran empfiehlt, daß wir sofort von hier verschwinden«, sagte Silk zu Meister Wolf. »Er sagt, daß die Murgos jemanden suchen – uns wahrscheinlich.«
Von der anderen Seite des Lagers ertönten plötzlich zornige Stimmen. Einige Dutzend Nadraks strömten aus ihren Hütten, um sich einer Gruppe von Murgos entgegenzustellen, die gerade aus der Schlucht herangeritten war. In vorderster Reihe der Nadraks stand ein großer, dicker Mann, der mehr Ähnlichkeit mit einem Tier als mit einem Menschen hatte. In seiner rechten Hand trug er eine brutal aussehende Stahlkeule. »Kordoch«, bellte er, »ich habe dir gesagt, das nächste Mal, wenn du kommst, töte ich dich.«
Der Mann, der zwischen den Murgoreitern nach vorn vor den grobschlächtigen Nadrak trat, war Brill. »Du hast schon viel erzählt, Tarlek«, rief er zurück.
»Diesmal bekommst du, was du verdienst, Kordoch«, brüllte Tarlek und trat keulenschwingend vor.
»Bleib zurück«, warnte Brill ihn und entfernte sich etwas von den Pferden. »Ich habe für so etwas jetzt keine Zeit.«
»Du hast überhaupt keine Zeit mehr, Kordoch – für gar nichts.«
Barak grinste breit. »Möchte jemand die Gelegenheit nutzen, und unserem Freund dort drüben auf Wiedersehen sagen?« fragte er. »Ich glaube, er wird auf eine sehr lange Reise gehen.«
Aber Brills Hand war plötzlich unter seine Tunika gefahren. Mit einer eckigen Bewegung holte er einen seltsam aussehenden dreieckigen Gegenstand aus Stahl heraus, der ungefähr fünfzehn Zentimeter breit war, und ohne die Bewegung zu unterbrechen, schleuderte er ihn auf Tarlek zu. Das flache Stahldreieck segelte, im Sonnenlicht glitzernd, durch die Luft und senkte sich mit einem ekelerregenden Geräusch von knir-

schenden Knochen in die Brust des plumpen Nadraks. Silk zischte vor Erstaunen.
Tarlek starrte Silk mit offenstehendem Mund blöde an, seine linke Hand fuhr an die Wunde in seiner Brust. Dann glitt ihm die Keule aus der Hand, seine Knie gaben nach, und er fiel schwerfällig nach vorn.
»Weg hier!« bellte Meister Wolf. »Den Fluß hinunter. Los!«
In schnellem Galopp stürmten sie in das felsige Flußbett, das schlammige Wasser wurde von den Hufen ihrer Pferde aufgewirbelt. Nach einigen hundert Metern bogen sie scharf ab und kletterten an dem steilen Ufer hinauf.
»Hier lang!« rief Barak und deutete auf eine etwas ebenere Stelle. Garion blieb keine Zeit zu überlegen, er konnte sich nur an seinem Pferd festklammern und versuchen, die anderen nicht aus den Augen zu verlieren. Hinter sich konnte er schwache Rufe hören.
Sie ritten hinter einen niedrigen Hügel und zügelten auf Wolfs Zeichen hin für einen Moment die Pferde. »Hettar«, sagte der alte Mann, »sieh nach, ob sie kommen.«
Hettar wirbelte sein Pferd herum und ritt auf eine Baumgruppe auf der Hügelkuppe zu.
Silk fluchte vor sich hin, sein Gesicht war aschfahl.
»Was ist denn mit dir los?« fragte Barak.
Silk schimpfte weiter.
»Was hat ihn so aus der Fassung gebracht?« fragte Barak Meister Wolf.
»Unser Freund hat einen schlimmen Schock erlitten«, antwortete der alte Mann. »Er hat jemanden falsch eingeschätzt – ich zugegebenermaßen aber auch. Die Waffe, die Brill gegen den großen Nadrak eingesetzt hat, nennt man Natternbiß.«
Barak zuckte die Achseln. »Für mich sah es aus wie ein eigentümlich geformtes Wurfmesser.«
»Es ist ein bißchen mehr als das«, erklärte Wolf. »Es ist auf allen drei Seiten scharf wie eine Rasierklinge, und die Spitzen sind normalerweise in Gift getaucht. Es ist die besondere Waffe der Dagashi. Das hat Silk so aufgeregt.«
»Ich hätte es wissen sollen«, schimpfte Silk mit sich selbst.

»Brill war die ganze Zeit über zu gut für einen gewöhnlichen sendarischen Straßenräuber.«
»Weißt du, wovon sie sprechen, Polgara?« fragte Barak.
»Die Dagashi sind eine Geheimgesellschaft in Cthol Murgos«, erklärte sie. »Geübte Mörder und Attentäter. Sie gehorchen nur Ctuchik und ihren eigenen Ältesten. Ctuchik benutzt sie seit Jahrhunderten, um Leute auszuschalten, die ihm im Weg sind. Sie sind sehr tüchtig.«
»Ich habe mich nie sehr für die Eigenarten der Murgo-Kultur interessiert«, sagte Barak. »Wenn sie herumschleichen und sich gegenseitig umbringen wollen, um so besser.« Er warf einen raschen Blick den Hügel hinauf, um festzustellen, ob Hettar irgend etwas hinter ihnen bemerkt hatte. »Das Ding, das Brill da benutzt hat, mag ja ein ganz interessantes Spielzeug sein, aber es hat doch keine Chance gegen eine Rüstung und ein gutes Schwert.«
»Sei nicht so provinziell, Barak«, sagte Silk, der allmählich seine Fassung wiedergewann. »Ein gut geworfener Natternbiß kann ohne weiteres durch ein Kettenhemd dringen, und wenn man weiß, wie, kann man ihn sogar um die Ecke werfen. Nicht nur das, ein Dagashi kann dich mit seinen bloßen Händen und Füßen töten, ob du nun eine Rüstung trägst oder nicht.« Er runzelte die Stirn. »Weißt du, Belgarath«, überlegte er, »wir könnten die ganze Zeit einem Irrtum unterlegen sein. Wir haben angenommen, daß Asharak Brill benutzt hat, aber es kann genausogut umgekehrt gewesen sein. Brill muß gut sein, sonst hätte Ctuchik ihn nicht in den Westen geschickt, um ein Auge auf uns zu haben.« Dann lächelte er, ein kaltes, freudloses Lächeln. »Ich frage mich nur, wie gut er ist.« Er spreizte seine Finger. »Ich habe schon ein paar Dagashi getroffen, aber nie einen der besten. Das könnte sehr interessant werden.«
»Wir wollen uns nicht ablenken lassen«, erwiderte Wolf. Das Gesicht des alten Mannes war grimmig. Er sah Tante Pol an, und etwas schien sich zwischen ihnen abzuspielen.
»Das meinst du doch nicht ernst«, sagte sie.
»Ich glaube, wir haben keine andere Wahl, Pol. Überall um uns herum sind Murgos – zu viele und zu dicht um uns. Ich habe

keinen Platz mehr, mich zu bewegen. Sie haben uns an der Südgrenze von Maragor festgenagelt. Früher oder später werden wir sowieso in die Ebene gedrängt. Und wenn wir den Entschluß selbst fassen, können wir wenigstens einige Vorkehrungen treffen.«

»Es gefällt mir nicht, Vater«, sagte sie offen.

»Mir gefällt es auch nicht besonders«, gab er zu, »aber wir müssen diese ganzen Murgos abschütteln, sonst schaffen wir es nie bis ins Tal, ehe der Winter einsetzt.«

Hettar kam den Hügel hinab. »Sie kommen«, berichtete er leise. »Und ein weiterer Trupp von ihnen kommt von Westen her auf uns zu.«

Wolf tat einen tiefen Atemzug. »Ich glaube, das entscheidet es, Pol. Gehen wir.«

Als sie an den Baumgürtel kamen, der die letzte niedrige Hügelkette vor der Ebene säumte, warf Garion einen Blick zurück. Ein halbes Dutzend Staubwolken war auf dem meilenlangen Abhang über ihnen sichtbar. Murgos näherten sich ihnen von allen Seiten.

Sie galoppierten unter die Bäume und durch eine seichte Furt hindurch. Barak, der an der Spitze ritt, hob plötzlich die Hand. »Männer vor uns!« warnte er.

»Murgos?« fragte Hettar und griff nach seinem Säbel.

»Ich glaube nicht. Der eine, den ich gesehen habe, sah mehr aus wie die Leute in dem Goldgräberlager.«

Silk kam mit funkelnden Augen nach vorn. »Ich habe eine Idee«, sagte er. »Laßt mich mit ihnen reden.« Er gab seinem Pferd die Sporen und raste direkt auf den möglichen Hinterhalt zu. »Kameraden!« rief er. »Macht euch bereit! Sie kommen – und sie haben das Gold!«

Einige schäbig gekleidete Männer mit rostigen Schwertern und Äxten erhoben sich aus dem Gebüsch oder traten hinter Bäumen hervor und umringten den kleinen Mann. Silk redete sehr schnell, wedelte mit den Armen und zeigte zurück auf den Abhang.

»Was tut er da?« fragte Barak.

»Etwas Hinterlistiges, nehme ich an«, meinte Wolf.

Die Männer sahen zuerst skeptisch drein, doch ihre Mienen veränderten sich allmählich, während er weiter aufgeregt auf sie einsprach. Schließlich drehte er sich im Sattel um und blickte zurück. Er schwang seinen Arm in weitem Bogen über dem Kopf. »Los!« rief er. »Sie kommen mit uns!« Er wirbelte sein Pferd herum und ließ es die felsige Seite der Schlucht hinaufklettern.

»Bleibt zusammen«, warnte Barak und straffte seine Schultern unter dem Kettenhemd. »Ich weiß nicht genau, was er vorhat, aber manchmal funktionieren seine Pläne nicht so recht.«

Sie galoppierten durch die Gruppe der wild aussehenden Banditen und hinter Silk her den Abhang hinauf. »Was hast du ihnen erzählt?« rief Barak beim Reiten.

»Ich habe ihnen erzählt, daß fünfzehn Murgos einen Abstecher nach Maragor gemacht hätten und mit schweren Packen Gold beladen wiedergekommen wären.« Der kleine Mann lachte. »Dann habe ich gesagt, daß die Männer in der Siedlung sie zurückgeschickt hätten und daß sie mit dem Gold diesen Weg nehmen wollten. Ich habe ihnen gesagt, wir würden die nächste Schlucht decken, wenn sie die dort hinten übernähmen.«

»Diese Schurken werden über Brill und seine Murgos herfallen, wenn sie versuchen, hier hinter uns her zu reiten«, vermutete Barak.

»Ich weiß.« Silk lachte. »Ist das nicht schrecklich?«

Sie galoppierten weiter. Nach etwa einer halben Meile hob Meister Wolf den Arm, und sie hielten an. »Wir müßten jetzt weit genug sein«, sagte er. »Jetzt hört mir gut zu, ihr alle. Diese Hügel wimmeln vor Murgos, deswegen müssen wir den Weg durch Maragor nehmen.«

Prinzession Ce'Nedra schnappte hörbar nach Luft, ihr Gesicht wurde totenblaß.

»Es wird alles in Ordnung gehen, Liebes«, beruhigte Tante Pol sie.

Wolfs Gesicht war sehr ernst. »Sobald wir auf die Ebene kommen, werdet ihr gewisse Dinge hören«, fuhr er fort. »Schenkt ihnen keine besondere Aufmerksamkeit, sondern reitet einfach weiter. Ich werde an der Spitze reiten, und ich möchte, daß ihr alle mich genau beobachtet. Sobald ich meine Hand hebe, möchte ich, daß ihr sofort stehenbleibt und vom Pferd steigt. Schaut zu Boden und seht nicht auf, gleichgültig, was ihr auch hört. Es gibt Dinge dort draußen, die ihr bestimmt nicht sehen wollt. Polgara und ich werden euch in einen schlafähnlichen Zustand versetzen. Versucht nicht, dagegen anzukämpfen. Entspannt euch einfach und tut genau, was wir euch sagen.«

»Schlaf?« protestierte Mandorallen. »Was ist, wenn wir angegriffen werden? Wie können wir uns verteidigen, wenn wir schlafen?«

»Dort draußen gibt es nichts Lebendes, das dich angreifen kann, Mandorallen«, sagte Wolf. »Es ist nicht dein Körper, der geschützt werden muß, sondern dein Geist.«

»Was ist mit den Pferden?« fragte Hettar.

»Den Pferden wird nichts geschehen. Sie werden die Geister nicht einmal sehen.«

»Ich *kann* nicht«, erklärte Ce'Nedra mit einer Stimme, die verriet, daß sie nahe daran war, hysterisch zu werden. »Ich *kann* nicht nach Maragor gehen.«

»Doch, du kannst, Liebes«, sagte Tante Pol beschwichtigend. »Bleib dicht bei mir. Ich werde nicht zulassen, daß dir etwas geschieht.«

Garion spürte plötzlich ein tiefes Mitgefühl für das verängstigte kleine Mädchen und lenkte sein Pferd neben das ihre. »Ich werde auch da sein.«

Sie sah ihn dankbar an, aber ihre Unterlippe zitterte noch immer, und sie war sehr blaß.

Meister Wolf atmete tief ein und warf einen Blick auf den langen Abhang hinter ihnen. Die Staubwolken, die die heranahenden Murgos aufwirbelten, waren jetzt viel näher. »Also gut«, sagte er. »Reiten wir.« Er wendete sein Pferd und ritt in leichtem Trab auf den Ausgang der Schlucht und die Ebene zu, die sich vor ihnen erstreckte.

Zuerst schien das Geräusch schwach und sehr weit entfernt, fast wie das Murmeln des Windes in den Zweigen oder wie Wasser, das leise über Steine plätschert. Dann, als sie weiter hinaus in die Ebene kamen, wurde es lauter und deutlicher. Garion blickte einmal fast sehnsüchtig zurück zu den hinter ihnen liegenden Bergen. Dann lenkte er sein Pferd dicht neben Ce'Nedras, heftete seine Augen auf Meister Wolfs Rücken und versuchte, seine Ohren zu verschließen.

Das Geräusch war angeschwollen zu einem Klagelied, unterbrochen von gelegentlichen Schreien. Hinter allem stand, all die anderen Geräusche anscheinend tragend und nährend, eine entsetzliche Wehklage, wohl nur eine einzige Stimme, aber so gewaltig und umfassend, daß sie in Garions Kopf widerzuhallen schien und jeden Gedanken auslöschte.

Plötzlich hob Meister Wolf die Hand.

Garion glitt aus dem Sattel, die Augen fast verzweifelt auf den Boden geheftet.

Irgend etwas bewegte sich am Rande seines Blickfeldes, aber er sah nicht hin.

Dann sprach Tante Pol zu ihnen, ihre Stimme war gelassen und beruhigend. »Ich möchte, daß ihr einen Kreis bildet«, sagte sie, »und daß ihr euch bei den Händen nehmt. Nichts wird in der Lage sein, in diesen Kreis einzudringen, also werdet ihr sicher sein.«

Gegen seinen Willen zitternd, streckte Garion die Hand aus. Jemand nahm seine linke, er wußte nicht wer. Aber er wußte sofort, daß die kleine Hand, die sich so verzweifelt an seine rechte klammerte, Ce'Nedra gehörte.

Tante Pol stand mitten im Kreis, und Garion konnte ihre Kraft spüren, die über sie hinwegspülte. Irgendwo außerhalb des Kreises konnte er Wolf spüren. Der alte Mann tat etwas, das leichte Wogen durch Garions Adern schickte und für kurze Zeit das vertraute Dröhnen verursachte.

Das Wehklagen der entsetzlichen einzelnen Stimme wurde lauter, intensiver, und Garion fühlte die ersten Anzeichen von Panik. Es würde nicht klappen. Sie würden alle wahnsinnig werden.

»Shhh, jetzt«, kam Tante Pols Stimme zu ihm, und er wußte, daß sie in seinem Geist sprach. Seine Panik verschwand, und er spürte eine seltsame, friedliche Müdigkeit. Seine Augen wur den schwer, und das Klagen wurde schwächer. Dann fiel er, eingehüllt in eine tröstliche Wärme, fast augenblicklich in einen tiefen Schlummer.

5

Garion war sich nicht sicher, wann sein Geist begonnen hatte, Tante Pols Zwang, tiefer und tiefer in die schützende Wahrnehmungslosigkeit zu sinken, abzuschütteln. Es konnte noch nicht lange her sein. Taumelnd, wie jemand, der langsam aus den Tiefen emporsteigt, tauchte er aus dem Schlaf auf und fand sich steif, geradezu hölzern, mit den anderen auf die Pferde zugehend. Als er sie ansah, merkte er, daß ihre Gesichter leer waren, sie spürten nichts. Er vermeinte, Tante Pols geflüsterten Befehl »schlaft, schlaft« zu hören, aber es fehlte ihm die nötige Kraft, auch ihn zum Gehorsam zu zwingen.
In seinem Bewußtsein gab es jedoch einen leichten Unterschied. Obwohl sein Verstand wach war, schienen es seine Gefühle nicht zu sein. Er betrachtete die Dinge mit einer kühlen, ruhigen Gelassenheit, unbeirrt von seinen Gefühlen, die seine Gedanken so oft in Aufruhr versetzten. Er wußte, daß er Tante Pol eigentlich sagen müßte, daß er nicht schlief, aber aus irgendeinem geheimnisvollen Grund beschloß er, dies nicht zu tun. Geduldig begann er die Ideen und Vorstellungen zu überprüfen, die mit dieser Entscheidung zusammenhingen, denn er wollte versuchen, den einen Gedanken zu isolieren, der hinter seinem Entschluß, nicht zu sprechen, stecken mußte. Bei seiner Suche berührte er auch den stillen Winkel, in dem das andere Bewußtsein wohnte. Er konnte fast dessen spöttische Belustigung spüren.
»Nun?« sagte er schweigend zu ihm.
»Ich sehe, daß du schließlich doch noch wach geworden bist.«
»Nein«, berichtigte Garion penibel, »eigentlich schläft ein Teil von mir, glaube ich.«
»Das ist der Teil, der immer im Weg stand. Wir können jetzt reden. Wir haben viel zu besprechen.«

»Wer bist du?« fragte Garion und folgte unbewußt Tante Pols Anweisung, sein Pferd wieder zu besteigen.
»Ich habe eigentlich keinen Namen.«
»Du bist von mir getrennt, nicht wahr? Ich meine, du bist nicht einfach ein Teil von mir, oder?«
»Nein«, antwortete die Stimme. »Wir sind völlig unabhängig voneinander.«
Die Pferde gingen jetzt im Schritt hinter Tante Pol und Meister Wolf her über das Grasland.
»Was willst du?« fragte Garion.
»Ich muß dafür sorgen, daß die Dinge so werden, wie sie sollen. Das tue ich schon sehr lange.«
Garion dachte darüber nach. Um ihn herum wurde das Wehgeschrei lauter, und der Jammerchor und die Schreie wurden deutlicher. Dünne, nur halbgeformte Umrisse tauchten auf und schwebten über das Gras auf die Pferde zu. »Ich werde verrückt, nicht wahr?« fragte er bedauernd. »Ich schlafe nicht wie die anderen, und die Geister werden mich in den Wahnsinn treiben, oder?«
»Ich bezweifle es«, antwortete die Stimme. »Du wirst einiges sehen, was du wahrscheinlich besser nicht sähest, aber ich glaube nicht, daß es deinen Verstand zerstören wird. Vielleicht lernst du sogar etwas über dich, das später nützlich ist.«
»Du bist sehr alt, nicht wahr?« fragte Garion, als ihm dieser Gedanke kam.
»Der Begriff bedeutet in meinem Fall nichts.«
»Älter als Großvater?« beharrte Garion.
»Ich kannte ihn, als er noch ein Kind war. Vielleicht fühlst du dich besser, wenn du weißt, daß er noch sturer war als du. Ich habe sehr lange gebraucht, bis ich ihn auf den Weg gebracht hatte, den er einschlagen sollte.«
»Hast du es in seinem Geist getan?«
»Natürlich.«
Garion bemerkte, daß sein Pferd blind durch eine der nebelhaften Gestalten ging, die vor ihm Form annahm. »Dann kennt er dich, nicht wahr – wenn du in seinem Geist warst.«
»Er wußte nicht, daß ich dort war.«

»Ich wußte schon immer, daß du da bist.«
»Du bist anders. Das ist es auch, worüber wir sprechen müssen.«
Recht plötzlich erschien der Kopf einer Frau unmittelbar vor Garions Gesicht in der Luft. Die Augen traten hervor, und der Mund war weit aufgerissen zu einem lautlosen Schrei. Aus dem zerfetzten, abgehackten Stumpf des Halses strömte Blut, das in Nichts zu tropfen schien. »Küß mich!« krächzte er. Garion schloß die Augen, als sein Gesicht durch den Kopf glitt.
»Siehst du«, meinte die Stimme im Konversationston, »es ist gar nicht so schlimm, wie du dachtest.«
»Inwieweit bin ich anders?« wollte Garion wissen.
»Etwas muß getan werden, und du bist derjenige, der es tun muß. Alle anderen sind nur die Vorbereitung für dich gewesen.«
»Was genau muß ich tun?«
»Du wirst es erfahren, wenn die Zeit kommt. Wenn du es zu früh herausfindest, jagt es dir vielleicht Angst ein.« Die Stimme nahm einen trockenen Tonfall an. »Du bist schon schwierig genug zu lenken, auch ohne zusätzliche Komplikationen.«
»Warum sprechen wir dann darüber?«
»Du mußt lernen, *weshalb* du es tun mußt. Das hilft dir vielleicht, wenn es soweit ist.«
»Also schön.«
»Vor sehr langer Zeit geschah etwas, das nicht hätte geschehen sollen«, begann die Stimme in seinem Geist zu erzählen. »Das Universum wurde zu einem bestimmten Zweck geschaffen, und es bewegte sich gemächlich auf dieses Ziel zu. Alles geschah, wie es geschehen sollte, aber dann ging etwas schief. Es war eigentlich nichts sehr Großes, aber es geschah genau am richtigen Ort zur richtigen Zeit – oder vielleicht besser am falschen Ort zur falschen Zeit. Jedenfalls, es veränderte die Richtung der Ereignisse. Kannst du das verstehen?«
»Ich glaube schon«, sagte Garion, stirnrunzelnd vor Anstrengung. »Ist es, wie wenn man einen Stein nach etwas wirft, aber er trifft etwas anderes und fällt irgendwohin, wo man ihn nicht haben will – wie damals, als Doroon den Stein nach einer Krähe

geworfen hat, er aber einen Ast traf, der abbrach und statt dessen Faldors Fenster kaputtschlug?«

»Genau das ist es«, gratulierte die Stimme ihm. »Bis zu diesem Punkt hatte es immer nur eine Möglichkeit gegeben – die ursprüngliche. Jetzt waren es plötzlich zwei. Laß uns noch einen Schritt weiter gehen. Wenn Doroon – oder du – ganz schnell noch einen Stein geworfen hätte, der den ersten Stein getroffen hätte, noch bevor dieser Faldors Fenster zerschlug, dann wäre es möglich, daß der erste Stein wieder in die richtige Richtung gelenkt würde und doch die Krähe und nicht das Fenster treffen würde.«

»Möglich«, stimmte Garion zweifelnd zu. »Doroon war aber nicht so gut im Steinewerfen.«

»Ich bin darin sehr viel besser als Doroon«, sagte die Stimme. »Das ist der ganze Grund, weswegen ich zuerst in Erscheinung trat. Auf eine besondere Weise bist du der Stein, den ich geworfen habe. Wenn du den anderen Stein richtig triffst, wirst du ihm eine andere Richtung geben, so daß er wieder so fliegt, wie er ursprünglich sollte.«

»Und wenn nicht?«

»Dann geht Faldors Fenster kaputt.«

Die Gestalt einer nackten Frau mit abgeschlagenen Armen und einem Schwert im Rumpf befand sich plötzlich vor Garion. Sie kreischte und jammerte, und aus ihren Armstümpfen sprudelte Blut direkt in Garions Gesicht. Garion hob die Hand, um sich das Blut abzuwischen, jedoch sein Gesicht war völlig trocken. Unbekümmert schritt das Pferd durch das wabernde Gespenst.

»Wir müssen die Dinge wieder auf den richtigen Kurs bringen«, fuhr die Stimme fort. »Dasjenige, das du tun mußt, ist der Schlüssel zu dieser ganzen Sache. Lange Zeit lief das, was eigentlich geschehen sollte, und das, was tatsächlich geschah, in verschiedenen Richtungen. Jetzt beginnen wir, es wieder zusammenzuführen. Der Punkt, an dem sie sich treffen, ist der Punkt, an dem du handeln mußt. Wenn es dir gelingt, wird alles wieder in Ordnung sein, wenn nicht, wird auch weiterhin alles falsch laufen, und der Sinn, für den dieses Universum geschaffen wurde, wird nicht erfüllt.«

»Wie lange ist es her, daß alles angefangen hat?«
»Schon, ehe die Welt erschaffen wurde. Noch vor den Göttern.«
»Wird es mir gelingen?« fragte Garion.
»Ich weiß es nicht«, antwortete die Stimme. »Ich weiß, was geschehen soll – nicht, was geschehen wird. Als dieser Fehler auftrat, setzte er zwei Möglichkeitsstränge in Gang, und jeder Möglichkeitsstrang hat einen Sinn. Um einen Sinn zu haben, muß es ein Bewußtsein dieses Sinnes geben. Um es einfach auszudrücken, das bin ich – das Bewußtsein des ursprünglichen Sinnes des Universums.«
»Nur, daß es jetzt noch eins gibt, nicht wahr?« sagte Garion. »Noch ein Bewußtsein, meine ich – das mit dem anderen Möglichkeitsstrang verknüpft ist.«
»Du bist noch klüger, als ich dachte.«
»Und wird es nicht wollen, daß alles weiterhin falsch läuft?«
»Ich fürchte ja. Jetzt kommen wir zu dem wichtigen Teil. Der Zeitpunkt, an dem sich alles so oder so entscheidet, ist sehr nah, und du mußt bereit sein.«
»Warum ich?« fragte Garion und schob eine Hand, die sich um seine Kehle klammern wollte, beiseite. »Kann das nicht jemand anderer tun?«
»Nein«, sagte die Stimme. »Anders geht es nicht. Das Universum wartet seit mehr Millionen Jahren auf dich, als du dir überhaupt vorstellen kannst. Seit Anbeginn der Zeit strebst du auf dieses Ereignis zu. Es ist allein deins. Du bist der einzige, der tun kann, was nötig ist, und es ist das Wichtigste, das jemals geschehen wird – nicht allein in dieser Welt, sondern in allen Welten des Universums. Es gibt ganze Menschenrassen auf Welten, so weit entfernt, daß das Licht ihrer Sonnen diese Welt niemals erreicht, und sie werden untergehen, wenn du versagst. Sie werden nie von dir erfahren oder dir danken, aber ihre ganze Existenz hängt von dir ab. Der andere Möglichkeitsstrang führt zum völligen Chaos und schließlich zur Zerstörung des Universums, aber du und ich, wir führen es zu etwas anderem.«
»Wozu?«

»Wenn es dir gelingt, wirst du es erleben.«
»Schön«, sagte Garion. »Was muß ich tun – jetzt, meine ich?«
»Du hast enorme Macht. Sie ist dir gegeben worden, damit du tun kannst, was du tun mußt, aber du mußt lernen, sie zu benutzen. Belgarath und Polgara versuchen, dir dabei zu helfen, also hör auf, deshalb mit ihnen zu streiten. Du mußt bereit sein, wenn die Zeit kommt, und die Zeit ist viel näher, als du vielleicht denkst.«
Eine enthauptete Gestalt stand auf dem Weg und hielt ihren Kopf mit der rechten Hand an den Haaren hoch. Der verzerrte Mund kreischte.
Nachdem sie durch den Geist geritten waren, versuchte Garion, wieder mit dem Bewußtsein in seinem Verstand zu sprechen, aber für den Augenblick schien es fort zu sein.
Sie ritten langsam an der Ruine einer Farm vorbei. Gespenster hingen dicht an dicht auf den Steinen, winkten und riefen lockend.
»Eine unverhältnismäßig große Zahl von ihnen scheinen Frauen zu sein«, meinte Tante Pol leise zu Meister Wolf.
»Eine Eigenart ihrer Rasse«, erklärte Wolf. »Acht von neun Kindern waren weiblich. Das machte gewisse Anpassungen in den Beziehungen zwischen Männern und Frauen notwendig.«
»Das fandest du doch bestimmt unterhaltsam«, sagte sie trocken.
»Die Marags haben die Dinge nicht genauso betrachtet wie andere Völker. Die Ehe hatte nie einen besonders hohen Status bei ihnen. Sie waren in gewissen Dingen sehr liberal.«
»Oh? Nennt man das so?«
»Sei nicht so engstirnig, Pol. Die Gesellschaft funktionierte, das ist alles, was zählt.«
»Es ist mehr als nur das, Vater«, sagte sie. »Was ist mit ihrem Kannibalismus?«
»Das war ein Irrtum. Jemand hat eine Passage aus einer ihrer heiligen Schriften falsch interpretiert, das ist alles. Sie haben es aus einer religiösen Verpflichtung heraus getan, nicht aus Lust. Im großen und ganzen mochte ich die Marag. Sie waren großzügig, freundlich und sehr aufrichtig gegeneinander. Sie

hatten Spaß am Leben. Wenn es nicht um das Gold gegangen wäre, hätten sie ihre kleinen Abweichungen vom Normalen vielleicht überwunden.«

Garion hatte das Gold ganz vergessen. Als sie einen kleinen Wasserlauf durchquerten, blickte er in das glitzernde Wasser hinab und sah die buttergelben Flecken, die zwischen den Kieseln auf dem Grund funkelten.

Ein nackter weiblicher Geist erschien plötzlich vor ihm. »Findest du nicht, daß ich schön bin?« gurrte sie. Dann griff sie mit beiden Händen an die breite Wunde, die in ihrem Bauch klaffte, riß sie auf und breitete ihre Gedärme am Ufer aus.

Garion schluckte und biß die Zähne zusammen

»Denke nicht an das Gold!« sagte die Stimme in seinem Geist scharf. »Die Gespenster kommen durch deine Gier zu dir. Wenn du an das Gold denkst, wirst du verrückt.«

Sie ritten weiter, und Garion bemühte sich, das Gold aus seinen Gedanken zu vertreiben.

Meister Wolf sprach jedoch weiter darüber. »Das war schon immer das Problem mit Gold. Es scheint die schlimmste Sorte Menschen anzuziehen – in diesem Fall die Tolnedraner.«

»Sie haben versucht, den Kannibalismus auszurotten, Vater«, erwiderte Tante Pol. »Das ist eine Sitte, die den meisten Menschen widerwärtig ist.«

»Ich frage mich, wie ernst es ihnen damit gewesen wäre, wenn nicht all das Gold in jedem Fluß Maragors gelegen hätte.«

Tante Pol wandte ihre Augen von dem Geist eines Kindes ab, das auf einen tolnedranischen Speer gespießt war. »Und jetzt hat niemand das Gold«, sagte sie. »Dafür hat Mara gesorgt.«

»Ja«, gab Wolf ihr recht. Dann hob er den Kopf und lauschte auf das entsetzliche Wehklagen, das von überall zu kommen schien. Bei einem besonders schrillen Ton zuckte er zusammen. »Ich wünschte, er würde nicht so laut schreien.«

Sie kamen an einer Ruine vorbei, die einmal ein Tempel gewesen sein mochte. Die weißen Steine waren zusammengestürzt, und Gras überwucherte sie. Ein großer Baum in der Nähe wurde geziert von Gehängten, die an Stricken baumelten. »Laßt uns herunter«, murmelten sie. »Laßt uns herunter.«

»Vater!« sagte Tante Pol scharf und deutete auf die Wiese hinter dem zerfallenen Tempel. »Dort drüben! Diese Leute sind echt.«
Eine Prozession in lange Gewänder gehüllter Gestalten bewegte sich langsam über das Grasland und sang einstimmig zu dem Klang einer traurigen Glocke an einem schweren Ständer, der von den Gestalten auf den Schultern getragen wurde.
»Die Mönche von Mar Terrin«, sagte Wolf. »Tolnedras Gewissen. Vor ihnen muß man sich nicht fürchten.«
Eine der verhüllten Gestalten blickte auf und sah sie. »Geht zurück!« rief sie. Sie löste sich aus der Gruppe der anderen und lief auf sie zu, wobei sie oft vor etwas zurückwich, das Garion nicht sehen konnte. »Geht zurück!« schrie der Mönch wieder. »Rettet euch! Ihr nähert euch dem Mittelpunkt des Grauens. Hinter diesem Hügel liegt Mar Amon. Mara selbst spukt in seinen verfluchten Straßen!«

6

Die Prozession der Mönche bewegte sich weiter, und ihr Gesang und das langsame Schlagen der Glocke wurden schwächer. Meister Wolf schien tief in Gedanken versunken, mit seiner gesunden Hand strich er sich den Bart. Schließlich seufzte er verdrossen. »Wir können wohl genausogut hier und jetzt mit ihm reden, Pol. Wenn wir es nicht tun, wird er uns doch nur folgen.«
»Das ist doch Zeitverschwendung, Vater«, erwiderte Tante Pol. »Es hat keinen Sinn, mit ihm zu argumentieren. Wir haben es doch früher schon versucht.«
»Du hast vermutlich recht«, gab er zu, »aber wir sollten es wenigstens versuchen. Aldur wäre enttäuscht, wenn wir es nicht täten. Wenn er begreift, was geschieht, wird er hoffentlich wenigstens so zugänglich, daß wir mit ihm reden können.«
Ein markerschütternder Wehschrei hallte über das Grasland wider, und Meister Wolf verzog das Gesicht. »Man sollte meinen, daß er sich inzwischen seinen Kummer herausge-

schrien hätte. Also gut, gehen wir nach Mar Amon.« Er führte sein Pferd auf den Hügel zu, den der glutäugige Mönch ihnen gewiesen hatte. Ein verstümmelter Geist schnatterte auf ihn ein. »Ach, laß das!« sagte er gereizt. Mit einem verblüfften Aufflackern verschwand der Geist.

Irgendwann in der Vergangenheit hatte vermutlich einmal eine Straße über den Hügel geführt. Im Gras waren noch schwache Spuren davon sichtbar, aber es waren immerhin dreitausendzweihundert Jahre vergangen, seit etwas Lebendes seinen Fuß auf sie gesetzt hatte. Sie ritten den Hügel hinauf und blickten hinunter auf die Ruinen von Mar Amon. Garion, immer noch ungerührt und gleichgültig, erkannte und erschloß vieles über diese Stadt, das er sonst nicht bemerkt hätte. Obwohl die Zerstörung fast vollkommen gewesen war, waren die Umrisse der Stadt noch deutlich erkennbar. Die Straße – denn es gab nur eine – war spiralförmig angelegt und wand sich nach innen auf einen großen, kreisförmigen Platz zu, der exakt im Mittelpunkt der Ruinen lag. Eine plötzliche Einsicht brachte Garion zu der Überzeugung, daß eine Frau diese Stadt entworfen hatte. Ein männlicher Verstand neigte zu geraden Linien, aber Frauen dachten mehr in Kreisen.

Mit Tante Pol und Meister Wolf an der Spitze und den anderen in hölzerner Wahrnehmungslosigkeit hinterher, begannen sie den Abstieg zur Stadt. Garion bildete das Schlußlicht und bemühte sich, die Geister, die sich vor ihm erhoben und ihm ihre Nacktheit und ihre gräßlichen Verstümmelungen präsentierten, zu ignorieren. Das Klagen, das sie seit dem Augenblick hörten, da sie Maragor betreten hatten, wurde lauter, deutlicher. Die Klage war manchmal wie ein Chor erschienen, verschwommen und durch Echos entstellt, aber nun stellte Garion fest, daß es sich um eine einzige, mächtige Stimme handelte, erfüllt von einem so überwältigenden Kummer, daß sie durch das ganze Reich widerhallte.

Als sie sich der Stadt näherten, schien ein schrecklicher Wind aufzukommen, tödlich kalt, und einen unerträglichen Pesthauch mit sich bringend. Als Garion automatisch seinen Mantel fester um sich ziehen wollte, bemerkte er, daß der Mantel in keiner Weise im Wind flatterte, und daß sich das hohe Gras, durch das sie ritten, nicht bewegte. Er dachte darüber nach und versuchte dabei, seine Nase vor dem fauligen Gestank nach Verfall und Verderben zu verschließen, den der geisterhafte Wind mit sich trug. Wenn der Wind das Gras nicht bewegte, konnte es auch kein echter Wind sein. Außerdem, wenn die Pferde das Wehklagen nicht hören konnten, war auch dies nicht echt. Ihm wurde kälter, obwohl er sich sagte, daß die Kälte, wie der Wind und das kummervolle Heulen, eher geisterhaft als wirklich war.

Da Mar Amon auf den ersten Blick wie eine völlige Ruine gewirkt hatte, war Garion überrascht, die festen Häuserwände und Gebäude um sich herum zu sehen, als sie in die Stadt kamen. Irgendwo in nicht allzuweiter Ferne schien er sogar das Lachen von Kindern zu hören. Auch konnte man weit weg jemanden singen hören.

»Warum hält er das alles in Gang?« fragte Tante Pol traurig. »Es führt doch zu nichts.«

»Es ist alles, was er noch hat, Pol«, erwiderte Meister Wolf. »Es endet ja doch immer gleich.«

»Ich weiß. Aber für eine kleine Weile hilft es ihm zu vergessen.«

»Jeder von uns hat etwas, das er lieber vergessen möchte, Vater. Aber das ist kein Weg.«

Wolf betrachtete bewundernd die massiv wirkenden Häuser. »Es ist sehr gut, weißt du.«

»Selbstverständlich«, sagte sie. »Er ist schließlich ein Gott – aber es ist trotzdem nicht gut für ihn.«

Erst als Baraks Pferd versehentlich direkt durch eine der Mauern schritt – auf der einen Seite in den anscheinend massiven Steinen verschwand und ein paar Meter weiter wieder auftauchte – verstand Garion, wovon seine Tante und sein Großvater sprachen. Die Mauern, die Gebäude, die ganze Stadt war eine Illusion, eine Erinnerung. Der kalte Wind mit seinem Gestank nach Verderben schien stärker zu werden und brachte jetzt auch den Geruch nach Rauch mit sich. Obwohl Garion noch immer den hellen Sonnenschein auf dem Gras sehen konnte, schien es aus irgendeinem Grund wirklich dunkler zu werden. Das Lachen der Kinder und der entfernte Gesang wurden schwächer, statt dessen hörte Garion Schreie.

Ein tolnedranischer Legionär in poliertem Brustharnisch und federgeschmücktem Helm, so echt aussehend wie die Mauern und alles andere, kam die langgezogene Kurve der Straße hinuntergelaufen. Von seinem Schwert tropfte Blut, sein Gesicht war zu einem entsetzlichen Grinsen erstarrt, seine Augen glühten.

Zerstückelte und verstümmelte Körper bedeckten die Straße, und überall war Blut. Die Wehklage erhob sich zu einem durchdringenden Schrei, als die Illusion sich ihrem grauenhaften Höhepunkt näherte.

Die spiralförmige Straße öffnete sich schließlich auf den großen, kreisförmigen Platz im Zentrum von Mar Amon. Der eisige Wind heulte durch die brennende Stadt, und das entsetzliche Geräusch, mit dem Schwerter durch Fleisch und Knochen fuhren, erfüllte Garions Gedanken völlig. Es wurde noch dunkler.

Das Pflaster des Platzes war mit der Erinnerung an unzählige tote Marag bedeckt, die unter den schweren Wolken dunklen Rauchs dalagen. Aber was dort mitten auf dem Platz stand, war keine Illusion und auch kein Geist. Die Gestalt war riesig und schien intensiv und drohend zu schimmern, sie war eine Realität, deren Existenz nicht von dem Geist des Betrachters bestimmt wurde. In ihren Armen hielt sie die Gestalt eines ermordeten Kindes, das die Summe aller Toten des verfluchten Maragor zu sein schien, und ihr Gesicht, in Qualen über das tote Kind gebeugt, war verzerrt in einem unmenschlichen Kummer. Die Gestalt wehklagte, und Garion spürte selbst in dem Halbschlaf, der seinen Verstand schützte, wie sich seine Nackenhaare sträubten.

Meister Wolf zog eine Grimasse und kletterte aus dem Sattel. Vorsichtig stieg er über die Erscheinungen von Toten, die über dem Platz verstreut waren und näherte sich der riesigen Gestalt. »Mara, Herr«, sagte er mit einer respektvollen Verbeugung.

Mara klagte.
»Mara, Herr«, wiederholte Wolf. »Nicht leichtfertig wage ich es, dich in deinem Kummer zu stören, aber ich muß dich sprechen.«
Das schreckliche Gesicht verzog sich, und große Tränen strömten über die Wangen des Gottes. Wortlos hielt Mara ihm den Körper des toten Kindes hin und weinte.
»Mara, Herr!« versuchte Wolf es noch einmal.
Mara schloß die Augen und senkte schluchzend den Kopf über das tote Kind.
»Es ist sinnlos, Vater«, sagte Tante Pol zu dem alten Mann. »Wenn er in diesem Zustand ist, kommst du nicht an ihn heran.«
»Laß mich allein, Belgarath«, sagte Mara, noch immer weinend. Seine mächtige Stimme dröhnte und hallte in Garions Geist wider. »Laß mich allein mit meinem Kummer.«
»Mara, der Tag, an dem sich die Prophezeiung erfüllen wird, ist nahe«, sagte Wolf.
»Was bedeutet das?« schluchzte Mara und drückte das tote Kind fester an sich. »Wird die Prophezeiung mir meine gemordeten Kinder wiedergeben? Ich stehe außerhalb der Prophezeiung. Laßt mich allein.«
»Das Schicksal der Welt hängt vom Ausgang der Ereignisse ab, die sehr bald stattfinden werden, Mara, Herr«, beharrte Meister Wolf. »Die Königreiche des Westens und des Ostens rüsten sich für den letzten Krieg, und Torak Einauge, dein verfluchter Bruder, ist unruhig in seinem Schlummer und wird bald erwachen.«
»Laß ihn erwachen«, antwortete Mara und beugte sich über den Körper in seinen Armen, als ein weiteres Aufschluchzen ihn schüttelte.
»Willst du dich denn seiner Herrschaft beugen, Mara, Herr?« fragte Tante Pol.
»Ich stehe außerhalb seiner Herrschaft, Polgara«, antwortete Mara. »Ich werde das Land meiner gemordeten Kinder nicht verlassen, und kein Mensch oder Gott wird mich hier stören. Laßt Torak die Welt haben, wenn er sie will.«

»Wir können ebensogut gehen, Vater«, sagte Tante Pol. »Ihn wird nichts umstimmen.«
»Mara, Herr«, sagte Meister Wolf zu dem weinenden Gott, »wir haben dir die Werkzeuge der Prophezeiung gebracht. Willst du sie segnen, ehe wir gehen?«
»Ich habe keinen Segen zu erteilen, Belgarath«, erwiderte Mara. »Nur Verwünschungen für die grausamen Kinder Nedras. Nimm diese Fremden und geh.«
»Mara, Herr«, sagte Tante Pol fest, »ein Teil der Erfüllung der Prophezeiung ist dir vorbehalten. Das eiserne Schicksal, das uns alle bezwingt, bezwingt auch dich. Jeder muß den Teil übernehmen, der seit Anbeginn der Zeiten für ihn festgelegt ist, denn an dem Tag, an dem die Prophezeiung von ihrem schrecklichen Lauf abweicht, wird die Welt nicht mehr sein.«
»Dann laß sie nicht mehr sein«, stöhnte Mara. »Sie hält für mich keine Freuden mehr bereit, also laß sie untergehen. Mein Kummer ist ewig, selbst wenn all das, was geschaffen wurde, nicht mehr sein sollte. Nehmt diese Kinder der Prophezeiung und geht.«
Meister Wolf verbeugte sich resigniert, drehte sich um und ging zu den anderen zurück. Auf seinem Gesicht lag ein Ausdruck hoffnungsloser Verachtung.
»Wartet!« dröhnte Maras Stimme plötzlich. Die Bilder der Stadt und ihrer Toten flackerten und lösten sich auf. »Was ist das?« begehrte der Gott zu wissen.
Meister Wolf drehte sich um.
»Was hast du getan, Belgarath?« klagte Mara ihn an und wuchs auf einmal ins Riesenhafte. »Und du, Polgara. Ist mein Kummer nur ein Spiel für euch? Wollt ihr mir mein Leid ins Gesicht schleudern?«
»Herr?« Tante Pol schien von dem plötzlichen Zorn des Gottes überrascht.
»Ungeheuerlich!« rief Mara. »Ungeheuerlich!« Sein gewaltiges Gesicht war wutverzerrt. In schrecklichem Zorn kam er näher und blieb unmittelbar vor Prinzessin Ce'Nedra stehen. »Ich werde dich zermalmen!« schrie er sie an. »Ich werde deinen Kopf mit den Würmern des Irrsinns erfüllen, Tochter

Nedras. Ich will dich in Angst und Entsetzen stürzen bis ans Ende deiner Tage.«

»Laß sie in Ruhe!« sagte Tante Pol scharf.

»Nein, Polgara«, tobte er. »Auf sie wird sich mein ganzer Zorn entladen.« Seine verkrampften Finger griffen nach der schlafenden Prinzessin, aber sie starrte mit offenen Augen durch ihn hindurch, ohne mit der Wimper zu zucken, ohne ihn wahrzunehmen.

Der Gott zischte vor Enttäuschung und wandte sich zu Meister Wolf um. »Ein Trick!« heulte er. »Ihr Geist schläft!«

»Sie schlafen alle, Mara, Herr«, antwortete Wolf. »Drohungen und Schrecken bedeuten ihnen nichts. Schreie und heule, bis der Himmel einstürzt, sie kann dich nicht hören.«

»Dafür werde ich dich bestrafen, Belgarath«, schnaubte Mara, »und Polgara desgleichen. Ihr alle werdet Schmerz und Angst schmecken für diese Blasphemie. Ich werde den Schlaf aus dem Geist dieser Eindringlinge vertreiben, und sie werden die Pein und den Irrsinn kennenlernen, den ich über sie bringen werde.« Er wuchs ins Unermeßliche.

»Das reicht! Mara! Hör auf!« Es war Garions Stimme, aber Garion wußte, daß nicht er es war, der da sprach.

Der Geist Maras wandte sich ihm zu und hob seinen gewaltigen Arm zum Schlag, aber Garion spürte, wie er vom Pferd glitt und auf die drohende Gestalt zuging. »Deine Rache endet hier, Mara«, sagte die Stimme, die aus Garions Mund kam. »Das Mädchen ist für *meine* Zwecke bestimmt. Du wirst es nicht anrühren.« Garion bemerkte mit einer gewissen Beunruhigung, daß er zwischen den tobenden Gott und die schlafende Prinzessin manövriert worden war.

»Aus dem Weg, Knabe, sonst erschlage ich dich«, drohte Mara.

»Benutze deinen Verstand, Mara«, befahl die Stimme, »wenn du ihn noch nicht völlig leergeheult hast. Du weißt, wer ich bin.«

»Ich *werde* sie bekommen!« heulte Mara. »Ich werde ihr viele Leben geben und ihr jedes einzelne wieder von ihrem zitternden Fleisch reißen.«

»Nein«, erwiderte die Stimme, »das wirst du nicht.«

Der Gott Mara richtete sich hoch auf, hob seine mächtigen Arme – aber gleichzeitig suchten seine Augen und sein Geist. Wieder spürte Garion eine gewaltige Berührung seines Geistes wie schon in Salmissras Thronsaal, als Issas Geist ihn berührt hatte. Eine schreckliche Erkenntnis glomm in Maras tränengefüllten Augen auf. Seine Arme fielen herab. »Gib sie mir«, flehte er. »Nimm die anderen und geh, aber gib mir die Tolnedranerin. Ich bitte dich.«
»Nein.«
Was dann geschah, war keine Zauberei – Garion wußte das sogleich. Es gab weder den Lärm noch den seltsamen Sog, der die Zauberei stets begleitete. Statt dessen gab es einen ungeheuren Druck, als die geballte Kraft Maras sich niederschmetternd gegen ihn richtete. Dann antwortete der Geist in seinem Verstand. Die Macht war so gewaltig, daß die Welt selbst nicht groß genug war, sie zu fassen. Sie schlug nicht zurück gegen Mara, denn dieses entsetzliche Aufeinanderprallen hätte die Welt in ihren Grundfesten erschüttert, sondern stand einfach, ruhig, unbewegt und unbeweglich, gegen die tosende Flut von Maras Zorn an. Für einen kurzen Moment teilte Garion die Wahrnehmungen des Geistes in ihm, und er schauderte vor ihrer Größe zurück. In diesem einen Augenblick sah er die Geburt unzähliger Sonnen, die in riesigen Spiralen durch die samtene Schwärze des leeren Raums zogen, ihre Geburt und ihre Vereinigung zu Galaxien und riesigen, sich drehenden Nebeln nahm kaum einen Moment in Anspruch. Und hinter all dem sah er der Zeit selbst ins Gesicht – sah in einem einzigen Augenblick ihren Anfang und ihr Ende.
Mara schrak zurück. »Ich muß mich beugen«, sagte er heiser, und dann verbeugte er sich vor Garion, sein wutverzerrtes Gesicht wurde seltsam demütig. Er wandte sich ab, verbarg sein Gesicht in den Händen und weinte bitterlich.
»Dein Kummer wird ein Ende haben, Mara«, sagte die Stimme sanft. »Eines Tages wirst du wieder Freude finden.«
»Niemals«, schluchzte der Gott. »Mein Kummer wird ewig währen.«

»Ewig ist eine sehr lange Zeit, Mara«, sagte die Stimme, »und nur *ich* kann ihr Ende sehen.«
Der weinende Gott antwortete nicht, sondern ging fort, aber das Echo seiner Wehklagen erfüllte wieder die Ruinen von Mar Amon.
Meister Wolf und Tante Pol starrten Garion gebannt an. Als der alte Mann sprach, war seine Stimme von Ehrfurcht erfüllt. »Ist das möglich?«
»Bist du es nicht, der immer sagt, alles ist möglich, Belgarath?«
»Wir wußten nicht, daß du direkt eingreifen kannst«, sagte Tante Pol.
»Hin und wieder bringe ich die Dinge ins Rollen – mache ein paar Vorschläge. Wenn ihr genau zurückdenkt, könnt ihr euch vielleicht an einige davon erinnern.«
»Bekommt der Junge etwas von all dem mit?« fragte sie.
»Natürlich. Wir haben uns darüber unterhalten.«
»Wieviel hast du ihm erzählt?«
»So viel, wie er verstehen kann. Mach dir keine Sorgen, Polgara. Ich tue ihm nichts. Er weiß jetzt, wie wichtig all dies ist. Er weiß, daß er sich vorbereiten muß und daß er dafür nicht viel Zeit hat. Ich glaube, ihr solltet jetzt besser gehen. Die Anwesenheit des tolnedranischen Mädchens verursacht Mara großen Schmerz.«
Tante Pol sah aus, als ob sie noch etwas sagen wollte, warf dann jedoch nur noch einen Blick auf die Gestalt des weinenden Gottes und nickte. Sie ging zu ihrem Pferd und führte sie aus den Ruinen heraus.
Meister Wolf kam zu Garion, nachdem sie wieder aufgesessen waren, um Polgara zu folgen. »Vielleicht könnten wir uns beim Reiten etwas unterhalten«, schlug er vor. »Ich habe viele Fragen.«
»Er ist weg, Großvater«, sagte Garion.
»Oh«, machte Wolf vor offensichtlicher Enttäuschung.
Es war fast Sonnenuntergang, und sie hielten für die Nacht in einem kleinen Gehölz etwa eine Meile hinter Mar Amon. Seit sie die Ruinen verlassen hatten, hatten sie keins der entstellten Gespenster mehr zu Gesicht bekommen. Nachdem die anderen

gegessen hatten und zu Bett geschickt worden waren, saßen Tante Pol, Garion und Meister Wolf noch um ihr kleines Feuer. Seit das Bewußtsein in seinem Geist nach der Begegnung mit Mara verschwunden war, fühlte Garion sich immer schläfriger. Alles Gefühl war jetzt aus ihm gewichen, und er schien nicht mehr selbständig denken zu können.

»Können wir jetzt zu dem – anderen sprechen?« fragte Meister Wolf hoffnungsvoll.

»Er ist nicht hier«, antwortete Garion.

»Dann ist er nicht immer bei dir?«

»Nein. Manchmal ist er monatelang weg, ab und zu sogar noch länger. Jetzt ist er schon ziemlich lange da – seit Asharak verbrannt ist.«

»Wo genau ist er, wenn er da ist?« fragte der alte Mann neugierig.

»Hier drin.« Garion tippte sich an den Kopf.

»Bist du die ganze Zeit wach gewesen, seit wir in Maragor sind?« fragte Tante Pol.

»Nicht richtig wach«, antwortete Garion. »Ein Teil von mir hat geschlafen.«

»Konntest du die Geister sehen?«

»Ja.«

»Aber sie haben dir keine Angst gemacht?«

»Nein. Einige haben mich erstaunt, und bei einem ist mir übel geworden.«

Wolf sah ihn rasch an. »Aber jetzt würde dir nicht mehr übel, oder?«

»Nein. Ich glaube nicht. Ganz zu Anfang konnte ich so etwas noch fühlen. Jetzt nicht mehr.«

Wolf blickte nachdenklich in das Feuer, als suchte er nach den richtigen Worten für seine nächste Frage. »Was hat der andere in deinem Kopf gesagt, als ihr euch unterhalten habt?«

»Er hat gesagt, daß vor langer Zeit etwas geschehen ist, das nicht hätte geschehen sollen, und daß ich das wieder in Ordnung bringen soll.«

Wolf lachte kurz. »Eine knappe Art, es auszudrücken. Hat er gesagt, wie es enden wird?«

»Er weiß es nicht.«

Wolf seufzte. »Ich hatte gehofft, daß wir irgendwo einen kleinen Vorsprung errungen hätten, aber wohl doch nicht. Beide Prophezeiungen scheinen noch immer gleich gültig zu sein.«

Tante Pol sah Garion fest an. »Glaubst du, daß du dich an irgend etwas erinnern kannst, wenn du wieder aufwachst?«

»Ich glaube schon.«

»Dann hör mir gut zu. Es gibt zwei Prophezeiungen, die zum gleichen Ereignis führen. Die Grolims und die übrigen Angaraks folgen der einen; wir folgen der anderen. Das Ereignis geht am Ende jeder Prophezeiung anders aus.«

»Ich verstehe.«

»Nichts in der einen Prophezeiung schließt etwas aus, das in der anderen geschehen wird, *bis* sie in diesem Ereignis aufeinandertreffen«, fuhr sie fort. »Der Lauf von allem, was anschließend kommt, wird dadurch bestimmt, wie dieses Ereignis ausgeht. Die eine Prophezeiung wird erfüllt, die andere nicht. Alles, was geschehen *ist* und geschehen *wird*, kommt an diesem Punkt zusammen und wird eins. Der Fehler wird getilgt, und das Universum wird in die eine oder die andere Richtung gehen, als wäre dies die Richtung, die es von Anfang an hatte. Der einzige große Unterschied ist, daß etwas sehr Wichtiges nie geschehen wird, wenn wir versagen.«

Garion nickte, er war plötzlich sehr müde.

»Beldin nennt es die Theorie der konvergierenden Schicksale«, sagte Meister Wolf. »Zwei gleichermaßen mögliche Möglichkeiten. Beldin kann manchmal etwas pompös sein.«

»Das ist kein ungewöhnlicher Fehler, Vater«, sagte Tante Pol.

»Ich würde jetzt gerne schlafen gehen«, sagte Garion.

Wolf und Tante Pol tauschten einen raschen Blick aus. »Schön«, sagte Tante Pol. Sie stand auf und brachte ihn zu seinen Decken.

Nachdem sie ihn zugedeckt und die Decken festgesteckt hatte, legte sie ihre kühle Hand auf seine Stirn. »Schlaf, mein Belgarion«, murmelte sie.

Und das tat er.

Teil II

Aldurs Tal

ULGO-LAND
ALGARIEN
DIE ZWILLINGE
ALDUR
ALDUR-FLUB
BELDIN
BELGARATH
BELZEDAR
BELMAKOR
BELSAMBAR
ALDURS TAL
OSTGEBIRGE
MISHRAK AC THULL
TOLNEDRA
DIE HÖHLE
CTHOL MURGOS
SÜDLICHE KARAWANENROUTE

7

Als sie erwachten, standen sie alle im Kreis und hielten sich bei den Händen. Ce'Nedra hielt Garions linke Hand, Durnik seine rechte. Garions Wahrnehmungsfähigkeit kehrte zurück, so wie der Schlaf ihn verließ. Die Luft war frisch und kühl, und die Morgensonne strahlte hell. Gelbbraune Hügel erhoben sich vor ihnen, und die geisterhafte Ebene von Maragor lag hinter ihnen.

Silk sah sich aufmerksam um, als er erwachte. »Wo sind wir?« fragte er.

»An der nördlichen Grenze von Maragor«, antwortete Wolf, »etwa zweihundertfünfzig Meilen östlich von Tol Rane.«

»Wie lange haben wir geschlafen?«

»Ungefähr eine Woche.«

Silk betrachtete weiter die Umgebung und verarbeitete diese Überbrückung von Zeit und Raum. »Ich denke, es war wohl nötig«, räumte er schließlich ein.

Hettar ging sogleich, um nach den Pferden zu sehen, und Barak massierte sich mit beiden Händen den Nacken. »Ich habe das Gefühl, als hätte ich auf lauter Steinen geschlafen«, klagte er.

»Geh ein bißchen herum«, riet Tante Pol ihm. »Das vertreibt die Steifheit.«

Ce'Nedra hatte Garions Hand noch nicht losgelassen, und er überlegte, ob er sie daran erinnern sollte. Ihre Hand fühlte sich sehr warm und klein in der seinen an, und alles in allem war es kein unangenehmes Gefühl. Er beschloß, es nicht zu erwähnen.

Hettar runzelte die Stirn, als er zurückkam. »Eine der Stuten ist trächtig, Belgarath.«

»Wie lange hat sie noch?« fragte Wolf und warf ihm einen raschen Blick zu.

»Es ist schwer zu sagen – nicht mehr als einen Monat. Es ist ihr erstes Fohlen.«

»Wir können ihre Lasten auf die anderen Pferde verteilen«, schlug Durnik vor. »Wenn sie nichts zu tragen hat, wird sie es schon schaffen.«

»Vielleicht.« Hettar klang nicht ganz überzeugt.
Mandorallen hatte die gelben Hügel vor ihnen genau betrachtet. »Wir werden beobachtet, Belgarath«, sagte er finster und deutete auf einige dünne Rauchfahnen, die in den blauen Morgenhimmel emporstiegen.
Meister Wolf spähte zu dem Rauch hinüber und verzog das Gesicht. »Wahrscheinlich Goldgräber. Sie umschwärmen die Grenzen von Maragor wie Geier eine kranke Kuh. Sieh mal nach, Pol.«
Aber Tante Pols Augen zeigten bereits die übliche Leere, als sie die Hügel überprüfte. »Arendier«, sagte sie, »Sendarier, Tolnedraner und ein paar Drasnier. Sie sind nicht sehr klug.«
»Murgos dabei?«
»Nein.«
»Einfaches Volk also«, meinte Mandorallen. »Solche Geier werden uns nicht sonderlich hindern.«
»Ich möchte möglichst einen Kampf vermeiden«, sagte Wolf. »Diese gelegentlichen Scharmützel sind gefährlich und führen zu nichts.« Er schüttelte angewidert den Kopf. »Wir werden sie aber nie davon überzeugen, daß wir kein Gold aus Maragor mitbringen, also bleibt uns wohl nichts anderes übrig.«
»Wenn Gold alles ist, was sie wollen, warum geben wir ihnen nicht welches?« schlug Silk vor.
»So viel habe ich nun auch nicht dabei, Silk«, antwortete der alte Mann.
»Es muß ja kein echtes sein«, sagte Silk mit funkelnden Augen. Er ging zu einem der Packpferde und kam mit einigen großen Stücken Baumwolltuch zurück, die er flink in kleine Quadrate zerschnitt. Dann nahm er eins der Quadrate und legte eine Handvoll Steine in die Mitte. Er nahm die Ecken des Tuches hoch und band sie mit einer starken Schnur zusammen und erhielt so ein schwer wirkendes Bündel. Er wog es mehrfach in der Hand. »Sieht aus wie ein Sack voll Gold, meint ihr nicht auch?«
»Er will mal wieder schlau sein«, sagte Barak.
Silk grinste ihn an und stellte noch einige weitere Bündel fertig. »Ich reite voraus«, sagte er und band die Säckchen an

ihre Sättel. »Folgt mir einfach und überlaßt mir das Reden. Wie viele sind es, Polgara?«

»Ungefähr zwanzig.«

»Dann wird es gut klappen«, meinte er. »Sollen wir?«

Sie bestiegen die Pferde und machten sich auf den Weg zu einer ausgewaschenen Rinne, die auf die Ebene mündete. Silk ritt an der Spitze und hatte die Augen überall zugleich. Als sie die Rinne betraten, hörte Garion einen schrillen Pfiff und glaubte, verstohlene Bewegungen zu bemerken. Er war sich der steilen Hänge auf beiden Seiten der Rinne nur zu bewußt.

»Ich brauche etwas offeneres Gelände, um operieren zu können«, sagte Silk. »Dort.« Er deutete mit dem Kinn auf eine Stelle, wo der Hang weniger steil war. Als sie ihn erreichten, drehte er sich um. »Jetzt!« bellte er. »Los!«

Sie folgten ihm, kletterten den Hang hinauf, wobei sie viel gelben Staub aufwirbelten.

Schreckensschreie erklangen aus den struppigen Dornbüschen am oberen Ende der Rinne, und eine Gruppe verwegen aussehender Männer kam aus ihrer Deckung hervor und rannte durch das kniehohe braune Gras, um ihnen den Weg abzuschneiden. Ein schwarzbärtiger Mann sprang ihnen vor die Füße und zog ein rostiges Schwert. Ohne zu zögern, ritt Mandorallen ihn nieder. Der schwarzbärtige Mann heulte auf, als er fiel und zwischen die stampfenden Hufe des großen Schlachtrosses geriet.

Als sie die Hügelkuppe oberhalb der Rinne erreichten, sammelten sie sich. »Das wird genügen«, meinte Silk und sah sich um. »Ich brauche nur so viel Platz, daß die Burschen einsehen, daß sie auf jeden Fall Verluste machen werden.«

Ein Pfeil schwirrte heran, und Mandorallen wehrte ihn fast verächtlich mit seinem Schild ab.

»Halt!« rief einer der Banditen. Es war ein schlanker, pockennarbiger Sendarier, der einen schmutzigen Verband um ein Bein trug und in eine fleckige grüne Tunika gekleidet war.

»Wer sagt das?« rief Silk anmaßend zurück.

»Ich bin Kroldor«, verkündete der bandagierte Mann großsprecherisch. »Kroldor der Räuber. Vielleicht habt ihr von mir gehört.«

»Kann ich nicht behaupten«, antwortete Silk liebenswürdig.
»Laßt euer Gold hier – und eure Frauen«, befahl Kroldor. »Vielleicht lasse ich euch dann am Leben.«
»Wenn du uns aus dem Weg gehst, lassen *wir* dich vielleicht am Leben.«
»Ich habe fünfzig Männer«, drohte Kroldor, »alle tollkühn, so wie ich.«
»Du hast zwanzig«, berichtigte Silk ihn. »Entlaufene Leibeigene, feige Bauern und verschlagene Diebe. Meine Männer sind ausgebildete Krieger. Außerdem sind wir beritten, ihr seid zu Fuß.«
»Laßt euer Gold hier«, beharrte der selbsternannte Räuber.
»Warum kommst du nicht und holst es dir?«
»Los!« brüllte Kroldor seinen Männern zu. Er kam näher. Einige seiner Leute folgten ihm nur zögernd durch das braune Gras, aber der Rest blieb zurück und beäugte Mandorallen, Barak und Hettar ängstlich. Nach ein paar Schritten merkte Kroldor, daß seine Männer nicht bei ihm waren. »Ihr Feiglinge!« tobte er. »Wenn wir uns nicht beeilen, sind die anderen hier. Dann bekommen wir nichts von dem Gold.«
»Ich will dir was sagen, Kroldor«, sagte Silk. »Wir haben es eilig, und wir haben mehr Gold, als wir bequem tragen können.« Er löste eins der Säckchen mit Steinen von seinem Sattel und schüttelte es vielsagend. »Hier.« Nachlässig warf er das Säckchen neben sich ins Gras. Dann nahm er ein weiteres und warf es dazu. Auf eine rasche Geste von ihm warfen auch die anderen ihre Säckchen auf den wachsenden Haufen. »Hier hast du es, Kroldor«, fuhr Silk fort. »Zehn Beutel gutes gelbes Gold, die du haben kannst, ohne dafür zu kämpfen. Wenn du mehr willst, mußt du dafür bluten.«
Die verwegen wirkenden Männer hinter Kroldor sahen sich an und gingen langsam zur Seite, die Augen gierig auf den Haufen geheftet, der so achtlos im hohen Gras lag.
»Deine Männer denken über ihre Sterblichkeit nach, Kroldor«, sagte Silk trocken. »Da liegt genug Gold, um sie alle reich zu machen, und reiche Männer gehen kein unnötiges Risiko ein.«
Kroldor starrte ihn an. »Das vergesse ich dir nicht«, grollte er.

»Bestimmt nicht«, erwiderte Silk. »Wir reiten jetzt weiter. Ich schlage vor, daß du aus dem Weg gehst.«
Barak und Hettar kamen nach vorn und flankierten Mandorallen, langsam und drohend gingen die drei vorwärts.
Kroldor der Räuber hielt seinen Platz bis zum letzten Moment, dann drehte er sich um und rannte ihnen laut fluchend aus dem Weg.
»Los!« sagte Silk heftig.
Sie gaben den Pferden die Sporen und schossen im Galopp vorwärts. Hinter ihnen sammelten sich die Banditen und liefen auf den Haufen mit den Baumwollsäckchen zu. Fast sofort kam es zu häßlichen Kämpfen, und die Männer lagen am Boden, ehe auch nur einer daran dachte, einen Beutel zu öffnen. Ihr Wutgeheul war noch in einiger Entfernung gut zu hören.
Barak lachte, als sie nach ein paar Meilen scharfen Ritts die Pferde schließlich zügelten. »Armer Kroldor.« Er kicherte. »Du bist ein böser Mann, Silk.«
»Ich habe die schlimmen Seiten der menschlichen Natur studiert«, antwortete Silk unschuldig. »Meistens finde ich einen Weg, sie mir zunutze zu machen.«
»Kroldors Männer werden ihn dafür verantwortlich machen«, meinte Hettar.
»Ich weiß. Aber das ist eben das Berufsrisiko eines Anführers.«
»Vielleicht töten sie ihn sogar.«
»Das will ich doch hoffen. Ich wäre sehr enttäuscht von ihnen, wenn sie das nicht täten.«
Sie ritten den Rest des Tages weiter durch das gelbbraune Hügelland und verbrachten die Nacht in einer gut geschützten kleinen Schlucht, von wo aus der Schein ihres Feuers den Banditen, die die Gegend unsicher machten, ihren Aufenthaltsort nicht verraten konnte. Am nächsten Morgen brachen sie früh auf, und gegen Mittag waren sie in den Bergen.
Sie ritten in felsigem Gelände bergan, durch dichten Tannen- und Fichtenwald, in dem die Luft kühl und würzig war. Obwohl es in den tiefer gelegenen Gebieten noch Sommer war, gab es hier in den höheren Lagen schon die ersten herbstlichen Zeichen. Die Blätter des Unterholzes begannen sich zu färben,

in der Luft lag ein leichter Dunst, und jeden Morgen, wenn sie aufwachten, war der Boden weiß bereift. Aber das Wetter blieb schön, und sie kamen gut voran.
Dann, an einem Spätnachmittag, als sie schon seit etwa einer Woche in den Bergen waren, zog von Westen her eine dichte Wolkenbank auf, die feuchtkalte Luft mit sich brachte. Garion band seinen Umhang vom Sattel los und legte ihn sich um die Schultern, er zitterte, denn es wurde immer kälter.
Durnik hob den Kopf und sog prüfend die Luft ein. »Wir werden noch vor dem Morgen Schnee haben«, prophezeite er.
Garion konnte ebenfalls den kalten, staubigen Geruch nach Schnee in der Luft wahrnehmen. Er nickte düster.
Meister Wolf seufzte. »Ich wußte, es war zu schön, um anzudauern.« Dann zuckte er die Achseln. »Ach was«, setzte er hinzu, »wir haben schon andere Winter überstanden.«
Als Garion am nächsten Morgen seinen Kopf aus dem Zelt steckte, war der Boden unter den dunklen Tannen einige Zentimeter hoch mit Schnee bedeckt. Weiche Flocken schwebten herab, ließen sich lautlos auf allem nieder und verschleierten alles, was weiter als etwa hundert Meter entfernt war. Es war kalt und grau, und die Pferde, die sich dunkel gegen den weißen Schnee abhoben, stampften mit den Hufen und zuckten jedesmal mit den Ohren, wenn eine Schneeflocke auf sie herabsank. Ihr Atem dampfte in der feuchten Kälte.
Ce'Nedra tauchte mit einem Freudenschrei aus dem Zelt auf, das sie mit Tante Pol teilte. Garion überlegte, daß Schnee in Tol Honeth wohl eine Seltenheit war, so wie das kleine Mädchen mit kindlicher Ausgelassenheit durch die fallenden Flocken hüpfte. Er lächelte nachsichtig, bis ihn ein gutgezielter Schneeball am Kopf traf. Dann jagte er sie und bewarf sie mit Schneebällen, während sie um die Bäume herumflitzte, lachte und kreischte. Als er sie schließlich erwischte, wollte er ihr das Gesicht mit Schnee waschen, aber sie warf ihm überschwenglich die Arme um den Hals und küßte ihn. Ihre kleine kalte Nase rieb sich an seiner Wange, und ihre Wimpern waren voller Schneeflocken. Er erkannte erst das Ausmaß ihrer Tükke, als sie ihm blitzschnell eine Handvoll Schnee in den Kragen

stopfte. Dann machte sie sich frei und rannte laut lachend auf die Zelte zu, während er sich abmühte, den Schnee aus seiner Tunika zu schütteln,, ehe er vollends geschmolzen war.
Gegen Mittag war der Schnee jedoch zu Matsch getaut, und aus den sanft herabschwebenden Flocken war ein steter Nieselregen geworden. Sie ritten unter triefenden Tannen eine schmale Klamm hinauf, durch die ein wasserfallgleicher Bach über die Felsen toste.
Schließlich befahl Meister Wolf anzuhalten. »Wir sind dicht an der Westgrenze von Cthol Murgos«, sagte er. »Ich denke, es ist an der Zeit, einige Vorsichtsmaßnahmen zu treffen.«
»Ich werde vorausreiten«, bot Hettar sich sofort an.
»Das halte ich nicht für eine gute Idee«, erwiderte Wolf. »Du läßt dich zu sehr ablenken, wenn du Murgos siehst.«
»Ich werde es tun«, sagte Silk. Er hatte seine Kapuze hochgezogen, aber noch immer fielen Regentropfen von seiner langen spitzen Nase. »Ich bleibe etwa eine halbe Meile vor euch und halte die Augen offen.«
Wolf nickte. »Pfeife, wenn du etwas siehst.«
»In Ordnung.« Silk trabte die Klamm hinauf.
Spät an diesem Nachmittag begann der Regen festzufrieren und die Felsen und Bäume mit grauem Eis zu überziehen. Sie umrundeten eine vorspringende Felsnase und stießen dahinter auf Silk, der auf sie gewartet hatte. Der Bach war hier nur noch ein Rinnsal, und die Klamm öffnete sich auf einen steilen Berghang. »Wir haben noch etwa eine Stunde Tageslicht«, sagte der kleine Drasnier. »Was meint ihr? Sollen wir weiterreiten, oder wollt ihr ein Stück zurück in die Klamm reiten und dort übernachten?«
Meister Wolf spähte zum Himmel empor und betrachtete dann den vor ihnen liegenden Hang. Der steile Hang war mit verkrüppelten Bäumen bewachsen, und die Waldgrenze lag nicht weit über ihnen. »Wir müssen hier herum und auf der anderen Seite hinunter. Es sind nur ein paar Meilen. Laßt uns weiterreiten.«
Silk nickte und eilte wieder voran.
Sie umrundeten die Bergschulter und blickten in eine tiefe

Schlucht hinab, die sie von dem Gipfel trennte, den sie vor zwei Tagen überquert hatten. Der Regen hatte gegen Abend nachgelassen, und Garion konnte die andere Seite der Schlucht deutlich erkennen. Sie war nicht mehr als eine halbe Meile entfernt, und er entdeckte eine Bewegung am Rand. »Was war das?« Er deutete hinüber.

Meister Wolf wischte sich das Eis aus dem Bart. »Das hatte ich befürchtet.«

»Was?«

»Es ist ein Algroth.«

Garion schüttelte sich vor Abscheu, als er an die schuppigen, ziegengesichtigen Affen dachte, die sie in Arendien angegriffen hatten. »Sollten wir uns dann nicht lieber davonmachen?« fragte er.

»Er kann nicht zu uns herüber«, erklärte Wolf. »Die Schlucht ist mindestens eine Meile tief. Aber trotzdem, die Grolims haben ihre Ungeheuer losgelassen. Das müssen wir beachten.« Er gab ihnen ein Zeichen, weiterzureiten.

Schwach und vom Wind verzerrt, der beständig durch die gähnende Schlucht blies, konnte Garion die bellenden Schreie des Algroths auf der anderen Seite hören, als dieser sich mit dem Rest seiner Horde verständigte. Bald trottete ein Dutzend der widerwärtigen Kreaturen an dem felsigen Abgrund der Schlucht entlang. Sie bellten einander zu und hielten gleiches Tempo mit den Reisenden, die jetzt auf eine ebenere Stelle zuritten. Diese kleine Ebene sprang von der Schlucht zurück, und nach etwa einer Meile hielten sie, um die Nacht in einem Fichtengehölz zu verbringen.

Am nächsten Morgen war es noch kälter geworden. Es war noch bewölkt, aber der Regen hatte aufgehört. Sie verließen das kleine Plateau und folgten wiederum dem Rand der Schlucht. Die gegenüberliegende Kante fiel schwindelerregend Hunderte von Metern steil ab, zu dem winzig wirkenden Fluß auf dem Grund. Die Algroths hielten immer noch Schritt mit ihnen, bellten und kreischten und sahen mit gräßlichem Hunger zu ihnen herüber. Man konnte auch andere Wesen undeutlich zwischen den Bäumen auf der anderen Seite erkennen.

Eins von ihnen, groß und zottig, schien sogar einen menschlichen Körper zu haben, aber sein Kopf war der Kopf eines wilden Tieres. Eine Herde sich flink bewegender Tiere galoppierte am Abhang entlang, ihre Mähnen und Schweife flatterten im Wind.
»Seht mal!« rief Ce'Nedra und zeigte hinüber. »Wilde Pferde.«
»Das sind keine Pferde«, erwiderte Hettar grimmig.
»Sie sehen aber wie Pferde aus.«
»Sie sehen vielleicht so aus, aber es sind keine.«
»Hrulgin«, sagte Meister Wolf knapp.
»Was ist das?«
»Ein Hrulga ist ein vierbeiniges Tier – wie ein Pferd –, aber es hat Fänge statt Zähnen, und klauenbewehrte Füße statt Hufen.«
»Aber das würde bedeuten –« Die Prinzessin hielt mit weitaufgerissenen Augen inne.
»Ganz recht. Es sind Fleischfresser.«
Sie schauderte. »Wie gräßlich.«
»Die Schlucht wird immer schmaler, Belgarath«, grollte Barak. »Ich möchte nicht unbedingt eins der Wesen hier auf unserer Seite haben.«
»Es wird uns schon nichts geschehen. Wenn ich mich recht erinnere, verengt sich die Schlucht auf etwa hundert Meter und wird dann wieder breiter. Sie können nicht herüber.«
»Hoffentlich täuscht dich deine Erinnerung nicht.«
Die Wolken jagten vor einem unangenehmen Wind daher. Geier stiegen empor und kreisten über der Schlucht. Raben flatterten von Baum zu Baum und krächzten miteinander. Tante Pol beobachtete die Vögel mit tiefer Mißbilligung, sagte jedoch nichts.
Sie ritten weiter. Die Schlucht wurde tatsächlich schmaler, und bald konnten sie die brutalen Gesichter der Algroths auf der anderen Seite deutlich sehen. Als die Hrulgin, mit wehenden Mähnen, ihre Mäuler zum Wiehern aufrissen, konnten sie die langen, spitzen Zähne gut erkennen.
Dann, am schmalsten Punkt der Schlucht, kam eine Gruppe

gepanzerter Murgos auf den Abhang zu. Ihre Pferde dampften von dem harten Ritt, und die Murgos selbst hatten eingefallene Wangen und trugen alle Spuren einer anstrengenden Reise. Sie hielten und warteten, bis Garion und seine Freunde sich genau ihnen gegenüber befanden. Ganz vorn stand Brill, der erst zu ihnen herüber und dann in die Schlucht hinunter blickte.

»Was hat dich aufgehalten?« rief Silk neckend in einem Ton, der unter der Oberfläche einen harten Klang hatte. »Wir dachten schon, du wärst verlorengegangen.«

»Das ist sehr unwahrscheinlich, Kheldar«, antwortete Brill. »Wie seid ihr auf die andere Seite gekommen?«

»Ihr müßt ungefähr vier Tagesritte zurück«, rief Silk und deutete in die Richtung, aus der sie gekommen waren. »Wenn du gründlich suchst, müßtest du die Schlucht finden können, die hier herauf führt. Du solltest das in ein, zwei Tagen schaffen können.«

Einer der Murgos zog einen kurzen Bogen unter seinem linken Bein hervor und legte einen Pfeil an. Er zielte auf Silk, spannte den Bogen und schoß. Silk beobachtete gelassen, wie der Pfeil langsam in einer langen Spirale in die Schlucht trudelte. »Netter Schuß«, rief er.

»Sei kein Narr«, fuhr Brill den Murgo mit dem Bogen an. Dann wandte er sich wieder an Silk. »Ich habe viel von dir gehört, Kheldar.«

»Man erwirbt sich halt einen gewissen Ruf«, antwortete Silk bescheiden.

»Eines Tages muß ich herausfinden, ob du wirklich so gut bist, wie es heißt.«

»Diese Neugier könnte der Beginn einer tödlichen Krankheit sein.«

»Zumindest für einen von uns.«

»Ich freue mich dann also auf unsere nächste Begegnung«, sagte Silk. »Ich hoffe, du entschuldigst uns, mein Freund – dringende Geschäfte, wie du weißt.«

»Sieh dich vor, Kheldar«, drohte Brill. »Eines Tages werde ich da sein.«

»Ich sehe mich immer vor, Kordoch«, rief Silk zurück, »also wundere dich nicht, wenn ich auf dich warte. Es war herrlich, mit dir zu plaudern. Wir müssen das bald einmal wiederholen.«

Der Murgo mit dem Bogen schoß einen weiteren Pfeil ab. Er folgte dem ersten in den Abgrund.

Silk lachte und führte die Gruppe vom Rand der Schlucht weg. »Was für ein außergewöhnlicher Knabe«, sagte er beim Reiten. Er blickte zu dem trüben Himmel hinauf. »Und was für ein ausgesprochen reizender Tag.«

Die Wolken wurden dichter und schwärzer, je weiter sie kamen. Der Wind frischte auf und heulte zwischen den Bäumen. Meister Wolf ritt von der Schlucht, die zwischen ihnen und Brill mit seinen Murgos lag, stetig nach Nordosten.

Sie schlugen ihr Nachtlager in einer felsenübersäten Mulde direkt unterhalb der Waldgrenze auf. Tante Pol bereitete einen kräftigen Eintopf zu, und sobald sie gegessen hatten, ließen sie das Feuer ausgehen. »Wir müssen sie nicht unnötig auf uns aufmerksam machen«, meinte Wolf.

»Aber sie können doch nicht über die Schlucht, oder?« fragte Durnik.

»Es ist besser, kein Risiko einzugehen.« Er entfernte sich von dem ersterbenden Feuer und starrte in die Dunkelheit. Aus einem Impuls heraus folgte ihm Garion.

»Wie weit ist es noch bis zum Tal, Großvater?« fragte er.

»Etwa zweihundert Meilen«, antwortete der alte Mann. »Aber hier in den Bergen kommen wir nicht so schnell voran.«

»Und das Wetter wird auch schlechter.«

»Das habe ich wohl gemerkt.«

»Was passiert, wenn wir in einen richtigen Schneesturm kommen?«

»Wir suchen Schutz, bis er vorbei ist.«

»Was, wenn –«

»Garion, ich weiß, daß es nur natürlich ist, aber manchmal hörst du dich genauso an wie deine Tante. Sie sagt schon ›Was wenn‹ zu mir, seit sie siebzehn ist. In den ganzen Jahren bin ich das sehr leid geworden.«

»Es tut mir leid.«
»Es muß dir nicht leid tun. Laß es einfach.«
Über ihnen in der Schwärze des stürmischen Himmels hörten sie plötzlich das donnernde Schlagen riesiger Flügel.
»Was war das?« fragte Garion verblüfft.
»Sei still!« Wolf stand da, sein Gesicht dem Himmel zugewandt. Wieder hörte man das gewaltige Flügelschlagen. »Ach wie traurig.«
»Was?«
»Ich dachte, das arme alte Vieh sei seit Jahrhunderten tot. Warum lassen sie sie nicht in Frieden?«
»Was ist es?«
»Es hat keinen Namen. Es ist groß und dumm und häßlich. Die Götter haben nur drei von ihnen gemacht, und die beiden Männchen haben sich in der ersten Paarungszeit gegenseitig umgebracht. Sie ist schon allein, so lange ich mich zurückerinnern kann.«
»Es hört sich riesig an«, sagte Garion, lauschte auf die gigantischen Flügelschläge und spähte in die Dunkelheit. »Wie sieht es aus?«
»Sie ist so groß wie ein Haus, und du würdest sie bestimmt nicht sehen wollen.«
»Ist sie gefährlich?«
»Sehr gefährlich, aber sie kann nachts nicht besonders gut sehen.« Wolf seufzte. »Die Grolims müssen sie aus ihrer Höhle gejagt und hinter uns her gehetzt haben. Manchmal gehen sie zu weit.«
»Sollen wir den anderen von ihr erzählen?«
»Das würde sie nur beunruhigen. Manchmal ist es besser, nichts zu sagen.«
Die großen Flügel schlugen wieder, und ein langer, verzweifelter Schrei erklang in der Dunkelheit, ein Schrei erfüllt von solch schmerzlicher Einsamkeit, daß Garion von Mitleid überwältigt wurde.
Wolf seufzte wieder. »Wir können nichts tun«, sagte er. »Laß uns zurück zu den Zelten gehen.«

In den nächsten beiden Tagen, an denen sie den Aufstieg zu den schneebedeckten Gipfeln des Gebirges in Angriff nahmen, blieb das Wetter rauh und unbeständig. Die Bäume wurden spärlicher und verkrüppelter und blieben schließlich ganz aus. Der Kamm, über den sie ritten, lief auf einen steilen Berghang aus, der mit Felsbrocken und Eis übersät war und auf dem sie ständig dem Wind ausgesetzt waren.
Meister Wolf hielt an, um sich zu orientieren und blickte in dem blassen Nachmittagslicht um sich. »Dort lang«, sagte er schließlich und deutete in eine Richtung. Ein Sattelrücken erstreckte sich dort zwischen zwei Gipfeln, und der Himmel dahinter war unruhig. Sie ritten den Hang hinauf, die Mäntel fest um sich gewickelt.
Hettar kam stirnrunzelnd nach vorn. »Die trächtige Stute hat Schwierigkeiten«, sagte er zu Wolf. »Ich glaube, ihre Zeit ist nah.«
Ohne ein Wort blieb Tante Pol zurück, um nach der Stute zu sehen, und ihr Gesicht war sorgenvoll, als sie zurückkehrte. »Sie hat höchstens noch ein paar Stunden, Vater«, berichtete sie.
Wolf sah sich um. »Auf dieser Seite gibt es keinen Schutz.«
»Vielleicht gibt es auf der anderen Seite des Passes eine Möglichkeit«, schlug Barak vor, dessen Bart im Wind flatterte.
Wolf schüttelte den Kopf. »Ich glaube, dort ist es nicht anders als hier. Wir müssen uns beeilen. Wir wollen nicht die Nacht hier oben verbringen.«
Während sie höher stiegen, prasselten hin und wieder Graupeln auf sie nieder, und der Wind blies stärker und heulte zwischen den Felsen. Als sie den Aufstieg geschafft hatten und durch den Paß ritten, waren sie der vollen Kraft des Windes ausgesetzt, der Schnee und Hagel vor sich her trieb.
»Hier ist es ja noch schlimmer, Belgarath«, versuchte Barak den Wind zu übertönen. »Wie weit ist es noch bis zu den Bäumen da unten?«
»Meilen«, antwortete Wolf und versuchte, seinen Mantel festzuhalten.

»Die Stute wird das nie schaffen«, sagte Hettar. »Wir müssen Schutz finden.«
»Es gibt keinen«, stellte Wolf fest. »Nicht, bis wir zu den Bäumen kommen. Hier oben gibt es nur nackte Felsen und Eis.«
Ohne zu wissen, warum er es sagte – ohne sich dessen überhaupt bewußt zu sein, bis er sprach –, machte Garion einen Vorschlag. »Wie wäre es mit der Höhle?«
Meister Wolf drehte sich um und sah ihn scharf an. »Welche Höhle?«
»Die in der Flanke des Berges. Es ist nicht weit.« Garion wußte, daß die Höhle dort war, aber er hätte nicht sagen können, woher er das wußte.
»Bist du sicher?«
»Natürlich. Hier entlang.« Garion wendete sein Pferd und ritt links den Abhang des Passes zu dem felsübersäten Gipfel hinauf. Der Wind zerrte an ihnen, und der Schnee nahm ihnen die Sicht. Garion bewegte sich jedoch zuversichtlich. Aus irgendeinem Grund schien ihm jeder Felsen hier vertraut, obwohl er keine Ahnung hatte, wieso. Er ritt gerade schnell genug, um den anderen voraus zu bleiben. Er wußte, daß sie ihm Fragen stellen würden, und er hatte keine Antworten. Sie umrundeten einen Vorsprung unter dem Gipfel und kamen auf einen breiten Felssims. Der Sims zog sich an dem Berg entlang und verlor sich in dem dichten Schneetreiben vor ihnen.
»Wohin führt Ihr uns, Freund?« rief Mandorallen ihm zu.
»Es ist nicht mehr weit«, rief Garion über die Schulter zurück.
Der Sims wurde schmaler, während er sich um den drohend wirkenden Granitgipfel wand. Wo er um einen Vorsprung herumführte, war er kaum breiter als ein Fußpfad. Garion stieg ab und führte sein Pferd am Zügel. Der Wind blies ihm direkt ins Gesicht, und er mußte eine Hand vors Gesicht halten, damit ihn der Schnee nicht völlig blind machte. Aus diesem Grund sah er die Tür erst, als sie fast in Reichweite war.
Die Tür im Felsen war aus Eisen, schwarz und verbeult vor Rost und Alter. Sie war breiter als das Tor auf Faldors Farm, und ihre Oberkante war in dem dichten Schnee nicht zu sehen.

Barak, der dicht hinter ihm war, streckte die Hand aus und berührte die Tür. Dann schlug er mit seiner mächtigen Faust dagegen. Es klang hohl. »Hier *ist* eine Höhle«, sagte er über die Schulter zu den anderen. »Ich dachte schon, der Wind hätte dem Jungen den Verstand weggepustet.«
»Wie kommen wir hinein?« rief Hettar. Der Wind riß ihm die Worte regelrecht vom Mund.
»Die Tür ist so solide wie der Berg selbst«, meinte Barak und hämmerte mit der Faust dagegen.
»Wir müssen aus diesem Wind heraus«, erklärte Tante Pol, die schützend ihren Arm um Ce'Nedras Schultern gelegt hatte.
»Nun, Garion?« fragte Meister Wolf.
»Es ist ganz einfach«, antwortete Garion, »ich muß nur die richtige Stelle finden.« Seine Finger glitten über das eisige Metall, ohne recht zu wissen, wonach sie suchten. Er fand eine Stelle, die sich ein bißchen anders anfühlte. »Hier ist sie.« Er legte seine rechte Hand auf den Fleck und drückte leicht dagegen. Mit einem mächtigen, mahlenden Knirschen bewegte sich die Tür. Eine hauchdünne Linie, die vorher nicht einmal sichtbar gewesen war, erschien exakt in der Mitte der angegriffenen eisernen Oberfläche, und rostiger Staub rieselte aus dem Spalt, um von dem Wind sogleich davongetragen zu werden.
Garion spürte eine seltsame Wärme in dem silbrigen Mal in seiner Handfläche, als er die Tür berührte. Neugierig hörte er auf zu drücken, aber die Tür schwang weiter auf – anscheinend als Reaktion auf die Berührung mit dem Mal in seiner Hand. Sie bewegte sich sogar noch weiter, als er sie völlig losgelassen hatte. Er schloß die Hand, und die Tür stand still.
Er öffnete seine Hand, und die Tür schwang knirschend weiter auf.
»Spiel nicht damit herum, Lieber«, sagte Tante Pol. »Mach sie einfach auf.«
In der Höhle hinter der riesigen Tür war es dunkel, aber in ihr herrschte nicht der muffige Geruch, der eigentlich zu erwarten gewesen wäre. Sie traten vorsichtig ein und tasteten sich behutsam vorwärts.
»Einen Augenblick«, murmelte Durnik mit seltsam gedämpf-

ter Stimme. Sie hörten, wie er eine seiner Satteltaschen aufknüpfte und dann das Schlagen von Feuerstein gegen Stahl. Ein paar Funken stoben, dann glühte es schwach auf, als der Schmied auf seinen Zunder blies. Der Zunder flammte auf, und Durnik entzündete damit eine Fackel. Die Fackel knisterte kurz und loderte dann hell auf. Durnik hielt sie hoch, damit sie sich in der Höhle umsehen konnten.
Es war sofort ersichtlich, daß es sich nicht um eine natürliche Höhle handelte. Wände und Boden waren völlig glatt, fast wie poliert, und das Licht von Durniks Fackel wurde von deren schimmernden Oberflächen widergespiegelt. Die Kammer war vollkommen rund und maß etwa dreißig Meter im Durchmesser. Weiter oben wölbten sich die Wände nach innen, und die Decke hoch über ihnen schien ebenfalls rund zu sein. Genau in der Mitte der Höhle stand ein runder steinerner Tisch, der vielleicht sieben Meter Durchmesser hatte und der an Höhe sogar Barak überragte. Eine steinerne Bank lief um den Tisch. In der Wand direkt gegenüber der Tür war ein runder Kamin. In der Höhle war es kühl, aber nicht so bitterkalt, wie es eigentlich hätte sein müssen.
»Ist es in Ordnung, wenn ich jetzt die Pferde hereinhole?« fragte Hettar leise.
Meister Wolf nickte. Er wirkte etwas verwirrt in dem flackernden Schein der Fackel, und seine Augen blickten gedankenverloren ins Leere.
Die Hufe der Pferde klapperten laut auf dem glatten Steinboden, sie sahen sich mit großen Augen um, ihre Ohren zuckten nervös.
»Hier ist ein Feuer gerichtet«, sagte Durnik von der Feuerstelle her. »Soll ich es anzünden?«
Wolf sah auf. »Wie? Oh – ja.«
Durnik hielt seine Fackel in den Kamin, und sogleich fing das Holz Feuer. Es loderte rasch auf, und die Flammen waren ungewöhnlich hell.
Ce'Nedra rang nach Atem. »Die Wände! Seht euch bloß die Wände an!« Der Lichtschein des Feuers wurde anscheinend durch die kristalline Struktur der Felsen gebrochen, und das

ganze Gewölbe begann in Myriaden tanzender Farben zu glühen, die die Kammer mit einem weichen vielfarbigen Schimmer erhellten.
Hettar war an den Wänden entlanggegangen und spähte in eine kuppelförmige Nische. »Eine Quelle«, sagte er. »Das ist wirklich ein guter Platz, um einen Sturm abzuwarten.«
Durnik löschte seine Fackel und legte seinen Umhang ab. In der Kammer war es fast sofort warm geworden, nachdem er das Feuer angezündet hatte. Er blickte Meister Wolf an. »Du weißt etwas über diesen Ort, nicht wahr?«
»Niemand von uns hat es je geschafft, ihn zu finden«, antwortete der alte Mann, dessen Augen noch immer einen abwesenden Ausdruck zeigten. »Wir waren nicht einmal sicher, daß er existierte.«
»Was ist diese seltsame Höhle, Belgarath?« fragte Mandorallen.
Meister Wolf holte tief Luft. »Als die Götter die Welt schufen, war es nötig, daß sie sich von Zeit zu Zeit trafen und besprachen, was jeder von ihnen getan hatte und noch tun wollte, damit alles zusammenpaßte und harmonisch zusammenwirkte – die Berge, die Winde, die Jahreszeiten und so weiter.« Er sah sich um. »Hier ist der Platz, an dem sie zusammenkamen.«
Silk, dessen Nase vor Neugier regelrecht zuckte, war auf die Bank geklettert, die den riesigen Tisch umgab. »Hier stehen Schalen«, sagte er. »Sieben Stück – und sieben Becher. In den Schalen sind Früchte.« Er streckte eine Hand danach aus.
»Silk!« rief Meister Wolf scharf. »Faß nichts an!«
Silks Hand erstarrte mitten in der Bewegung, und er sah den alten Mann verblüfft an.
»Du solltest besser wieder da herunterkommen«, sagte Wolf ernst.
»Die Tür!« rief Ce'Nedra.
Sie drehten sich alle gleichzeitig um und sahen, wie die schwere Tür langsam zufiel. Fluchend sprang Barak darauf zu, aber es war zu spät. Mit einem hohlen Dröhnen schloß sie sich, kurz bevor er bei ihr anlangte. Der große Mann drehte sich entsetzt um.

»Es ist schon gut, Barak«, beruhigte Garion ihn. »Ich kann sie wieder öffnen.«
Wolf wandte sich um und sah Garion fragend an. »Woher weißt du von dieser Höhle?«
Garion stammelte hilflos. »Ich weiß nicht. Ich wußte es einfach. Ich glaube, ich wußte schon den ganzen Tag, daß wir uns ihr näherten.«
»Hat es etwas mit der Stimme zu tun, die zu Mara gesprochen hat?«
»Ich glaube nicht. Er scheint im Moment nicht da zu sein, und mein Wissen über die Höhle ist irgendwie anders. Ich glaube, es kam von mir, nicht von ihm, aber ich bin nicht sicher, wie. Irgendwie habe ich wohl immer schon davon gewußt – nur daß ich nicht darüber nachgedacht habe, bis wir in die Nähe kamen. Es ist schrecklich schwer, das zu erklären.«
Tante Pol und Meister Wolf tauschten einen langen Blick aus. Wolf sah aus, als wollte er noch weitere Fragen stellen, aber dann ertönte ein Stöhnen vom anderen Ende der Höhle.
»Helft mir«, rief Hettar drängend. Eins der Pferde, mit geschwollenem Leib und unruhig gehendem Atem, stand schwankend auf den Beinen, als wollten sie es nicht mehr tragen. Hettar stand neben der Stute und versuchte, sie zu stützen. »Sie bekommt ihr Fohlen«, sagte er.
Sie gingen rasch zu dem Tier hinüber. Tante Pol übernahm sofort das Kommando und erteilte knappe Befehle. Sie brachten die Stute dazu, sich hinzulegen, und Hettar und Durnik begannen, mit ihr zu arbeiten, während Tante Pol eine kleine Schale mit Wasser füllte und sie vorsichtig in das Feuer setzte.
»Ich brauche etwas Platz«, sagte sie zu den anderen, als sie ihre Tasche mit den Kräutern öffnete.
»Warum gehen wir nicht aus dem Weg?« schlug Barak vor und betrachtete unbehaglich die keuchende Stute.
»Großartige Idee«, stimmte sie zu. »Ce'Nedra, du bleibst hier. Ich brauche deine Hilfe.«
Garion, Barak und Mandorallen gingen ein paar Schritte abseits und setzten sich dann, mit dem Rücken an die schimmernde Höhlenwand gelehnt, während Silk und Meister Wolf die

Höhle weiter erforschten. Als er Durnik und Hettar bei der Stute und Tante Pol mit Ce'Nedra am Feuer beobachtete, fühlte Garion sich seltsam abwesend. Die Höhle hatte ihn angezogen, daran bestand kein Zweifel, und selbst jetzt übte sie noch eine eigenartige Kraft auf ihn aus. Obwohl die Stute jetzt eigentlich im Mittelpunkt stand, konnte er sich nicht darauf konzentrieren. Er hatte die seltsame Gewißheit, daß es nur ein erster Schritt gewesen war, die Höhle zu finden. Er würde noch etwas anderes tun müssen, und seine Geistesabwesenheit war irgendwie eine Vorbereitung darauf.

»Es ist nicht leicht zu gestehen«, sagte Mandorallen betrübt. Garion sah ihn an. »Im Hinblick auf die tollkühne Natur unserer Suche muß ich jedoch«, fuhr der Ritter fort, »mein schweres Versagen offen eingestehen. Es mag die Zeit kommen, da dieser mein Fehler mich in einer Stunde der größten Gefahr fliehen läßt wie den Feigling, der ich bin, all euer Leben in tödlicher Gefahr lassend.«

»Du übertreibst«, sagte Barak.

»Nein, Graf. Ich bitte Euch, überdenkt die Sache gründlich und entscheidet dann, ob ich weiter in Eure Gesellschaft passe.« Er begann, quietschend aufzustehen.

»Wo gehst du hin?« fragte Barak.

»Ich gehe beiseite, so daß Ihr Euch ungestört und frei darüber besprechen mögt.«

»Ach, setz dich, Mandorallen«, sagte Barak gereizt. »Ich werde nichts hinter deinem Rücken sagen, das ich dir nicht auch ins Gesicht sagen würde.«

Die Stute, die dicht beim Feuer lag und den Kopf in Hettars Schoß gebettet hatte, stöhnte wieder. »Ist die Medizin bald fertig, Polgara?« fragte der Algarier besorgt.

»Noch nicht ganz«, antwortete sie. Sie wandte sich wieder Ce'Nedra zu, die sorgfältig in einer kleinen Schale getrocknete Kräuter zerrieb. »Du mußt sie noch feiner zerreiben, Liebes«, bat Tante Pol.

Durnik stand rittlings über der Stute und bestastete ihren Leib. »Vielleicht müssen wir das Fohlen umdrehen«, sagte er ernst. »Ich glaube, es liegt verkehrt herum.«

»Unternimm nichts, solange dies hier keine Gelegenheit hatte zu wirken«, sagte Tante Pol und stäubte langsam ein graues Pulver aus einem Tongefäß in den brodelnden Topf im Feuer. Dann nahm sie Ce'Nedra die Schale mit den Kräutern ab und fügte sie unter Rühren ebenfalls hinzu.
»Ich denke, Graf Barak«, meinte Mandorallen eindringlich, »daß Ihr noch nicht die Wichtigkeit dessen, was ich Euch beichtete, erfaßt habt.«
»Ich habe gehört, was du gesagt hast. Du hast einmal Angst gehabt. Das ist kein Grund zur Beunruhigung. Das passiert jedem hin und wieder.«
»Ich kann nicht damit leben. Ich lebe in ständiger Furcht, nie wissend, wann es zurückkehren wird, um mich zu entmannen.«
Durnik sah von der Stute hoch. »Du hast Angst davor, Angst zu haben?« fragte er erstaunt.
»Ihr wißt nicht, wie es war, werter Freund«, antwortete Mandorallen.
»Dein Magen hat sich verkrampft«, sagte Durnik, »dein Mund war trocken und du hattest das Gefühl, als hätte sich eine kalte Faust um dein Herz gekrallt.«
Mandorallen blinzelte.
»Das habe ich schon so oft erlebt, daß ich genau weiß, wie man sich fühlt.«
»Ihr? Aber Ihr gehört zu den tapfersten Männern, die ich je gekannt habe.«
Durnik lächelte trocken. »Ich bin ein einfacher Mann, Mandorallen. Einfache Leute haben immer Angst. Wußtest du das nicht? Wir haben Angst vor dem Wetter, vor mächtigen Männern, wir haben Angst vor der Nacht und vor den Ungeheuern, die in der Dunkelheit lauern, wir haben Angst davor, alt zu werden und zu sterben. Manchmal haben wir sogar Angst vor dem Leben. Einfache Leute haben fast in jeder Minute ihres Lebens Angst.«
»Aber wie könnt Ihr das ertragen?«
»Haben wir denn eine Wahl? Angst ist Teil des Lebens, Mandorallen, und es ist das einzige Leben, das wir haben. Man

gewöhnt sich daran. Wenn du sie jeden Morgen angetan hast wie einen alten Mantel, nimmst du sie kaum noch wahr. Manchmal hilft es, darüber zu lachen – wenigstens ein bißchen.«

»Darüber zu lachen?«

»Das zeigt der Angst, daß du von ihr weißt, aber trotzdem weiter tust, was du ohnehin tun mußt.« Durnik sah auf seine Hände nieder, die behutsam den Leib der Stute massierten. »Manche Männer schimpfen, fluchen und toben«, sprach er weiter. »Ich glaube, das bewirkt das gleiche. Jeder muß seinen eigenen Weg finden, mit der Angst fertig zu werden. Ich persönlich bevorzuge das Lachen. Es scheint mir irgendwie angebrachter.«

Mandorallens Gesicht wurde ernst und nachdenklich, als Durniks Worte ihm langsam ins Bewußtsein drangen. »Ich werde darüber nachdenken«, sagte er. »Es mag wohl sein, guter Freund, daß ich Euch für diesen freundlichen Rat mehr als mein Leben schulde.«

Wieder stöhnte die Stute, tief und herzzerreißend, und Durnik richtete sich auf und krempelte seine Ärmel hoch. »Das Fohlen muß umgedreht werden, Herrin Pol«, sagte er entschieden. »Und zwar bald, sonst verlieren wir beide – die Stute und das Fohlen.«

»Laß mich ihr zuerst hiervon etwas eingeben«, antwortete sie und kühlte den brodelnden Topf mit etwas kaltem Wasser ab. »Halte ihren Kopf«, bat sie Hettar. Er nickte und legte seine Arme fest um den Kopf der schwer atmenden Stute. »Garion«, sagte Tante Pol, während sie der Stute von der Flüssigkeit einflößte, »warum gehst du nicht mit Ce'Nedra zu Silk und deinem Großvater hinüber?«

»Hast du schon mal ein Fohlen umgedreht, Durnik?« fragte Hettar besorgt.

»Ein Fohlen nicht, aber Kälber schon oft. Ein Pferd unterscheidet sich nicht so sehr von einer Kuh.«

Barak erhob sich rasch. Sein Gesicht war leicht grün. »Ich gehe mit Garion und der Prinzessin«, brummte er. »Ich glaube nicht, daß ich hier viel helfen kann.«

»Ich werde mich Euch anschließen«, erklärte Mandorallen. Auch er war sichtlich blaß geworden. »Ich denke, es ist das beste, unseren Freunden für ihre Geburtshilfe genügend Platz zu schaffen.«

Tante Pol betrachtete die beiden Krieger leicht belustigt, sagte jedoch nichts.

Garion und die anderen entfernten sich ziemlich schnell.

Silk und Meister Wolf standen hinter dem riesigen Steintisch und spähten in eine weitere kuppelförmige Öffnung in der glühenden Wand. »Ich habe noch nie solche Früchte gesehen«, meinte der kleine Mann gerade.

»Das hätte mich auch gewundert«, antwortete Wolf.

»Sie sehen so frisch aus, als wären sie eben erst gepflückt worden.« Silks Hand bewegte sich fast unwillkürlich auf die verlockenden Früchte zu.

»Ich würde es nicht tun«, warnte Wolf.

»Ich frage mich, wie sie wohl schmecken.«

»Fragen wird dir nicht schaden, probieren vielleicht doch.«

»Ich *hasse* unbefriedigte Neugier.«

»Du wirst darüber hinwegkommen.« Wolf wandte sich Garion und den anderen zu. »Was macht das Pferd?«

»Durnik sagt, er muß das Fohlen umdrehen«, erzählte Barak. »Wir dachten, es wäre besser, ihnen nicht im Weg zu sein.«

Wolf nickte. »Silk!« mahnte er scharf, ohne sich umzudrehen.

»Tut mir leid.« Silk zog seine Hand zurück.

»Warum läßt du die Finger nicht davon? Du bringst dich nur in Schwierigkeiten.«

Silk zuckte die Achseln. »Das tue ich ohnehin ständig.«

»Laß es einfach, Silk«, sagte Wolf bestimmt. »Ich kann dich nicht ständig im Auge behalten.« Er fuhr mit den Fingern unter den schmutzigen, arg mitgenommenen Verband um seinen Arm und kratzte sich gereizt. »Das reicht jetzt«, sagte er. »Garion, nimm mir das Ding ab.« Er streckte den Arm aus.

Garion wich zurück. »Ich nicht«, lehnte er ab. »Weißt du, was ich von Tante Pol zu hören bekomme, wenn ich das ohne ihre Erlaubnis mache?«

»Sei nicht albern. Silk, dann du.«

»Erst sagst du mir, ich sollte mich nicht in Schwierigkeiten bringen, und dann bittest du mich, Polgara in die Quere zu kommen? Du bist inkonsequent, Belgarath.«
»Ach, herrje«, sagte Ce'Nedra. Sie nahm den Arm des alten Mannes und begann, mit ihren kleinen Fingern den Verband aufzuknüpfen. »Denk nur daran, daß es deine Idee war. Garion, gibt mir dein Messer.«
Zögernd reichte Garion ihr seinen Dolch. Die Prinzessin durchschnitt den Verband und wickelte den Rest ab. Die Schienen fielen polternd zu Boden.
»Was für ein reizendes Kind du bist.« Meister Wolf strahlte sie an und kratzte sich mit offensichtlicher Erleichterung den Arm.
»Vergiß nur nicht, daß du mir einen Gefallen schuldest«, sagte sie.
»Sie ist wirklich eine echte Tolnedranerin«, stellte Silk fest.
Etwa eine halbe Stunde später kam Tante Pol zu ihnen, einen traurigen Ausdruck in den Augen.
»Wie geht es der Stute?« fragte Ce'Nedra rasch.
»Sie ist sehr schwach, aber ich glaube, sie wird es schaffen.«
»Und was ist mit dem Fohlen?«
Tante Pol seufzte. »Es war zu spät. Wir haben alles versucht, aber wir konnten es nicht dazu bringen zu atmen.«
Ce'Nedra rang nach Luft, ihr kleines Gesicht war plötzlich totenblaß. »Aber du gibst doch nicht einfach auf, nicht wahr?« Sie sagte es fast vorwurfsvoll.
»Es gibt nichts, was wir noch tun könnten, Liebes«, sagte Tante Pol traurig. »Es hat zu lange gedauert. Es hatte einfach keine Kraft mehr.«
Ce'Nedra starrte sie ungläubig an. »*Tu* etwas!« forderte sie. »Du bist eine Zauberin. Tu etwas!«
»Es tut mir leid, Ce'Nedra, das liegt jenseits unserer Macht. Wir können nicht über jene Grenze hinweg.«
Die kleine Prinzessin jammerte und begann bitterlich zu weinen. Tante Pol nahm sie tröstend in den Arm.
Aber Garion war schon unterwegs. Mit absoluter Klarheit wußte er jetzt, was die Höhle von ihm erwartete, und er

reagierte, ohne nachzudenken. Er rannte nicht, er beeilte sich nicht einmal. Ganz ruhig ging er um den steinernen Tisch herum zu der Feuerstelle.

Hettar saß mit gekreuzten Beinen auf dem Boden und hielt das reglose Fohlen im Schoß. Traurig ließ er den Kopf hängen, so daß seine Skalplocke fast wie eine Mähne über den schmalen, bewegungslosen Kopf des kleinen Tieres fiel.

»Gib es mir, Hettar«, sagte Garion.

»Garion! Nicht!« Tante Pols Stimme klang beunruhigt.

Hettar blickte auf, sein Habichtgesicht war von tiefem Kummer erfüllt.

»Laß es mir, Hettar«, wiederholte Garion sehr leise.

Wortlos hob Hettar den schlaffen, kleinen Körper, der noch feucht war und im Feuerschein glänzte, und reichte ihn Garion. Garion legte seine Hände auf den kleinen Brustkorb und drückte ihn sacht. »Atme.« Er flüsterte es nur.

»Wir haben das schon versucht, Garion«, sagte Hettar traurig. »Wir haben alles versucht.«

Garion begann, seinen Willen zu sammeln.

»Tu es nicht, Garion«, sagte Tante Pol bestimmt. »Es ist nicht möglich, und du wirst dir nur selbst schaden, wenn du es versuchst.«

Aber Garion hörte nicht auf sie. Die Höhle selbst sprach zu laut zu ihm, als daß er noch etwas anderes hätte hören können. Er konzentrierte all seine Gedanken auf den feuchten, leblosen Körper des Fohlens. Dann streckte er seine rechte Hand aus und legte seine Handfläche auf die makellose, nußbraune Schulter des toten Tieres. Vor ihm schien sich eine glatte Mauer aufzubauen, schwarz und höher als alles andere auf der Welt, undurchdringlich und schweigend, sein Fassungsvermögen übersteigend. Er holte tief Luft und warf sich dann in den Kampf.

»Lebe«, sagte er.

»Garion, hör auf.«

»Lebe«, sagte er wieder und stürzte sich noch tiefer in den Kampf mit dieser ungeheuren Schwärze.

»Es ist jetzt zu spät, Pol«, hörte er Meister Wolf von weit her sagen. »Er hat sich schon ausgeliefert.«

»Lebe«, wiederholte Garion, und die Woge, die er aus sich herausströmen fühlte, war so gewaltig, daß sie ihn völlig leerbrannte. Die glühenden Wände flackerten und erklangen plötzlich, als ob tief im Innern des Berges eine Glocke geschlagen worden wäre. Der Klang erfüllt die Luft in der Höhle mit einem vibrierenden Ton. Das Licht in den Wänden flammte plötzlich mit gleißender Helligkeit auf, und in der Höhle wurde es taghell.

Der kleine Körper unter Garions Hand bebte, und das Fohlen tat einen tiefen, schaudernden Atemzug. Garion hörte, wie die anderen nach Atem rangen, als die spindeldürren, kleinen Beine zuckten. Das Fohlen atmete wieder, dann öffneten sich seine Augen.

»Ein Wunder«, sagte Mandorallen mit erstickter Stimme.

»Vielleicht sogar noch mehr als das«, meinte Meister Wolf und sah in Garions Gesicht.

Das Fohlen kämpfte, sein Kopf wackelte noch unsicher auf dem Hals. Es zog die Beine unter sich und versuchte aufzustehen. Instinktiv wandte es sich seiner Mutter zu und stolperte zu ihr, um zu trinken. Sein Fell, das vollkommen tiefbraun gewesen war, ehe Garion es berührte, zeigte nun auf der Schulter einen einzelnen leuchtendweißen Fleck, der genau die Größe des Mals in Garions Handfläche hatte.

Garion kam auf die Füße und stolperte an den anderen vorbei. Er ging zu der eiskalten Quelle, die aus der Öffnung in der Wand sprudelte und ließ sich Wasser über Hals und Gesicht laufen. Er kniete zitternd vor der Quelle und blieb lange Zeit keuchend so hocken. Dann spürte er eine zögernde, fast scheue Berührung am Ellbogen. Als er erschöpft den Kopf hob, sah er das nun schon kräftigere Fohlen neben sich, das ihn mit seinen feuchten Augen bewundernd ansah.

9

Am nächsten Morgen hatte sich der Sturm gelegt, doch sie blieben noch einen weiteren Tag in der Höhle, damit sich die Stute etwas erholen und das neugeborene Fohlen Kräfte sammeln konnte. Garion fand die Aufmerksamkeit des kleinen Tieres lästig. Wo er auch hinging, die sanften Augen folgten ihm, und ständig schnupperte das Fohlen an ihm herum. Auch die anderen Pferde beobachteten ihn mit stummem Respekt. Alles in allem empfand er es als etwas störend.

Am Morgen ihrer Weiterreise entfernten sie sorgfältig alle Spuren ihres Aufenthaltes. Sie säuberten die Höhle spontan, ohne sich vorher abgesprochen zu haben. Es war etwas, was sie einfach kommentarlos taten.

»Das Feuer brennt noch«, sagte Durnik beunruhigt und blickte von der Tür her zurück in das schimmernde Gewölbe.

»Es wird von selbst ausgehen, wenn wir fort sind«, sagte Wolf. »Ich glaube sowieso nicht, daß du es löschen könntest – wenn du es auch noch so sehr versuchtest.«

Durnik nickte ernst. »Du hast wahrscheinlich recht«, stimmte er zu.

»Schließ die Tür, Garion«, sagte Tante Pol, nachdem sie die Pferde auf das Sims außerhalb der Höhle geführt hatten.

Recht stolz auf sich, faßte Garion eine Kante der riesigen eisernen Tür und zog daran.

Obwohl Barak mit aller Kraft erfolglos versucht hatte, die Tür zuzudrücken, bewegte sie sich leicht, sobald Garions Hand sie berührte. Ein einziger Stoß genügte, um sie mühelos zuschwingen zu lassen. Die beiden soliden Flügel trafen mit einem lauten, hohlen Dröhnen zusammen, und nur eine dünne, kaum sichtbare Linie zeigte, wo sie aufeinanderstießen.

Meister Wolf legte seine Hand auf das geschwärzte Eisen, sein Blick war in die Ferne gerichtet. Dann seufzte er einmal, drehte sich um und führte sie über den Sims auf den Weg zurück, den sie zwei Tage zuvor gekommen waren.

Sobald sie die Bergschulter umrundet hatten, stiegen sie wieder auf die Pferde und ritten durch schmelzende Eisfelder zu den

ersten niedrigen Büschen und verkrüppelten Bäumen, die ein paar Meilen unterhalb des Passes standen, talwärts. Obwohl der Wind noch frisch war, war der Himmel blau, und nur ein paar vereinzelte Wolken, die seltsam nah wirkten, jagten dahin.
Garion ritt zu Meister Wolf nach vorn. Seine Gedanken waren durch das, was in der Höhle geschehen war, in Aufruhr, und er mußte dringend einiges klären. »Großvater«, sagte er.
»Ja, Garion?« antwortete der alte Mann, aus seinem Halbschlaf hochschreckend.
»Warum hat Tante Pol versucht, mich zurückzuhalten? Mit dem Fohlen, meine ich.«
»Weil es gefährlich war«, erwiderte er, »sehr gefährlich.«
»Wieso gefährlich?«
»Wenn du etwas versuchst, das unmöglich ist, kannst du zuviel Energie darin verlieren, und wenn du es dann noch weiter versuchst, kann es fatal enden.«
»Fatal?«
Wolf nickte. »Du zehrst dich selbst völlig aus, und dann hast du nicht mehr genug Kraft, dein eigenes Herz weiter schlagen zu lassen.«
»Das wußte ich nicht.« Garion war entsetzt.
Wolf duckte sich, als sie unter einem tiefhängenden Ast hindurchritten. »Offensichtlich.«
»Sagst du nicht immer, *nichts* ist unmöglich?«
»In Grenzen, Garion. In Grenzen.«
Sie ritten einige Minuten schweigend weiter. Das Hufgeklapper ihrer Pferde wurde durch das dichte Moos, das den Boden bedeckte, gedämpft.
»Vielleicht sollte ich mehr über all das herausfinden«, meinte Garion schließlich.
»Keine schlechte Idee. Was willst du wissen?«
»Alles, glaube ich.«
Meister Wolf lachte. »Ich fürchte, das wird dann sehr lange dauern.«
Garions Herz sank. »Ist es so schwierig?«
»Nein. Eigentlich ist es sehr einfach, aber einfache Dinge sind immer am schwersten zu erklären.«

»Das gibt doch keinen Sinn«, erwiderte Garion leicht gereizt.
»Ach?« Wolf sah ihn belustigt an. »Dann laß mich dir eine einfache Frage stellen. Was ist zwei und zwei?«
»Vier«, antwortete Garion prompt.
»Warum?«
Garion überlegte einen Moment. »Es ist eben so«, antwortete er.
»Aber warum?«
»Es gibt kein warum. Es ist eben so.«
»Es gibt für alles ein warum, Garion.«
»Also gut, warum ist zwei und zwei vier?«
»Ich weiß es nicht«, gestand Wolf. »Ich dachte, du wüßtest es vielleicht.«
Sie kamen an einem toten Baum vorbei, der verkrümmt und kahl weiß von dem blauen Himmel abstach.
»Kommen wir denn so überhaupt weiter?« fragte Garion verwirrt.
»Ich glaube eigentlich, daß wir schon einen sehr langen Weg hinter uns haben«, antwortete Wolf. »Was genau wolltest du wissen?«
Garion stellte die Frage so direkt wie er konnte. »Was ist Zauberei?«
»Das habe ich dir schon einmal erklärt. Der Wille und das Wort.«
»Aber das bedeutet eigentlich nichts, und das weißt du auch.«
»Also gut, versuche es einmal so. Zauberei heißt, etwas mit deinem Geist zu tun anstatt mit deinen Händen. Die meisten Leute tun das nicht, weil es zu Anfang sehr viel einfacher ist, wenn man es auf die übliche Weise tut.«
Garion runzelte die Stirn. »Es scheint aber nicht sehr schwer zu sein.«
»Das liegt daran, daß du aus einem Impuls heraus gehandelt hast. Du hast dich nie hingesetzt und dir deinen Weg durch etwas hindurchgedacht – du hast es einfach getan.«
»Ist es denn so nicht einfacher? Ich meine, warum soll man es nicht einfach tun, statt darüber nachzudenken?«
»Weil spontane Zauberei nur drittklassig ist – völlig unkon-

trolliert. Alles kann geschehen, wenn du einfach die Kraft deines Geistes losläßt. Es hat keine eigene Moral. Das Gute oder Schlechte daran kommt aus *dir*, nicht aus der Zauberei.«

»Du meinst, als ich Asharak verbrannt habe, war ich es und nicht die Zauberei?« fragte Garion, dem bei dieser Vorstellung leicht übel wurde.

Meister Wolf nickte ernst. »Vielleicht hilft es dir, daß auch du es warst, der dem Fohlen das Leben geschenkt hat. Die beiden Dinge heben sich in etwa auf.«

Garion warf einen Blick über die Schulter zurück auf das Fohlen, das wie ein Hündchen hinter ihm hertrabte. »Du sagst also, Zauberei kann entweder gut oder schlecht sein.«

»Nein«, berichtigte Wolf ihn. »Sie selbst hat nichts zu tun mit gut und böse. Und es wird dir überhaupt nicht helfen, wenn du dir überlegst, wie du sie benutzen willst. Du kannst damit alles tun, was du willst – oder jedenfalls fast alles. Du kannst die Gipfel der Berge abschneiden oder die Bäume mit der Krone nach unten in die Erde rammen oder alle Wolken grün färben, wenn dir danach ist. Was du entscheiden mußt, ist, ob du etwas tun *solltest*, nicht, ob du etwas tun *kannst*.«

»Du hast gesagt, *fast* alles«, bemerkte Garion rasch.

»Dazu komme ich noch«, erwiderte Wolf. Er blickte nachdenklich zu den tiefhängenden Wolken hinauf – ein ganz gewöhnlicher alter Mann in brauner Tunika und grauer Kapuze, der den Himmel betrachtete. »Es gibt etwas, das absolut verboten ist. Du darfst nie irgend etwas auslöschen – niemals.«

Garion staunte. »Aber ich habe doch Asharak ausgelöscht, oder?«

»Nein. Du hast ihn getötet. Das ist ein Unterschied. Du hast ihn in Brand gesetzt, und er ist zu Tode verbrannt. Etwas auslöschen heißt, es ungeschehen machen zu wollen. Das ist verboten.«

»Was würde passieren, wenn ich es *doch* versuchte?«

»Deine Macht würde sich auf dich richten, und im selben Moment würdest du ausgelöscht.«

Garion blinzelte und verspürte eine plötzliche Kälte bei dem Gedanken, wie nahe er dieser verbotenen Grenze gewesen war bei seinem Zusammenstoß mit Asharak. »Wie kann ich den Unterschied feststellen?« fragte er mit gedämpfter Stimme. »Ich meine, wie kann ich erklären, daß ich nur jemanden töten und nicht auslöschen wollte?«

»Es ist kein gutes Feld, um Experimente anzustellen«, sagte Wolf. »Wenn du wirklich jemanden töten willst, dann durchbohre ihn mit deinem Schwert. Hoffentlich wirst du nicht allzuoft Gelegenheit dazu haben.«

Sie hielten an einem kleinen Bach, der über bemooste Steine dahinplätscherte, um die Pferde zu tränken.

»Siehst du, Garion«, erklärte Wolf, »der letztendliche Zweck des Universums ist es, zu erschaffen. Es wird dir nicht erlauben, herumzuschleichen und all die Dinge auszulöschen, die es unter so viel Mühen erschaffen hat. Wenn du jemanden tötest, veränderst du ihn nur ein wenig. Du veränderst ihn dahingehend, daß er tot und nicht mehr lebendig ist. Aber er ist immer noch da. Um ihn auszulöschen, mußt du seine Existenz gänzlich vernichten wollen. Wenn du das Gefühl hast, kurz davor zu stehen, zu etwas zu sagen ›verschwinde‹ oder ›hör auf zu sein‹, stehst du dicht vor der Selbstzerstörung. Das ist der Hauptgrund, weshalb wir unsere Gefühle immer unter Kontrolle halten müssen.«

»Das wußte ich nicht«, gestand Garion.

»Jetzt weißt du es. Versuche nicht einmal, einen Kieselstein auszulöschen.«

»Einen Kieselstein?«

»Das Universum macht keinen Unterschied zwischen einem Kieselstein und einem Menschen.« Der alte Mann sah ihn fast streng an. »Deine Tante versucht nun schon seit Monaten, dir die Notwendigkeit zu erklären, dich unter Kontrolle zu halten, und du hast dich ständig dagegen gewehrt.«

Garion ließ den Kopf hängen. »Ich wußte nicht, worauf sie hinauswollte«, entschuldigte er sich.

»Das kommt, weil du nicht zugehört hast. Das ist ein schwerer Fehler, Garion.«

Garion wurde rot. »Was geschah, als *du* zum erstenmal festgestellt hast, daß du – nun – Dinge tun kannst?« fragte er rasch, um vom Thema abzulenken.

»Es war etwas ganz Dummes«, antwortete Wolf. »Das ist es meistens beim ersten Mal.«
»Was war es?«
Wolf zuckte die Achseln. »Ich wollte einen großen Fels bewegen. Meine Arme und mein Rücken waren nicht stark genug, aber mein Geist. Anschließend hatte ich keine andere Wahl als zu lernen, damit zu leben, denn wenn man die Tür einmal aufgestoßen hat, bleibt sie immer geöffnet. Das ist der Punkt, an dem dein Leben sich verändert und du lernen mußt, dich zu kontrollieren.«
»Darauf läuft es immer wieder hinaus, nicht wahr?«
»Immer«, bestätigte Wolf. »Aber es ist nicht so schwer, wie es sich anhört. Sieh dir Mandorallen an.« Er deutete auf den Ritter, der neben Durnik herritt. Die beiden waren völlig in ihr Gespräch vertieft. »Nun, Mandorallen ist wirklich ein netter Bursche, aufrichtig, treu, überwältigend edel – aber wir wollen ehrlich sein. Sein Verstand ist noch nie durch einen originellen Gedanken aufgewühlt worden – bis jetzt. Er lernt, seine Angst zu kontrollieren, und dieses Lernen zwingt ihn zum Nachdenken – wahrscheinlich zum ersten Mal in seinem Leben. Es ist schmerzlich für ihn, aber er tut es. Wenn Mandorallen mit seinem begrenzten Verstand lernen kann, seine Ängste zu kontrollieren, kannst *du* bestimmt diese Kontrolle über die anderen Gefühle lernen. Schließlich bist du ein bißchen klüger als er.«
Silk, der vorausgeritten war, kehrte zu ihnen zurück. »Belgarath«, sagte er. »Etwa eine Meile vor uns ist etwas, das du dir anschauen solltest.«
»Gut«, antwortete Wolf. »Denk darüber nach, was ich dir gesagt habe, Garion. Wir reden später weiter.« Dann galoppierte er mit Silk davon.
Garion dachte über das nach, was der alte Mann ihm gesagt hatte. Was ihn am meisten störte, war die erdrückende Verantwortung, die sein unerwünschtes Talent ihm auferlegte.
Das Fohlen hüpfte neben ihm her, galoppierte von Zeit zu Zeit voraus und kam dann zurück, seine kleinen Hufe trappelten auf dem feuchten Boden. Hin und wieder blieb es stehen und

betrachtete Garion mit einem Blick voller Liebe und Vertrauen.
»Ach hör auf damit«, sagte Garion.
Dann sprang das Fohlen wieder davon.
Prinzessin Ce'Nedra lenkte ihr Pferd neben Garion. »Worüber hast du dich mit Belgarath unterhalten?« fragte sie.
Garion zuckte die Achseln. »Über vieles.«
Sofort zeigte sich eine härtere Linie um ihre Augen. In den Monaten, seit sie sich kannten, hatte Garion gelernt, solche stummen Warnsignale zu erkennen. Etwas warnte ihn, daß die Prinzessin Streit suchte, und mit einer Einsicht, die ihn selbst überraschte, sah er auch den Grund für ihre unausgesprochene Streitlust. Was in der Höhle geschehen war, hatte Ce'Nedra tief erschüttert, und Ce'Nedra mochte es nicht, erschüttert zu werden. Um es noch schlimmer zu machen, hatte die Prinzessin einige Einschmeichelungsversuche bei dem Fohlen unternommen, das sie offenbar zu ihrem persönlichen Schmusetier hatte machen wollen. Aber das Fohlen hatte sie vollkommen ignoriert und war völlig auf Garion fixiert. Das ging sogar so weit, daß es seine eigene Mutter nicht beachtete, wenn es nicht gerade Hunger hatte. Ce'Nedra konnte es noch weniger vertragen, wenn man sie ignorierte als wenn man sie erschütterte. Garion ahnte, daß seine Chancen, einen Streit zu vermeiden, sehr schlecht standen.
»Ich wollte natürlich nicht neugierig auf ein Privatgespräch sein«, sagte sie spitz.
»Es war nicht privat. Wir haben uns über Zauberei unterhalten und wie man Unfälle vermeidet. Ich möchte nicht noch mehr Fehler machen.«
Sie dachte darüber nach und suchte nach einem Angriffspunkt. Seine sanfte Antwort schien sie nur noch mehr zu reizen. »Ich glaube nicht an Zauberei«, sagte sie unvermittelt. Im Licht all dessen, was in letzter Zeit geschehen war, klang ihre Erklärung geradezu absurd, und sie merkte das offenbar ebenfalls, sobald sie es ausgesprochen hatte. Sie blickte noch finsterer drein.
Garion seufzte. »Also schön«, sagte er resigniert, »gibt es

etwas Bestimmtes, worüber du streiten möchtest oder willst du schon mal anfangen zu keifen und es dir dabei überlegen?«
»Keifen?« Ihre Stimme stieg um mehrere Oktaven. »*Keifen*?«
»Meinetwegen auch kreischen«, sagte er so beleidigend, wie er konnte. Da der Streit sowieso unvermeidlich war, wollte er ihr ein paar Stiche versetzen, ehe ihre Stimme so hoch war, daß sie ihn ohnehin nicht mehr hörte.
»*KREISCHEN*?« kreischte sie.
Der Kampf dauerte etwa eine Viertelstunde, bis Barak und Tante Pol kamen, um sie zu trennen. Alles in allem war es nicht sehr befriedigend. Garion war viel zu sehr mit anderen Dingen beschäftigt, um seine ganze Seele in die Beleidigungen zu legen, die er dem Mädchen entgegenschleuderte, und Ce'Nedras Wut nahm ihren Antworten ihre übliche feine Spitze. Gegen Ende war das Ganze zu ermüdenden Wiederholungen von »verwöhntes Balg« und »dummer Bauer« verkommen, die endlos von den umliegenden Bergen widerhallten.
Meister Wolf und Silk kehrten zu ihnen zurück. »Was war das für ein Geschrei?« fragte Meister Wolf.
»Die Kinder haben nur gespielt«, erklärte Tante Pol mit einem vernichtenden Blick auf Garion.
»Wo ist Hettar?« fragte Silk.
»Direkt hinter uns«, antwortete Barak. Er drehte sich zu den Packpferden um, aber der große Algarier war nirgends zu sehen. Barak runzelte die Stirn. »Er war gerade noch da. Vielleicht hat er einen Moment angehalten, um sein Pferd ausruhen zu lassen.«
»Ohne ein Wort zu sagen?« wandte Silk ein. »Das sieht ihm nicht ähnlich. Und es sieht ihm auch nicht ähnlich, die Packpferde unbeaufsichtigt zu lassen.«
»Er muß einen guten Grund haben«, pflichtete Durnik ihm bei.
»Ich reite zurück und suche ihn«, erbot sich Barak
»Nein«, widersprach Meister Wolf. »Wir warten ein paar Minuten. Wir wollen uns hier in diesen Bergen nicht verlieren. Wenn überhaupt jemand zurückgeht, dann wir alle.«
Sie warteten. Der Wind pfiff durch die Kiefern und brachte klagende, seufzende Töne hervor. Nach ein paar Minuten

seufzte Tante Pol hörbar. »Er kommt.« In ihrer Stimme lag ein stählerner Ton. »Er hat sich gut amüsiert.«
Weit hinten auf dem Pfad tauchte Hettar in seiner schwarzen Lederkleidung auf und kam angaloppiert, wobei seine Skalplocke im Wind flatterte. Er führte zwei gesattelte, aber reiterlose Pferde am Zügel. Als er näherkam, konnten sie hören, daß er ziemlich unmelodisch vor sich hin pfiff.
»Wo warst du?« fragte Barak.
»Ein paar Murgos folgten uns«, antwortete Hettar, als ob das alles erklärte.
»Du hättest mich bitten können, mitzukommen«, sagte Barak leicht gekränkt.
Hettar zuckte die Achseln. »Es waren nur zwei. Sie ritten algarische Pferde, deshalb habe ich das persönlich genommen.«
»Es scheint, du findest immer einen Grund, es persönlich zu nehmen, wenn es um Murgos geht«, sagte Tante Pol spitz.
»Es sieht so aus, nicht wahr?«
»Es waren nur zwei«, wiederholte Hettar. »Ich erwartete nicht, lange zu bleiben.«
Sie holte tief Luft, ihre Augen funkelten gefährlich.
»Laß gut sein, Pol«, sagte Meister Wolf.
»Aber –«
»Du kannst ihn doch nicht ändern, warum regst du dich dann darüber auf? Außerdem ist es auch eine Möglichkeit, Verfolger zu entmutigen.« Der alte Mann wandte sich an Hettar und ignorierte den wütenden Blick, den Tante Pol ihm zuwarf. »Gehörten die Murgos zu Brill?«
Hettar schüttelte den Kopf. »Nein. Brills Murgos kamen aus dem Süden und hatten Murgopferde. Diese beiden waren Murgos aus dem Norden.«
»Gibt es denn einen sichtbaren Unterschied?« erkundigte sich Mandorallen neugierig.
»Die Rüstung ist etwas anders, und die aus dem Süden haben etwas flachere Gesichter und sind nicht ganz so groß.«
»Wo hatten sie algarische Pferde her?« fragte Garion.
»Es sind Pferdediebe«, sagte Hettar finster. »Algarische Pferde gelten in Cthol Murgos als sehr wertvoll, und immer wieder

schleichen sich Murgos nach Algarien, um Pferde zu stehlen. Wir versuchen das so weit wie möglich zu verhindern.«
»Diese Pferde sind in keinem guten Zustand«, stellte Durnik fest und betrachtete die beiden erschöpft wirkenden Tiere, die Hettar am Zügel führte. »Sie sind scharf geritten worden und zeigen Peitschenspuren.«
Hettar nickte grimmig. »Ein Grund mehr, Murgos zu hassen.«
»Hast du sie begraben?« fragte Barak.
»Nein. Ich habe sie so liegengelassen, daß jeder nachkommende Murgo sie finden muß. Ich dachte, es könnte zur Erziehung derer beitragen, die später kommen.«
»Es gibt einige Anzeichen dafür, daß vor ihnen schon andere hier waren«, sagte Silk. »Ich habe weiter vorn die Spuren von etwa einem Dutzend gefunden.«
»Das war wohl zu erwarten«, meinte Wolf und kratzte seinen Bart. »Ctuchik hat seine Grolims ausgeschickt, und Taur Urgas läßt die Gegend wahrscheinlich überwachen. Ich bin sicher, daß sie uns gern aufhalten würden, wenn sie könnten. Wir sollten so schnell wie möglich ins Tal reiten. Wenn wir einmal dort sind, werden wir nicht mehr belästigt.«
»Werden sie uns nicht ins Tal folgen?« fragte Durnik und sah sich nervös um.
»Nein. Murgos gehen nicht in Aldurs Tal – gleich, aus welchem Grund. Aldurs Geist ist dort, und die Murgos haben entsetzliche Angst vor ihm.«
»Wie viele Tagesritte sind es noch bis zum Tal?« fragte Silk.
»Vier oder fünf, wenn wir scharf zureiten«, antwortete Wolf.
»Dann sollten wir lieber aufbrechen.«

10

In den höhergelegenen Bergen war es schon fast Winter gewesen, aber als sie von den Gipfeln und Pässen wieder hinabstiegen, wurde das Wetter herbstlich mild. In den Bergen hoch über Maragor hatten die Wälder aus Fichten und Tannen mit dichtem Unterholz bestanden. Hier herrschte jedoch die Kiefer vor, und die Hänge waren mit hohem gelbem Gras bedeckt.

Sie kamen durch eine Gegend, wo die Blätter der vereinzelten Büsche leuchtend rot waren, noch weiter unten wurde das Blattwerk gelb und dann wieder grün. Garion fand diese Umkehrung der Jahreszeiten eigenartig. Es schien die natürliche Ordnung der Dinge zu verletzen. Als sie die letzten Hügel oberhalb von Aldurs Tal erreichten, war es wieder Spätsommer, golden und diesig. Obwohl sie hin und wieder auf Spuren von Murgos trafen, die diese Gegend durchkämmten, kam es zu keiner weiteren Begegnung. Nachdem sie eine bestimmte, unsichtbare Grenze überschritten hatten, fanden sie keinerlei Hinweise mehr auf Murgos.

Sie ritten an einem wild tosenden Fluß entlang, der über glatte runde Felsen schoß. Er gehörte zu den Quellflüssen des Aldur, eines breiten Stroms, der die weite algarische Ebene durchfloß und zweitausend Meilen weiter nördlich in den Golf von Cherek mündete.

Aldurs Tal wurde von zwei Bergketten, die das Zentralmassiv des Kontinents bildeten, umschlossen. Es war fruchtbar und grün, mit hohem Gras bewachsen, auf dem einzelne Riesenbäume standen. Rotwild und wilde Pferde grasten hier, so zahm wie Haustiere. Lerchen stiegen in die Lüfte und erfüllten sie mit ihrem Gesang. Als sie ins Tal ritten, stellte Garion fest, daß sich die Vögel um Tante Pol scharten, wo immer sie auch war, und viele der mutigeren ließen sich auf ihren Schultern nieder und trillerten ihr ein bewunderndes Willkommen ins Ohr.

»Das hatte ich vergessen«, sagte Meister Wolf zu Garion. »Es wird schwierig sein, in den nächsten Tagen ihre Aufmerksamkeit zu erringen.«

»Ach?«

»Jeder Vogel im Tal wird kommen, um sie zu besuchen. Es passiert jedesmal, wenn wir herkommen. Die Vögel werden bei ihrem Anblick geradezu närrisch.«

Aus dem ganzen Vogelgezwitscher meinte Garion fast wis-

pernd einen Chor Vogelstimmen zu hören, der immer wieder »Polgara, Polgara, Polgara« sang.
»Ist das Einbildung, oder sprechen sie wirklich?«
»Ich bin überrascht, daß du das erst jetzt merkst«, antwortete Wolf. »Jeder Vogel, den wir auf den letzten dreißig Meilen gesehen haben, hat ihren Namen geplappert.«
»Sieh mich an, Polgara, sieh mich an«, schien eine Schwalbe zu sagen, die wilde Sturzflüge um sie herum vollführte. Tante Pol lächelte ihr sanft zu, und schon verdoppelte sie ihre Bemühungen.
»Ich habe sie noch nie reden hören«, staunte Garion.
»Sie sprechen immer mit ihr«, sagte Wolf. »Manchmal stundenlang. Deswegen scheint sie ab und zu etwas abwesend zu sein. Sie hört dann den Vögeln zu. Deine Tante bewegt sich durch eine Welt voller Gespräche.»
»Das wußte ich nicht.«
»Es wissen auch nur wenige.«
Das Fohlen, das recht gemächlich hinter Garion hergetrabt war, als sie von den Hügeln herabkamen, wurde närrisch vor Freude, als sie durch die saftigen Wiesen des Tales ritten. Es rollte sich im Gras umher und schlug mit seinen dünnen Beinen aus. Es galoppierte in langen Kurven über die flachen, lieblichen Hügel. Es lief absichtlich auf grasendes Rotwild zu, das darauf erschreckt auseinanderstob und verfolgte die Tiere dann. »Komm zurück!« rief Garion.
»Es wird dich nicht hören«, sagte Hettar, über die Possen des kleinen Pferdes lächelnd. »Zumindest wird es so tun, als hörte es dich nicht. Dazu hat es viel zuviel Spaß dabei.«
»Komm sofort hierher!« Garion schickte diesen Gedanken etwas strenger aus, als er beabsichtigt hatte. Die Vorderbeine des Fohlens versteiften sich ruckartig, und es rutschte ein Stück, bis es zum Stehen kam. Dann drehte es sich um und trabte gehorsam auf Garion zu, seine Augen baten um Verzeihung.
»Böses Pferd!« schimpfte Garion.
Das Fohlen ließ den Kopf hängen.
»Schimpf nicht mit ihm«, sagte Wolf. »Du warst schließlich selbst einmal jung.«

Garion bedauerte sofort, was er gesagt hatte, und tätschelte den Hals des kleinen Pferdes. Das Fohlen sah in dankbar an und sprang wieder davon, blieb jedoch mehr in der Nähe.
Prinzessin Ce'Nedra hatte ihn beobachtet. Aus irgendeinem Grund schien sie ihn fortwährend zu beobachten. Sie blickte ihn nachdenklich an, eine Strähne ihres kupferroten Haares um den Finger gewickelt und geistesabwesend darauf herumkauend. Garion hatte den Eindruck, daß sie ihn jedesmal beobachtete und auf ihren Haaren kaute, wenn er sich zu ihr umdrehte. Aus einem Grund, den er nicht recht nennen konnte, machte ihn das sehr nervös.
»Wenn es mir gehörte, wäre *ich* nicht so gemein zu ihm«, sagte sie vorwurfsvoll und nahm die Locke aus dem Mund.
Garion zog es vor, nicht darauf zu antworten.
Als sie weiter durch das Tal ritten, kamen sie an drei Turmruinen vorbei, die in einiger Entfernung voneinander standen und alle Spuren großen Alters trugen. Jeder schien ursprünglich etwa zwanzig Meter hoch gewesen zu sein, wenn auch das Wetter und der Lauf der Zeit sie beträchtlich abgetragen hatte. Der letzte der drei sah aus, als wäre er von einem unglaublich heißen Feuer geschwärzt worden.
»Hat es hier einen Krieg gegeben, Großvater?« fragte Garion.
»Nein«, antwortete Wolf traurig. »Die Türme gehörten meinen Brüdern. Der dort gehörte Belsambar, der andere Belmakar. Sie sind schon vor langer Zeit gestorben.«
»Ich dachte, Zauberer würden nicht sterben.«
»Sie wurden müde – oder vielleicht haben sie auch ihre Hoffnung verloren. Sie haben dafür gesorgt, daß sie nicht länger existierten.«
»Haben sie sich selbst getötet?«
»Sozusagen. Aber es war vollständiger als das.«
Garion drang nicht weiter in den alten Mann, der anscheinend nicht in Einzelheiten gehen wollte. »Was ist mit dem anderen – dem abgebrannten? Wessen Turm war das?«
»Belzedars.«
»Haben die anderen Zauberer ihn angezündet, nachdem er zu Torak übergelaufen war?«

»Nein. Er hat ihn selbst in Brand gesetzt. Ich nehme an, er hielt das für einen guten Weg, uns zu zeigen, daß er kein Mitglied der Bruderschaft mehr war. Belzedar liebte immer schon dramatische Gesten.«

»Wo ist *dein* Turm?«

»Weiter unten im Tal.«

»Zeigst du ihn mir?«

»Wenn du möchtest.«

»Hat Tante Pol auch einen eigenen Turm?«

»Nein. Sie blieb bei mir, als sie heranwuchs, und danach sind wir in die Welt hinausgezogen. Wir sind nie dazu gekommen, ihr einen eigenen Turm zu bauen.«

Sie ritten bis in den späten Nachmittag weiter und hielten dann unter einem gewaltigen Baum, der allein auf einer ausgedehnten Wiese stand. Der Baum warf einen fast hektargroßen Schatten. Ce'Nedra sprang aus dem Sattel und lief auf den Baum zu, ihr rotes Haar flatterte hinter ihr her. »Er ist wunderschön!« rief sie und legte ihre Hände mit ehrfürchtiger Bewunderung auf die rauhe Borke.

Meister Wolf schüttelte den Kopf. »Dryaden. Beim Anblick von Bäumen werden sie ganz aufgedreht.«

»Ich erkenne ihn nicht«, sagte Durnik stirnrunzelnd. »Es ist keine Eiche.«

»Vielleicht eine südliche Spezies«, meinte Barak. »Ich habe noch nie so einen Baum gesehen.«

»Er ist sehr alt«, sagte Ce'Nedra und legte ihre Wange zärtlich an den Stamm, »und er spricht seltsam – aber er mag mich.«

»Was ist das für ein Baum?« fragte Durnik. Er runzelte noch immer die Stirn, da sein Bedürfnis, alles zu ordnen und zu klassifizieren, durch den riesigen Baum gestört wurde.

»Er ist der einzige seiner Art auf der Welt«, erklärte Meister Wolf. »Ich glaube, wir haben ihm nie einen Namen gegeben. Er war einfach immer nur der Baum. Wir haben uns manchmal hier getroffen.«

»Er scheint weder Beeren noch Früchte oder irgendwelche Samen zu tragen«, stellte Durnik fest, der den Boden unter den ausladenden Ästen untersuchte.

»Er braucht auch keine«, antwortete Wolf. »Wie ich schon sagte, er ist der einzige seiner Art. Er war schon immer da und wird immer da sein. Er hat kein Verlangen, sich fortzupflanzen.«

Durnik wirkte beunruhigt. »Ich habe noch nie von einem Baum ohne Samen gehört.«

»Es ist ein ganz besonderer Baum, Durnik«, sagte Tante Pol. »Er ist an dem Tag gewachsen, an dem die Welt geschaffen wurde, und wird wahrscheinlich so lange hier stehen, wie die Welt existiert. Er hat einen anderen Zweck, als sich selbst zu reproduzieren.«

»Und welchen Zweck?«

»Das wissen wir nicht«, antwortete Wolf. »Wir wissen nur, daß er das älteste Lebewesen der Welt ist. Vielleicht ist das sein Zweck. Vielleicht ist er da, um uns die Beständigkeit des Lebens zu demonstrieren.«

Ce'Nedra hatte ihre Schuhe ausgezogen und kletterte in die dicken Äste hinauf, wobei sie kleine Laute der Zuneigung und Freude ausstieß.

»Gibt es zufällig eine Theorie über die Verwandtschaft von Dryaden und Eichhörnchen?« fragte Silk.

Meister Wolf lächelte. »Wenn ihr anderen ohne uns auskommen könnt, haben Garion und ich etwas zu erledigen.«

Tante Pol sah ihn fragend an.

»Es ist Zeit für ein wenig Unterricht, Pol«, erklärte er.

»Wir schaffen es schon, Vater. Werdet ihr zum Essen zurück sein?«

»Halte für uns etwas warm. Kommst du, Garion?«

Die beiden ritten schweigend durch die grünen Wiesen, das ganze Tal wurde von der Nachmittagssonne durchwärmt. Garion staunte über Meister Wolfs seltsamen Stimmungswechsel. Sonst hatte er immer etwas Improvisiertes an sich. Er schien sein Leben im Vorbeigehen einzurichten und sich auf den Zufall, seinen Verstand und seine Macht zu verlassen, wenn es nötig war. Hier im Tal jedoch schien er gelassen und unberührt von den chaotischen Ereignissen draußen in der Welt.

Etwa zwei Meilen von dem Baum entfernt stand ein weiterer Turm. Er war eher gedrungen und aus rohen Steinen erbaut. Bogenfenster hoch oben blickten in die vier Windrichtungen, aber es schien keine Tür zu geben.

»Du wolltest doch meinen Turm sehen«, sagte Wolf, während er vom Pferd stieg. »Das ist er.«

»Er ist keine Ruine wie die anderen.«

»Ich kümmere mich von Zeit zu Zeit um ihn. Sollen wir hineingehen?«

Garion glitt ebenfalls aus dem Sattel. »Wo ist die Tür?«

»Gleich hier.« Wolf deutete auf einen großen Stein in der gewölbten Wand.

Garion betrachtete ihn skeptisch.

Meister Wolf trat vor den Stein. »Ich bin es«, sagte er. »Öffne.«

Die Spannung, die Garion bei den Worten des alten Mannes spürte, war gewöhnlich, nahezu alltäglich, und zeigte, daß etwas schon so oft getan worden war, daß es kein Wunder mehr war. Der Stein drehte sich gehorsam und gab einen schmalen, unregelmäßigen Eingang frei. Wolf gab Garion ein Zeichen, ihm zu folgen, und zwängte sich in den dämmrigen Raum, der hinter der Tür lag.

Der Turm war, wie Garion nun sehen konnte, keine hohle Schale, wie er erwartet hatte, sondern stand auf einem massiven Sockel, durch den sich lediglich eine Wendeltreppe nach oben wand.

»Komm mit«, sagte Wolf und begann den Aufstieg auf den ausgetretenen Stufen. »Achte auf diese da«, meinte er auf halbem Wege und zeigte auf eine der Stufen. »Der Stein ist lose.«

»Warum machst du ihn dann nicht fest?« fragte Garion und stieg vorsichtig über den wackligen Stein.

»Ich wollte es immer tun, aber ich bin nie dazu gekommen. Sie ist schon sehr lange so. Ich habe mich mittlerweile so daran gewöhnt, daß ich nie daran denke, sie festzumachen, wenn ich hier bin.«

Das runde Zimmer oben im Turm war mit allem möglichen

vollgestopft. Über allem lag eine dicke Staubschicht. An verschiedenen Stellen des Raumes standen Tische, auf denen Rollen und Stücke aus Pergament lagen, seltsame Geräte und Modelle, Stückchen von Stein und Glas und einige Vogelnester. Auf einem fand Garion ein merkwürdiges Stöckchen, das so gekrümmt und gewunden war, daß Garions Augen seinen Windungen nicht ganz folgen konnten. Er hob es hoch und drehte es in der Hand, um es näher zu betrachten. »Was ist das, Großvater?«

»Ein Spielzeug von Polgara«, antwortete der alte Mann abwesend, während er das verstaubte Zimmer betrachtete.

»Was soll es sein?«

»Es beschäftigte sie, als sie noch ein Baby war. Es hat nur ein Ende. Sie hat fünf Jahre damit verbracht, das herauszufinden.«

Garion sah von dem seltsam faszinierenden Stück Holz hoch. »Es ist aber grausam, so etwas einem Kind anzutun.«

»Ich hatte zu tun«, antwortete Wolf. »Sie hatte als Kind eine durchdringende Stimme. Beldaran war ein stilles, glückliches kleines Mädchen, aber deine Tante war nie zufrieden.«

»Beldaran?«

»Die Zwillingsschwester deiner Tante.« Die Stimme des alten Mannes verlor sich, und er blickte einen Moment lang traurig aus dem Fenster. Schließlich seufzte er und drehte sich wieder um. »Ich glaube, ich sollte ein bißchen aufräumen«, meinte er mit einem Blick auf das staubige Durcheinander.

»Ich helfe dir«, erbot sich Garion.

»Aber paß auf, daß du nichts zerbrichst«, warnte der alte Mann. »Ich habe für manche dieser Dinge Jahrhunderte gebraucht.« Er begann, im Zimmer herumzuwandern, nahm hier etwas auf und setzte es dort wieder ab, pustete hier und da, um den Staub zu entfernen. Seine Anstrengungen schienen aber vergeblich.

Schließlich hörte er auf und starrte einen niedrigen, rohgezimmerten Stuhl an, dessen Rückenlehne zerkratzt und tief verschrammt war, als wäre sie ständig von starken Klauen bearbeitet worden. Wieder seufzte er.

»Was ist los?« fragte Garion.

»Poledras Stuhl«, sagte Wolf, » – meine Frau. Sie hockte gern dort und beobachtete mich – manchmal jahrelang.«
»Hockte?«
»Sie liebte die Gestalt einer Eule.«
»Oh.« Garion hatte nie darüber nachgedacht, daß der alte Mann je verheiratet gewesen war, obwohl er es offensichtlich einmal gewesen sein mußte, da Tante Pol und ihre Zwillingsschwester seine Töchter waren. Die Liebe seiner Frau zu Eulen erklärte auch Tante Pols eigene Vorliebe für diese Gestalt. Er spürte, daß die beiden Frauen, Poledra und Beldaran, irgendwie sehr viel mit seiner eigenen Herkunft zu tun hatten, aber rein gefühlsmäßig mochte er sie nicht leiden. Sie hatten einen Teil des Lebens seiner Tante und seines Großvaters miterlebt, den er nie kennenlernen würde – nie kennenlernen konnte.
Der alte Mann hob ein Pergament hoch und nahm ein seltsames Gerät mit einer Art Zielfernrohr am Ende zur Hand. »Ich dachte, ich hätte dich verloren«, sagte er zu dem Gerät und berührte es mit einer zärtlichen Vertrautheit. »Dabei bist du die ganze Zeit hier unter diesem Pergament gewesen.«
»Was ist das?«
»Ich habe es gemacht, als ich versuchte, den Grund für Berge herauszufinden.«
»Den Grund?«
»Alles hat einen Grund.« Wolf hob das Instrument hoch. »Du mußt einfach nur –« Er brach ab und legte das Gerät wieder auf den Tisch. »Es ist viel zu kompliziert zu erklären. Ich bin nicht einmal sicher, ob ich selbst noch genau weiß, wie man es benutzt. Ich habe es nicht mehr berührt, seit Belzedar ins Tal kam. Als er herkam, mußte ich meine Studien aufgeben und ihn unterweisen.« Er betrachtete den Staub und die Unordnung. »Das ist sinnlos«, meinte er. »Der Staub kommt sowieso wieder.«
»Warst du allein hier, ehe Belzedar kam?«
»Mein Meister war hier. Das dort drüben ist sein Turm.« Wolf deutete durch das Nordfenster auf eine hohe, schlanke Steinkonstruktion, die etwa eine Meile entfernt war.

»War er wirklich hier?« fragte Garion. »Ich meine, nicht nur sein Geist?«
»Nein. Er war wirklich hier. Das war noch, bevor die Götter die Erde verließen.«
»Hast du immer hier gelebt?«
»Nein. Ich kam wie ein Dieb und suchte etwas zu stehlen – nein, das stimmt wohl nicht ganz. Ich war ungefähr in deinem Alter, als ich herkam, und ich lag im Sterben.«
»Im Sterben?« Garion staunte.
»Ich war kurz vorm Erfrieren. Ich hatte ein Jahr zuvor das Dorf, in dem ich geboren war, verlassen – nach dem Tod meiner Mutter – und hatte meinen ersten Winter im Lager der Gottlosen verbracht. Sie waren damals sehr alt.«
»Wer sind die Gottlosen?«
»Ulgos – oder besser gesagt, diejenigen, die Gorim nicht nach Prolgu gefolgt waren. Anschließend bekamen sie keine Kinder mehr, deshalb waren sie glücklich, mich aufzunehmen. Ich konnte zu der Zeit ihre Sprache nicht verstehen, und ihre ganze Hätschelei ging mir auf die Nerven, und so bin ich im Frühling fortgelaufen. Im nächsten Herbst war ich auf dem Rückweg zu ihnen, aber ich kam nicht weit von hier in einen frühen Schneesturm. Ich legte mich neben den Turm meines Meisters, um zu sterben – ich wußte zuerst nicht, daß es ein Turm war. Mit dem ganzen herumwirbelnden Schnee sah er einfach aus wie ein hoher Felsen. Wenn ich mich recht erinnere, tat ich mir damals sehr leid.«
»Das kann ich mir vorstellen.« Garion schauderte bei dem Gedanken, ganz allein zu sein und sterben zu müssen.
»Ich heulte etwas, und das Geräusch störte meinen Meister. Er ließ mich herein – wahrscheinlich nur, damit ich still war. Sobald ich drin war, sah ich mich nach Dingen um, die ich stehlen konnte.«
»Aber statt dessen hat er dich zu einem Zauberer gemacht.«
»Nein. Er hat mich zu einem Diener gemacht – einem Sklaven. Ich habe fünf Jahre für ihn gearbeitet, ehe ich überhaupt herausfand, wer er war. Ich glaube, manchmal haßte ich ihn, aber ich mußte tun, was er mir befahl – ich wußte nicht recht

warum, aber es war so. Der letzte Tropfen war, als er mir befahl, ihm einen großen Felsbrocken aus dem Weg zu räumen. Ich versuchte es mit all meiner Kraft, aber ich konnte ihn nicht bewegen. Schließlich war ich wütend genug, um ihn mit meinem Geist zu bewegen statt mit meinen Armen. Darauf hatte er natürlich gewartet. Anschließend kamen wir besser miteinander aus. Er änderte meinen Namen von Garath in Belgarath, und er machte mich zu seinem Schüler.«

»Und zu seinem Jünger?«

»Das dauerte noch etwas. Ich mußte viel lernen. Ich untersuchte den Grund, warum manche Sterne vom Himmel fallen, als er mich zum ersten Mal seinen Jünger nannte – und er arbeitete dabei an einem runden, grauen Stein, den er am Flußufer gefunden hatte.«

»Hast du den Grund entdeckt – warum Sterne vom Himmel fallen, meine ich?«

»Ja. Es ist gar nicht so kompliziert. Es hat mit dem Gleichgewicht zu tun. Die Welt braucht ein gewisses Gewicht, um sich weiterzudrehen. Wenn sie langsamer wird, fallen ein paar der näherliegenden Sterne herab. Ihr Gewicht gleicht dann den Unterschied wieder aus.«

»Darüber habe ich noch nie nachgedacht.«

»Ich auch nicht – jedenfalls eine ganze Zeit nicht.«

»Der Stein, den du erwähnt hast. War es –«

»Das Auge«, bestätigte Wolf. »Nur ein einfacher Stein, bis mein Meister ihn berührte. Jedenfalls lernte ich das Geheimnis des Willens und des Wortes – was eigentlich gar kein so großes Geheimnis ist, kennen. Es ist in jedem von uns – oder habe ich das schon einmal gesagt?«

»Ich glaube schon.«

»Wahrscheinlich. Ich neige dazu, mich zu wiederholen.« Der alte Mann nahm eine Pergamentrolle hoch und legte sie dann wieder hin. »So viel habe ich angefangen und nicht beendet.« Er seufzte.

»Großvater?«

»Ja, Garion?«

»Diese – unsere – wieviel kann man tatsächlich damit tun?«

»Das hängt von deinem Geist ab, Garion. ihre Komplexität liegt in der Komplexität des Geistes, der sie anwendet. Ganz offensichtlich kann sie nichts tun, das sich der Geist, der sich lenkt, nicht vorstellen kann. Das war der Zweck unserer Studien: unseren Geist zu erweitern, damit wir die Macht besser nutzen können.«

»Aber jeder Geist ist doch anders.« In Garion stieg langsam eine Idee an die Oberfläche.

»Ja.«

»Würde das nicht bedeuten, daß diese – diese«, er scheute vor dem Wort »Macht« zurück. »Ich meine, ist sie anders? Manchmal tust du etwas, und manchmal läßt du Tante Pol etwas tun.«

Wolf nickte. »Sie ist bei jedem von uns anders. Es gibt bestimmte Dinge, die wir alle tun können. Wir alle können z. B. Dinge bewegen.«

»Tante Pol nennt das Trans-« Garion zögerte, da ihm das Wort nicht einfiel.

»Translokation«, half Wolf. »Etwas von einem Ort an einen anderen bringen. Es ist das einfachste, das man tun kann und meistens auch das erste – und es macht den meisten Lärm.«

»Das hat sie mir auch gesagt.« Garion dachte an den Sklaven, den er aus dem Fluß in Sthiss Tor geholt hatte – an den Sklaven, der gestorben war.

»Polgara kann Dinge tun, die ich nicht kann«, fuhr Wolf fort. »Nicht, weil sie stärker ist als ich, sondern weil sie anders denkt. Wir sind noch nicht sicher, wieviel du tun kannst, weil wir noch nicht genau wissen, wie dein Geist arbeitet. Du scheinst einige Dinge ganz leicht tun zu können, die ich nicht einmal versuchen würde. Vielleicht, weil du nicht erkennst, wie schwierig sie sind.«

»Ich verstehe nicht, was du meinst.«

Der alte Mann sah ihn. »Vielleicht nicht. Erinnerst du dich an den verrückten Mönch, der dich in dem Dorf in Nordtolnedra angreifen wollte. Kurz, nachdem wir Arendien verlassen hatten?«

Garion nickte.

»Du hast seinen Irrsinn geheilt. Das klingt nicht so großartig, bis man begreift, daß du in dem Moment, in dem du ihn geheilt hast, die Natur seiner Geisteskrankheit vollständig verstehen mußtest. Das ist außerordentlich schwer, und du hast es getan, ohne auch nur darüber nachzudenken. Und dann war da natürlich das Fohlen.«

Garion warf einen Blick durch das Fenster auf das kleine Pferdchen, das über die Wiese tollte, die den Turm umgab.

»Das Fohlen war tot, aber du hast es wieder zum Atmen gebracht. Um das tun zu können, mußtest du den Tod begreifen können.«

»Es war einfach nur eine Wand«, erklärte Garion. »Ich habe nur hindurchgegriffen.«

»Ich glaube, es ist mehr als das. Du kannst dir anscheinend extrem schwierige Dinge in ganz einfachen Bildern vorstellen. Das ist eine seltene Gabe, aber sie birgt auch Gefahren, die du kennen solltest.«

»Gefahren? Welche?«

»Du darfst nicht *zu sehr* vereinfachen. Wenn ein Mann tot ist, zum Beispiel, ist er gewöhnlich aus einem sehr guten Grund tot – weil er ein Schwert im Leib stecken hat oder so. Wenn du ihn zurückholst, wird er sofort wieder sterben. Wie ich schon sagte, nur weil du etwas tun *kannst,* heißt das nicht notwendigerweise, daß du es tun *solltest.*«

Garion seufzte. »Ich fürchte, es wird sehr lange dauern, Großvater«, sagte er. »Ich muß lernen, mich unter Kontrolle zu halten, ich muß lernen, was ich nicht tun darf, damit ich mich nicht selbst töte, bei dem Versuch, etwas Unmögliches zu tun, ich muß lernen, was ich tun kann und was ich tun sollte. Ich wünschte, mir wäre das alles nicht passiert.«

»Das wünschen wir uns alle manchmal«, sagte der alte Manan. »Aber es war nicht unsere Entscheidung. Ich habe auch nicht immer alles gern getan, was ich tun mußte, und deine Tante auch nicht, aber was wir tun, ist wichtiger, als was wir sind, also tun wir, was von uns erwartet wird – ob es uns nun gefällt oder nicht.«

»Was, wenn ich einfach sagte ›Nein, das tue ich nicht‹?«

»Das *könntest* du wohl tun, denke ich, aber du würdest nicht, oder?«

Garion seufzte wieder. »Nein«, sagte er. »Wahrscheinlich nicht.«

Der alte Zauberer legte seinen Arm um die Schulter des Jungen. »Ich dachte mir, daß du die Dinge so sehen würdest, Belgarion. Du bist genauso dafür bestimmt wie wir alle.«

Der seltsame Schauer, den er immer verspürte, wenn er seinen anderen, geheimen Namen hörte, überlief Garion. »Warum beharrt ihr alle darauf, mich so zu nennen?«

»Belgarion?« fragte Wolf sanft. »Denk nach, Junge. Denk darüber nach, was er bedeutet. Ich habe nicht all die Jahre mit dir geredet und dir Geschichten erzählt, weil ich den Klang meiner Stimme so liebe.«

Garion überlegte gründlich. »Du warst Garath«, grübelte er, »aber der Gott Aldur hat dir den Namen Belgarath gegeben. Zedar hieß erst Zedar und dann Belzedar – und dann wieder Zedar.«

»Und in meinem alten Stamm wäre Polgara nur Gara gewesen. Pol ist wie Bel. Der einzige Unterschied besteht darin, daß sie eine Frau ist. Ihr Name kommt von meinem – weil sie meine Tochter ist. Dein Name kommt auch von meinem.«

»Garion – Garath«, sagte der Junge. »Belgarath – Belgarion. Es paßt alles zusammen, nicht wahr?«

»Natürlich«, antwortete der alte Mann. »Ich bin froh, daß es dir aufgefallen ist.«

Garion grinste ihn an. Dann kam ihm ein Gedanke. »Aber ich bin noch nicht richtig Belgarion, oder?«

»Noch nicht ganz. Du mußt noch ein Stück gehen.«

»Ich glaube, dann sollte ich besser anfangen.« Garion sagte es etwas reuevoll. »Wenn ich doch keine Wahl habe.«

»Ich wußte, daß du es schließlich einsehen würdest«, sagte Meister Wolf.

»Wünschst du dir nicht manchmal, daß ich einfach nur Garion wäre und du der alte Geschichtenerzähler, der zu Faldors Farm kommt, wo Tante Pol in der Küche das Abendessen kocht wie früher – und wir verstecken uns unter einem Heuhaufen mit

einer Flasche, die ich für dich stiebitzt habe?« In Garion stieg das Heimweh hoch.
»Manchmal, Garion, manchmal«, gab Wolf zu, und seine Augen blickten in die Ferne.
»Wir werden nie wieder dorthin zurückkehren können, nicht wahr?«
»Wohl nicht.«
»Ich werde Belgarion sein, und du Belgarath. Wir werden nicht einmal mehr dieselben Menschen sein.«
»Alles verändert sich, Garion«, sagte Belgarath.
»Zeig mir den Felsen«, bat Garion plötzlich.
»Welchen Felsen?«
»Den du für Aldur bewegen solltest – an dem Tag, als du zuerst deine Macht entdecktest.«
»Ach«, sagte Belgarath, »*den* Felsen. Er ist dort drüben – der weiße. An dem das Fohlen seine Hufe wetzt.«
»Es ist aber ein sehr großer Felsen.«
»Ich freue mich, daß du das sagst«, erwiderte Belgarath bescheiden. »Das fand ich auch.«
»Glaubst du, *ich* könnte ihn bewegen?«
»Das kann man nie wissen, ehe man es nicht versucht hat, Garion.«

11

Als Garion am nächsten Morgen aufwachte, wußte er sofort, daß er nicht allein war. »*Wo warst du?*« fragte er schweigend.
»*Ich habe dich beobachtet*«, sagte das andere Bewußtsein in seinem Geist. »*Ich sehe, daß du es schließlich begriffen hast.*«
»*Welche Wahl hatte ich denn?*«
»*Keine. Du stehst besser auf. Aldur kommt.*«
Garion rollte sich rasch aus seinen Decken. »*Hierher? Bist du sicher?*«
Die Stimme in seinem Geist antwortete nicht.
Garion zog eine frische Tunika und eine saubere Hose an und wischte sorgfältiger als sonst seine Halbstiefel ab. Dann ging er aus dem Zelt, das er mit Silk und Durnik teilte.

Die Sonne stieg gerade über die hohen Berge im Osten, und die Grenze zwischen Licht und Schatten wanderte majestätisch über das taufeuchte Gras des Tales. Tante Pol und Belgarath standen neben einem kleinen Feuer, über dem ein Topf gerade zu brodeln begann. Sie unterhielten sich leise, und Garion gesellte sich zu ihnen.
»Du bist früh auf«, meinte Tante Pol. Sie strich ihm das Haar glatt.
»Ich war schon wach«, erwiderte er. Er sah sich um und überlegte, aus welcher Richtung Aldur wohl kommen mochte.
»Dein Großvater hat mir erzählt, daß ihr beide euch gestern lange unterhalten habt.«
Garion nickte. »Ich verstehe jetzt einiges etwas besser. Es tut mir leid, daß ich so störrisch war.«
Sie zog ihn an sich und legte ihre Arme um ihn. »Es ist schon gut, Lieber. Du mußtest ein paar schwere Entscheidungen treffen.«
»Dann bist du mir nicht böse?«
»Natürlich nicht, Lieber.«
Allmählich kamen auch die anderen aus ihren Zelten, gähnend, zerzaust und sich reckend.
»Was machen wir heute?« fragte Silk, kam zum Feuer und rieb sich den Schlaf aus den Augen.
»Wir warten«, erklärte Belgarath. »Mein Meister hat gesagt, er würde uns hier treffen.«
»Ich bin neugierig auf ihn. Ich habe noch nie einen Gott getroffen.«
»Mir scheint, Eure Neugier wird bald gestillt, Prinz Kheldar«, sagte Mandorallen. »Seht, dort drüben.«
Unweit des großen Baumes, unter dem sie ihre Zelte aufgeschlagen hatten, näherte sich eine Gestalt in blauem Gewand. Ein weiches blaues Licht umgab die Gestalt, und man spürte sofort, daß es kein Mensch war, der da kam. Garion war auf die Kraft dieser Erscheinung nicht vorbereitet. Sein Zusammentreffen mit dem Geist von Issa in Königin Salmissras Thronsaal war von der betäubenden Wirkung der Tränke vernebelt gewesen, die die Schlangenkönigin ihm eingegeben hatte. Desglei-

chen war sein Geist im Halbschlaf gewesen bei der Begegnung mit Mara in den Ruinen von Mar Amon. Aber jetzt fand er sich, völlig wach im ersten Morgenlicht, in Gegenwart eines Gottes. Aldurs Gesicht war freundlich und unglaublich weise. Sein langes Haar und sein Bart waren weiß – ganz bewußt, wie Garion erkannte, nicht etwa ein Zeichen von Alter. Er zeigte eine verblüffende Ähnlichkeit mit Belgarath, aber Garion sah sofort, mit einer seltsam plötzlichen Umkehrung seiner ursprünglichen Idee, daß es Belgarath war, der Aldur ähnlich sah – als ob ihre jahrhundertelange Verbindung Aldurs Züge in das Gesicht des alten Mannes geprägt hatte. Es gab natürlich auch Unterschiede. Diese gewisse boshafte Verschmitztheit war auf Aldurs gelassenem Gesicht nicht zu finden. Das war Belgaraths eigenes Merkmal, vielleicht der letzte Überrest von den Zügen des diebischen Knaben, den Aldur an einem verschneiten Tag vor siebentausend Jahren aufgenommen hatte.

»Meister«, sagte Belgarath und verbeugte sich respektvoll, als Aldur näherkam.

»Belgarath«, grüßte der Gott. Seine Stimme war sehr leise. »Ich habe dich lange nicht gesehen. Die Jahre waren nicht unfreundlich zu dir.«

Belgarath zuckte die Achseln. »An manchen Tagen spüre ich sie mehr als sonst, Meister. Ich habe schon so viele Jahre auf dem Rücken.«

Aldur lächelte und wandte sich an Tante Pol. »Meine geliebte Tochter«, sagte er liebevoll und berührte die weiße Locke an ihrer Schläfe. »Du bist schön wie immer.«

»Und du so freundlich, Meister.«

Zwischen den dreien entstand eine intensive persönliche Verbindung, eine Vereinigung des Geistes zum Zeichen ihres Wiedersehens. Garion konnte es mit seinem eigenen Geist fühlen und war etwas traurig, daß er davon ausgeschlossen war – wenn er auch sogleich erkannte, daß es keine Absicht war, ihn davon auszuschließen. Sie erneuerten nur eine uralte Freundschaft – tauschten Erfahrungen aus, die in ferne Zeiten zurückreichten.

Dann betrachtete Aldur die anderen. »So seid ihr schließlich zusammengekommen, wie es seit Anbeginn der Zeiten prophe-

zeit war. Ihr seid die Werkzeuge des Schicksals, und mein Segen begleitet jeden von euch, wenn ihr euch dem schrecklichen Tag nähert, an dem das Universum wieder eins wird.«
Garions Freunde hörten ehrfürchtig und erstaunt Aldurs rätselhaften Segen. Aber alle verbeugten sich mit tiefem Respekt und voller Demut.
Und dann trat Ce'Nedra aus dem Zelt, das sie mit Tante Pol teilte. Das kleine Mädchen dehnte sich genüßlich und fuhr sich mit den Fingern durch das zerzauste Haar, das sie wie Feuer umloderte. Sie trug eine Dryadentunika und Sandalen.
»Ce'Nedra«, rief Tante Pol. »Komm her.«
»Jawohl, Dame Polgara«, antwortete die kleine Prinzessin gehorsam. Sie kam zum Feuer, ihre Füße schienen den Boden kaum zu berühren. Dann erblickte sie Aldur bei den anderen und blieb mit großen Augen stehen.
»Dies ist unser Meister, Ce'Nedra«, erklärte Tante Pol. »Er wollte dich kennenlernen.«
Die Prinzessin starrte die schimmernde Gestalt verwirrt an. Nichts in ihrem Leben hatte sie auf eine solche Begegnung vorbereitet. Sie senkte den Blick und sah dann scheu wieder auf, während ihr Gesicht automatisch ihr bezauberndstes Lächeln annahm.
Aldur lächelte mild. »Sie ist wie eine Blume, die bezaubert, ohne es zu merken.« Seine Augen blickten tief in die der Prinzessin. »Aber sie hat auch Kraft. Sie ist bereit für ihre Aufgabe. Ich segne dich, mein Kind.«
Ce'Nedra antwortete instinktiv mit einem anmutigen Knicks. Es war das erste Mal, daß Garion sah, wie sie sich vor irgend jemandem beugte.
Dann sah Aldur Garion direkt ins Gesicht. Es gab ein kurzes, unausgesprochenes Einverständnis zwischem dem Gott und dem Bewußtsein, das Garions Gedanken teilte. In dieser kurzen Begegnung lag gegenseitiger Respekt und das Wissen um gemeinsame Verantwortung. Dann spürte Garion die gewaltige Berührung seines Geistes durch Aldur, und er wußte, daß der Gott sofort alle seine Gedanken und Gefühle verstanden hatte.

»Ich grüße dich, Belgarion«, sagte Aldur ernst.
»Meister«, antwortete Garion. Er beugte ein Knie, ohne recht zu wissen, weshalb er das tat.
»Wir haben seit Anbeginn der Zeit auf dich gewartet. Auf dir ruhen alle unsere Hoffnungen.« Aldur hob die Hand. »Nimm meinen Segen, Belgarion. Ich bin sehr zufrieden mit dir.«
Liebe und Dankbarkeit durchströmten Garions ganzes Sein, als die Wärme von Aldurs Segen ihn erfüllte.
»Liebe Polgara«, sagte Aldur zu Tante Pol, »dein Geschenk an uns ist über alle Maßen kostbar. Belgarion ist schließlich gekommen, und die Welt erzittert bei seinem Erscheinen.«
Wieder verbeugte sich Tante Pol.
»Wir wollen ein Stück zusammen gehen«, sagte Aldur zu Belgarath und Tante Pol. »Ihr habt eure Aufgabe gut begonnen, und ich muß euch nun die Anweisungen geben, die ich euch versprochen habe, als ich euch auf diesen Weg schickte. Das, was einst verschleiert war, ist jetzt klarer, und wir können nun sehen, was vor uns liegt. Wir müssen unser Augenmerk jetzt auf den Tag richten, den wir alle erwarten, und unsere Vorbereitungen treffen.«
Die drei entfernten sich vom Feuer, und Garion hatte den Eindruck, als ob die schimmernde Aura, die Aldur umgeben hatte, jetzt auch Tante Pol und seinen Großvater einschloß. Etwas lenkte ihn einen Augenblick ab, und als er wieder hinsah, waren die drei verschwunden.
Barak stieß geräuschvoll die Luft aus. »Beim Belar! Das war sehenswert!«
»Wir alle sind, wie mir scheint, vor allen Menschen begünstigt worden«, sagte Mandorallen.
Sie starrten einander an, noch wie gebannt von dem Wunderbaren, dessen Zeugen sie gewesen waren. Ce'Nedra durchbrach jedoch diese Stimmung. »Also«, befahl sie energisch, »steht hier nicht so dumm rum. Verschwindet vom Feuer.«
»Was hast du vor?« fragte Garion.
»Da die Dame Polgara beschäftigt ist«, erklärte das Mädchen spitz, »werde *ich* das Frühstück machen.« Sie trat geschäftig ans Feuer.

Der Speck war nicht allzu schlimm verbrannt, aber Ce'Nedras Versuch, Brotscheiben über dem offenen Feuer zu rösten, endete katastrophal, und in ihrem Haferbrei fanden sich pflaumengroße Klumpen. Aber Garion und die anderen aßen kommentarlos, was sie ihnen vorsetzte. Allerdings vermieden sie es, ihrem Blick zu begegnen, mit dem sie sie anscheinend warnen wollte, auch nur ein Wort der Kritik laut werden zu lassen.

»Ich frage mich, wie lange sie wohl wegbleiben«, meinte Silk nach dem Frühstück.

»Ich glaube, Götter haben wenig Sinn für Zeit«, erklärte Barak weise und strich sich den Bart. »Ich erwarte sie nicht vor heute nachmittag zurück.«

»Eine gute Gelegenheit, nach den Pferden zu sehen«, entschied Hettar. »Einige von ihnen haben sich unterwegs ein paar Schrammen zugezogen, und ich möchte mir gern ihre Hufe ansehen – nur, um sicherzugehen.«

»Ich helfe dir«, erbot sich Durnik und stand auf.

Hettar nickte, und die beiden gingen zu der Stelle hinüber, wo die Pferde angepflockt waren.

»Und ich habe ein oder zwei Scharten in meinem Schwert«, erinnerte sich Barak, fischte einen Wetzstein aus seinem Gürtel und legte sich seine schwere Klinge auf den Schoß.

Mandorallen ging in sein Zelt und kam mit seiner Rüstung wieder. Er breitete sie auf dem Gras aus und untersuchte sie gründlich auf Beulen und Rostflecke hin.

Silk ließ hoffnungsvoll ein paar Würfel in der Hand klappern und sah Barak fragend an.

»Wenn es dir nichts ausmacht, würde ich gern die Gesellschaft meines Geldes noch ein bißchen länger genießen«, erklärte der große Mann.

»Hier *stinkt* es geradezu nach tugendsamer Arbeit«, jammerte Silk. Dann seufzte er, legte die Würfel weg und ging Nadel und Faden holen, um eine Tunika zu flicken, die er sich an einem Strauch zerrissen hatte.

Ce'Nedra hatte ihr Gespräch mit dem riesigen Baum wieder aufgenommen und turnte auf den Ästen herum, wobei sie in

Garions Augen unnötige Risiken einging, wenn sie mit katzengleicher Unbekümmertheit von Ast zu Ast sprang. Nachdem er sie eine Zeitlang beobachtet hatte, geriet er ins Träumen und dachte über die ehrfurchtgebietende Begegnung des Morgens nach. Er hatte bereits die Götter Issa und Mara kennengelernt, aber an Aldur war etwas Besonderes. Die Zuneigung, die Belgarath und Tante Pol so offenkundig für diesen Gott empfanden, der sich von den Menschen immer ferngehalten hatte, sprach für Garion Bände. Die frommen Gebräuche in Sendarien, wo er aufgewachsen war, waren eher ein- als ausschließend. Ein guter Sendarier betete unparteiisch und ehrte alle Götter – selbst Torak. Garion spürte jedoch sofort eine besondere Nähe und Verehrung für Aldur, und die Neuordnung seiner theologischen Vorstellungen erforderte gründliches Nachdenken. Ein Zweig fiel aus dem Baum auf seinen Kopf. Er sah verärgert hoch.

Unmittelbar über ihm stand, schelmisch grinsend, Ce'Nedra.

»Bursche«, sagte sie in ihrem überlegensten und beleidigendsten Tonfall, »das Frühstücksgeschirr wird kalt. Das Fett läßt sich nur schwer abwaschen, wenn du es hart werden läßt.«

»Ich bin nicht dein Abwaschjunge«, sagte er.

»Wasch das Geschirr ab, Garion«, befahl sie und kaute auf einer Haarsträhne.

»Wasch es selbst ab.«

Sie starrte auf ihn herab, wütend auf der unschuldigen Locke herumbeißend.

»Warum kaust du eigentlich immer auf deinen Haaren?« fragte er gereizt.

»Wovon redest du?« fragte sie zurück und nahm rasch die Strähne aus dem Mund.

»Jedesmal, wenn ich dich ansehe, hast du deine Haare im Mund.«

»Habe ich *nicht*«, widersprach sie empört. »Wirst du das Geschirr abwaschen?«

»Nein.« Er blinzelte zu ihr hinauf. Ihre kurze Dryadentunika schien ihm eine unschickliche Menge Bein freizugeben. »Warum ziehst du dir nicht etwas an?« schlug er vor. »Manche von

uns mögen es nicht, wenn du die ganze Zeit halbnackt herumläufst.«
Fast unverzüglich nahm der Streit seinen Lauf.
Schließlich gab Garion es auf, das letzte Wort haben zu wollen, und stampfte verärgert davon.
»Garion!« kreischte sie hinter ihm her. »*Wage* es nicht, mich mit dem ganzen schmutzigen Geschirr allein zu lassen!«
Er ignorierte sie und ging weiter.
Kurz darauf spürte er ein vertrautes Schnuppern am Ellbogen und kraulte das Fohlen gedankenverloren hinter den Ohren. Das kleine Tier erschauerte vor Behagen und rieb sich liebevoll an ihm. Dann, unfähig, sich länger zurückzuhalten, galoppierte es wieder über die Wiese, um eine friedlich knabbernde Kaninchenfamilie zu erschrecken. Garion mußte lächeln. Der Morgen war viel zu schön, um ihn sich von dem Streit mit der Prinzessin verderben zu lassen.
An Aldurs Tal war etwas ganz Besonderes. Die Welt ringsum wurde kalt, weil der Winter kam, und von Stürmen und Gefahren erschüttert, aber hier schien Aldur seine Hand schützend über das Tal zu halten, und es mit Wärme und Frieden und einer anhaltenden, magischen Heiterkeit zu erfüllen. Garion brauchte an diesem mühseligen Punkt seines Lebens allen Frieden und alle Wärme, die er bekommen konnte. Es gab einiges, das er herausfinden mußte. Er brauchte eine gewisse Zeit, so kurz sie auch sein mochte, die ohne Stürme und Gefahren war, um damit fertig zu werden.
Er war schon fast bei Belgaraths Turm angelangt, ehe er überhaupt merkte, daß er dorthin ging. Das hohe Gras war feucht von Tau, und seine Stiefel bald durchnäßt, aber nicht einmal das konnte ihm den Tag verderben.
Er ging einige Male um den Turm herum und blickte an ihm hinauf. Obwohl er den Türstein leicht fand, entschied er sich dagegen, ihn zu öffnen. Es wäre nicht recht, uneingeladen in den Turm des alten Mannes zu gehen; darüber hinaus war er auch nicht sicher, ob die Tür auf eine andere Stimme als die Belgaraths reagieren würde.
Bei dem letzten Gedanken blieb er plötzlich stehen und über-

legte, wann genau er aufgehört hatte, von seinem Großvater als Meister Wolf zu denken und schließlich akzeptiert hatte, daß er Belgarath war. Der Übergang schien bedeutsam – eine Art Wendepunkt.

Immer noch in Gedanken versunken, drehte er sich um und wanderte über die Wiese zu dem großen weißen Felsen, den der alte Mann ihm vom Turmfenster aus gezeigt hatte. Er legte seine Hand darauf und drückte dagegen. Der Felsen rührte sich nicht.

Garion legte beide Hände darauf und drückte mit aller Kraft, aber der Felsen verharrte weiter bewegungslos. Er trat zurück und betrachtete ihn näher. Es war eigentlich kein riesiger Felsblock. Er war rund und weiß und ging ihm nicht ganz bis zur Taille – sicherlich war er schwer, aber er sollte nicht so unbeweglich starr sein. Er bückte sich, um den Untergrund zu betrachten. Dann verstand er. Die Unterseite des Felsens war flach. Er würde nie rollen. Die einzige Möglichkeit, ihn zu bewegen, wäre, ihn anzuheben und dann umzukippen. Er marschierte um den Felsen herum und sah ihn sich aus allen Winkeln an. Er glaubte, man müßte ihn so gerade eben bewegen können. Wenn er seine ganze Kraft einsetzte, müßte er ihn anheben können. Er setzte sich und betrachtete den Stein, während er scharf nachdachte. Wie er es manchmal tat, sprach er mit sich selbst, um sich das Problem klar zu machen.

»Zuerst muß ich *versuchen*, ihn zu bewegen«, sagte er sich. »Es sieht eigentlich nicht ganz unmöglich aus. Wenn das nicht klappt, versuche ich es auf die andere Art.«

Er stand auf, ging zielstrebig auf den Felsen zu, zwängte seine Finger darunter und stemmte. Nichts geschah.

»Ich muß es noch stärker versuchen«, meinte er. Er spreizte die Beine und suchte sich einen festen Stand. Wieder begann er zu stemmen und gab dabei sein Äußerstes. Die Adern an seinem Hals traten hervor. Etwa zehn Herzschläge lang versuchte er mit aller Kraft, den störrischen Stein anzuheben – nicht um ihn überschlagen zu lassen, den Gedanken hatte er sofort aufgegeben –, sondern um ihn einfach vom Fleck zu bewegen, damit er seine Existenz zur Kenntnis nahm. Obwohl der Erdboden hier

nicht besonders weich war, sanken seine Füße doch etwas ein, während er gegen das Gewicht des Felsens ankämpfte.
In seinem Kopf drehte sich alles, und kleine Flecken tanzten vor seinen Augen, als er den Felsen losließ und nach Atem ringend zu Boden sank. Ein paar Minuten lang lehnte er sich zur Erholung gegen die kalte, rauhe Oberfläche.
»Also schön«, sagte er schließlich, »wir wissen jetzt, daß *das* nicht geht.« Er ging einen Schritt zurück und setzte sich.
Jedesmal, wenn er bisher etwas mit seinem Geist getan hatte, war es aus einem Impuls heraus geschehen, als Reaktion auf eine Krise. Er hatte sich nie hingesetzt und es bewußt getan. Er mußte fast sofort feststellen, daß die Umstände jetzt völlig anders waren. Die ganze Welt schien ihn plötzlich abzulenken. Vögel sangen. Ein Windhauch strich über sein Gesicht. Eine Ameise kroch über seine Hand. Immer, wenn er seinen Willen sammeln wollte, lenkte ihn etwas anderes ab.
Er wußte, daß ein bestimmtes Gefühl dazu gehörte, eine Art Anspannung im Hinterkopf, als wollte er seine Stirn vorschieben. Er schloß die Augen, das schien zu helfen. Es kam. Langsam, doch er fühlte, wie der Wille sich in ihm aufbaute. Als er sich daran erinnerte, legte er das Mal in seiner Hand auf das Amulett unter seiner Tunika. Die Kraft in ihm, durch diese Berührung verstärkt, schwoll an zu einem dröhnenden Crescendo. Mit geschlossenen Augen stand er auf. Dann öffnete er die Augen und sah den widerspenstigen Stein mit hartem Blick an. »Und du *wirst* dich bewegen!« murmelte er. Er hielt die rechte Hand weiter auf dem Amulett und streckte die linke flach aus, so daß die Handfläche nach oben zeigte.
»Jetzt!« sagte er heftig und hob seine linke Hand langsam an. Die Kraft in ihm brandete hoch, und das Dröhnen in seinem Kopf wurde betäubend.
Langsam hob sich der Felsblock aus dem Gras. Würmer und Maden, die in der sicheren, warmen Dunkelheit unter dem Felsen gelebt hatten, krochen verschreckt davon, als die Morgensonne sie traf. Majestätisch schwebte der Felsen, Garions unerbittlich steigender Hand gehorchend. Er schwankte einen Moment, dann kippte er langsam über.

Die Erschöpfung, nachdem er versucht hatte, den Felsen mit den Händen anzuheben, war nichts im Vergleich zu der entsetzlichen Müdigkeit, die ihn übermannte, als er seinen Willen losließ. Er verschränkte die Arme auf dem Gras und ließ seinen Kopf darauf sinken.
Nach ein, zwei Minuten kam ihm dieser merkwürdige Umstand zum Bewußtsein. Er stand noch immer, aber seine Arme lagen bequem gefaltet vor ihm im Gras. Er hob den Kopf und sah sich verwirrt um. Er hatte den Felsen jedenfalls bewegt. So viel war sicher, denn der Felsen lag nun auf seiner runden Oberseite, und die feuchte Unterseite zeigte nach oben. Also war etwas anderes geschehen. Obwohl er den Felsen nicht berührt hatte, hatte dessen Gewicht nichtsdestoweniger auf ihm gelastet, als er ihn angehoben hatte, und die Kraft, die er auf den Stein gerichtet hatte, war nicht ganz auf ihn übergegangen.
Mit Entsetzen stellte Garion fest, daß er bis zu den Achseln in den Erdboden gesunken war.
»Was soll ich denn jetzt tun?« fragte er sich hilflos. Er schauderte vor der Vorstellung zurück, noch einmal seinen Willen einzusetzen, um sich aus dem Boden zu ziehen. Er war zu erschöpft, um das auch nur in Betracht zu ziehen. Er versuchte, sich zu bewegen, um vielleicht die Erde um sich herum zu lockern und sich so langsam nach oben arbeiten zu können, aber er konnte sich nicht rühren.
»Nun sieh, was du getan hast«, sagte er vorwurfsvoll zu dem Felsen.
Aber der Felsen ignorierte ihn.
Ihm kam ein Gedanke. »Bist *du* da drin?« fragte er das Bewußtsein, das schon immer bei ihm gewesen war.
Das Schweigen in seinem Geist war vollständig.
»Hilfe!« rief er.
Ein Vogel, der von den freigelegten Würmern und Maden herbeigelockt worden war, sah ihn mit schief gelegtem Köpfchen an und wandte sich dann wieder seinem Frühstück zu.
Garion hörte leichte Schritte hinter sich und drehte den Kopf, um etwas sehen zu können. Das Fohlen starrte ihn verwundert

an. Zögernd schob das kleine Pferd seine Nase vor und schnupperte an Garions Gesicht.
»Braves Pferd«, sagte Garion schließlich, erleichert, nicht mehr allein zu sein. Ihm kam eine Idee.
»Du mußt Hettar holen«, befahl er dem Fohlen.
Das Fohlen sprang umher und beschnupperte Garion dann wieder.
»Laß das«, befahl Garion. »Es ist ernst.« Behutsam versuchte er, in die Gedanken des Fohlens einzudringen. Er hatte es auf ein Dutzend verschiedene Arten versucht, bis er schließlich durch reinen Zufall auf die richtige Verbindung stieß. Die Gedanken des Fohlens huschten von hier nach dort ohne Sinn und Ordnung. Es war der Geist eines Babys, keine eigentlichen Gedanken, nur Sinneseindrücke. Garion sah vorbeihuschende Bilder von grünem Gras und Rennen und Wolken am Himmel und warmer Milch. Er verspürte auch die Verwunderung in dem kleinen Geist und die tiefe Liebe, die das Fohlen für ihn empfand. Langsam und mühsam begann Garion ein Bild von Hettar in den umherschweifenden Gedanken des Fohlens aufzubauen. Es schien ewig zu dauern.
»Hettar«, sagte Garion wieder und wieder. »Geh und hole Hettar. Sag ihm, daß ich in Schwierigkeiten bin.«
Das Fohlen hüpfte davon, kam dann jedoch wieder, um seine weiche Nase in Garions Ohr zu stecken.
»Paß bitte auf«, rief Garion. »Bitte!«
Nach einer Zeit, die ihm wie Stunden erschien, hatte das Fohlen anscheinend begriffen. Es trabte ein paar Schritte davon, kehrte zurück und beschnupperte Garion erneut.
»Geh – und – hole – Hettar«, befahl Garion, jedes Wort betonend.
Das Fohlen schlug mit den Hufen aus, drehte sich um und galoppierte davon – in die falsche Richtung. Garion begann zu fluchen. Er war seit fast einem Jahr dem zum Teil recht schillernden Vokabular Baraks ausgesetzt. Nachdem er jeden Ausdruck, an den er sich erinnern konnte, sechs- bis achtmal wiederholt hatte, erfand er selbst neue.
Ein flatterhafter Gedanke kam von dem nun nicht mehr zu

sehenden Fohlen zu ihm zurück. Das kleine Biest jagte Schmetterlinge. Garion trommelte mit den Fäusten auf den Boden und hätte am liebsten geheult vor Enttäuschung.
Die Sonne stieg höher, und es wurde heiß.
Es war früher Nachmittag, als Hettar und Silk ihn fanden, indem sie dem herumspringenden Fohlen folgten.
»Wie in alles in der Welt hast du das fertiggebracht?« fragte Silk neugierig.
»Ich will nicht darüber sprechen«, brummte Garion, hin- und hergerissen zwischen Erleichterung und großer Verlegenheit.
»Wahrscheinlich kann er Dinge tun, die wir nicht können«, meinte Hettar, kletterte vom Pferd und band Durniks Schaufel vom Sattel los. »Was ich allerdings nicht verstehen kann, ist, *warum* er es tun wollte.«
»Er hat bestimmt einen guten Grund dafür«, versicherte Silk ihm.
»Meinst du, wir sollten ihn fragen?«
»Es ist bestimmt sehr schwierig«, antwortete Silk, »und einfache Männer wie du und ich würden es wohl nicht verstehen.«
»Ob er wohl fertig ist mit dem, was er da tut?«
»Wir könnten ihn ja fragen.«
»Ich möchte ihn aber nicht gerne stören«, sagte Hettar. »Es könnte ja sehr wichtig sein.«
»Das muß es ja fast«, stimmte Silk zu.
»Würdet ihr mich *bitte* hier herausholen?« flehte Garion.
»Bist du sicher, daß du fertig bist?« fragte Silk höflich. »Sonst können wir gern warten.«
»*Bitte*«, bat Garion fast unter Tränen.

12

»Warum hast du versucht, ihn zu *heben?*« fragte Belgarath Garion am nächsten Morgen, nachdem er mit Tante Pol zurückgekehrt war und Silk und Hettar ihm feierlich erzählt hatten, unter welchen Umständen sie den jungen Mann am Vortag gefunden hatten.

»Es schien die beste Möglichkeit, ihn überkippen zu lassen«, antwortete Garion. »Weißt du, ich wollte ihn von unten zu fassen bekommen und ihn dann wegrollen.«
»Warum hast du nicht einfach dagegengedrückt – direkt an der Oberseite? Dann wäre er übergekippt.«
»Daran habe ich nicht gedacht.«
»Hast du nicht überlegt, daß die weiche Erde solchen Druck nicht aushalten würde?« fragte Tante Pol.
»Jetzt schon«, meinte Garion. »Aber wenn ich dagegengedrückt hätte, wäre ich dann nicht zurückgeschoben worden?«
»Du mußt dich abstützen«, erklärte Belgarath. »Das gehört zu dem Trick. Eine Hälfte deines Willens muß sich darauf richten, dich selbst unbeweglich zu machen, und die andere richtet sich auf das Objekt, das du bewegen willst. Sonst schiebst du dich nur selbst umher.«
»Das wußte ich nicht«, gestand Garion. »Es war das erstemal, das ich versucht habe, etwas zu tun, wenn es kein Notfall war... Würdest du vielleicht damit aufhören?« bat er Ce'Nedra barsch, die in unbändiges Gelächter ausgebrochen war, als Silk seine Erzählung über Garions Mißgeschick beendet hatte.
Sie mußte noch mehr lachen.
»Ich glaube, du mußt ihm noch so einiges erklären, Vater«, sagte Tante Pol. »Er scheint nicht die geringste Ahnung davon zu haben, wie Kräfte aufeinander reagieren.« Sie sah Garion kritisch an. »Ein Glück, daß du nicht beschlossen hattest, ihn zu werfen«, meinte sie. »Du hättest dich wahrscheinlich halb nach Maragor zurückgeschleudert.«
»So lustig finde ich das gar nicht«, sagte Garion zu seinen Freunden, die ihn offen angrinsten. »Es ist nicht so einfach, wie es aussieht, wißt ihr.« Er merkte, daß er sich lächerlich gemacht hatte, und wußte nicht, ob er eher verlegen oder durch ihre Belustigung gekränkt sein sollte.
»Komm mit mir, Junge«, sagte Belgarath bestimmt. »Es sieht so aus, als müßten wir ganz von vorn beginnen.«
»Es ist doch nicht meine Schuld, daß ich das nicht wußte«, protestierte Garion. »Du hättest es mir sagen müssen.«
»Ich wußte ja nicht, daß du schon so bald anfangen wolltest zu

experimentieren«, erwiderte der alte Mann. »Die meisten von uns sind vernünftig genug, auf Anleitung zu warten, ehe sie die lokale Geographie neu arrangieren.«

»Aber jedenfalls *habe* ich es geschafft, ihn zu bewegen«, verteidigte sich Garion, während er dem alten Mann zu dem Turm folgte.

»Großartig. Hast du ihn wieder so hingelegt, wie er war?«

»Warum? Was macht das für einen Unterschied?«

»Hier im Tal bewegen wir die Dinge nicht von der Stelle. Alles ist aus gutem Grund dort, und alles soll genau dort sein, wo es sich befindet.«

»Das wußte ich nicht«, entschuldigte sich Garion.

»Aber jetzt weißt du es. Wir wollen ihn wieder an seinen alten Platz bringen.«

Sie marschierten schweigend weiter.

»Großvater?« fragte Garion schließlich.

»Ja?«

»Als ich den Felsen bewegte, hatte ich das Gefühl, als käme die Kraft dazu aus meiner ganzen Umgebung. Sie schien von überall her in mich hineinzuströmen. Bedeutet das etwas?«

»So funktioniert es«, erklärte Belgarath. »Wenn wir etwas tun, nehmen wir die Kraft dazu aus unserer Umgebung. Als du Chamdar verbrannt hast, zum Beispiel, hast du die Hitze dazu aus allem um dich herum gezogen – aus der Luft, dem Boden und von jedem, der in der Nähe war. Aus allem hast du ein wenig Wärme gezogen, um das Feuer zu machen. Als du den Felsen hast überkippen lassen, hast du die Kraft dazu aus jedem Gegenstand in der Nähe gezogen.«

»Ich dachte, sie käme von innen.«

»Nur wenn du Dinge erschaffst«, erwiderte der alte Mann. »Diese Kraft muß aus dir herauskommen. Für alles andere leihen wir sie uns. Wir sammeln hier ein wenig und dort ein wenig, fügen alles zusammen und lassen sie dann auf einen Schlag frei. Niemand ist groß genug, um die Kraft zu tragen, die man auch nur für die einfachsten Dinge braucht.«

»Das passiert dann also, wenn jemand versucht, etwas auszulöschen«, schloß Garion intuitiv. »Er zieht die ganze Kraft ein,

kann sie aber nicht wieder loslassen, und dann –.« Er streckte die Hände und breitete dann ruckartig die Arme aus.
Belgarath betrachtete ihn mit zusammengekniffenen Augen. »Du hast einen merkwürdigen Verstand, Junge. Schwierige Dinge verstehst du ganz leicht, aber die einfachen scheinst du nicht immer zu begreifen. Hier ist der Felsen.« Er schüttelte den Kopf. »So kannst du ihn nicht liegenlassen. Bring ihn wieder dahin, wo er hingehört, und versuche, diesmal nicht solchen Lärm zu machen. Den Radau, den du gestern gemacht hast, konnte man im ganzen Tal hören.«
»Was muß ich tun?« fragte Garion.
»Sammle die Kraft«, wies Belgarath ihn an. »Ziehe sie aus allem, was in deiner Nähe ist.«
Garion versuchte es.
»Doch nicht aus *mir!*« rief der alte Mann.
Also schloß Garion seinen Großvater bei seinem Kräftesammeln aus. Nach ein, zwei Augenblicken hatte er das Gefühl, daß sein ganzer Körper kribbelte und ihm die Haare zu Berge standen. »Was jetzt?« fragte er und biß die Zähne zusammen, um die Kraft zu behalten.
»Drücke jetzt gleichzeitig hinter dich und gegen den Felsen.«
»Gegen was soll ich denn hinter mich drücken?«
»Gegen alles – und auch gegen den Felsen. Es muß sich ausgleichen.«
»Werde ich nicht irgendwie dazwischen zerquetscht?«
»Du mußt dich anspannen.«
»Wir sollten uns beeilen, Großvater«, sagte Garion. »Ich habe das Gefühl, als würde ich gleich zerplatzen.«
»Halt noch aus. Jetzt konzentriere deinen Willen auf den Felsen und sage das Wort.«
Garion streckte seine Arme vor sich aus. »Drücke«, befahl er. Er spürte die Woge und das Dröhnen.
Mit einem ohrenbetäubenden Krachen kippte der Felsen und rollte dann an die Stelle zurück, an der er gelegen hatte. Garion fühlte sich plötzlich ganz zerschlagen und sank erschöpft in die Knie.
»Drücke?« fragte Belgarath ungläubig.

»Du hast gesagt, ich sollte ›drücken‹ sagen.«
»Ich sagte, du solltest drücken. Ich habe nicht gesagt, daß du drücken *sagen* solltest.«
»Er ist doch umgekippt. Was macht das für einen Unterschied, welches Wort ich benutze?«
»Es ist eine Stilfrage«, sagte der alte Mann gequält. »Drücken klingt so – so kindisch.«
Noch etwas schwach, begann Garion zu lachen.
»Schließlich, Garion, müssen wir eine gewisse Würde bewahren«, sagte der alte Mann nachdrücklich. »Wenn wir herumlaufen und ›drücken‹ oder ›plumps‹ sagen, nimmt uns doch niemand ernst.«
Garion hätte gern aufgehört zu lachen, aber er konnte nicht. Belgarath stapfte, empört vor sich hinmurmelnd, davon.
Als sie zu den anderen zurückkehrten, waren die Zelte schon abgebrochen und die Packpferde beladen.
»Es hat keinen Sinn, länger hierzubleiben«, erklärte Tante Pol, »und die anderen warten auf uns. Hast du ihm etwas beibringen können, Vater?«
Belgarath grunzte, sein Gesicht drückte tiefe Mißbilligung aus.
»Es war wohl nicht sehr erfolgreich, wie ich sehe.«
»Ich erkläre es dir später.«
Während Garions Abwesenheit hatte Ce'Nedra, mit viel gutem Zureden und einer Schürze voll Äpfeln, das Fohlen zu einer begeisterten Anhänglichkeit gebracht. Es folgte ihr schamlos überall hin, und in dem etwas kühlen Blick, den es Garion zuwarf, lag nicht das leiseste Schuldbewußtsein.
»Du machst es noch krank«, warf Garion Ce'Nedra vor.
»Äpfel sind gut für Pferde«, antwortete sie munter.
»Sag es ihr, Hettar.«
»Sie werden ihm nicht schaden«, erwiderte der Mann mit der Hakennase. »Es ist eine verbreitete Methode, das Vertrauen von jungen Pferden zu gewinnen.«
Garion versuchte, einen anderen vernünftigen Einwand zu finden, aber ohne Erfolg. Der Anblick des kleinen Pferdes, das Ce'Nedra beschnupperte, kränkte ihn, wenn er auch nicht genau sagen konnte, weshalb.

»Wer sind die anderen, Belgarath?« fragte Silk unterwegs. »Von denen Polgara sprach?«
»Meine Brüder«, antwortete der Zauberer. »Unser Meister hat uns ihnen angekündigt.«
»Ich habe mein Leben lang Geschichten über die Bruderschaft der Zauberer gehört. Sind sie so bemerkenswert, wie es heißt?«
»Ich glaube, du wirst etwas enttäuscht sein«, meinte Tante Pol steif. »Meistens sind Zauberer komische alte Männer mit einer Vielzahl schlechter Angewohnheiten. Ich bin unter ihnen aufgewachsen und kenne sie daher alle gut.« Sie wandte sich an die Drossel, die auf ihrer Schulter saß und ihr schwärmerisch vorsang. »Ja«, sagte sie zu dem Vogel, »ich weiß.«
Garion hielt sich dichter bei seiner Tante und begann, angestrengt zu lauschen. Zuerst waren es nur Geräusche – hübsch, aber sinnlos. Dann fing er allmählich Bedeutungsfetzen auf – hier ein bißchen, dort ein bißchen. Der Vogel sang von Nestern und kleinen, gesprenkelten Eiern und Sonnenaufgängen und der überwältigenden Freude am Fliegen. Dann, als ob seine Ohren sich plötzlich geöffnet hätten, begann Garion zu verstehen. Die Lerchen sangen vom Fliegen und Singen. Die Spatzen tschilpten von verborgenen Körnervorräten. Ein Habicht, der hoch über ihnen segelte, schrie sein Lied von dem einsamen Ritt auf dem Wind und der wilden Freude am Töten hinaus. Garion staunte ehrfürchtig, als die Luft um ihn herum auf einmal von Worten erfüllt war.
Tante Pol sah ihn ernst an. »Es ist ein Anfang«, sagte sie, ohne sich näher zu erklären.
Garion war so gefangen von der Welt, die sich gerade vor ihm aufgetan hatte, daß er die beiden silberhaarigen Männer zuerst gar nicht sah. Sie standen zusammen unter einem großen Baum und warteten. Sie trugen die gleichen blauen Gewänder, ihr weißes Haar war ziemlich lang, jedoch waren sie glattrasiert. Als Garion sie zuerst wahrnahm, dachte er einen Moment lang, seine Augen spielten ihm einen Streich. Die beiden sahen so völlig gleich aus, daß es unmöglich war, sie auseinanderzuhalten.
»Belgarath, unser Bruder«, sagte einer von ihnen, »es ist so –«

»– schrecklich lange her«, beendete der andere den Satz.
»Beltira«, sagte Belgarath. »Belkira.« Er stieg ab und umarmte die Zwillinge.
»Liebste kleine Polgara«, sagte einer von ihnen dann.
»Das Tal war –« begann der andere.
»– leer ohne dich«, vervollständigte der zweite den Satz. Er wandte sich an seinen Bruder. »Das war sehr poetisch«, meinte er bewundernd.
»Danke«, erwiderte der erste bescheiden.
»Dies sind meine Brüder, Beltira und Belkira«, stellte Belgarath sie den anderen vor. »Bemüht euch nicht, sie auseinanderzuhalten. Das schafft niemand.«
»Wir schon«, sagten die beiden einstimmig.
»Da bin ich gar nicht so sicher«, antwortete Belgarath mit einem sanften Lächeln. »Ihr seid so eng miteinander verbunden, daß der eine einen Gedanken beginnt, und der andere ihn zu Ende führt.«
»Du machst es immer so kompliziert, Vater«, sagte Tante Pol. »Das ist Beltira.« Sie küßte einen der liebenswerten Alten. »Und das ist Belkira.« Sie küßte den anderen. »Ich konnte sie schon als Kind auseinanderhalten.«
»Polgara kennt –«
»– all unsere Geheimnisse.« Die Zwillinge lächelten. »Und wer sind –«
»– eure Begleiter?«
»Ich dachte, ihr würdet sie erkennen«, meinte Belgarath. »Mandorallen, Baron von Vo Mandor.«
»Der Beschützer«, sagten die Zwillinge einstimmig mit einer Verbeugung.
»Prinz Kheldar von Drasnien.«
»Der Führer.«
»Barak, Graf von Trellheim.«
»Der schreckliche Bär.« Sie sahen den großen Cherek ängstlich an.
Baraks Gesicht verfinsterte sich, aber er sagte nichts.
»Hettar, Sohn des Cho-Hag von Algarien.«
»Der Herr der Pferde.«

»Und Durnik von Sendarien.«
»Der Mann mit den Zwei Leben«, murmelten sie mit tiefem Respekt.
Durnik sah sie erstaunt an.
»Ce'Nedra, Kaiserliche Prinzessin von Tolnedra.«
»Die Königin der Welt«, antworteten sie mit einer weiteren tiefen Verbeugung.
Ce'Nedra lachte nervös.
»Und das –«
»– kann nur Belgarion sein«, sagten sie freudestrahlend, »der Erwählte.« Die Zwillinge streckten gemeinsam die rechte Hand aus und legten sie auf Garions Kopf. Ihre Stimmen erklangen in seinem Geist. *»Heil, Belgarion, Herr und Meister, Hoffnung der Welt.«*
Garion war von diesem seltsamen Segen zu sehr überrascht, um etwas anderes zu tun, als ungeschickt zu nicken.
»Wenn das weiter so ekelhaft bleibt, werde ich mich noch übergeben«, verkündete eine neue Stimme, rauh und rasselnd. Der Sprecher, der soeben hinter einem Baum hervorgetreten war, war ein gedrungener, mißgestalteter kleiner Mann, schmutzig und unglaublich häßlich. Seine Beine waren krumm und knorrig wie Baumstämme. Er hatte massige Schultern, und seine Hände baumelten bis unter die Knie herab. Auf dem Rücken hatte er einen großen Buckel, und sein Gesicht war zu einer grotesken Karikatur eines menschlichen Antlitzes verzerrt. Es zeigte ständig einen Ausdruck von Verachtung und Ärger.
»Beldin«, sagte Belgarath sanft, »wir waren nicht sicher, ob du kommen würdest.«
»Ich hätte auch nicht kommen sollen, du Stümper«, fuhr der häßliche Mann ihn an. »Du hast wie immer aus allem eine Katastrophe gemacht, Belgarath.« Er wandte sich an die Zwillinge. »Holt mir etwas zu essen«, befahl er barsch.
»Ja. Beldin«, sagten sie und eilten davon.
»Und braucht nicht wieder den ganzen Tag«, rief er ihnen nach.
»Du scheinst heute guter Dinge zu sein, Beldin«, sagte Belga-

rath ohne eine Spur von Sarkasmus. »Weshalb bist du so fröhlich?«
Der häßliche Zwerg warf ihm einen finsteren Blick zu, dann lachte er, ein kurzes, bellendes Lachen. »Ich habe Belzedar gesehen. Er sah aus wie ein ungemachtes Bett. Etwas war für ihn ganz falsch gelaufen, und so was macht mir Spaß.«
»Lieber Onkel Beldin«, sagte Tante Pol liebevoll und legte ihre Arme um den schmierigen Alten. »Du hast mir so gefehlt.«
»Versuch nicht, mir zu schmeicheln, Polgara«, sagte er grob, wenn auch seine Augen etwas freundlicher blickten. »Es ist genauso dein Fehler wie der deines Vaters. Ich dachte, du würdest ein Auge auf ihn haben. Wie hat Belzedar das Auge unseres Meisters in die Hände bekommen?«
»Wir glauben, daß er ein Kind benutzt hat«, antwortete Belgarath ernst. »Das Auge würde einem Unschuldigen nichts antun.«
Der Zwerg schnaubte. »Es gibt keine Unschuldigen. Alle Menschen kommen schon verdorben zur Welt.« Er wandte sich wieder an Tante Pol und musterte sie abschätzend. »Du wirst fett«, sagte er barsch. »Du hast Hüften wie ein Ochsenkarren.«
Sofort ballte Durnik die Fäuste und ging auf den häßlichen kleinen Mann zu.
Der Zwerg lachte und ergriff mit einer Hand die Tunika des Schmieds. Mühelos hob er den überraschten Durnik hoch und warf ihn einige Meter weit. »Wenn du willst, kannst du dein zweites Leben auch sofort beginnen«, grollte er drohend.
»Laß mich das machen, Durnik«, sagte Tante Pol. »Beldin«, fragte sie kühl, »wann hast du zum letztenmal gebadet?«
Der Zwerg zuckte die Achseln. »Vor ein paar Monaten hat es auf mich geregnet.«
»Aber nicht genug. Du stinkst wie ein dreckiger Schweinestall.«
Beldin grinste sie an. »Das ist mein Mädchen.« Er kicherte. »Ich hatte befürchtet, die Jahre hätten dich sanfter gemacht.«
Nun begannen die beiden die haarsträubendsten Beleidigungen auszutauschen, die Garion je gehört hatte. Bildhafte, häßliche Worte schossen zwischen ihnen hin und her, zischten geradezu

durch die Luft. Baraks Augen wurden groß vor Staunen, und Mandorallen erbleichte oft. Ce'Nedra lief mit flammendrotem Gesicht außer Hörweite.

Je schlimmer jedoch die Beschimpfungen wurden, je mehr lächelte der fürchterliche Beldin. Schließlich ließ Tante Pol einen so abscheulichen Schimpfnamen vom Stapel, daß Garion regelrecht zusammenzuckte. Der häßliche kleine Mann brach auf dem Boden zusammen, brüllte vor Lachen und hämmerte mit seinen großen Fäusten auf die Erde. »Bei allen Göttern«, japste er, »wie habe ich dich vermißt! Komm her, und gib mir einen Kuß!«

Sie lächelte und küßte zärtlich sein schmutziges Gesicht. »Räudiger Hund.«

»Fette Kuh.« Er grinste und umarmte sie herzhaft.

»Ich brauche meine Rippen mehr oder weniger ganz, Onkel«, sagte sie.

»Ich habe dir schon seit Jahren keine Rippen mehr gebrochen, mein Mädchen.«

»Dabei soll es auch bleiben.«

Die Zwillinge eilten mit einem großem Teller mit dampfendem Eintopf und einem riesigen Krug herbei. Der häßliche Mann warf einen Blick auf den Teller, kippte den Eintopf dann auf den Boden und warf den Teller weg. »Riecht gar nicht so schlecht.« Er kauerte sich nieder und stopfte sich mit beiden Händen das Essen in den Mund. Nur hin und wieder hielt er inne, um einen größeren Kieselstein auszuspucken, der an dem Fleisch klebte. Als er fertig war, trank er den Krug aus, stieß laut auf und lehnte sich dann zurück und fuhr sich mit seinen fettigen Fingern durch das verfilzte Haar. »Nun zum Geschäft«, sagte er.

»Wo warst du?« fragte Belgarath ihn.

»In Zentral-Cthol Murgos. Ich habe seit der Schlacht von Vo Mimbre auf einem Hügel gesessen und die Höhle beobachtet, in die Belzedar Torak gebracht hatte.«

»Fünfhundert Jahre lang?« fragte Silk ungläubig.

Beldin zuckte die Achseln. »Mehr oder weniger«, antwortete er gleichgültig. »Irgend jemand mußte ein Auge auf Feuergesicht haben, und ich tat gerade nichts, was ich nicht unterbrechen konnte.«

»Du hast gesagt, du hättest Belzedar gesehen«, erinnerte ihn Tante Pol.

»Vor ungefähr einem Monat. Er kam zu der Höhle, als wäre der Teufel hinter ihm her und holte Torak heraus. Dann verwandelte er sich in einen Geier und flog mit dem Körper davon.«

»Das muß unmittelbar gewesen sein, nachdem Ctuchik ihn an der Grenze nach Nyissa erwischt und ihm das Auge abgenommen hat«, vermutete Belgarath.

»Das weiß ich nicht. Das liegt in deinem Verantwortungsbereich, nicht in meinem. Ich sollte lediglich Torak bewachen. Habt ihr etwas von der Asche abbekommen?«

»Von welcher Asche?« fragte einer der Zwillinge.

»Als Belzedar Torak aus der Höhle holte, ist der Berg explodiert – hat sein Inneres nach Außen gepustet. Ich nehme an, es hatte etwas mit der Kraft zu tun, die Einauges Körper umgibt. Als ich ging, war der Ausbruch noch nicht vorbei.«

»Wir hatten uns schon gewundert, was den Ausbruch verursacht hat«, sagte Tante Pol. »Er hat ganz Nyissa zentimeterdick mit Asche bedeckt.«

»Gut. Schade, daß es nicht mehr war.«

»Hast du irgendwelche Zeichen gesehen –«

»– daß Torak etwas unternimmt?« fragten die Zwillinge.

»Könnt ihr denn nicht einmal einzeln sprechen?« brummte Beldin.

»Es tut uns leider, aber –«

»– es ist unsere Natur.«

Der häßliche kleine Mann schüttelte angewidert den Kopf. »Na egal. Nein. Torak hat sich in den ganzen fünfhundert Jahren nicht einmal bewegt. Er war angeschimmelt, als Belzedar ihn aus der Höhle schleppte.«

»Bist du Belzedar gefolgt?« fragte Belgarath.

»Natürlich.«

»Wo hat er Torak hingebracht?«

»Wohin wohl, du Idiot? Natürlich zu den Ruinen von Cthol

Mishrak in Mallorea. Es gibt nur wenige Stellen auf der Erde, die Toraks Gewicht tragen können, und das ist eine von ihnen. Belzedar muß sowohl Ctuchik als auch das Auge von Torak fernhalten, und das ist der einzige Ort, wo er hingehen *konnte*. Die malloreanischen Grolims weigern sich, Ctuchiks Autorität anzuerkennen, so daß Belzedar bei ihnen in Sicherheit sein wird. Es wird ihn zwar eine Menge kosten, sie für ihre Unterstützung zu bezahlen, aber sie werden Ctuchik von Mallorea fernhalten – es sei denn, er hebt eine Murgoarmee aus und marschiert ein.«

»Das ist wenigstens etwas, worauf wir hoffen können«, meinte Barak.

»Du sollst eigentlich ein Bär sein, kein Esel«, fuhr Beldin ihn an. »Setze deine Hoffnungen nicht auf das Unmögliche. Weder Ctuchik noch Belzedar würden zu diesem Zeitpunkt einen Krieg beginnen – nicht wenn Belgarion wie ein Erdbeben durch die Weltgeschichte stapft.« Er warf Tante Pol einen finsteren Blick zu. »Kannst du ihm nicht beibringen, etwas leiser zu sein? Oder werden deine Fähigkeiten so schwabbelig wie dein Hintern?«

»Sei höflich, Onkel«, antwortete sie. »Der Junge entwickelt gerade erst seine Kraft. Wir waren zuerst alle etwas schwerfällig.«

»Er hat keine Zeit mehr, ein Baby zu sein, Pol. Die Sterne fallen in Cthol Murgos vom Himmel wie tote Vögel, und tote Grolims stöhnen von Rak Cthol bis Rak Goska in ihren Gräbern. Unsere Zeit kommt, und der Junge muß bereit sein.«

»Er wird bereit sein, Onkel.«

»Vielleicht«, sagte der schmutzige Mann verdrießlich.

»Gehst du zurück nach Cthol Mishrak?« fragte Belgarath.

»Nein. Unser Meister hat mir befohlen, hierzubleiben. Die Zwillinge und ich haben Arbeit vor uns, und wir haben nicht viel Zeit.«

»Er sprach –«

»– auch mit uns.«

»Hört auf damit!« fuhr Beldin sie an. Er wandte sich wieder an Belgarath. »Geht ihr jetzt nach Rak Cthol?«

»Nicht gleich. Wir müssen zuerst nach Prolgu. Ich muß mit dem Gorim sprechen, und wir müssen noch ein weiteres Mitglied aufsammeln.«
»Ich habe schon bemerkt, daß eure Gruppe noch nicht vollständig ist. Was ist mit der letzten?«
Belgarath breitete die Hände aus. »Sie macht mir Sorgen. Ich habe keine Spur von ihr finden können – und ich suche schon seit dreitausend Jahren.«
»Die hast zulange in Spelunken gesucht.«
»Das habe ich auch bemerkt, Onkel«, sagte Tante Pol mit süßem Lächeln.
»Wohin gehen wir von Prolgu aus?« fragte Barak.
»Ich denke, daß wir dann nach Rak Cthol gehen werden«, antwortete Belgarath grimmig. »Wir müssen das Auge von Ctuchik zurückbekommen, und ich will schon lange eine ausführliche Unterhaltung mit dem Murgomagier führen.«

Teil III

Ulgo

ARENDIEN
PROLGU
RELGS WEG
HAUPT-
GÄNGE
ULGOLAND
GRULS TA
ALGARIEN
TOLNEDRA

13

Am folgenden Morgen wandten sie sich nach Nordwesten und hielten auf die kahlen weißen Berge von Ulgo zu, die in der Morgensonne über den saftigen Wiesen des Tals glitzerten.
»Da oben liegt Schnee«, stellte Barak fest. »Könnte eine schwierige Reise werden.«
»Ist es immer«, erwiderte Hettar.
»Bist du schon mal in Prolgu gewesen?« fragte Durnik.
»Ein paarmal. Wir halten Verbindungen zu den Ulgos aufrecht. Unsere Besuche dort sind weitgehend zeremoniell.«
Prinzessin Ce'Nedra ritt neben Tante Pol, ihr kleines Gesicht war beunruhigt. »Wie kannst du ihn nur *ertragen*, Dame Polgara?« brach es plötzlich aus ihr heraus. »Er ist so *häßlich*.«
»Wer, Liebes?«
»Dieser schreckliche Zwerg.«
»Onkel Beldin?« Tante Pol sah sie erstaunt an. »Er war schon immer so. Man muß sich an ihn gewöhnen, das ist alles.«
»Aber er sagt so schreckliche Dinge zu dir.«
»Das ist seine Art, seine wahren Gefühle zu verbergen«, erklärte Tante Pol. »Er ist eigentlich ein sehr lieber Mensch, aber die Leute erwarten das nicht – von ihm. Als er noch ein Kind war, hat sein eigenes Volk ihn verstoßen, weil er so mißgestaltet und häßlich war. Als er dann schließlich ins Tal kam, sah unser Meister hinter die Häßlichkeit und fand die Schönheit in seinem Geist.«
»Aber muß er denn so *schmutzig* sein?«
Tante Pol zuckte die Achseln. »Er haßt seinen deformierten Körper, also ignoriert er ihn.« Sie betrachtete die Prinzessin gelassen. »Es ist die einfachste Sache der Welt, etwas nach der äußeren Erscheinung zu beurteilen. Ce'Nedra«, sagte sie, »und meistens ist es falsch. Onkel Beldin und ich mögen uns sehr. Deswegen geben wir uns auch solche Mühe, die ausgefallensten Beschimpfungen zu erfinden. Komplimente wären scheinheilig, denn letztendlich *ist* er ja wirklich häßlich.«
»Ich verstehe es nur einfach nicht«, sagte Ce'Nedra verwirrt.
»Liebe kann sich auf sehr seltsamen Wegen äußern«, sagte

Tante Pol. Sie sprach leichthin, sah die Prinzessin jedoch mit durchdringendem Blick an.
Ce'Nedra sah rasch zu Garion hinüber und wandte dann errötend die Augen ab.
Garion dachte beim Reiten über das Gespräch zwischen seiner Tante und der Prinzessin nach. Offenbar hatte Tante Pol dem Mädchen etwas Wichtiges gesagt, aber was es auch sein mochte, es war ihm entgangen.
Sie ritten einige Tage lang durch das Tal und kamen dann ins Vorgebirge, das sich am Fuß der hohen Gipfel erhob, die das Land der Ulgos bildeten. Wieder einmal änderten sich die Jahreszeiten, als sie unterwegs waren. Als sie die erste niedrige Hügelkette überquert hatten, war es früher Herbst, und das Laub in den Tälern leuchtete flammendrot. Auf der zweiten, höheren Kette waren die Bäume bereits kahl, und der Wind trug schon einen Hauch von Winter von den Gipfeln herab. Der Himmel war bedeckt, und Wolkenfetzen hingen in den Felsenschluchten hoch über ihnen. Abwechselnd plagten Schnee und Regen sie, als sie weiter aufstiegen.
»Ich glaube, wir sollten wieder nach Brill Ausschau halten«, sagte Silk an einem verschneiten Nachmittag hoffnungsvoll. »Es ist an der Zeit, daß er wieder einmal auftaucht.«
»Das halte ich für unwahrscheinlich«, erwiderte Belgarath. »Murgos meiden Ulgoland noch mehr als das Tal. Ulgos hassen die Angaraks.«
»Alorner auch.«
»Aber Ulgos können im Dunkeln sehen«, erzählte der alte Mann. »Murgos, die in diese Berge kommen, wachen nach ihrer ersten Nacht hier oben gewöhnlich nicht mehr auf. Ich glaube nicht, daß wir uns um Brill Gedanken machen müssen.«
»Schade«, meinte Silk enttäuscht.
»Es kann trotzdem nicht schaden, wenn wir unsere Augen offenhalten. In den Bergen von Ulgo gibt es Schlimmeres als Murgos.«
Silk spottete. »Sind diese Geschichten nicht übertrieben?«
»Nein. Eigentlich nicht.«

»Die Gegend wimmelt von Ungeheuern, Prinz Kheldar«, versicherte Mandorallen dem kleinen Drasnier. »Vor einigen Jahren sind ein Dutzend junger, törichter Ritter aus meiner Bekanntschaft in diese Berge geritten, um ihre Tapferkeit und ihren Mut gegen die abscheulichen Wesen unter Beweis zu stellen. Nicht einer von ihnen kehrte zurück.«

Als sie den Kamm der nächsten Hügelkette erreichten, waren sie der vollen Kraft eines Wintersturms ausgesetzt. Der Schnee, der immer dichter gefallen war, je höher sie kamen, wurde hier waagerecht vor dem Wind hergetrieben.

»Wir müssen Schutz suchen, bis der Sturm sich gelegt hat, Belgarath«, versuchte Barak den heulenden Wind zu übertönen und gleichzeitig sein flatterndes Bärenfell festzuhalten.

»Laßt uns ins nächste Tal reiten«, antwortete Belgarath, ebenfalls mit seinem Umhang kämpfend. »Die Bäume dort unten sollten dem Wind die Kraft nehmen.«

Sie hielten auf eine Kieferngruppe zu, die sich in den nächsten Talkessel duckte. Garion zog seinen Umhang fester um sich und senkte den Kopf vor dem beißenden Wind.

Die jungen Kiefern brachen zwar den Wind, aber der Schnee umwirbelte sie weiter, als sie anhielten.

»Wir werden heute nicht mehr viel weiter kommen, Belgarath«, stellte Barak fest und klopfte sich den Schnee aus dem Bart. »Wir können genauso gut hier übernachten und bis morgen warten.«

»Was ist das?« fragte Durnik scharf, den Kopf auf eine Seite geneigt.

»Der Wind«, meinte Barak achselzuckend.

»Nein. Hört doch.«

Über dem Heulen des Windes drang ein schrilles Wiehern an ihre Ohren.

»Seht dort.« Hettar deutete mit dem Arm in eine Richtung. Verschwommen sahen sie etwa ein Dutzend pferdeähnlicher Tiere, die über den hinter ihnen liegenden Kamm kamen. Durch den dicht fallenden Schnee waren sie nur undeutlich zu erkennen und wirkten fast geisterhaft. Auf einem Vorsprung über ihnen stand ein riesiger Hengst, dessen Schweif und

Mähne im Wind flatterten. Sein Wiehern klang wie ein schriller Schrei.

»Hrulgin!« sagte Belgarath heftig.

»Können wir ihnen davonlaufen?« fragte Silk hoffnungsvoll.

»Das bezweifle ich«, meinte Belgarath. »Außerdem haben sie uns jetzt gewittert. Wenn wir versuchten, zu fliehen, würden sie unserer Spur bis nach Prolgu folgen.«

»Dann müssen wir sie lehren, unsere Spur zu fürchten und sie zu meiden«, erklärte Mandorallen und zog die Riemen an seinem Schild fest. Seine Augen strahlten.

»Du fällst wieder in deine alten Angewohnheiten zurück, Mandorallen«, brummte Barak.

Hettars Gesicht hatte den seltsam leeren Ausdruck angenommen, den sie immer annahmen, wenn er mit seinen Pferden Verbindung aufnahm. Schließlich schauderte er, und seine Augen waren dunkel vor Abscheu.

»Nun?« fragte Tante Pol.

»Es sind keine Pferde«, begann er.

»Das wissen wir, Hettar«, erwiderte sie. »Kannst du irgend etwas bei ihnen erreichen? Sie vielleicht erschrecken?«

Er schüttelte den Kopf. »Sie haben Hunger, Polgara. Und sie haben unsere Witterung. Der Leithengst scheint viel mehr Kontrolle über sie zu haben, als wenn es normale Pferde wären. Ich könnte vielleicht eins oder zwei der schwächeren in Angst versetzen – aber nicht, solange er da ist.«

»Dann müssen wir eben alle bekämpfen«, sagte Barak grimmig und nahm seinen Schild.

»Ich glaube nicht«, sagte Hettar mit schmalen Augen. »Der Leithengst scheint der Schlüssel zu sein. Er beherrscht die ganze Herde. Wenn wir ihn töten könnten, werden die anderen wahrscheinlich fliehen.«

»Also gut«, sagte Barak, »dann versuchen wir es mit dem Hengst.«

»Vielleicht könnten wir etwas Lärm machen«, schlug Hettar vor. »Etwas, das wie eine Herausforderung klingt. Dann kommt er vielleicht vor, um darauf zu antworten. Sonst müssen wir durch die ganze Herde, bis wir zu ihm gelangen.«

»Möglich, daß dies ihn reizt«, sagte Mandorallen. Er setzte sein Horn an die Lippen und blies eine schmetternde Herausforderung, die von dem Sturm davongetragen wurde.
Der schrille Schrei des Hengstes folgte unmittelbar darauf.
»Scheint zu wirken«, meinte Barak. »Blas noch einmal, Mandorallen.«
Wieder ließ Mandorallen das Horn ertönen, und wieder kam die Antwort des Hengstes. Dann sprang das große Tier von der Felsklippe und galoppierte wütend durch die Herde auf sie zu. Als er seine Herde hinter sich gelassen hatte, schrie er wieder und erhob sich auf die Hinterbeine, während seine Vorderbeine durch die Luft wirbelten.
»Das war's!« bellte Barak. »Los jetzt!« Er gab seinem Pferd die Sporen, und sein große Brauner schoß vorwärts, unter seinen Hufen stob der Schnee hoch. Hettar und Mandorallen schwärmten aus, um seine Flanken zu decken, und alle drei galoppierten durch den dichten Schnee auf den wiehernden Hrulgahengst zu. Mandorallen senkte die Lanze zum Angriff, und ein eigenartiges Geräusch wurde vom Wind zu den anderen herangetragen, als er auf den vorpreschenden Hrulga zudonnerte. Mandorallen lachte.
Garion zog sein Schwert und postierte sich vor Tante Pol und Ce'Nedra. Er wußte zwar, daß es sich dabei um eine recht sinnlose Geste handelte, aber er tat es trotzdem.
Zwei der anderen Hrulgin stoben heran – vielleicht auf den unausgesprochenen Befehl ihres Leithengstes –, um Barak und Mandorallen den Weg abzuschneiden, während der Hengst Hettar aufs Korn nahm, als ob er erkannt hätte, daß der Algarier die größte Gefahr für die Herde darstellte. Als der erste Hrulga auf die Hinterhand stieg, die Fangzähne entblößt wie eine Raubkatze und die Vorderpranken weit ausgebreitet, stieß Mandorallen seine Lanze dem schnaubenden Ungeheuer in die Brust. Blutiger Schaum quoll aus dem Maul des Hrulga, dann fiel er hinüber, wobei Mandorallens Lanze zersplitterte.
Barak erhielt einen Hieb mit der Pranke auf seinen Schild und spaltete dann mit einem mächtigen Streich seines Schwertes

dem zweiten Hrulga den Schädel. Das Untier brach zusammen, im Todeskampf wühlte es den Schnee auf.
Hettar und der Leithengst umkreisten sich in dem dichten Schneegestöber. Sie bewegten sich behutsam, die Augen mit tödlicher Anspannung aufeinander geheftet. Plötzlich stieg der Hengst und schoß in einer einzigen geschmeidigen Bewegung nach vorn, die Vorderbeine ausgestreckt und die Klauen weit gespreizt. Aber Hettars Pferd, dessen Geist mit dem seines Reiters verbunden war, tänzelte leicht vor dem wütenden Angriff zur Seite. Der Hrulga wirbelte herum und griff erneut an, und wieder sprang Hettars Pferd zur Seite. Der tobende Hengst schrie seine Enttäuschung hinaus und galoppierte mit wirbelnden Vorderpranken wieder heran. Noch einmal entging Hettars Pferd dem wütenden Tier, dann sprang es vorwärts, und Hettar schnellte sich aus seinem Sattel und landete auf dem Rücken des Hengstes. Seine langen, kräftigen Beine umklammerten die Rippen des Hrulga, und seine rechte Hand ergriff die Mähne des Tieres.
Der Hengst wurde fast wahnsinnig, als er zum erstenmal in der Geschichte seiner Spezies einen Reiter auf dem Rücken spürte. Er schlug aus, stieg auf die Hinterhand, schrie und versuchte, Hettar abzuwerfen. Der Rest der Herde, der hinzugekommen war, blieb stehen und starrte in verständnislosem Entsetzen auf die wilden Bemühungen des Hengstes, seinen Reiter loszuwerden. Barak und Mandorallen zügelten sprachlos ihre Pferde, als Hettar den tobenden Hengst durch den Schneesturm ritt. Dann fuhr Hettars Hand an seinem Bein hinab und holte einen langen breiten Dolch aus seinem Stiefel. Er kannte Pferde, und er wußte, wo er ansetzen mußte.
Sein erster Stich war tödlich. Der aufgewühlte Schnee färbte sich rot. Ein letztes Mal stieg der Hengst auf die Hinterhand. Er stieß einen Schrei aus, Blut schoß aus seinem Maul, dann kam er wieder auf zitternden Beinen zu stehen. Langsam gaben seine Knie unter ihm nach, und er fiel zur Seite. Hettar brachte sich mit einem Sprung in Sicherheit.
Die Hrulginherde drehte sich um und floh in den Schneesturm hinaus.

Hettar säuberte grimmig seinen Dolch im Schnee und steckte ihn wieder in seinen Stiefel. Er legte kurz eine Hand auf den Hals des toten Hengstes, dann begann er in dem Schnee nach seinem Säbel zu suchen, den er bei dem wilden Ritt weggeworfen hatte. Als die drei Krieger in den Schutz der Bäume zurückkehrten, starrten Mandorallen und Barak Hettar mit tiefem Respekt an.

»Es ist eine Schande, daß sie verrückt sind«, sagte der Algarier abwesend. »Es gab einen Augenblick – nur einen –, wo ich fast zu ihm durchdrang und wir uns gemeinsam bewegten. Dann kehrte der Wahnsinn zurück, und ich mußte ihn töten. Wenn sie gezähmt werden könnten –« Er brach ab und schüttelte den Kopf. »Nun ja ...« Er zuckte bedauernd die Achseln.

»Du würdest doch nicht ernsthaft so etwas reiten wollen?« fragte Durnik schockiert.

»Ich hatte noch nie ein solches Tier unter mir«, sagte Hettar leise. »Ich glaube nicht, daß ich je vergesse, wie es war.« Der große Mann drehte sich um, ging ein Stück beiseite und starrte in das Schneetreiben hinaus.

Im Schutz der Kieferngruppe errichteten sie ihr Nachtlager. Am nächsten Morgen hatte sich der Wind gelegt, aber es schneite immer noch heftig, als sie aufbrachen. Der Schnee lag bereits knietief, und die Pferde kamen nur mühsam bergan.

Sie überquerten eine weitere Hügelkette und blickten in das nächste Tal hinab. Silk betrachtete zweifelnd den dichten Schnee, der in der stillen Luft herabsank. »Wenn er noch höher liegt, bleiben wir stecken, Belgarath«, sagte er finster. »Besonders, wenn wir weiter so klettern müssen.«

»Es ist schon in Ordnung«, beruhigte der alte Mann ihn. »Von hier aus können wir einer Reihe von Tälern folgen. Sie führen direkt nach Prolgu hinauf, so daß wir die Gipfel meiden können.«

»Belgarath«, sagte Barak über die Schulter von seinem Platz an der Spitze zurück. »Hier sind einige frische Spuren.« Er deutete auf eine Reihe von Fußstapfen in dem frischen Schnee.

Der alte Mann kam nach vorn und untersuchte die Spuren. »Algroths«, brummte er. »Wir müssen unsere Augen offenhalten.«

Vorsichtig ritten sie in das Tal hinab, wo Mandorallen nur gerade lange genug blieb, um sich eine frische Lanze zu schneiden.

»Ich wäre etwas nervös über eine Waffe, die ständig zerbricht«, meinte Barak, als der Ritter wieder sein Pferd bestieg.

Mandorallen zuckte die Achseln, daß seine Rüstung knirschte. »Es gibt überall Bäume, Graf.«

Hinter den Kiefern, die den Talboden bedeckten, nahm Garion ein vertrautes Bellen wahr. »Großvater«, warnte er.

»Ich höre sie«, antwortete Belgarath.

»Wie viele sind es?« fragte Silk.

»Vielleicht ein Dutzend«, meinte Belgarath.

»Acht«, berichtigte ihn Tante Pol entschieden.

»Wenn es nur acht sind, werden sie es dann wagen, anzugreifen?« fragte Mandorallen. »Diejenigen, auf die wir in Arendien gestoßen sind, schienen ihren Mut lediglich aus ihrer Überzahl zu schöpfen.«

»Ich glaube, in diesem Tal haben sie ihr Lager«, erwiderte der alte Mann. »Jedes Tier versucht, sein Lager zu verteidigen. Sie werden fast mit Sicherheit angreifen.«

»Dann müssen wir sie suchen gehen«, erklärte der Ritter zuversichtlich. »Besser, wir schlagen sie in einem Gelände unserer Wahl, als in einen Hinterhalt zu geraten.«

»Er hat eindeutig einen Rückfall«, sagte Barak verdrießlich zu Hettar.

»Aber wahrscheinlich hat er diesmal recht«, antwortete Hettar.

»Hast du getrunken, Hettar?« fragte Barak argwöhnisch.

»Kommt, meine Herren«, rief Mandorallen fröhlich. »Laßt uns diese Brut ausrotten, auf daß wir unsere Reise unbehelligt fortsetzen können.« Er galoppierte durch den Schnee davon, um die bellenden Algroths zu suchen.

»Kommst du, Barak?« fragte Hettar und zog seinen Säbel.

Barak seufzte. »Ich muß ja wohl«, antwortete er mürrisch. Er wandte sich an Belgarath. »Es sollte nicht lange dauern. Ich werde mich bemühen, unsere blutdürstigen Freunde vor Schwierigkeiten zu bewahren.«

Hettar lachte.
»Du wirst noch genauso schlimm wie er«, sagte Barak vorwurfsvoll, während sie hinter Mandorallen her galoppierten. Gespannt wartete Garion mit den anderen in dem Schneetreiben. Dann wurde aus dem Gebell der Algroths plötzlich erstauntes Geschrei. Durch die Bäume konnten sie metallische Hiebe hören. Schmerzensschreie und die Zurufe der Krieger. Nach etwa einer Viertelstunde kamen sie zurück.
»Zwei von ihnen sind entkommen«, berichtete Hettar bedauernd.
»Wie schade«, antwortete Silk.
»Mandorallen«, sagte Baraka mit einem leidenden Ausdruck, »irgendwo hast du eine schlechte Angewohnheit aufgelesen. Ein Kampf ist eine ernste Angelegenheit, und dein Gekichere und Gelächter schmeckt nach Frivolität.«
»Beleidigt es Euch, Graf?«
»Es beleidigt mich nicht. Mandorallen. Es ist eher eine Ablenkung. Es stört meine Konzentration.«
»Dann werde ich bemüht sein, in Zukunft mein Gelächter zu mäßigen.«
»Das wäre mir lieb.«
»Wie war es?« fragte Silk.
»Es war kein großer Kampf«, antwortete Barak. »Wir haben sie völlig überrumpelt. Ich gebe es ungern zu, aber unser kichernder Freund hier hatte wirklich einmal recht.«
Garion dachte über Mandorallens verändertes Benehmen nach, während sie weiter durch das Tal ritten. In der Höhle, in der das Fohlen geboren war, hatte Durnik Mandorallen erzählt, daß Angst auch überwunden werden konnte, wenn man darüber lachte, und – wenn Durnik es wohl auch nicht ganz so gemeint hatte – Mandorallen hatte es wörtlich aufgefaßt. Das Lachen, das Barak so irritierte, war weniger an seine Feinde gerichtet, als auf den Feind in ihm selbst. Mandorallen lachte bei jedem Angriff, den er ritt, über seine Angst.
»Es ist unnatürlich«, murmelte Barak Silk zu. »Das stört mich so, außerdem ist es auch ein Verstoß gegen die Etikette. Wenn wir mal in ein ernstes Gefecht kommen, wird es uns arg in

Verlegenheit bringen, wenn er weiter so herumkichert. Was sollen denn die Leute denken?«

»Du nimmst es zu ernst, Barak«, meinte Silk. »Ich finde es eigentlich sehr erfrischend.«

»Du findes es *was?*«

»Erfrischend. Ein Arendier mit Sinn für Humor ist schließlich etwas Neues – etwas wie ein sprechender Hund.«

Barak schüttelte angewidert den Kopf. »Es hat überhaupt keinen Sinn, ernsthaft etwas mit dir diskutieren zu wollen, Silk, weißt du das? Dein Drang, ständig kluge Bemerkungen von dir zu geben, macht aus allem einen Witz.«

»Wir alle haben eben unsere kleinen Fehler«, gab Silk sanft zu.

14

Im Laufe des Tages ließen die Schneefälle nach, und gegen Abend, als sie in einem dichten Fichtengehölz ihr Nachtlager aufschlugen, schwebten nur noch vereinzelte Flocken durch die Dunkelheit. Während der Nacht sank jedoch die Temperatur, und am nächsten Morgen war es bitterkalt.

»Wie weit ist es noch bis Prolgu?« fragte Silk, der sich am Feuer die kalten Hände wärmte.

»Noch zwei Tage«, antwortete Belgarath.

»Du hast wohl nicht vor, etwas wegen des Wetters zu unternehmen?« fragte der kleine Mann hoffnungsvoll.

»Lieber nicht, solange es nicht unbedingt nötig ist«, erwiderte Belgarath. »Es stört die Dinge über ein weites Gebiet hinweg. Außerdem mag es der Gorim nicht, wenn man in seinen Bergen an so etwas herumpfuscht. Die Ulgos haben gegen solche Dinge starke Vorbehalte.«

»Ich fürchtete schon, daß du es so sehen würdest.«

Ihr heutiger Weg war so gewunden und bog so oft ab, daß Garion gegen Mittag völlig die Orientierung verloren hatte. Trotz der beißenden Kälte war der Himmel bedeckt und bleigrau. Die Kälte schien der Welt sämtliche Farben entzogen zu haben. Der Himmel war grau, der Schnee von einem toten

Weiß, die Bäume schwarz und düster. Selbst die Flüsse, denen sie folgten, strömten schwarz zwischen schneebedeckten Ufern dahin. Belgarath ritt jedoch zuversichtlich voran und wandte sich immer prompt in die Richtung, wenn zwei Täler aneinanderstießen.

»Bist du sicher?« fragte ihn Silk zähneklappernd an einer Stelle. »Wir reiten schon den ganzen Tag flußaufwärts, und jetzt willst du flußabwärts.«

»In ein paar Meilen treffen wir auf ein weiteres Tal. Vertrau mir, Silk. Ich bin schon öfter hier gewesen.«

Silk zog seinen Umhang fester um sich. »Es ist nur so, daß ich auf unbekanntem Gelände etwas nervös werde«, wandte er mit einem Blick auf das schwarze Wasser des Flusses, dessen Verlauf sie folgten, ein.

Aus einiger Entfernung flußaufwärts drang ein seltsames Geräusch an ihre Ohren, ein geistloses Heulen, das fast wie Gelächter klang. Tante Pol und Belgarath tauschten einen raschen Blick aus.

»Was ist das?« fragte Garion.

»Felsenwölfe«, antwortete Belgarath knapp.

»Es hört sich aber nicht nach Wölfen an.«

»Es sind auch keine.« Der alte Mann sah sich aufmerksam um. »Es sind weitgehend Aasfresser, und wenn es nur ein wildes Rudel ist, werden sie uns wohl nicht angreifen. Der Winter ist noch nicht hart genug, daß sie so verzweifelt wären. Aber wenn es ein Rudel ist, daß von den Eldrakyn aufgezogen wurde, bekommen wir Ärger.« Er stellte sich in den Steigbügeln auf, um weiter sehen zu können. »Wir wollen etwas schneller reiten«, rief er Mandorallen zu, »und halte deine Augen offen.«

Mandorallen, dessen Rüstung vor Frost glitzerte, warf einen Blick zurück, nickte und trabte davon, an dem brodelnden schwarzen Wasser des Flusses entlang.

Hinter ihnen wurde das schrille, kläffende Gelächter lauter.

»Sie verfolgen uns, Vater«, sagte Tante Pol.

»Ich höre es.« Der alte Mann begann die Hänge des Tals abzusuchen, die Stirn sorgenvoll gerunzelt. »Vielleicht siehst du besser nach, Pol. Ich möchte keine Überraschung erleben.«

Tante Pols Augen wurden leer, als sie die dichtbewaldeten Hänge mit ihrem Geist absuchte. Nach einem Moment rang sie nach Luft und erschauerte. »Dort draußen ist ein Eldrak, Vater. Er beobachtet uns. Sein Geist ist eine reine Kloake.«

»Das sind sie immer«, antwortete der alte Mann. »Konntest du seinen Namen herausfinden?«

»Grul.«

»Das habe ich befürchtet. Ich wußte, daß wir uns seinem Gebiet nähern.« Er legte die Finger an die Lippen und stieß einen schrillen Pfiff aus.

Barak und Mandorallen hielten, um auf die anderen zu warten.

»Wir haben ein Problem«, erklärte Belgarath ernst. »Dort draußen ist ein Eldrak mit einem Rudel Felsenwölfe. Er beobachtet uns. Es ist nur eine Frage der Zeit, bis er angreift.«

»Was ist ein Eldrak?« fragte Silk.

»Die Eldrakyn sind mit Algroths und Trollen verwandt, aber intelligenter – und viel größer.«

»Aber nur einer?« fragte Mandorallen.

»Einer reicht. Ich habe diesen hier schon einmal getroffen. Er heißt Grul. Er ist groß, schnell und so grausam wie ein Krummesser. Er frißt alles, was sich bewegt, und es kümmert ihn nicht, ob es noch lebt oder nicht, bevor er es frißt.«

Das heulende Gelächter der Felsenwölfe kam näher.

»Wir müssen offenes Gelände finden und ein Feuer anzünden«, sagte Belgarath. »Die Felsenwölfe fürchten sich vor Feuer, und es hat keinen Sinn, mit ihnen *und* Grul zu kämpfen, wenn es nicht unbedingt sein muß.«

»Dort drüben?« schlug Durnik vor und deutete auf eine breite, schneebedeckte Sandbank, die in den Fluß hineinragte. Sie war mit dem diesseitigen Ufer durch einen schmalen Streifen Kies und Sand verbunden.

»Man kann sie verteidigen, Belgarath«, meinte Barak anerkennend, während er zu der Sandbank hinüberspähte. »Der Fluß deckt uns den Rücken, und sie können nur über den schmalen Streifen zu uns gelangen.«

»Es muß genügen«, stimmte Belgarath zu. »Los.«

Sie ritten auf die verschneite Sandbank hinaus und scharrten rasch einen Fleck vom Schnee frei unter einem großen angeschwemmten Baumstamm, der die Sandbank zum Ufer hin halb blockierte, während Durnik sich daran machte, ein Feuerholz aufzustapeln. Innerhalb weniger Minuten leckten orangefarbene Flammen an dem Stamm. Durnik legte Zweige nach, bis der Stamm hell loderte. »Helft mir«, bat der Schmied und begann, größere Holzstücke auf das Feuer zu schichten. Barak und Mandorallen sammelten Treibholz, das in Massen auf der flußaufwärts gerichteten Seite der Sandbank angeschwemmt worden war, und warfen Äste und Holzstücke in das Feuer. Nach einer Viertelstunde hatten sie ein prasselndes Feuer, das quer über die Sandbank lief und sie so völlig von dem finsteren Wald am Flußufer abschnitt.

»Das ist heute das erstemal, daß mir warm ist«, grinste Silk, der mit dem Rücken zum Feuer stand.

»Sie kommen«, warnte Garion. Zwischen den dunklen Bäumen hatte er verstohlene Bewegungen wahrgenommen.

Barak spähte durch die Flammen. »Riesenviecher, was?« stellte er grimmig fest.

»Ungefähr eselsgroß«, bestätigte Belgarath.

»Bist du sicher, daß sie Angst vor Feuer haben?« fragte Silk nervös.

»Meistens.«

»Meistens?«

»Hin und wieder sind sie halb verhungert – oder Grul treibt sie auf uns zu. Vor ihm haben sie auf jeden Fall mehr Angst als vor dem Feuer.«

»Belgarath«, beschwerte sich der wieselgesichtige Drasnier, »manchmal hast du die unangenehme Angewohnheit, Entscheidendes für dich zu behalten.«

Einer der Felsenwölfe kam unmittelbar oberhalb der Sandbank ans Ufer, schnüffelte und sah nervös zu dem Feuer herüber. Seine Vorderbeine waren deutlich länger als die Hinterbeine, was ihm eine merkwürdige, halb aufrechte Stellung eintrug. Über der Schulter hatte er einen großen, muskulösen Buckel. Er hatte eine kurze Schnauze und eine flache, katzenähnliche Nase. Sein Fell war schmutzig weiß und schwarz, gezeichnet in einem Muster zwischen Flecken und Streifen. Er schritt nervös auf und ab, starrte sie gespannt an und kläffte sein hohes, heulendes Gelächter. Bald kam ein anderer hinzu, dann noch einer. Sie verteilten sich am Ufer und liefen heulend hin und her, hielten aber sicheren Abstand von dem Feuer.

»Sie sehen eigentlich nicht wie Hunde aus«, sagte Durnik.

»Es sind auch keine«, antwortete Belgarath. »Wölfe und Hunde sind verwandt, aber Felsenwölfe gehören zu einer anderen Familie.«

Inzwischen säumten zehn der häßlichen Wesen das Ufer, und ihr Geheul schwoll an zu einem geistlosen Chor.

Dann schrie Ce'Nedra auf, ihr Gesicht war totenblaß, die Augen vor Entsetzen geweitet.

Der Eldrak trottete aus dem Wald heraus und stellte sich mitten in das kläffende Rudel. Er war etwa zwei Meter groß und mit zottigem schwarzem Fell bedeckt. Er trug ein gepanzertes Hemd aus großen Eisenstücken, die mit Riemen zusammengehalten wurden, darüber, ebenfalls von Riemen gehalten, einen rostigen Brustharnisch, der anscheinend mit Steinen bearbeitet worden war, bis er groß genug für die riesige Brust war. Ein konischer Helm, hinten aufgeschnitten, damit er paßte, bedeckte den Kopf des Untiers. In der einen Hand hielt der Eldrak eine riesige, stahlummantelte Keule, die mit Pickeln besetzt war. Es war jedoch das Gesicht, das Ce'Nedra zu dem Schrei veranlaßt hatte. Der Eldrak hatte keine Nase, sein Unterkiefer hing herab und entblößte zwei kräftige, vorstehende Stoßzähne. Die Augen lagen tief in ihren Höhlen und den stark vorspringenden knochigen Augenbrauen und brannten vor schrecklichem Hunger.

»Das ist nah genug, Grul«, warnte Belgarath das Wesen kühl.

»'Grat ist wieder in Gruls Bergen?« grollte das Ungeheuer. Seine Stimme war tief, hohl und furchteinflößend.

»Es kann reden?« keuchte Silk ungläubig.

»Warum folgst du uns, Grul?« wollte Belgarath wissen.

Das Wesen starrte sie an, seine Augen glühten. »Hunger, 'Grat«, knurrte es.

»Geh und jage etwas anderes«, befahl der alte Mann dem Wesen.

»Warum? Pferde hier – und Menschen. Viel zu essen.«
»Aber das Essen ist nicht leicht zu haben, Grul.«
Ein scheußliches Grinsen breitete sich auf Gruls Gesicht aus. »Erst kämpfen«, sagte er, »dann essen. Komm, 'Grat. Wieder kämpfen.«
»Grat?« fragte Silk.
»Er meint mich. Er kann meinen Namen nicht aussprechen – hängt mit der Form seiner Kiefer zusammen.«
»Du hast mit dem Ding *gekämpft?*« fragte Barak verblüfft.
Belgarath zuckte die Achseln. »Ich hatte ein Messer im Ärmel. Als er mich packte, habe ich ihn aufgeschlitzt. Man konnte es eigentlich nicht Kampf nennen.«
»Kämpfe!« brüllte Grul. Er hämmerte mit seinen Riesenfäusten auf seinen Brustharnisch. »Eisen«, sagte er. »Komm, 'Grat. Versuch noch mal, Grul aufzuschlitzen. Jetzt hat Grul Eisen – wie Menschen.« Er begann, mit seinem Morgenstern auf den gefrorenen Boden einzuschlagen. »Kämpfe«, bellte er. »Komm, 'Grat, kämpfe!«
»Wenn wir alle auf einmal auf ihn losgehen, vielleicht kann dann einer von uns einen guten Streich anbringen«, überlegte Barak und betrachtete das Ungetüm abschätzend.
»Euer Plan ist nicht gut, Graf«, widersprach Mandorallen ihm. »Wir würden mehrere Kameraden verlieren, wenn wir in Reichweite seiner Keule kommen.«
Barak sah ihn erstaunt an. »Vorsicht, Mandorallen?«
»Ich denke, es wäre das beste, würde *ich* dies allein unternehmen«, erklärte der Ritter würdevoll. »Meine Lanze ist die einzige Waffe, die dem Ungeheuer aus sicherem Abstand nach dem Leben trachten kann.«
»Das hat etwas für sich«, stimmte Hettar zu.
»Komm, kämpfe!« brüllte Grul, der immer noch den Boden mit seiner Keule bearbeitete.
»Also schön«, meinte Barak zweifelnd. »Dann lenken wir ihn ab – wir kommen von zwei Seiten, um seine Aufmerksamkeit auf uns zu lenken. Dann kann Mandorallen angreifen.«
»Was ist mit den Felsenwölfen?« fragte Garion.
»Laßt mich etwas versuchen«, bat Durnik. Er nahm einen

brennenden Stock und warf ihn in das nervöse Rudel, das sich um Grul geschart hatte. Die Felsenwölfe kreischten auf und wichen vor dem brennenden Holz zurück. »Sie haben also wirklich Angst vor Feuer«, sagte der Schmied. »Wenn wir alle gleichzeitig werfen und damit weitermachen, werden sie die Nerven verlieren und davonlaufen.«
Alle gingen zum Feuer.
»Jetzt!« rief Durnik laut. So schnell sie konnten, warfen sie die brennenden Stöcke. Die Felsenwölfe jaulten und sprangen herum, einige von ihnen stießen ein Schmerzensgeheul aus, als sie von den brennenden Wurfgeschossen versengt wurden.
Grul brüllte wütend auf, als das Rudel sich eng um seine Beine scharte, um dem plötzlichen Feueransturm zu entgehen. Eines der Tiere, außer sich vor Schmerz und Angst, versuchte ihn anzuspringen. Der Eldrak wich ihm mit überraschender Behendigkeit aus und schlug den Felsenwolf mit seiner Keule nieder.
»Er ist schneller, als ich dachte«, sagte Barak. »Wir müssen aufpassen.«
»Sie fliehen!« rief Durnik und warf ein weiteres brennendes Scheit. Unter dem Feuerhagel war das Rudel schließlich auseinandergestoben und floh heulend zurück in den Wald, den tobenden Grul allein am Ufer zurücklassend, der mit seinem Morgenstern auf die Erde eindrosch. »Komm, kämpfen!« brüllte er wieder. »Komm, kämpfen!« Er machte einen riesigen Schritt nach vorn und malträtierte den Boden weiter mit seiner Keule.
»Wir sollten besser jetzt tun, was immer wir auch vorhaben«, sagte Silk angespannt. »Er steigert sich in seine Wut hinein. In ein, zwei Minuten haben wir ihn hier auf der Sandbank.«
Mandorallen nickte grimmig und bestieg sein Schlachtroß.
»Wir anderen wollen ihn zuerst ablenken«, sagte Barak. Er zog sein Schwert. »Los jetzt!« rief er und sprang über das Feuer. Die anderen folgten ihm und formten einen Halbkreis um den riesigen Grul.
Garion griff nach seinem Schwert.
»Du nicht«, fuhr Tante Pol ihn an. »Du bleibst hier.«

»Aber –«

»Tu, was ich dir sage.«

Einer von Silks Dolchen, gekonnt aus einigen Metern Entfernung geworfen, bohrte sich in Gruls Schulter, während er auf Barak und Durnik losging. Grul heulte auf und drehte sich keulenschwingend um, um Silk und Hettar anzugreifen. Hettar wich aus, Silk tänzelte aus seiner Reichweite. Durnik begann das Ungeheuer mit faustgroßen Steinen vom Ufer zu traktieren. Wieder drehte Grul sich um. Er raste jetzt, und Schaum troff von seinen Stoßzähnen.

»Jetzt, Mandorallen!« rief Barak.

Mandorallen umklammerte seine Lanze und gab seinem Schlachtroß die Sporen. Das große, gepanzerte Tier schoß nach vorn, seine Hufe wirbelten den Kies auf, dann sprang es über das Feuer und landete vor dem überraschten Grul. Einen Augenblick lang sah es so aus, als könnte ihr Plan gelingen. Die tödliche Lanze mit der Stahlspitze war auf Gruls Brust gerichtet, und nichts schien sie davon abhalten zu können, in diesen großen Körper einzudringen. Aber wieder erstaunte sie die Schnelligkeit des Ungetüms. Er sprang zur Seite und zerschmetterte Mandorallens stabile Lanze mit seinem Morgenstern.

Mandorallens Schlachtroß konnte jedoch nicht mehr bremsen. Pferd und Reiter krachten mit betäubender Wucht in das riesige Wesen. Grul taumelte, ließ seine Keule fallen und ging zu Boden. Mandorallen und sein Pferd landeten auf ihm.

»Auf ihn!« brüllte Barak, und alles schoß vorwärts, um den gestürzten Grul mit Schwertern und Äxten anzugreifen. Aber das Ungeheuer hebelte seine Beine unter Mandorallens ausschlagendes Pferd und warf das große Tier ab. Eine riesige Faust traf Mandorallen in der Seite und schleuderte ihn ein paar Meter weit. Durnik drehte sich um sich selbst und fiel, niedergestreckt von einem mächtigen Schlag auf den Kopf, obwohl Barak, Hettar und Silk den gestürzten Grul umschwärmten.

»Vater!« rief Tante Pol mit klingender Stimme.

Plötzlich ertönte hinter Garion ein neues Geräusch – ein tiefes, dumpfes Schnauben, gefolgt von einem markerschütternden Geheul. Garion wirbelte herum und sah den riesigen Wolf, den er in den Wäldern Nordarendiens schon einmal gesehen hatte. Der alte graue Wolf sprang über das Feuer und mischte sich mit gefletschten Zähnen in den Kampf.

»Garion, ich brauche dich.« Tante Pol schüttelte die hysterische Prinzessin ab und zog ihr Amulett aus dem Mieder. »Nimm dein Medaillon heraus – rasch!«

Er verstand nicht warum, holte aber das Amulett unter seiner Tunika hervor. Tante Pol nahm seine rechte Hand und legte das Mal in der Handfläche auf die Eule in ihrem Amulett, gleichzeitig ergriff sie sein Medaillon mit der anderen Hand. »Konzentriere deinen Willen«, befahl sie.

»Worauf?«

»Auf die Medaillons. Rasch!«

Garion konzentrierte sich und fühlte, wie sich die Kraft in ihm gewaltig aufbaute, verstärkt durch den Kontakt mit Tante Pol und den beiden Medaillons. Polgara schloß die Augen und hob ihr Gesicht dem bleigrauen Himmel entgegen. *»Mutter!«* rief sie so laut, daß das Echo wie ein Trompetenstoß in dem engen Tal widerhallte.

Die Kraft strömte mit solcher Wucht aus Garion, daß er auf die Knie sank, unfähig zu stehen. Tante Pol sank neben ihm nieder.

Ce'Nedra keuchte.

Als Garion erschöpft den Kopf hob, sah er, daß jetzt *zwei* Wölfe den tobenden Grul angriffen – der alte graue Wolf, der, wie er wußte, sein Großvater war, und ein etwas kleinerer Wolf, der von einem seltsamen flackernden Licht umgeben schien.

Grul hatte sich auf die Füße gekämpft und schlug mit seinen Riesenfäusten um sich, während die Männer, die ihn angriffen, wirkungslos auf seinen gepanzerten Körper einschlugen. Barak wurde aus dem Kampf geworfen, fiel auf Hände und Knie und ließ angeschlagen den Kopf hängen. Grul fegte Hettar beiseite, die Augen erfüllt von einem zornigen Funkeln, als er mit erhobenen Armen auf Barak zusprang. Aber der blaue Wolf sprang ihm knurrend ins Gesicht. Grul schwang seine Faust und japste vor Erstaunen, als sie einfach durch den flackernden Körper glitt. Dann schrie er vor Schmerz und taumelte rücklings, als Belgarath, die alte Taktik des Wolfes anwendend, ihn von hinten mit aufgerissenem Maul ansprang. Der riesige Grul fiel heulend nach hinten und schlug polternd auf dem Boden auf.

»Haltet ihn unten!« schrie Barak, torkelte auf die Füße und stolperte herbei.

Die Wölfe verbissen sich in Gruls Gesicht, der mit den Armen um sich schlug, um sie abzuschütteln. Wieder und wieder fuhr seine Hand durch den Körper des seltsamen, blauflackernden Wolfes. Mandorallen stand mit gespreizten Beinen, das Breitschwert mit beiden Händen gefaßt, und hieb unentwegt auf das Ungeheuer ein. Seine Klinge riß tiefe Kerben in Gruls Brustharnisch. Barak schwang sein Schwert auf Gruls Kopf, daß Funken aus dem rostigen Stahlhelm sprangen. Hettar kauerte an einer Seite, die Augen gespannt, den Säbel bereit, und wartete. Grul hob einen Arm, um Baraks Hiebe abzuwehren. Hettar schoß vor und stieß seinen Säbel durch die ungeschützte Achselhöhle in die riesige Brust. Blutiger Schaum quoll aus Gruls Maul, als der Säbel in seine Lungen drang. Mühsam erhob er sich zu einer halbsitzenden Stellung.

Dann schoß Silk, der am Rande des Kampfgeschehens gelauert hatte, heran, setzte die Spitze seines Dolches in Gruls Nacken an und ließ einen schweren Stein auf den Dolchgriff niedersausen. Mit einem widerwärtigen Knirschen drang der Dolch durch Knochen und glitt aufwärts in das Gehirn des Monstrums. Grul zuckte krampfartig, dann brach er zusamamen.

In dem darauffolgenden Augenblick des Schweigens blickten sich die beiden Wölfe über den toten Grul hinweg an. Der blaue Wolf schien einmal zu zwinkern, und mit einer Stimme, die Garion deutlich hören konnte – einer Frauenstimme –, sagte er: »Wie bemerkenswert.« Mit einem Lächeln und einem letzten Aufflackern verschwand sie.

Der alte graue Wolf hob seine Schnauze und heulte. In seinem Heulen lag ein solch herzzerreißender Schmerz und Verlust, daß sich Garions Herz vor Mitgefühl zusammenkrampfte.

Dann schien der alte Wolf zu schimmern, und Belgarath kniete an seiner Stelle. Langsam kam er auf die Füße und ging zum Feuer, Tränen rannen ihm über die Wangen.

15

»Kommt er wieder in Ordnung?« fragte Barak besorgt und beugte sich über den noch bewußtlosen Durnik, während Tante Pol die große, blutrote Schwellung auf Durniks Gesicht untersuchte.

»Es ist nichts Ernstes«, beruhigte sie ihn mit müder Stimme.

Garion saß in der Nähe, den Kopf in die Hände gestützt. Er hatte das Gefühl, als sei alle Kraft aus ihm herausgewrungen worden.

Auf der anderen Seite des nun rasch ersterbenden Feuers mühten Silk und Hettar sich ab, Mandorallen den verbeulten Brustharnisch abzunehmen. Ein tiefer Knick, der diagonal von der Schulter bis zur Hüfte verlief, legte beredtes Zeugnis von der Wucht des Hiebes ab, der Mandorallen getroffen hatte, und setzte die Riemen unter den Schulterstücken derart unter Spannung, daß es fast unmöglich war, sie zu lösen.

»Ich glaube, wir müssen sie aufschneiden«, meinte Silk.

»Ich bitte Euch, Prinz Kheldar, vermeidet das, wenn möglich«, bat Mandorallen und stöhnte auf, als sie an den Bändern zerrten. »Diese Riemen sind entscheidend für den Sitz der Rüstung, und es ist sehr schwer, sie wieder richtig anzubringen.«

»Der eine hier kommt jetzt«, brummte Hettar, der mit einem kurzen Eisendraht in den Knoten herumstocherte. Plötzlich löste sich der Knoten, und der straffsitzende Harnisch sprang mit einem lauten, glockenähnlichen Klang wieder in seine Normalstellung.

»Jetzt hab ich ihn«, sagte Silk und löste flink den anderen Knoten.

Mandorallen seufzte vor Erleichterung, als sie ihm den verbeulten Harnisch abnahmen. Er holte tief Luft und stöhnte wieder.

»Tut es hier weh?« fragte Silk und legte die Hand leicht auf die rechte Brustseite des Ritters. Mandorallen stöhnte vor Schmerzen und wurde sichtlich blaß. »Du hast dir ein paar gebrochene Rippen eingehandelt, mein großartiger Freund«, sagte Silk. »Du läßt dich besser von Polgara untersuchen.«
»Gleich«, erwiderte Mandorallen. »Mein Pferd?«
»Es geht ihm gut«, antwortete Hettar. »Nur eine Zerrung im rechten Vorderbein.«
Mandorallen stieß einen Seufzer der Erleichterung aus. »Ich hatte schon um das Tier gefürchtet.«
»Vor einer Weile habe ich um uns alle gefürchtet«, sagte Silk. »Unser übergroßer Spielkamerad war fast mehr, als wir verkraften konnten.«
»Trotzdem war es ein guter Kampf«, fand Hettar.
Silk sah ihn angewidert an, dann warf er einen Blick auf die sich zusammenballenden Wolken am Himmel. Er sprang über die glühenden Überreste des Feuers und ging zu Belgarath, der allein auf den eisigen Fluß hinausstarrte. »Wir müssen von dieser Sandbank weg, Belgarath«, drängte er. »Das Wetter wird wieder schlechter, und wir werden alle erfrieren, wenn wir heute nacht mitten auf dem Fluß bleiben.«
»Laß mich in Ruhe«, brummte Belgarath knapp und starrte weiter auf den Fluß.
»Polgara?« wandte sich Silk an sie.
»Laß ihn eine Weile allein«, antwortete diese. »Geh und suche uns einen geschützten Platz, an dem wir ein paar Tage bleiben können.«
»Ich komme mit«, erbot sich Barak und humpelte zu seinem Pferd.
»Du bleibst hier«, bestimmte Tante Pol unnachgiebig. »Du knirschst wie ein Ochsenkarren mit gebrochener Achse. Ich muß dich erst anschauen, bevor du dir dauerhafte Schäden zuziehst.«
»Ich weiß einen Platz«, sagte Ce'Nedra, stand auf und legte ihren Mantel um die Schultern. »Als wir den Fluß herabkamen, habe ich ihn gesehen. Ich zeige ihn dir.«
Silk sah Tante Pol fragend an.

»Geh ruhig«, meinte sie. »Jetzt ist es sicher. Kein Geschöpf lebt mit einem Eldrak im gleichen Tal.«
Silk lachte. »Warum wohl nicht? Kommst du, Prinzessin?« Die beiden bestiegen ihre Pferde und ritten davon.
»Sollte Durnik nicht bald wieder aufwachen?« fragte Garion seine Tante.
»Laß ihn schlafen«, erwiderte sie müde. »Wenn er aufwacht, wird er sowieso rasende Kopfschmerzen haben.«
»Tante Pol?«
»Ja?«
»Wer war der andere Wolf?«
»Meine Mutter, Poledra.«
»Aber ist sie nicht...«
»Doch. Es war ihr Geist.«
»*Das* kannst du tun?« Garion war ganz benommen von dieser Vorstellung.
»Nicht allein«, sagte sie. »Du mußtest mir helfen.«
»Fühle ich mich deshalb so...« Selbst das Reden war anstrengend.
»Es hat alles an Kraft erfordert, was wir beide aufbringen konnten. Aber frag jetzt nicht so viel, Garion. Ich bin sehr müde und habe noch viel zu tun.«
»Ist Großvater in Ordnung?«
»Er wird schon wieder. Mandorallen, komm her.«
Der Ritter kam langsam auf sie zu, eine Hand gegen seine Rippen gepreßt.
»Du mußt dein Hemd ausziehen«, befahl sie. »Und setz dich bitte.«
Etwa eine halbe Stunde später kehrten Silk und die Prinzessin zurück. »Es ist ein guter Platz«, berichtete Silk. »Ein Dickicht in einer kleinen Schlucht. Wasser, Schutz – alles, was wir brauchen. Ist jemand ernsthaft verletzt?«
»Keine bleibenden Schäden.« Tante Pol trug eine Salbe auf Baraks behaartes Bein auf.
»Könntest du dich bitte etwas beeilen, Polgara?« bat Barak. »Es ist zu frisch, um halbangezogen hier herumzustehen.«
»Stell dich nicht so an«, erwiderte sie herzlos.

Die Schlucht, zu der Silk und Ce'Nedra sie führten, lag ein Stück flußaufwärts. Ein kleiner Gebirgsbach plätscherte an ihrem Grund dahin, und ein dichtes Kieferngehölz erstreckte sich praktisch über den ganzen Talboden. Sie ritten einige hundert Meter an dem Bach entlang, bis sie auf eine kleine Lichtung mitten in dem Gehölz kamen. Die Kiefern am Rand der Lichtung beugten sich unter dem Druck der weiter außen stehenden nach innen und berührten sich fast an den Spitzen.

»Ein guter Ort.« Hettar sah sich anerkennend um. »Wie hast du ihn gefunden?«

»Sie hat ihn gefunden.« Silk deutete mit dem Kopf zu Ce'Nedra hinüber.

»Die Bäume haben mir davon erzählt«, sagte sie. »Junge Kiefern plappern viel.« Sie betrachtete die Lichtung nachdenklich. »Wir machen unser Feuer dort drüben«, entschied sie und zeigte auf einen Fleck dicht am Bach auf der anderen Seite der Lichtung, »und schlagen unsere Zelte direkt dahinter auf, mit dem Rücken zu den Bäumen. Ihr müßt Steine um das Feuer herumlegen und davor alle Zweige von der Erde auflesen. Die Bäume fürchten sich vor dem Feuer. Sie haben versprochen, uns vor dem Wind zu schützen, aber nur, wenn wir unser Feuer streng unter Kontrolle halten. Ich habe ihnen mein Wort gegeben.«

Ein leises Lächeln huschte über Hettars Habichtgesicht.

»Ich meine es ernst«, rief sie und stampfte mit dem Fuß auf.

»Aber natürlich, Eure Hoheit«, sagte er mit einer Verbeugung.

Da die anderen angeschlagen waren, fiel die Arbeit des Zeltaufschlagens und Feuermachens weitgehend Silk und Hettar zu. Ce'Nedra kommandierte sie herum wie ein kleiner General und feuerte mit klarer, fester Stimme ihre Befehle ab. Es schien ihr einen Riesenspaß zu machen.

Garion war sicher, daß es nur eine optische Täuschung in dem nachlassenden Tageslicht war, aber die Bäume schienen geradezu zurückzuzucken, als das Feuer aufflammte, und sich erst nach einer Weile wieder vorzulehnen und ein schützendes Dach über die Lichtung zu bilden. Müde rappelte er sich auf und sammelte Aststücke und tote Zweige für das Feuer.

»Nun«, sagte Ce'Nedra, die sich geschäftig am Feuer zu schaffen machte, »was wollt ihr zum Abendessen?«
Sie blieben drei Tage auf ihrer geschützten kleinen Lichtung, während sich ihre drei angeschlagenen Krieger und Mandorallens Schlachtroß von der Begegnung mit dem Eldrak erholten. Die Erschöpfung, die Garion befallen hatte, nachdem Tante Pol all seine Kräfte beansprucht hatte, um den Geist ihrer Mutter zu rufen, war nach einer Nacht tiefen Schlafs weitgehend gewichen, wenn er auch am nächsten Tag noch müde war. Er fand Ce'Nedras übertriebenen Eifer am Feuer fast unerträglich und half deshalb Durnik dabei, den Knick aus Mandorallens Harnisch herauszuhämmern. Danach verbrachte er soviel Zeit wie möglich bei den Pferden. Er brachte dem Fohlen ein paar einfache Tricks bei, obwohl er vorher noch nie versucht hatte, ein Tier zu dressieren. Dem Fohlen schien es Spaß zu machen, aber lange konnte es sich nicht konzentrieren.
Durniks, Baraks und Mandorallens Unpäßlichkeit war leicht zu verstehen, aber Belgaraths tiefes Schweigen und seine scheinbare Gleichgültigkeit gegen alles um ihn herum beunruhigte Garion. Der alte Mann schien in eine melancholische Träumerei versunken, die er nicht abschütteln konnte oder wollte.
»Tante Pol«, sagte Garion schließlich am Nachmittag des dritten Tages, »du mußt etwas unternehmen. Wir wollen bald weiter, und Großvater muß uns den Weg zeigen. Aber ich glaube, im Augenblick ist es ihm völlig egal, wo er ist.«
Tante Pol sah zu dem alten Zauberer hinüber, der auf einem Stein hockte und ins Feuer starrte. »Du hast vermutlich recht. Komm mit.« Sie ging um das Feuer und blieb unmittelbar vor dem alten Mann stehen. »Also, Vater«, sagte sie entschieden, »ich denke, es reicht jetzt.«
»Geh weg, Polgara«, bat er.
»Nein, Vater. Es ist Zeit, daß du damit aufhörst und wieder in die wirkliche Welt zurückkehrst.«
»Das war grausam, Pol«, sagte er vorwurfsvoll.
»Mutter gegenüber? Ihr hat es nichts ausgemacht.«
»Woher weißt du das? Du hast sie nie gekannt. Sie starb, als ihr geboren wurdet.«

»Was hat das damit zu tun?« Sie sah ihn direkt an. »Vater«, erklärte sie nachdrücklich, »gerade du solltest wissen, daß Mutter sehr stark war. Sie war immer bei mir, und wir kennen uns sehr gut.«
Er sah sie zweifelnd an.
»Sie hat genauso ihre Rolle in dem Spiel wie wir anderen auch. Wenn du in all den Jahren besser aufgepaßt hättest, wüßtest du, daß sie nie wirklich fort war.«
Der alte Mann sah sich etwas schuldbewußt um.
»Genau«, sagte sie mit leichter Schärfe. »Du hättest dich wirklich benehmen sollen, weißt du. Mutter ist an sich sehr tolerant, aber ab und zu war sie sehr verärgert über dich.«
Belgarath hüstelte unbehaglich.
»Es ist jetzt Zeit, dich zusammenzureißen und dich nicht länger selbst zu bemitleiden«, fuhr sie fort.
Seine Augen wurden schmal. »Das ist nicht ganz gerecht, Pol.«
»Ich habe keine Zeit, gerecht zu sein, Vater.«
»Warum hast du ausgerechnet diese Form gewählt?« fragte er mit einer Spur von Bitterkeit.
»Das war ich nicht, Vater. Sie war es. Schließlich ist es ihre natürliche Gestalt.«
»Das hatte ich fast vergessen«, murmelte er.
»Sie nicht.«
Der alte Mann richtete sich auf. »Gibt es hier etwas zu essen?« fragte er plötzlich.
»Die Prinzessin hat gekocht«, warnte Garion. »Vielleicht überlegst du es dir lieber noch einmal, bevor du etwas ißt.«
Am nächsten Morgen brachen sie die Zelte ab, packten ihre Sachen zusammen und ritten unter einem noch immer unheildrohenden Himmel an dem kleinen Bach entlang zurück in das Flußtal.
»Hast du dich bei den Bäumen bedankt, Liebes?« fragte Tante Pol die Prinzessin.
»Ja, Dame Polgara«, antwortete Ce'Nedra. »Bevor wir aufbrachen.«
»Das ist recht.«

Das Wetter blieb in den nächsten beiden Tagen drohend, und schließlich brach der Schneesturm mit ganzer Heftigkeit los, als sie sich einem seltsam pyramidenförmigen Gipfel näherten. Die Hänge des Gipfels waren steil und ragten finster in dem Schneetreiben empor. Der Gipfel schien nicht die zufälligen Unregelmäßigkeiten der umgebenden Berge aufzuweisen. Obwohl er die Idee sogleich wieder verwarf, konnte Garion sich nicht ganz des Eindrucks erwehren, daß der merkwürdig winklige Gipfel künstlich war – und seine Form das Ergebnis einer bewußten Überlegung.

»Prolgu«, sagte Belgarath und deutete mit einer Hand auf den Gipfel, während er mit der anderen seinen Mantel festhielt.

»Wie kommen wir da hinauf?« fragte Silk und starrte auf die steilen Felswände, die in dem Schneetreiben nur undeutlich zu erkennen waren.

»Es gibt eine Straße«, antwortete der alte Mann. »Sie beginnt dort drüben.« Er wies mit der Hand auf einen großen Steinhaufen auf einer Seite des Gipfels.

»Wir sollten uns beeilen, Belgarath«, sagte Barak. »Dieser Sturm wird sich nicht so bald legen.«

Der alte Mann nickte und setzte sich an die Spitze. »Wenn wir oben sind«, rief er über die Schulter zurück gegen den Wind, »werden wir die Stadt vorfinden. Sie ist verlassen, aber vielleicht seht ihr einiges herumliegen – zerbrochene Krüge oder so etwas. Berührt nichts. Die Ulgos glauben seltsame Dinge über Prolgu. Für sie ist es ein heiliger Ort, und alles soll genauso bleiben, wie es ist.«

»Wie kommen wir in die Höhlen?« fragte Barak.

»Die Ulgos werden uns einlassen«, beruhigte ihn Belgarath. »Sie wissen bereits, daß wir da sind.«

Die Straße, die auf den Berg führte, war ein schmaler Sims, der sich steil um den Gipfel wand. Ehe sie den Aufstieg begannen, stiegen sie ab und führten die Pferde am Zügel. Der Wind zerrte an ihnen, und der eisige Schnee stach wie mit Nadeln in ihre Haut.

Sie brauchten zwei Stunden, um den Gipfel zu erreichen, und Garion war taub vor Kälte. Der Wind schien an ihm zu reißen

und ihn von dem Sims ziehen zu wollen, daher bemühte er sich, so dicht wie möglich an der Felswand zu bleiben.
Wo der Wind unterhalb des eigentlichen Gipfels schon brutal gewesen war, traf er sie auf der Spitze wie ein Keulenschlag. Während der Schnee um sie herumwirbelte und der Wind betäubend in ihren Ohren heulte, gingen sie durch einen breiten Torbogen in die verlassene Stadt Prolgu.
Säulen säumten die leeren Straßen, hohe, dicke Säulen, die in den Himmel ragten. Die meisten Gebäude waren von der Zeit und dem ewigen Wechsel der Jahreszeiten abgedeckt und wirkten seltsam fremdartig. An die strikte Rechteckigkeit der Gebäude in den anderen Städten gewöhnt, war Garion auf die gewölbten Oberflächen der Ulgo-Architektur nicht vorbereitet. Nichts schien wirklich eckig zu sein. Die Vielfalt der Winkel zerrte an seinen Nerven, sprach von einer subtilen Kultiviertheit. Die Bauweise wies eine Stabilität auf, die der Zeit trotzte; die verwitterten Steine lagen noch genauso aufeinander, wie sie vor Jahrtausenden aufgeschichtet worden waren.
Durnik schien die seltsamen Formen der Gebäude ebenfalls bemerkt zu haben, auf seinem Gesicht malte sich Mißbilligung ab. Als sie hinter einem Gebäude Schutz vor dem Wind suchten, um einen Moment von der Anstrengung des Aufstiegs auszuruhen, fuhr er mit einer Hand über die gewölbten Flächen. »Haben sie noch nie etwas von einer geraden Linie gehört?« murmelte er kritisch.
»Wo finden wir die Ulgos?« fragte Barak und zog sein Bärenfell dichter um sich.
»Es ist nicht mehr weit«, antwortete Belgarath.
Sie führten die Pferde wieder in den Schneesturm hinaus, an den fremdartigen, pyramidenähnlichen Häusern vorbei.
»Ein grausiger Ort«, sagte Mandorallen und sah sich um. »Wie lange schon ist er so verlassen?«
»Seit Torak die Welt gespalten hat«, antwortete Belgarath. »Seit über fünftausend Jahren.«
Sie marschierten durch eine breite Straße auf ein Gebäude zu, das etwas größer war als die anderen. Durch eine breite Tür, die von einem riesigen steinernen Sims überragt wurde, gingen sie

ins Innere. Drinnen war die Luft still und ruhig. Schneeflocken schwebten herab und überzogen den Boden mit einer weißen Puderschicht. Ein Dach gab es nicht mehr.
Ohne zu zögern ging Belgarath auf einen großen schwarzen Stein in der Mitte des Fußbodens zu. Der Stein war in Form einer Doppelpyramide geschnitten und ahmte so die Form der Häuser in der Stadt nach. Seine Oberfläche war eben und befand sich etwa einen Meter über dem Boden. »Berührt ihn nicht«, warnte Belgarath die anderen und ging vorsichtig um den Stein herum.
»Ist er gefährlich?« fragte Barak.
»Nein«, erwiderte Belgarath. »Er ist heilig. Die Ulgos wollen nicht, daß er entweiht wird. Sie glauben, daß UL selbst ihn hierher gelegt hat.« Er betrachtete den Fußboden angespannt und scharrte an verschiedenen Stellen die dünne Schneedecke weg. »Mal sehen.« Er runzelte die Stirn. Dann legte er eine einzelne Bodenplatte frei, deren Form ein wenig von der der anderen abwich. »Hier ist es«, brummte er. »Ich muß es immer suchen. Gib mir dein Schwert, Barak.«
Wortlos zog der große Mann sein Schwert und reichte es dem alten Zauberer.
Belgarath kniete neben der Bodenplatte nieder, die er freigelegt hatte, und stieß dreimal laut mit dem Griff von Baraks Schwert darauf. Von unten klang es hohl zurück.
Der alte Mann wartete einen Moment, dann wiederholte er sein Signal.
Nichts geschah.
Zum drittenmal schlug Wolf sein Zeichen auf die Steinplatte. In einer Ecke des großen Raumes wurde ein Knirschen hörbar.
»Was ist das?« fragte Silk nervös.
»Die Ulgos«, antwortete Belgarath, stand auf und klopfte sich die Knie ab. »Sie öffnen das Portal zu den Höhlen.«
Es knirschte weiter, und plötzlich schimmerte ein schwacher Lichtschein durch einen hauchfeinen Spalt, etwa sechs Meter von der Ostwand entfernt im Fußboden. Der Spalt wurde allmählich breiter, als ein riesiger Stein im Fußboden kippte und sacht hochklappte. Das Licht von unten war sehr schwach.

»Belgarath«, hallte eine tiefe Stimme von unterhalb des hochklappenden Steins. »*Yad ho, groja UL.*«

»*Yad ho, groja UL. Vad mar ishum*«, erwiderte Belgarath förmlich.

»*Veed mo*, Belgarath. *Mar ishum Ulgo*«, sagte der unsichtbare Sprecher.

»Was war das?« fragte Garion verblüfft.

»Er hat uns in die Höhlen eingeladen«, sagte der alte Mann. »Sollen wir nun hinuntergehen?«

16

Die Pferde scheuten vor dem steilen Gang, der in die Höhlen von Ulgo führte, und Hettar mußte sein Geschick und seine ganze Überredungskunst einsetzen, um sie vorwärts zu bewegen. Sie rollten nervös mit den Augen und setzten vorsichtig einen Huf vor den anderen, als es den gewundenen Gang hinabging. Bei dem lauten Krachen, mit dem sich der Eingangsstein wieder schloß, zuckten sie merklich zusammen. Das Fohlen hielt sich so dicht bei Garion, daß sie mehrfach gegeneinanderstießen. Garion konnte fühlen, wie das kleine Tier bei jedem Schritt zitterte.

Am Ende des Ganges standen zwei Gestalten, die ihre Gesichter mit einem dicken Tuch verschleiert hatten. Sie waren klein, kleiner noch als Silk, aber ihre Schultern wirkten unter den Gewändern sehr kräftig. Direkt hinter ihnen öffnete sich eine unregelmäßig geformte Kammer, die von einem schwachen, rötlichen Glühen nur notdürftig erhellt wurde.

Belgarath ging auf die beiden Gestalten zu, die sich respektvoll vor ihm verbeugten. Er sprach kurz mit ihnen, dann verbeugten sie sich erneut und deuteten auf einen Gang, der in die Höhle hinter ihnen mündete. Garion sah sich nervös nach der Quelle des schwachroten Lichts um, konnte sie aber unter den seltsamen, spitzen Felsen, die von der Decke herabwuchsen, nicht ausmachen.

»Wir gehen hier entlang«, sagte Belgarath und ging durch die

Kammer auf den Gang zu, den die beiden verschleierten Männer ihm gewiesen hatten.

»Warum haben sie ihre Gesichter bedeckt?« fragte Durnik leise.

»Um ihre Augen vor dem Licht zu schützen, das durch das Portal hineinfiel.«

»Aber in dem Gebäude war es doch fast dunkel«, wandte Durnik ein.

»Nicht für einen Ulgo.«

»Spricht einer von ihnen unsere Sprache?«

»Einige ja, aber nicht viele. Sie haben nicht viel Kontakt zur Außenwelt. Wir sollten uns beeilen. Der Gorim wartet auf uns.«

Der Gang, den sie nun betraten, war kurz und mündete dann abrupt in eine so riesige Höhle, daß Garion in dem schwachen Licht, das die Höhlen zu durchdringen schien, die gegenüberliegende Seite nicht erkennen konnte.

»Wie ausgedehnt sind diese Höhlen, Belgarath?« fragte Mandorallen ehrfürchtig ob der Größe der Höhle.

»Das weiß niemand genau. Die Ulgos erforschen diese Höhlen, seit sie hier herunterkamen, und sie finden immer noch neue.«

Der Gang, der von der Eingangshöhle hierher geführt hatte, endete hoch oben in der Höhlenwand, nur wenig unterhalb der gewölbten Decke. Ein breiter Sims verlief von der Öffnung abwärts an der glatten Wand entlang. Garion warf einen Blick über den Rand. Der Höhlenboden war in der Finsternis nicht zu sehen. Er schauderte und hielt sich anschließend dicht an der Wand.

Als sie hinabstiegen, stellten sie fest, daß es in der riesigen Höhle keineswegs still war. Aus anscheinend großer Entfernung erklang ein gemessener Sprechchor tiefer Männerstimmen, dessen Worte von den Echos der steinernen Wände verzerrt und endlos wiederholt wurden. Als die letzten Echos erstarben, begann der Chor zu singen, in einer fremdartigen Disharmonie einer klagenden Molltonart. Auf eine seltsame Art verbanden sich die disharmonischen Echos der ersten Phrasen mit den darauffolgenden und vermischten sich mit ihnen.

steigerten sich zu einem so erschütternden harmonischen Finale, daß Garions ganzes Sein davon ergriffen wurde. Als der Chor sein Lied beendete, verklangen die Echos nicht, und die Höhlen von Ulgo sangen so allein weiter und wiederholten den letzten Akkord immer wieder.
»Ich habe noch nie etwas Derartiges gehört«, flüsterte Ce'Nedra Tante Pol zu.
»Das haben auch nur wenige Menschen«, antwortete Polgara. »Obwohl der Klang in manchen Ebenen noch tagelang nachhallt.«
»Was haben sie denn gesungen?«
»Eine Hymne an UL. Sie wird jede Stunde wiederholt, und durch die Echos ertönt sie ständig. Diese Höhlen singen jetzt seit fünftausend Jahren dieselbe Hymne.«
Es gab auch andere Geräusche – das Kreischen von Metall auf Metall, Gesprächsfetzen in der gutturalen Sprache der Ulgos, und ein endloses Hämmern aus vielen Richtungen.
»Da unten müssen aber viele sein«, murmelte Barak und spähte über den Rand.
»Nicht unbedingt«, erklärte Belgarath. »In den Höhlen klingen Geräusche lange nach, und die Echos kommen immer wieder zurück.«
»Woher kommt das Licht?« fragte Durnik verwirrt. »Ich sehe überhaupt keine Fackeln.«
»Die Ulgos zerreiben zwei verschiedene Sorten Gestein zu Puder«, antwortete Belgarath. »Wenn man sie vermischt, glühen sie.«
»Es ist ein ziemlich schwaches Licht«, fand Durnik und sah auf den Boden der Höhle hinab.
»Ulgos benötigen nicht viel Licht.«
Sie brauchten fast eine halbe Stunde, um den Boden der Höhle zu erreichen. Die Wände dort waren in regelmäßigen Abständen von den Öffnungen der Gänge und Galerien durchbrochen, die von hier in den massiven Fels des Berges ausstrahlten. Im Vorübergehen warf Garion einen Blick in eine der Galerien. Sie war sehr lang und schwach erhellt. In ihren Wänden waren ebenfalls Öffnungen sichtbar. Einige Ulgos liefen dort umher.

In der Mitte der Höhle lag ein großer, stille See. Sie gingen an seinem Rand entlang hinter Belgarath her, der offenbar ganz genau wußte, wo er hinging. Von irgendwo weit draußen auf dem See hörte Garion ein Platschen – vielleicht ein Fisch, oder ein Stein, der sich von der Höhlendecke gelöst hatte und ins Wasser gefallen war. Das Echo des Gesanges, den sie gehört hatten, hallte immer noch nach, merkwürdig laut an einigen Stellen, sehr schwach an anderen.

Zwei Ulgos warteten an einer Gangmündung auf sie. Sie verbeugten sich und sprachen kurz mit Belgarath. Wie die beiden Männer, die sie in der Portalhöhle gesehen hatten, waren sie klein und breitschultrig. Ihr Haar war sehr hell und ihre Augen groß und fast schwarz.

»Wir lassen die Pferde hier«, sagte Belgarath. »Wir müssen einige Stufen hinunter. Diese Männer werden sich um sie kümmern.«

Dem noch immer zitternden Fohlen mußte mehrfach befohlen werden, bei seiner Mutter zu bleiben, bis es endlich verstand. Dann lief Garion, um die anderen einzuholen, die bereits in einem der Gänge verschwunden waren.

In den Wänden der Galerie befanden sich Türen, die zu kleinen Kämmerchen führten, von denen einige offensichtlich Werkstätten irgendwelcher Art waren und andere ebenso offensichtlich für den häuslichen Gebrauch bestimmt. Die Ulgos in den Kammern fuhren mit ihrer Arbeit fort, ohne sich um die vorbeigehende Gruppe zu kümmern. Einige der hellhaarigen Leute bearbeiteten Metall, andere Stein, Holz oder Stoff. Eine Ulgofrau stillte einen Säugling.

Hinter ihnen, in der ersten Höhle, die sie betreten hatten, begann der Gesang von neuem. Sie kamen an einem Raum vorbei, in dem sieben Ulgos im Kreis saßen und einstimmig etwas rezitierten.

»Sie verbringen sehr viel Zeit mit religiösen Übungen«, bemerkte Belgarath, als sie an der Kammer vorbei waren. »Die Religion ist der Mittelpunkt im Leben der Ulgos.«

»Klingt langweilig«, brummte Barak.

Am Ende der Galerie begann eine Flucht von steilen, ausgetretenen Treppenstufen. Sie kletterten hinab und hielten sich dabei an den Wänden fest.

»Hier unten kann man sich aber leicht verirren«, meinte Silk. »Ich habe jedes Gefühl dafür verloren, in welche Richtung wir gehen.«

»Abwärts«, sagte Hettar.

»Danke«, antwortete Silk trocken.

Am Fuß der Stufen betraten sie eine weitere Höhle, wieder hoch oben in der Wand. Aber dieses Mal spannte sich eine schlanke Brücke zur gegenüberliegenden Wand durch die Höhle. »Wir gehen hinüber«, sagte Belgarath und ging voran auf die Brücke.

Garion warf einen Blick hinunter und sah eine Vielzahl von schimmernden Öffnungen, die weit unten die Wände durchzogen. Die Öffnungen schienen nicht nach einem bestimmten System angelegt zu sein, sondern völlig zufällig. »Da müssen aber viele Leute leben«, meinte er zu seinem Großvater.

Der alte Mann nickte. »Es ist die Heimathöhle von einem der größeren Ulgostämme.«

Die ersten disharmonischen Phrasen der uralten Hymne an UL drangen zu ihnen herauf, als sie sich dem anderen Ende der Brücke näherten. »Ich wünschte, sie fänden mal eine andere Melodie«, murmelte Barak mürrisch. »Sie geht mir allmählich auf die Nerven.«

»Ich werde das dem ersten Ulgo sagen, den wir treffen«, erwiderte Silk leichthin. »Sie werden sicherlich gern für dich ihre Lieder ändern.«

»Sehr komisch«, brummte Barak.

»Wahrscheinlich ist ihnen noch nicht eingefallen, daß ihre Lieder nicht ungeteilte Bewunderung erregen könnten.«

»Würdest du bitte damit aufhören?« sagte Barak bissig.

»Sie singen es doch erst seit fünftausend Jahren.«

»Es reicht, Silk«, befahl Tante Pol dem kleinen Mann.

»Wie du befiehlst, edle Dame«, antwortete Silk spöttisch.

Auf der anderen Seite der Höhle betraten sie einen weiteren Gang und folgten ihm, bis er sich verzweigte. Belgarath führte sie ohne Zögern nach links.

»Bist du sicher?« fragte Silk. »Ich kann mich täuschen, aber mir scheint, wir gehen im Kreis.«
»Tun wir auch.«
»Du hast wohl nicht vor, das zu erklären?«
»Es gibt eine Höhle, die wir meiden wollten, deswegen mußten wir um sie herumgehen.«
»Warum mußten wir sie meiden?«
»Sie ist nicht stabil. Bei dem leisesten Geräusch könnte die Decke einstürzen.«
»Oh.«
»Das ist eine der Gefahren hier unten.«
»Du mußt wirklich nicht in Einzelheiten gehen, alter Freund«, sagte Silk und blickte nervös zur Decke empor. Der kleine Mann schien mehr als üblich zu reden, und Garions eigene Bedrückung bei dem Gedanken an all den Fels um sich herum verschaffte ihm Einblick in Silks Geist. Für manche Menschen war das Gefühl, eingeschlossen zu sein, unerträglich, und Silk gehörte offenbar zu ihnen. Garion sah ebenfalls nach oben und vermeinte regelrecht, das Gewicht des Berges auf sich lasten zu spüren. Silk war wohl nicht der einzige, dem der Gedanke an die vielen Tonnen Gestein unbehaglich war.
Die Galerie mündete in eine kleine Höhle, in deren Mitte ein glasklarer See lag. Der See war sehr seicht, sein Grund bestand aus weißem Kies. In der Mitte des Sees erhob sich eine Insel, und auf der Insel stand ein Gebäude von der gleichen fremdartigen Pyramidenform, wie sie die Gebäude in der verlassenen Stadt Prolgu gezeigt hatten. Das Haus war von einem Säulenring umgeben. Hier und dort waren aus weißem Stein Bänke geschnitten. Glühende Kristallkugeln hingen an langen Ketten von der Höhlendecke und verbreiteten ein zwar schwaches, doch merklich helleres Licht, als es sonst hier unten herrschte. Ein Damm aus weißem Marmor führte zu der Insel, und an seinem anderen Ende stand ein sehr alter Mann, der sie über das stille Wasser hinweg beobachtete.
»*Yad ho*, Belgarath«, rief der alte Mann. »*Groja UL.*«
»Gorim«, antwortete Belgarath mit einer förmlichen Verbeugung. »*Yad ho, groja UL.*«

Er ging über den marmornen Damm voraus zu der Insel, ergriff herzlich die Hand des alten Mannes und begrüßte ihn in der Sprache der Ulgos.
Der Gorim von Ulgo schien sehr alt zu sein. Er hatte langes weißes Haar und einen ebensolchen Bart. Sein Gewand war schneeweiß. Er strömte eine Art heiliger Gelassenheit aus, und Garion spürte sofort – ohne recht zu wissen wieso –, daß er sich einem heiligen Mann näherte, vielleicht dem heiligsten auf der Welt.
Der Gorim streckte Tante Pol liebevoll die Arme entgegen, und während sie den rituellen Gruß austauschten, umarmte sie ihn zärtlich. »*Yad ho, groja UL.*«
»Unsere Begleiter sprechen deine Sprache nicht, alter Freund«, wandte sich Belgarath an den Gorim. »Würde es dich kränken, wenn wir die Sprache der Außenwelt benutzten?«
»Ganz und gar nicht, Belgarath«, antwortete der Gorim. »UL sagt uns, daß es für die Menschen wichtig ist, einander zu verstehen. Kommt alle herein. Ich habe Speisen und Getränke für euch bereiten lassen.«
Als der alte Mann sie nacheinander betrachtete, stellte Garion fest, daß seine Augen, im Gegensatz zu denen der anderen Ulgos, von tiefblauer, fast violetter Farbe waren. Dann drehte sich der Gorim um und ging über einen Pfad voraus zu dem pyramidenförmigen Gebäude.
»Ist das Kind schon geboren?« fragte Belgarath den Gorim, während sie durch die schwere, steinerne Tür gingen.
Der Gorim seufzte. »Nein, Belgarath, noch nicht, und ich bin sehr müde. Wir hoffen bei jeder Geburt. Aber nach ein paar Tagen werden die Augen des Kindes immer dunkel. Es scheint so, als sei UL noch nicht mit mir fertig.«
»Gib die Hoffnung nicht auf, Gorim«, tröstete Belgarath seinen alten Freund. »Das Kind wird kommen – wenn UL es will.«
»So heißt es.« Wieder seufzte der Gorim. »Aber die Stämme werden unruhig, und es gibt Zwistigkeiten – und Schlimmeres – in einigen Ebenen. Die Eiferer werden kühner in ihren

Verleumdungen, seltsame Abweichungen und Kulte sind entstanden. Ulgo braucht einen neuen Gorim. Ich lebe schon dreihundert Jahre über meine Zeit.«

»UL hat noch Pläne mit dir«, antwortete Belgarath. »Seine Wege sind nicht die unseren, Gorim, und für ihn hat die Zeit eine andere Bedeutung.«

Der Raum, den sie nun betraten, war quadratisch, wies aber nichtsdestoweniger die leicht nach innen geneigten Wände auf, die für die Architektur der Ulgos typisch waren. Ein steinerner Tisch mit niedrigen umlaufenden Bänken erhob sich in der Mitte. Auf ihm standen mehrere Schalen mit Früchten. Einige schlanke Flaschen und runde Kristallbecher waren dazwischen verteilt. »Man hat mir berichtet, daß der Winter dieses Jahr früh Einzug in unsere Berge gehalten hat«, sagte der Gorim. »Die Getränke werden euch wärmen.«

»Es ist kalt draußen«, gab Belgarath ihm recht.

Sie ließen sich auf den Bänken nieder und begannen zu essen. Die Früchte waren kräftig im Geschmack und fremdartig, und die klare Flüssigkeit in den Flaschen war feurig und verströmte ein warmes Glühen im Magen.

»Verzeiht uns unsere Sitten, die euch fremd erscheinen mögen«, bat der Gorim, als er merkte, daß vor allem Barak und Hettar dem Mahl aus Früchten ohne rechte Begeisterung zusprachen. »Unser Volk hält streng auf Zeremonien. Wir beginnen unsere Mahlzeiten mit Früchten in Erinnerung an die Jahre, die wir auf Wanderschaft auf der Suche nach UL verbracht haben. Das Fleisch wird zur rechten Zeit gebracht werden.«

»Wo zieht ihr hier in den Höhlen diese Früchte heran, Heiliger?« fragte Silk höflich.

»Unsere Sammler verlassen die Höhlen des Nachts«, antwortete der Gorim. »Sie behaupten, die Früchte und das Getreide, das sie uns bringen, würden wild in den Bergen wachsen, aber ich glaube, sie haben schon vor langer Zeit mit der Kultivierung bestimmter fruchtbarer Täler begonnen. Sie versichern auch, daß das Fleisch, das sie heimbringen, von wilden Tieren stammt, die sie erlegten, aber auch hier habe ich meine Zwei-

fel.« Er lächelte sanft. »Ich lasse ihnen ihre kleinen Täuschungen.«
Vielleicht ermutigt von der Freundlichkeit des Gorims, stellte Durnik eine Frage, die ihn offensichtlich schon beschäftigte, seit sie die Ruinenstadt auf dem Gipfel betreten hatten. »Verzeiht mir, Euer Ehren«, begann er, »aber warum baut ihr alles krumm? Ich meine, nichts scheint eckig zu sein. Alles strebt nach innen.«
»Das hat mit Gewicht und Stütze zu tun, wenn ich es recht verstehe«, antwortete der Gorim. »Jede Wand fällt eigentlich nach innen, aber da sie alle gegeneinander fallen, kann sich keine auch nur einen Fingerbreit bewegen – und außerdem erinnert uns diese Form natürlich an die Zelte, in denen wir auf unseren Wanderungen gelebt haben.«
Durnik runzelte nachdenklich die Stirn und grübelte über diese fremdartige Idee nach.
»Habt ihr Aldurs Auge schon zurück, Belgarath?« fragte der Gorim ernst.
»Noch nicht«, erwiderte Belgarath. »Wir haben Zedar bis nach Nyissa verfolgt, aber als er über die Grenze nach Cthol Murgos wollte, wartete Ctuchik bereits auf ihn und nahm ihm das Auge ab. Ctuchik hat es jetzt – in Rak Cthol.«
»Und Zedar?«
»Er ist Ctuchiks Hinterhalt entgangen und hat Torak nach Cthol Mishrak in Mallorea gebracht, damit Ctuchik ihn nicht mit dem Auge aufwecken kann.«
»Dann müßt ihr nach Rak Cthol gehen.«
Belgarath nickte, während ein Ulgodiener mit einem riesigen, dampfenden Braten hereinkam, ihn auf dem Tisch absetzte und mit einer respektvollen Verbeugung den Raum wieder verließ.
»Hat jemand herausgefunden, wie Zedar es fertiggebracht hat, das Auge an sich zu nehmen, ohne von ihm zerstört zu werden?« fragte der Gorim.
»Er hat ein Kind dazu benutzt«, erklärte Tante Pol. »Einen Unschuldigen.«
»Ach.« Nachdenklich strich der Gorim sich seinen Bart. »Sagt

nicht die Prophezeiung ›Und das Kind wird dem Erwählten sein Geburtsrecht übergeben‹?«

»Ja«, antwortete Belgarath.

»Wo ist das Kind jetzt?«

»So weit wir wissen, bei Ctuchik in Rak Cthol.«

»Werdet ihr Rak Cthol dann also angreifen?«

»Ich würde eine Armee dazu brauchen, und es könnte Jahre dauern, die Festung einzunehmen. Ich glaube, es gibt noch eine andere Möglichkeit. Eine bestimmte Stelle im Darine-Kodex spricht von Höhlen unter Rak Cthol.«

»Ich kenne diese Stelle, Belgarath. Sie ist sehr unklar. Sie *könnte* das bedeuten, denke ich, aber möglicherweise auch nicht.«

»Sie wird vom Mrin-Kodex bestätigt«, verteidigte sich Belgarath.

»Der Mrin-Kodex ist noch schlimmer, alter Freund. Er ist so unverständlich, daß er nur noch Geschwätz ähnelt.«

»Ich glaube eher, wenn wir einmal zurückschauen werden – wenn alles vorüber ist –, werden wir feststellen, daß der Mrin-Kodex die genaueste Version von allen ist. Ich habe aber noch andere Beweise. Als die Murgos damals Rak Cthol erbauten, entkam ein sendarischer Sklave in den Westen. Er war zwar im Fieberwahn, als man ihn fand, aber er sprach immer wieder von Höhlen unter dem Berg, ehe er starb. Nicht nur das, Anheg von Cherek fand ein Exemplar des ›*Buches Torak*‹, das ein Fragment einer sehr alten Grolimprophezeiung enthält: ›Bewacht diesen Tempel gut, von oben und unten, denn Cthrag Yaska wird Feinde herbeirufen aus der Luft oder aus der Erde, die es wieder fortbringen werden‹.«

»Das ist ja noch unklarer«, wandte der Gorim ein.

»Das sind Grolimprophezeiungen meistens, aber es ist alles, was ich habe. Wenn ich den Glauben an Höhlen unter Rak Cthol verwerfe, muß ich die Stadt belagern. Dafür wären alle Armeen des Westens nötig, und dann würde Ctuchik die Angarakheere aufbieten, um die Stadt zu verteidigen. Alles deutet auf eine letzte Schlacht hin, aber ich würde Zeit und Ort gern selbst festlegen – und die Öde von Murgos gehört bestimmt *nicht* zu den Orten, die ich wählen würde.«

»Du hast etwas vor, nicht wahr?«
Belgarath nickte. »Ich brauche einen Seher, der mir hilft, die Höhlen unter Rak Cthol zu finden, einen, der mich durch sie hinauf in die Stadt führt.«
Der Gorim schüttelte den Kopf. »Du verlangst das Unmögliche, Belgarath. Alle Seher sind Eiferer – Mystiker. Du wirst nie einen von ihnen überreden können, die heiligen Höhlen von Prolgu zu verlassen – schon gar nicht jetzt. Ganz Ulgo erwartet die Ankunft des Kindes, und jeder Eiferer ist fest davon überzeugt, daß er es sein wird, der das Kind entdeckt und es den Stämmen präsentiert. Ich könnte nicht einmal einem von ihnen befehlen, euch zu begleiten. Die Seher gelten als heilig, und ich habe keine Befehlsgewalt über sie.«
»Es ist vielleicht nicht so schwer, wie du glaubst, Gorim.« Belgarath schob seinen Teller zurück und griff nach seinem Becher. »Der Seher, den ich brauche, heißt Relg.«
»Relg? Er ist der Schlimmste von allen. Er hat eine Anhängerschar um sich versammelt und predigt ihnen stündlich in einer der äußeren Galerien. Er hält sich für den im Augenblick wichtigsten Mann in Ulgo. Du wirst ihn nie dazu bringen, die Höhlen zu verlassen.«
»Ich glaube auch nicht, daß es nötig sein wird, Gorim. Ich habe Relg nicht ausgesucht. Diese Entscheidung wurde lange vor meiner Geburt gefällt. Schicke einfach nach ihm.«
»Ich werde nach ihm schicken, wenn du es wünscht«, meinte der Gorim zweifelnd. »Aber ich glaube nicht, daß er kommen wird.«
»Er wird kommen«, sagte Tante Pol zuversichtlich. »Er wird nicht wissen, warum, aber er wird kommen. Und er *wird* mit uns gehen, Gorim. Dieselbe Macht, die uns alle zusammengebracht hat, wird ihn dazu bringen. Er hat bei diesem Unternehmen keine Wahl, genausowenig wie wir anderen.«

17

Es war alles sehr ermüdend. Der Schnee und die Kälte auf der Reise nach Prolgu hatten Ce'Nedra fast betäubt, und die Wärme hier in den Höhlen machte sie schläfrig. Das endlose, unverständliche Gerede Belgaraths und des seltsamen, zerbrechlich wirkenden alten Gorim schien sie in den Schlaf zu wiegen. Der fremdartige Gesang begann wieder irgendwo von neuem und echote ohne Ende durch die Höhlen. Auch das lullte sie ein. Nur das lebenslange Training der Etikette bei Hofe hielt sie noch aufrecht.

Die Reise war für Ce'Nedra entsetzlich gewesen. In Tol Honeth war es immer warm, und sie war an das kalte Wetter nicht gewöhnt. Sie hatte das Gefühl, als wollten ihre Füße niemals wieder warm werden. Ebenso hatte sie eine Welt entdecken müssen, die voller Schrecken, Gefahren und unliebsamen Überraschungen war. Im Kaiserpalast in Tol Honeth hatte die Macht ihres Vaters, des Kaisers, sie vor jeglicher Gefahr geschützt, aber jetzt war sie verwundbar geworden. In einem der seltenen Momente völliger Aufrichtigkeit mit sich selbst mußte sie sich eingestehen, daß ein Großteil ihrer Bosheit gegenüber Garion aus ihrem eigenen unangenehmen Gefühl der Unsicherheit heraus entstanden war. Ihre sichere, abgeschirmte kleine Welt war ihr entrissen worden, und sie fühlte sich ausgesetzt, ungeschützt und verängstigt.

Armer Garion, dachte sie. Er war so ein netter Junge. Sie schämte sich etwas, weil er der einzige gewesen war, der unter ihrer schlechten Laune zu leiden gehabt hatte. Sie schwor sich, daß sie bald, sehr bald schon, zu ihm gehen und ihm alles erklären würde. Er war vernünftig und würde sie sicher verstehen. Und das würde auch sogleich die Kluft wieder schließen, die sich zwischen ihnen aufgetan hatte.

Als er ihren Blick auf sich ruhen fühlte, sah er einmal zu ihr herüber und wandte dann mit scheinbarer Gleichgültigkeit die Augen wieder ab. Ce'Nedras Augen wurden hart wie Achate. Wie konnte er es wagen? Sie machte sich im Geiste eine Notiz und fügte sie der Liste seiner vielen Fehler hinzu.

Der zarte alte Gorim hatte einen der seltsamen, schweigenden Ulgos ausgeschickt, um den Mann zu holen, von dem er und Belgarath und Polgara gesprochen hatten. Jetzt wandten sie sich allgemeineren Themen zu. »Konntet ihr unbehelligt durch das Gebirge reisen?« fragte der Gorim.
»Wir hatten ein paar Begegnungen«, antwortete Barak, der große, rotbärtige Graf von Trellheim stark untertreibend, wie Ce'Nedra fand.
»Aber UL sei Dank seid ihr alle gesund«, erklärte der Gorim fromm. »Welche Ungeheuer sind zu dieser Jahreszeit denn noch unterwegs? Ich bin schon seit Jahren nicht mehr aus den Höhlen herausgekommen, aber wenn ich mich recht erinnere, suchen die meisten bei den ersten Schneefällen ihre Winterlager auf.«
»Wir sind auf Hrulgin gestoßen, Heiliger«, berichtete Baron Mandorallen, »und auf einige Algroths. Und dann war da noch ein Eldrak.«
»Der Eldrak war ziemlich zäh«, meinte Silk trocken.
»Verständlich. Glücklicherweise gibt es nicht sehr viele Eldraks. Es sind schreckliche Ungeheuer.«
»Das mußten wir auch feststellen«, sagte Silk.
»Welcher war es?«
»Grul«, antwortete Belgarath. »Er und ich, wir waren uns schon einmal begegnet, und er schien einen Groll gegen mich zu hegen. Es tut mir leid, Gorim, aber wir mußten ihn töten. Wir hatten keine Wahl.«
»Oh«, sagte der Gorim schmerzlich berührt. »Der arme Grul.«
»Ich persönlich vermisse ihn nicht besonders«, sagte Barak. »Ich will nicht vorlaut sein, Heiliger, aber glaubst du nicht, es wäre gut, einige der schlimmeren Ungeheuer hier in den Bergen auszurotten?«
»Sie sind Kinder ULs, genau wie wir«, erklärte der Gorim.
»Aber wenn sie nicht dort draußen wären, könntet ihr wieder in die Welt zurückkehren«, gab Barak zu bedenken.
Der Gorim lächelte. »Nein«, sagte er freundlich, »die Ulgos werden die Höhlen nie mehr verlassen. Wir leben hier seit fünf Jahrtausenden, und mit den Jahren haben wir uns verändert.

Unsere Augen können das Sonnenlicht nicht mehr ertragen. Die Ungeheuer dort oben können uns nicht erreichen, und sie halten Fremde von Ulgo fern. Wir stehen nicht auf gutem Fuße mit Fremden, und so ist es wahrscheinlich am besten.«

Der Gorim saß an dem schmalen steinernen Tisch Ce'Nedra unmittelbar gegenüber. Das Thema Ungeheuer schmerzte ihn offenbar, und er betrachtete sie einen Moment, nahm dann ihr kleines Gesicht in seine Hand und hob es dem schwachen Licht entgegen, das die von der Decke hängende Kristallkugel spendete. »Nicht alle der fremdartigen Wesen sind Ungeheuer«, sagte er. Seine großen violetten Augen blickten ruhig und sehr weise. »Seht doch nur die Schönheit dieser Dryade.«

Ce'Nedra war überrascht. Nicht wegen seiner Berührung, denn ältere Leute hatten auf ihr blumengleiches Gesicht so reagiert, seit sie denken konnte, sondern weil der uralte Mann sofort erkannt hatte, daß sie nicht ganz menschlich war.

»Sag mir, Kind«, bat der Gorim, »verehren die Dryaden UL noch?«

Auf diese Frage war sie überhaupt nicht vorbereitet. »Es tut mir leid, Heiliger«, stammelte sie. »Aber bis vor kurzem hatte ich noch nie von dem Gott UL gehört. Aus irgendeinem Grund wissen meine Lehrer sehr wenig über dein Volk und deinen Gott.«

»Die Prinzessin wurde als Tolnedranerin erzogen«, erklärte Polgara. »Sie ist eine Borunerin – du hast sicher von der Verbindung zwischen diesem Haus und den Dryaden gehört. Als Tolnedranerin besteht ihre religiöse Bindung an Nedra.«

»Ein guter Gott«, sagte der Gorim. »Für meinen Geschmack vielleicht etwas zu verstaubt, aber sicherlich angemessen. Aber die Dryaden selbst – kennen sie ihren Gott noch?«

Belgarath hüstelte entschuldigend. »Ich fürchte nein, Gorim. Sie sind davongetrieben, und die Zeit hat ausgelöscht, was sie von UL wußten. Es sind eben flatterhafte Wesen, die sich nicht viel um religiöse Verpflichtungen kümmern.«

Der Gorim sah traurig aus. »Welchen Gott verehren sie jetzt?«

»Eigentlich keinen«, gestand Belgarath. »Sie haben ein paar heilige Haine – ein oder zwei Figuren, die aus dem Holz eines besonders verehrten Baumes geschnitzt wurden. Das ist alles. Sie haben keine klar formulierte Theologie.«

Ce'Nedra fand diese Diskussion leicht beleidigend. Die Gelegenheit ergreifend, reckte sie sich etwas und lächelte den alten Gorim gewinnend an. Sie wußte genau, wie sie einen älteren Mann umgarnen konnte. Sie hatte das jahrelang an ihrem Vater geübt. »Ich sehe die Lücken in meiner Erziehung nur zu deutlich, Heiliger«, log sie. »Da der geheimnisvolle UL der angestammte Gott der Dryaden ist, sollte ich von ihm wissen. Ich hoffe, daß ich vielleicht schon bald mehr über ihn erfahren werde. Vielleicht kann ich – unwürdig wie ich bin – das Werkzeug sein, die Treue meiner Schwestern ihrem rechtmäßigen Gott gegenüber zu erneuern.«

Es war eine kunstvolle kleine Rede, und alles in allem war Ce'Nedra recht stolz auf sich. Zu ihrer Überraschung gab sich der Gorim jedoch nicht mit der vagen Äußerung ihres Interesses zufrieden. »Sag deinen Schwestern, daß der Kern unseres Glaubens im *Buch von Ulgo* enthalten ist«, bat er sie ernst.

»›*Das Buch von Ulgo*‹«, wiederholte sie. »Das muß ich mir merken. Sobald ich nach Tol Honeth zurückkehre, werde ich eine Kopie davon beschaffen und sie persönlich zum Wald der Dryaden bringen.« Das mußte ihn nun, wie sie glaubte, zufriedenstellen.

»Ich fürchte, daß Kopien, wie man sie in Tol Honeth bekommen kann, sehr entstellt sind«, meinte der Gorim. »Fremde verstehen die Sprache meines Volkes nur schwer, und Übersetzungen sind sehr schwierig.« Ce'Nedra spürte deutlich, daß der liebe alte Mann in dieser Sache etwas lästig werden würde. »Und wie es so oft der Fall bei Schriften ist«, fuhr er fort, »ist unser Heiliges Buch mit unserer Geschichte verwoben. Die Weisheit der Götter ist so groß, daß ihre Unterweisungen in Geschichten verborgen ist. Unser Geist erfreut sich an ihnen, und so werden uns die Botschaften der Götter nahegebracht. Ganz unbewußt lernen wir, während wir uns erfreuen.«

Ce'Nedra war mit dieser Theorie vertraut. Meister Jeebers, ihr Lehrer, hatte sie mit dieser Unterrichtsmethode entsetzlich gelangweilt. Sie überlegte verzweifelt, wie sie elegant auf ein anderes Thema überwechseln konnte.

»Unsere Geschichte ist sehr alt«, sprach der Gorim unerbittlich weiter. »Möchtest du sie gerne hören?«

Geschlagen von ihrer eigenen Schläue, konnte Ce'Nedra nur noch hilflos nicken.

Und der Gorim begann: »Am Anfang der Tage, als die Welt von den Göttern aus der Dunkelheit geschaffen wurde, lebte in der Stille der Himmel ein Geist, der nur als UL bekanant war.«

Mit größtem Entsetzen erkannte Ce'Nedra, daß er beabsichtigte, ihr das *ganze* Buch zu erzählen. Nach einigen Momenten des Verdrusses spürte sie jedoch, wie seltsam fesselnd die Geschichte war. Mehr als sie je zugegeben hätte, bewegte es sie, wie der erste Gorim den gleichgültigen Geist angerufen hatte, der ihm in Prolgu erschienen war. Was für ein Mann wagte es, einen Gott anzuklagen?

Während sie lauschte, nahm sie aus dem Augenwinkel heraus ein schwaches Flackern wahr. Sie blickte dorthin und sah ein sanftes Glühen tief in dem massiven Fels, der die eine Wand des Raumes bildete. Das Glühen unterschied sich deutlich von dem schwachen Licht, das die Kristallkugeln verbreiteten.

»Dann wurde das Herz Gorims froh«, fuhr der alte Mann fort, »und er nannte den Ort, an dem alles geschehen war, Prolgu, das heißt heiliger Ort. Und er verließ Prolgu und kehrte nach –«

»*Ya! Garach tek,* Gorim!« Die Worte wurden in der gutturalen Spache der Ulgos hervorgestoßen, und die rauhe Stimme, die sprach, war wuterfüllt.

Ce'Nedra schoß herum, um den Eindringling sehen zu können. Wie alle Ulgos war er klein, aber seine Arme und Schultern waren derart stark entwickelt, daß er fast deformiert wirkte. Sein farbloses Haar war verfilzt und ungepflegt. Er trug einen Lederkittel mit Kapuze, der vor Schlamm schmierig und fleckig war, und seine großen schwarzen Augen glühten vor fanatischem Eifer. Hinter ihm drängte sich wenigstens ein Dutzend weiterer Ulgos, deren Gesichter Schrecken und

berechtigte Kränkung widerspiegelten. Der Fanatiker im Lederkittel ließ einen Strom von Schmähungen auf den Gorim niederregnen.
Das Gesicht des Gorim wurde streng, aber er ertrug die Beschimpfung des glutäugigen Mannes geduldig. Schließlich, als der Eiferer Luft holen mußte, wandte sich der zerbrechlich wirkende alte Mann an Belgarath. »Das ist Relg«, sagte er entschuldigend. »Verstehst du, was ich gemeint habe? Es ist unmöglich, ihn von irgend etwas überzeugen zu wollen.«
»Wie sollte er uns von Nutzen sein?« fragte Barak, den das Benehmen des Neuankömmlings offenbar reizte. »Er spricht nicht einmal eine zivilisierte Sprache.«
Relg starrte ihn an. »Ich spreche eure Sprache, Fremder«, sagte er mit unverhohlener Verachtung, »aber ich will diese heiligen Höhlen nicht mit ungeweihten Lauten besudeln.« Er wandte sich wieder an den Gorim. »Wer hat dir das Recht gegeben, vor ungläubigen Fremden die Worte des Heiligen Buches zu sprechen?« fragte er.
Die Augen des freundlichen Gorims wurden kalt. »Das reicht jetzt, Relg«, sagte er bestimmt. »Was für Schwachheiten du in weit entfernten Galerien denjenigen vorplapperst, die dumm genug sind, dir zuzuhören, ist deine Sache, aber was du in meinem Haus zu mir sagst, ist meine. Ich bin immer noch Gorim von Ulgo, wie du auch darüber denken magst, und ich habe es nicht nötig, dir zu antworten.« Er sah an Relg vorbei in die schockierten Gesichter der Anhänger dieses Eiferers. »Das ist keine allgemeine Audienz«, gab er Relg zu verstehen. »Du bist hergerufen worden, sie nicht. Schick sie weg.«
»Sie kommen, um sicherzugehen, daß du mir kein Leid zufügst«, antwortete Relg steif. »Ich habe die Wahrheit über dich verkündet, und mächtige Männer fürchten die Wahrheit.«
»Relg«, sagte der Gorim eisig, »ich glaube nicht, daß du auch nur im entferntesten begreifst, wie wenig es mich interessiert, was du über mich sagst. Jetzt schick sie weg, oder soll ich das für dich tun?«
»Sie würden dir nicht gehorchen«, schnaubte Relg. »*Ich* bin ihr Führer.«

Die Augen des Gorims wurden zu schmalen Schlitzen. Er erhob sich. Dann sprach er in der Ulgosprache direkt zu Relgs Anhängern. Ce'Nedra konnte die Worte nicht verstehen, aber das war auch nicht nötig. Sie erkannte sofort den Ton der Autorität, und es überraschte sie ein wenig, wie absolut der heilige alte Gorim sie einsetzte. Nicht einmal ihr Vater hätte in solchem Ton gesprochen.

Die zusammengedrängten Männer hinter Relg sahen sich nervös an und zogen sich zurück. Ihre Gesichter verrieten Furcht. Der Gorim bellte einen letzten Befehl, und Relgs Jünger drehten sich um und flohen.

Relg sah ihnen finster nach und schien einen Moment zu überlegen, ob er sie zurückrufen sollte, entschied sich aber doch dagegen. »Du gehst zu weit, Gorim«, warf er ihm vor. »*Diese* Autorität darf nicht für weltliche Zwecke benutzt werden.«

»Diese Autorität ist die *meine*, Relg«, erwiderte Gorim, »und es ist an mir, zu entscheiden, wann sie eingesetzt wird. Du hast dich entschlossen, dich mir auf theologischer Ebene entgegenzustellen, deswegen mußte ich deine Anhänger – und dich – daran erinnern, wer ich bin.«

»Warum hast du mich gerufen?« fragte Relg. »Die Gegenwart dieser Unheiligen besudelt meine Reinheit.«

»Ich brauche deine Dienste, Relg«, erklärte ihm der Gorim. »Diese Fremden wollen sich gegen unseren Alten Feind wenden, dem Verfluchten von allen. Das Schicksal der Welt liegt in ihren Händen, und sie brauchen deine Hilfe.«

»Was geht mich die Welt an?« Relgs Stimme war voller Verachtung. »Was geht mich der entstellte Torak an? Ich bin sicher in ULs Hand. Er braucht mich hier, und ich werde nicht die heiligen Höhlen verlassen und in der unzüchtigen Gesellschaft von Fremden und Ungeheuern Besudelung riskieren.«

»Die ganze Welt wird besudelt werden, wenn Torak die Herrschaft gewinnt«, sagte Belgarath mit Nachdruck, »und wenn wir versagen, *wird* Torak König der Welt werden.«

»Er wird nicht in Ulgo herrschen«, gab Relg zurück.

»Wie wenig du ihn kennst«, murmelte Polgara.

»Ich werde diese Höhlen nicht verlassen«, beharrte Relg. »Die

Ankunft des Kindes ist nahe, und ich bin auserwählt, es dem Volk von Ulgo zu bringen, es zu führen und zu unterweisen, bis es bereit ist, Gorim zu sein.«

»Wie interessant«, bemerkte der Gorim trocken. »Und wer hat dir von deiner Auserwählung erzählt?«

»UL hat zu mir gesprochen«, erklärte Relg.

»Seltsam. Die Höhlen antworten gemeinsam auf die Stimme ULs. Ganz Ulgo hätte seine Stimme gehört.«

»Er sprach in meinem Herzen zu mir«, sagte Relg rasch.

»Wie merkwürdig von ihm«, antwortete der Gorim sanft.

»Das alles spielt keine Rolle«, sagte Belgarath brüsk. »Mir wäre lieber, du würdest freiwillig mit uns kommen, Relg. Aber freiwillig oder nicht, mit uns kommen wirst du. Eine größere Macht als wir befiehlt es. Du kannst dich wehren und streiten, soviel du willst, aber wenn wir gehen, wirst du mit uns gehen.«

Relg spie aus. »Niemals! Ich werde hierbleiben in den Diensten ULs und des Kindes, das einst Gorim von Ulgo wird. Und wenn ihr versucht, mich zu zwingen, werden meine Anhänger das nicht zulassen.«

»Warum brauchen wir diesen blinden Maulwurf eigentlich, Belgarath?« fragte Barak. »Er wird uns nur hinderlich sein. Ich habe festgestellt, daß Männer, die ihr ganzes Leben damit verbringen, sich selbst zu beweihräuchern, meist sehr schlechte Kameraden sind, und was kann der schon, was ich nicht kann?«

Relg betrachtete den rotbärtigen Riesen geringschätzig. »Große Männer mit großen Mundwerken haben selten auch große Hirne«, sagte er. »Sieh genau hin, du behaartes Wesen.« Er ging zu einer der Wände hinüber. »Kannst du das?« fragte er und schob seine Hand langsam in den Felsen, als ob es Wasser wäre.

Silk stieß vor Verwunderung einen Pfiff aus und ging rasch zu dem Fanatiker hinüber. Als Relg seine Hand wieder aus dem Felsen zog, legte Silk seine Hand auf genau die gleiche Stelle. »Wie hast du das gemacht?« fragte er und betastete das Gestein.

Relg lachte rauh und drehte sich um.

»Das ist die Fähigkeit, die ihn für uns nützlich macht, Silk«, erklärte Belgarath. »Relg ist ein Seher. Er findet Höhlen, und wir müssen die Höhlen unter Rak Cthol finden. Wenn nötig, kann Relg durch massiven Felsen gehen, um sie zu suchen.«
»Wie kann das sein?« fragte Silk, der immer noch die Stelle anstarrte, in die Relgs Hand eingedrungen war.
»Es hat mit der Natur von Materie zu tun«, antwortete der Zauberer. »Was wir als fest ansehen, ist in Wirklichkeit nicht so undurchdringlich.«
»Entweder ist etwas fest oder nicht«, wandte Silk verblüfft ein.
»Festigkeit ist eine Illusion«, sagte Belgarath. »Relg kann die Teilchen, aus denen er besteht, durch die Spalten, die zwischen den Teilchen, die das Gestein bilden, hindurchgleiten lassen.«
»Kannst *du* das auch?« fragte Silk skeptisch.
Belgarath zuckte die Achseln. »Ich weiß nicht. Ich hatte nie Gelegenheit, es auszuprobieren. Jedenfalls kann Relg Höhlen riechen, und er geht geradewegs auf sie zu. Er weiß wahrscheinlich selbst nicht, wie er es macht.«
»Meine Heiligkeit leitet mich«, erklärte Relg arrogant.
»Vielleicht«, räumte der Zauberer mit einem toleranten Lächeln ein.
»Die Heiligkeit der Höhlen zieht mich an, denn alle heiligen Dinge ziehen mich an«, schnaubte Relg, »und die Höhlen zu verlassen, würde für mich bedeuten, der Heiligkeit den Rücken zu kehren und entweiht zu werden.«
»Wir werden sehen«, meinte Belgarath.
Das Glühen in der Felswand, das Ce'Nedra vorher schon bemerkt hatte, begann zu schimmern und zu pulsieren, und die Prinzessin glaubte, undeutlich eine Gestalt in dem Felsen erkennen zu können. Dann, als ob die Felsen lediglich Luft wären, wurde die Gestalt klarer und trat in den Raum. Im ersten Moment sah sie aus wie ein alter Mann, mit einem Bart und einem Gewand wie der Gorim, wenn er auch viel kräftiger wirkte. Dann wurde Ce'Nedra von dem überwältigenden Gefühl ergriffen, daß es sich hier um mehr handelte als um einen Menschen. Mit einem ehrfürchtigen Schaudern erkannte sie, daß sie sich in der Gegenwart eines Gottes befand.

Relg starrte die bärtige Gestalt mit offenem Mund an und begann heftig zu zittern. Mit einem erstickten Schrei warf er sich zu Boden.
Die Gestalt blickte gelassen auf den Fanatiker hinab. »Erhebe dich, Relg«, sagte sie mit sanfter Stimme, die alle Echos der Ewigkeit in sich zu tragen schien. Die Höhlen draußen hallten wider von dem Klang dieser Stimme. »Erhebe dich, Relg, und diene deinem Gott.«

18

Ce'Nedra hatte eine ausgezeichnete Erziehung genossen. Sie war so gründlich eingeübt, daß sie instinktiv alle Feinheiten der Etikette kannte und alle Förmlichkeiten, die in Gegenwart eines Kaisers oder Königs zu beachten waren, aber die körperliche Anwesenheit eines Gottes flößte ihr Ehrfurcht und sogar Angst ein. Sie fand sich ungeschickt, ja linkisch wie ein unwissendes Bauernmädchen. Sie zitterte und wußte zum erstenmal in ihrem Leben nicht im geringsten, was sie tun sollte.
UL blickte immer noch in Relgs ehrfurchtergriffenes Gesicht. »Dein Geist hat verwirrt, was ich dir sagte, mein Sohn«, sprach der Gott ernst. »Du hast meine Worte verdreht, so daß sie deinen Wünschen entsprachen und nicht meinem Willen.«
Relg schreckte zurück, seine Augen waren angsterfüllt.
»Ich habe dir gesagt, das Kind, das einst Gorim sein wird, würde durch dich zu Ulgo kommen«, fuhr UL fort, »und du solltest bereit sein, es zu pflegen und aufzuziehen. Habe ich dir auch befohlen, dich selbst dadurch zu erhöhen?«
Relg begann heftig zu beben.
»Habe ich dir befohlen, Aufwiegelung zu predigen? Oder Ulgo aufzubringen gegen den Gorim, den ich erwählt habe, das Volk zu führen?«
Relg brach zusammen. »Verzeih mir, o mein Gott«, flehte er und warf sich wieder zu Boden.
»Erhebe dich, Relg«, befahl UL ihm streng. »Ich bin nicht zufrieden mit dir, und deine Unterwürfigkeit beleidigt mich,

denn dein Herz ist voller Stolz. Ich werde dich meinem Willen beugen, Relg, oder ich werde dich zerbrechen. Ich werde dich reinwaschen von deiner anmaßenden Selbstüberschätzung. Nur dann wirst du der Aufgabe würdig sein, für die ich dich ausersehen habe.«

Relg taumelte auf die Füße. Reue malte sich auf seinem Gesicht ab. »O mein Gott...« Er verstummte.

»Höre meine Worte, Relg, und gehorche mir. Ich befehle dir, Belgarath, den Schüler Aldurs, zu begleiten und ihm alle Hilfe zu gewähren, die in deiner Macht steht. Du wirst ihm gehorsam sein, als ob er an meiner Stelle spräche. Hast du mich verstanden?«

»Ja, mein Gott«, murmelte Relg demütig.

»Und wirst du gehorchen?«

»Ich werde tun, was du mir befohlen hast, o mein Gott, und wenn es mich das Leben kostet.«

»Es wird dich nicht dein Leben kosten, Relg, denn ich brauche dich. Deine Belohnung wird alle deine Erwartungen übertreffen.«

Relg verbeugte sich stumm.

Dann wandte sich der Gott an den Gorim. »Halte noch eine Weile aus, mein Sohn«, sagte er, »wenn auch die Jahre schwer auf dir lasten. Nicht mehr lange, und die Last wird von dir genommen. Wisse, daß ich mit dir zufrieden bin.«

Der Gorim verbeugte sich dankbar.

»Belgarath«, grüßte UL den Zauberer. »Ich habe dich bei deiner Aufgabe beobachtet, und ich teile den Stolz deines Meisters in dich. Die Prophezeiung bewegt sich durch dich und deine Tochter Polgara auf den Augenblick hin, den wir alle erwarten.«

Belgarath verbeugte sich gleichfalls. »Es ist schon lange her, Heiligster«, erwiderte er, »und es hat Wendungen gegeben, die niemand von uns am Anfang voraussehen konnte.«

»Wahrlich«, stimmte UL zu. »Es hat uns alle gelegentlich überrascht. Ist Aldurs Gabe an die Welt schon zu ihrem Geburtsrecht gekommen?«

»Noch nicht ganz, Heiligster«, antwortete Polgara ernst.

»Aber er hat es schon gestreift, und was er uns bislang gezeigt hat, läßt uns auf seinen Erfolg hoffen.«

»Dann heil dir, Belgarion«, sagte UL zu dem verblüfften jungen Mann. »Nimm meinen Segen mit dir und wisse, daß ich mich mit Aldur verbinden werde, um dir beizustehen, wenn deine große Aufgabe beginnt.«

Garion verbeugte sich – ziemlich ungeschickt, wie Ce'Nedra feststellte. Sie beschloß, ihn schon sehr bald in solchen Dingen zu unterrichten. Er würde sich natürlich weigern – er war unglaublich stur –, aber sie wußte, wenn sie nur lange genug drängelte und nörgelte, würde er schließlich einwilligen. Und es war ja letztendlich zu seinem eigenen Besten.

UL schien immer noch Garion anzusehen, aber in seinem Ausdruck lag ein feiner Unterschied. Ce'Nedra hatte den Eindruck, daß er sich wortlos mit dem *anderen* Wesen verständigte, einem Etwas, das Teil von Garion war und doch auch wieder nicht. Dann nickte er würdevoll und lenkte seinen Blick direkt auf die Prinzessin.

»Sie scheint nur ein Kind zu sein«, meinte er zu Polgara.

»Sie hat das entsprechende Alter, Heiligster«, erwiderte Polgara. »Sie ist eine Dryade, und die sind alle recht klein gewachsen.«

UL lächelte die Prinzessin freundlich an, und sie erglühte plötzlich in der Wärme dieses Lächelns. »Sie ist wie eine Blume, nicht wahr?« sagte er.

»Sie hat noch ein paar Dornen, Heiligster«, sagte Belgarath trocken, »und etwas von einem Kaktus an sich.«

»Dafür werden wir sie um so mehr schätzen, Belgarath. Die Zeit wird kommen, da ihr Feuer und ihre Dornen uns weit mehr dienen als ihre Schönheit.« UL sah einmal zu Garion hinüber, und ein seltsames, wissendes Lächeln glitt über sein Gesicht. Aus irgendeinem Grund errötete Ce'Nedra langsam, dann hob sie trotzig ihr Kinn.

»Um mit dir zu sprechen, bin ich gekommen, meine Tochter«, sagte UL direkt zu ihr, sein Ton und seine Miene wurden ernst. »Du mußt hierbleiben, wenn deine Gefährten uns verlassen. Du darfst dich nicht ins Reich der Murgos wagen, denn wenn

du die Reise nach Cthol Murgos antreten würdest, müßtest du unweigerlich sterben, und ohne dich muß der Kampf gegen die Dunkelheit verloren werden. Bleibe hier in der Sicherheit Ulgos, bis deine Gefährten zurückkehren.«
Das verstand Ce'Nedra völlig. Als Prinzessin kannte sie die Notwendigkeit, sich einer Autorität zu fügen. Obwohl sie ihr ganzes Leben lang ihren Vater beschwatzt und geplagt und gejammert hatte, ihr den Willen zu lassen, hatte sie doch nur selten offen rebelliert. Sie neigte den Kopf. »Ich will tun, wie du mir befohlen hast, Heiligster«, antwortete sie, ohne an die Folgen zu denken, die mit den Worten des Gottes verbunden waren.
UL nickte befriedigt. »So wird die Prophezeiung geschützt«, erklärte er. »Jeder von euch hat seine vorbestimmte Aufgabe in unserem Tun, und auch ich habe die meine. Ich will euch nicht länger aufhalten, meine Kinder. Lebt wohl. Wir werden uns wiedersehen.« Damit verschwand er.
Seine letzten Worte hallten in den Höhlen von Ulgo wider. Nach einem Moment gebannten Schweigens wurde die Hymne in einem gewaltigen Chor wieder angestimmt, als jeder Ulgo seine Stimme in ekstatischer Verzückung wegen des göttlichen Besuches erhob.
»Belar!« stieß Barak hervor. »Habt ihr das *gespürt?*«
»UL hat ein gebieterisches Wesen«, stimmte Belgarath zu. Er sah Relg mit hochgezogenen Brauen an. »Ich nehme an, du hast deine Meinung geändert?«
Relgs Gesicht wurde aschgrau, und noch immer zitterte er am ganzen Körper. »Ich will meinem Gott gehorchen«, gelobte er. »Ich will gehen, wohin er es befiehlt.«
»Ich bin froh, daß das geklärt ist«, sagte Belgarath. »Im Augenblick wünscht er, daß du nach Rak Cthol gehst. Er mag später andere Pläne mit dir haben, aber jetzt kommt zuerst Rak Cthol.«
»Ich will dir gehorchen, ohne Fragen zu stellen«, erklärte der Fanatiker, »wie mein Gott es mir befohlen hat.«
»Gut«, antwortete Belgarath. Dann kam er zur Sache. »Gibt es eine Möglichkeit, das Wetter und die Schwierigkeiten draußen zu umgehen?«

»Ich kenne einen Weg«, sagte Relg. »Er ist lang und mühsam, aber er führt zu den Vorbergen oberhalb des Landes der Pferdemenschen.«

»Siehst du«, sagte Silk zu Barak, »er erweist sich schon als nützlich.«

Barak grunzte, noch nicht restlos überzeugt.

»Darf ich wissen, warum ich nach Rak Cthol gehen soll?« fragte Relg, dessen ganzes Gebaren sich durch die Begegnung mit seinem Gott verändert hatte.

»Wir müssen das Auge Aldurs zurückgewinnen«, erklärte Belgarath.

»Ich habe davon gehört.«

Silk runzelte die Stirn. »Bist du sicher, daß du die Höhlen unter Rak Cthol finden kannst?« fragte er Relg. »Es werden nicht die Höhlen ULs sein, weißt du, und in Cthol Murgos sind sie vermutlich auch nicht heilig – eher das Gegenteil.«

»Ich kann jede Höhle finden, egal wo«, behauptete Relg zuversichtlich.

»Gut dann«, fuhr Belgarath fort. »Angenommen, es geht alles gut, dann kommen wir durch die Höhlen und betreten ungesehen die Stadt. Wir werden Ctuchik finden und ihm das Auge abnehmen.«

»Wird er nicht zu kämpfen versuchen?« fragte Durnik.

»Das will ich doch hoffen«, entgegnete Belgarath.

Barak lachte. »Du klingst allmählich wie ein Alorner, Belgarath.«

»Das ist nicht unbedingt eine Tugend«, meinte Tante Pol.

»Wenn die Zeit kommt, werde ich mit dem Magier von Rak Cthol abrechnen«, sagte der Zauberer grimmig. »Aber wenn wir das Auge erst einmal haben, steigen wir wieder in die Höhlen hinab und machen, daß wir davonkommen.«

»Und haben ganz Cthol Murgos auf den Fersen«, setzte Silk hinzu. »Ich hatte gelegentlich mit Murgos zu tun. Sie sind beharrliche Leute.«

»Das könnte ein Problem werden«, gab Belgarath zu. »Wir wollen nicht, daß ihre Verfolgung zuviel Stoßkraft hat. Wenn eine Murgoarmee uns versehentlich in den Westen folgt, wird man das dort als Invasion auffassen und einen Krieg auslösen, zu dem wir noch nicht bereit sind.«

»Verwandele sie doch alle in Frösche«, schlug Barak achselzuckend vor.

Belgarath warf ihm einen vernichtenden Blick zu.

»War ja nur eine Idee«, verteidigte sich Barak.

»Warum bleiben wir nicht einfach in den Höhlen unter der Stadt, bis sie die Suche aufgeben?« meinte Durnik.

Polgara schüttelte entschieden den Kopf. »Nein«, sagte sie, »wir müssen zu einer bestimmten Zeit an einem bestimmten Ort sein. Wir werden es so schon kaum schaffen. Wir können es uns nicht erlauben, einen Monat oder mehr in einer Höhle in Chtol Murgos zu hocken.«

»Wo müssen wir denn sein, Tante Pol?« fragte Garion.

»Das erkläre ich später«, wich sie ihm mit einem raschen Seitenblick auf Ce'Nedra aus. Die Prinzessin ahnte, daß die Verabredung, von der Polgara sprach, *sie* betraf, und sogleich plagte sie die Neugier.

Mandorallen sah nachdenklich aus, seine Finger strichen leicht über die Rippen, die er sich im Kampf mit dem Eldrak gebrochen hatte. Dann räusperte er sich. »Gibt es zufällig eine Karte hier von der Gegend, in die wir uns begeben müssen, Heiliger Gorim?« fragte er höflich.

Der Gorim dachte einen Augenblick nach. »Ich glaube, ich habe irgendwo eine«, sagte er. Er klopfte leicht mit seinem Becher auf den Tisch, und sofort betrat ein Bediensteter das Zimmer. Der Gorim sprach kurz mit ihm, dann ging der Diener wieder.

»Die Karte, die ich meine, ist sehr alt«, sagte der Gorim zu Mandorallen, »und ich fürchte, sie ist nicht sehr genau. Unsere Kartographen haben Schwierigkeiten mit den Entfernungen, die die Welt draußen betreffen.«

»Die Entfernungen spielen keine so große Rolle«, beruhigte ihn Mandorallen. »Ich möchte nur meine Erinnerungen über die Lage verschiedener Reiche an den Grenzen zu Cthol Murgos auffrischen. Als Schuljunge war mir Geographie, wohlwollend ausgedrückt, gleichgültig.«

Der Diener kehrte zurück und überreichte dem Gorim eine

große Pergamentrolle. Der Gorim reichte sie an Mandorallen weiter.
Sorgfältig entrollte der Ritter die Karte und studierte sie einen Moment. »Es ist, wie ich es in Erinnerung hatte«, sagte er. Er wandte sich an Belgarath. »Alter Freund, Ihr habt gesagt, daß kein Murgo Aldurs Tal betreten würde?«
»Richtig«.
Mandorallen deutete auf die Karte. »Die nächstliegende Grenze von Rak Cthol aus ist diejenige, die an Tolnedra stößt«, zeigte er ihnen. »Die Logik würde es gebieten, daß unsere Fluchtroute in diese Richtung verläuft – auf die nächste Grenze zu.«
»Stimmt«, pflichtete Belgarath ihm bei.
»Dann sollten wir scheinbar eiligst auf Tolnedra zuhalten und beredte Zeugnisse unserer Durchreise hinter uns lassen. An einem Punkt, wo felsiger Untergrund die Spuren unserer Richtungsänderung zu verbergen vermag, wenden wir uns dann nach Nordosten auf das Tal zu. Würde sie das nicht täuschen? Sicherlich werden sie mit der Zeit ihren Irrtum erkennen, aber dann werden wir viele Meilen Vorsprung haben. Und selbst, wenn sie uns dann noch nachsetzen, wird sie nicht das verbotene Tal so weit entmutigen, daß sie die Jagd gänzlich abblasen?«
Alle betrachteten die Karte.
»Das gefällt mir«, sagte Barak strahlend und schlug dem Ritter mit seiner Riesenfaust auf die Schulter.
Mandorallen stöhnte auf und legte die Hand auf seine verletzten Rippen.
»Entschuldigung, Mandorallen«, bat Barak rasch. »Ich hatte es vergessen.«
Silk studierte die Karte aufmerksam. »Es hat viel für sich, Belgarath«, meinte er, »und wenn wir hier abbiegen«, er deutete mit seinem Finger auf die Stelle, »kommen wir auf dem Kamm der östlichen Bergkette aus. Wir müßten genug Zeit haben, um den Abstieg zu schaffen, aber sie werden es sich bestimmt zweimal überlegen, ehe sie es versuchen. An der Stelle geht es gut eine Meile senkrecht nach unten.«
»Wir könnten Cho-Hag eine Nachricht schicken«, schlug Het-

tar vor. »Wenn rein zufällig ein paar Clans am Fuße der Berge versammelt sind, werden es sich die Murgos bestimmt noch einmal überlegen, ehe sie den Abstieg wagen.«

Belgarath strich sich den Bart. »Also gut«, entschied er nach kurzem Überlegen, »wir versuchen es so. Sobald Relg uns aus Ulgo herausgeführt hat, wirst du deinem Vater einen Besuch abstatten, Hettar. Sag ihm, was wir vorhaben, und bitte ihn, ein paar Tausend Krieger ins Tal zu schicken und dort auf uns zu warten.«

Der hagere Algarier nickte, daß seine schwarze Skalplocke flog. Auf seinem Gesicht zeichnete sich jedoch Enttäuschung ab.

»Vergiß es, Hettar«, sagte der alte Mann barsch. »Ich hatte nie die Absicht, dich mit nach Cthol Murgos zu nehmen. Dort gibt es für dich viel zu viele Gelegenheiten, in Schwierigkeiten zu geraten.«

Hettar seufzte traurig.

»Nimm's nicht so schwer, Hettar«, tröstete ihn Silk. »Die Murgos sind eine fanatische Rasse. Du kannst dich praktisch darauf verlassen, daß wenigstens ein paar den Abstieg wagen – gleichgültig, was sie unten erwartet. Du wärst doch regelrecht gezwungen, an ihnen ein Exempel zu statuieren, nicht wahr?«

Bei diesem Gedanken leuchtete Hettars Gesicht etwas auf.

»Silk«, sagte Polgara tadelnd.

Der kleine Mann drehte sich mit Unschuldsmiene zu ihr um. »Wir müssen eine Verfolgung doch verhindern, Polgara«, protestierte er.

»Aber natürlich«, erwiderte sie sarkastisch.

»Es kann doch nicht angehen, daß Murgos in das Tal einfallen, oder?«

»Würde es dir etwas ausmachen ...?«

»Ich bin wirklich nicht so blutrünstig, weißt du.«

Sie kehrte im den Rücken zu.

Silk seufzte gekränkt. »Sie denkt immer das Schlechteste von mir.«

Inzwischen hatte Ce'Nedra genügend Zeit gehabt, über die

Folgen des Versprechens nachzudenken, das sie UL ohne Zögern gegeben hatte. Bald würden die anderen abreisen, und sie mußte zurückbleiben. Schon jetzt fühlte sie sich ausgeschlossen, von ihnen abgeschnitten, als sie Pläne schmiedeten, die sie nicht mehr einbezogen. Je länger sie darüber nachdachte, desto schlimmer wurde es. Ihre Unterlippe begann zu beben.

Der Gorim der Ulgos hatte sie beobachtet, sein weises altes Gesicht war voller Mitgefühl. »Es ist schwer, zurückgelassen zu werden«, sagte er sanft, als ob seine großen Augen ihr direkt ins Herz geblickt hätten, »und unsere Höhlen sind dir fremd, dunkel und scheinbar erfüllt von Schwermut.«

Wortlos nickte sie.

»Aber in einem Tag etwa«, fuhr er fort, »werden sich deine Augen an das gedämpfte Licht gewöhnt haben. Hier unten gibt es Schönes, das noch kein Außenseiter je gesehen hat. Es ist wahr, daß wir keine Blumen haben, aber es gibt verborgene Höhlen, wo Edelsteine wie wilde Blumen an den Wänden und auf dem Boden blühen. Kein Baum und Busch wächst in unserer sonnenlosen Welt, aber ich kenne eine Höhle, in der Adern aus purem Gold aus der Decke kommen und sich bis zum Boden ringeln.«

»Vorsicht, heiliger Gorim«, warnte Silk. »Die Prinzessin stammt aus Tolnedra. Wenn du ihr solchen Reichtum zeigst, wird sie wahrscheinlich noch vor deinen Augen hysterisch.«

»Ich finde das nicht besonders spaßig, Prinz Kheldar«, sagte Ce'Nedra frostig.

»Ich bin am Boden zerstört, Kaiserliche Hoheit«, entschuldigte er sich scheinheilig mit einer eleganten Verbeugung.

Gegen ihren Willen mußte die Prinzessin lachen. Der wieselgesichtige kleine Drasnier war so unmöglich, daß sie ihm nie lange böse sein konnte.

»Du wirst als meine geliebte Enkeltochter gelten, während du hier in Ulgo bist, Prinzessin«, sagte der Gorim. »Wir können miteinander an unseren stillen Seen entlangwandern und lange vergessene Höhlen erforschen. Und wir können reden. Die Welt draußen weiß wenig von den Ulgos. Es wäre schön, wenn du die erste Fremde wärst, die uns versteht.«

Ce'Nedra nahm impulsiv seine zarte alte Hand in die ihre. Er war so ein reizender alter Mann. »Ich fühle mich geehrt, Heiliger Gorim«, sagte sie aufrichtig.
Die Nacht verbrachten sie in bequemen Quartieren in dem pyramidenförmigen Haus des Gorims – wenn auch die Begriffe Tag und Nacht in diesem seltsamen Land unter der Erde keine Bedeutung hatten. Am nächsten Morgen brachten einige Ulgos die Pferde in die Höhle des Gorims, die – wie die Prinzessin vermutete – einen längeren Weg zurückgelegt hatten als sie selbst. Ihre Freunde machten sich zur Abreise bereit. Ce'Nedra saß etwas abseits und fühlte sich schon jetzt schrecklich einsam. Ihre Augen wanderten von einem Gesicht zum anderen, als wollte sie jedes ihrem Gedächtnis fest einprägen. Als sie schließlich zu Garion kam, füllten ihre Augen sich mit Tränen. Ganz unvernünftig machte sie sich jetzt schon Sorgen um ihn. Er war so impulsiv. Er würde ganz bestimmt Dinge tun, die ihn in Gefahr bringen würden, sobald er ihr aus den Augen war. Gewiß, Polgara würde über ihn wachen, aber das war nicht dasselbe. Plötzlich war sie wegen all der Dummheiten, die er tun würde, und wegen des Kummers, den sein sorgloses Verhalten ihr bereiten würde, zornig auf ihn. Sie betrachtete ihn und wünschte, er würde etwas tun, für das sie ihn tadeln konnte.
Sie hatte beschlossen, nicht mit aus dem Haus des Gorims zu gehen – sie wollte nicht allein und verlassen am Rande des Sees stehen und ihnen hinterherwinken. Aber als sie nacheinander durch die schwere Bogentür gingen, geriet ihr Entschluß ins Wanken. Ohne zu überlegen, lief sie hinter Garion her und ergriff seinen Arm.
Er drehte sich überrascht um, und sie stellte sich auf die Zehenspitzen, nahm sein Gesicht in ihre kleinen Hände und küßte ihn. »Du *mußt* auf dich aufpassen«, befahl sie. Dann küßte sie ihn noch einmal, machte kehrt und lief schluchzend ins Haus zurück, den verblüfft hinter ihr herstarrenden Garion einfach stehenlassend.

TEIL IV

CTHOL MURGOS

MISHRAK AC THULL
VERSORGUNGS-
STATION
OBERER TAUR
SÜDLICHE KARAWANENROUTE
CTHOL
MURGOS
UNTERER TAUR
SUMPF
TARN OF CTHOK
ÖDE VON
MURGOS
SUMPF
RAK
CTHOL
MOORE VON MURGOS
CTHROG-FLUß
ZEDARS BERG

19

Schon seit Tagen lebten sie in der Dunkelheit. Das einzige, trübe Licht, das Relg trug, war nur ein Orientierungspunkt, dem man folgen konnte. Die Dunkelheit lastete auf Garion, und er stolperte über den unebenen Boden vorwärts, eine Hand vor sich ausgestreckt, um sich nicht an herabhängenden Felsen den Kopf zu stoßen. Aber es war nicht nur die muffige Dunkelheit. Er konnte das erdrückende Gewicht der Berge über sich und um sich herum spüren. Die Felsen schienen auf ihn einzudringen, er war eingeschlossen, eingesperrt in tonnenschwerem Gestein. Er hatte ständig mit Anflügen von Panik zu kämpfen und mußte oft die Zähne zusammenbeißen, um nicht laut zu schreien.

Der gewundene und sich verzweigende Weg, den Relg nahm, schien keinerlei Ziel oder Richtung zu haben. An Einmündungen wählte er anscheinend zufällig den Weg, aber er bewegte sich stets zuversichtlich durch die dunklen, murmelnden Höhlen, in deren feuchter Luft die Erinnerung an Geräusche wisperte, wo Stimmen aus der Vergangenheit ohne Unterbrechung flüsterten. Relgs Zuversicht war das einzige, was Garion davor bewahrte, völlig in Panik zu geraten.

An einer bestimmten Stelle blieb der Eiferer stehen.

»Was ist los?« fragte Silk scharf, in dessen Stimme der gleiche Anflug von Panik mitschwang, den Garion selbst verspürte.

»Ich muß mir hier die Augen verbinden«, antwortete Relg. Er trug ein seltsam gearbeitetes Hemd aus Stahlplättchen, das in der Taille von einem Gürtel zusammengehalten wurde und eine enganliegende Kapuze hatte, die nur sein Gesicht freiließ. Von seinem Gürtel hing ein schweres, gekrümmtes Messer, dessen bloßer Anblick Garion schon kalte Schauer über den Rücken jagte. Relg zog ein Stück Stoff unter seinem Panzerhemd hervor und band es sich sorgfältig vor das Gesicht.

»Warum machst du das?« fragte Durnik.

»In der nächsten Höhle liegt eine Quarzader«, erwiderte Relg. »Sie reflektiert das Sonnenlicht von draußen. Das Licht ist sehr hell.«

»Wie kannst du uns den Weg weisen, wenn du nichts mehr sehen kannst?« protestierte Silk.
»Der Stoff ist nicht so dicht. Ich kann durchaus noch etwas sehen. Gehen wir.«
Sie folgten einer Krümmung des Ganges, und plötzlich sah Garion Licht. Er widerstand der Versuchung, darauf zuzulaufen. Sie gingen weiter. Die Hufe der Pferde, die Hettar am Zügel führte, klapperten auf dem felsigen Grund. Die Höhle war riesig und erfüllt von schimmerndem kristallinem Licht. Ein funkelndes Quarzband zog sich über die Decke und erleuchtete die Höhle mit strahlendem Glanz. Große Felsnadeln hingen wie Eiszapfen von der Decke, andere wuchsen ihnen vom Boden aus entgegen. Inmitten der Höhle lag ein weiterer unterirdischer See, dessen Oberfläche von einem kleinen Wasserfall gekräuselt wurde. Das leise, unaufhörliche Geplätscher vereinte sich harmonisch mit dem weit entfernten, kaum noch hörbaren Gesang der Ulgos. Garions Augen waren von der herrschenden Farbenfülle wie geblendet. Die Prismen des kristallinen Quarzes brachen das Licht in farbige Fragmente und füllten die Höhle mit dem vielfarbigen Schimmer des Regenbogens. Garion wünschte sich plötzlich, er könnte diese strahlende Höhle Ce'Nedra zeigen, und der Gedanke verblüffte ihn.
»Schnell«, drängte Relg, eine Hand über die Augen gelegt, als wollte er sie trotz des Tuches noch mehr schützen.
»Warum bleiben wir nicht hier?« schlug Barak vor. »Wir brauchen eine Rast, und hier scheint ein guter Platz zu sein.«
»Es ist der schlimmste Platz im ganzen Höhlensystem«, sagte Relg. »Schnell.«
»Vielleicht gefällt *dir* die Dunkelheit«, sagte Barak, »aber wir anderen sind nicht so glücklich darüber.« Er sah sich in der Höhle um.
»Schütz deine Augen, du Dummkopf«, fuhr Relg ihn an.
»Mir gefällt dein Ton nicht, Freund.«
»Wenn du es nicht tust, bist du blind, sobald wir die Höhle wieder verlassen. Deine Augen haben zwei Tage gebraucht, um sich an die Dunkelheit zu gewöhnen. Wenn du dich zu lange hier aufhältst, geht alles wieder verloren.«

Barak starrte den Ulgo einen Augenblick lang an. Dann grunzte er und nickte. »Tut mir leid«, sagte er. »Das hatte ich nicht verstanden.« Er wollte seine Hand entschuldigend auf Relgs Schulter legen.

»Faß mich nicht an!« schrie Relg und zuckte vor Baraks Hand zurück.

»Was ist los?«

»Faß mich nicht an – niemals.« Relg eilte davon.

»Was hat er denn?« fragte Barak.

»Er will nicht, daß du ihn besudelst«, erklärte Belgarath.

»Ihn besudeln? Ihn *besudeln?*«

»Er nimmt seine persönliche Reinheit sehr ernst. So wie er es sieht, kann ihn jede Berührung beschmutzen.«

»Beschmutzen? Er ist dreckig wie ein Schwein.«

»Es geht um eine andere Art von Schmutz. Wir wollen weitergehen.«

Barak marschierte hinter den anderen her, wobei er wütend vor sich hin schimpfte. Sie kamen wieder in einen dunklen Gang. Garion warf sehnsüchtig einen Blick zurück auf die strahlende Höhle. Dann machte der Gang eine Biegung, und das Licht war nicht mehr zu sehen.

In der murmelnden Dunkelheit war es unmöglich, den Lauf der Zeit zu bestimmen. Sie stolperten weiter und hielten nur hin und wieder, um zu essen oder zu ruhen, aber Garions Schlaf war von Alpträumen erfüllt, in denen Berge auf ihn niederstürzten. Er hatte schon fast die Hoffnung aufgegeben, jemals wieder den Himmel zu sehen, als er den ersten schwachen Hauch bewegter Luft auf seinem Gesicht spürte. So weit er beurteilen konnte, war es ungefähr fünf Tage her, seit sie die spärlich erleuchteten Höhlen der Ulgos verlassen hatten und in die ewige Nacht abgestiegen waren. Im ersten Moment hielt er den leisen Windhauch für bloße Einbildung, aber dann roch er Bäume und Gras in der muffigen Luft der Höhlen, und er wußte, daß irgendwo weiter vorn eine Öffnung lag – ein Weg nach draußen.

Der warme Lufthauch von draußen wurde stärker, und der Geruch nach Gras begann den Gang zu erfüllen, durch den sie

sich bewegten. Der Gang stieg langsam an, unmerklich ließ die Dunkelheit nach. Er hatte den Eindruck, als ob sie aus der endlosen Nacht in das Licht des ersten Morgens der Weltgeschichte emporstiegen. Die Pferde, die den Schluß bildeten, hatten ebenfalls die frische Luft gerochen und gingen schneller. Relg jedoch bewegte sich immer langsamer. Schließlich blieb er ganz stehen. Das leise, metallische Rasseln seines Panzerhemdes sprach eine deutliche Sprache. Relg zitterte, bereitete sich auf das vor ihm liegende vor. Er band sich wieder den Schleier vors Gesicht und murmelte dabei immer wieder inbrünstig, fast flehend in der gutturalen Sprache seines Volkes. Sobald er seine Augen bedeckt hatte, ging er zögernd und schleppend weiter.
Vor ihnen lag goldenes Licht. Die Öffnung des Ganges war ausgezackt und unregelmäßig, und Gestrüpp zeichnete sich deutlich gegen das Licht ab. Plötzlich schoß das Fohlen mit klappernden Hufen auf die Öffnung zu, ohne auf Hettars scharfen Befehl zu achten, und rannte ins Licht.
Belgarath kratzte sich den Bart und sah dem kleinen Tier hinterher. »Vielleicht nimmst du es und seine Mutter besser mit dir, wenn wir uns trennen«, sagte er zu Hettar. »Es scheint nichts wirklich ernst zu nehmen, und Cthol Murgos ist ein sehr ernstes Land.«
Hettar nickte.
»Ich kann nicht«, stieß Relg plötzlich hervor, stellte sich mit dem Rücken zum Licht und preßte sich gegen die Felswand des Ganges. »Ich kann es nicht.«
»Natürlich kannst du«, sagte Tante Pol tröstend. »Wir gehen langsam hinaus, so daß du dich allmählich daran gewöhnen kannst.«
»Faß mich nicht an«, sagte Relg fast automatisch.
»Das wird noch sehr ermüdend«, knurrte Barak.
Garion und die anderen drängten eifrig nach vorn, ihr Hunger nach Licht trieb sie an. Sie zwängten sich durch das Gestrüpp, das vor dem Eingang wuchs, und standen blinzelnd im Sonnenlicht. Zuerst schmerzte das Licht in Garions Augen, aber nach ein paar Minuten konnte er wieder sehen. Der teilweise ver-

borgene Eingang zu den Höhlen lag etwa in der Mitte eines felsigen Abhangs. Hinter ihnen glitzerten in der Morgensonne die verschneiten Berge von Ulgo, die sich klar gegen den blauen Himmel abhoben, und vor ihnen dehnte sich eine weite Ebene aus wie ein Meer. Das hohe Gras war herbstgolden, im Morgenwind wogte es in langen Wellen. Die Ebene erstreckte sich bis zum Horizont, und Garion hatte das Gefühl, als wäre er gerade aus einem Alptraum erwacht.

Im Höhleneingang kniete Relg mit dem Rücken zum Licht. Er betete und schlug sich mit den Fäusten auf Brust und Schultern.

»Was macht er denn *jetzt?*« wollte Barak wissen.

»Es ist eine Art Reinigungsritual«, erklärte Belgarath. »Er will sich von aller Unheiligkeit reinigen und das Wesen der Höhlen in seine Seele aufnehmen. Er glaubt, es würde ihm Kraft geben, wenn er draußen ist.«

»Wie lange wird er das machen?«

»Etwa eine Stunde, denke ich. Es ist ein sehr kompliziertes Ritual.«

Relg unterbrach seine Gebete lang genug, um sich ein zweites Tuch über das erste vors Gesicht zu binden.

»Wenn er sich noch mehr Stoff um den Kopf wickelt, wird er noch ersticken«, sagte Silk.

»Ich mache mich lieber auf den Weg«, sagte Hettar und zog seine Sattelriemen fest. »Soll ich Cho-Hag sonst noch etwas ausrichten?«

»Bitte ihn, die anderen darüber zu benachrichtigen, was bis jetzt passiert ist«, antwortete Belgarath. »Die Dinge sind an einem Punkt angelangt, wo ich alle bereit wissen möchte.«

Hettar nickte.

»Weißt du, wo du bist?« fragte Barak.

»Natürlich.« Der große Mann sah auf die scheinbar gestaltlose Ebene vor sich hinaus.

»Wir werden für die Strecke nach Rak Cthol und wieder zurück wohl mindestens einen Monat brauchen«, meinte Belgarath. »Wenn wir die Möglichkeit haben, werden wir Signalfeuer auf den östlichen Bergen anzünden, ehe wir absteigen. Erkläre

Cho-Hag, wie wichtig es ist, daß er auf uns wartet. Wir wollen nicht, daß Murgos nach Algarien hineinstolpern. Ich bin noch nicht bereit für einen Krieg.«

»Wir werden da sein«, versprach Hettar und schwang sich in den Sattel. Dann trabte er auf die Ebene zu, gefolgt von der Stute und dem Fohlen. Das Fohlen blieb einmal stehen, um zu Garion zurückzusehen, stieß ein klägliches Wiehern aus und lief dann weiter hinter seiner Mutter her.

Barak schüttelte traurig den Kopf. »Ich werde Hettar vermissen«, brummte er.

»Cthol Murgos wäre kein guter Ort für Hettar«, meinte Silk. »Wir müßten ihn anleinen.«

»Ich weiß.« Barak seufzte. »Trotzdem werde ich ihn vermissen.«

»In welche Richtung müssen wir?« fragte Mandorallen, der auf die Ebene hinausspähte.

Belgarath deutete nach Südosten. »Dort lang. Wir werden das obere Ende von Aldurs Tal durchqueren und dann durch den Südzipfel von Mishrak ac Thull reiten. Die Thulls schicken nicht so regelmäßig Patrouillen aus wie die Murgos.«

»Thulls tun überhaupt nicht sehr viel, wenn sie nicht unbedingt müssen«, bemerkte Silk. »Sie sind zu sehr damit beschäftigt, den Grolims zu entkommen.«

»Wann starten wir?« fragte Durnik.

»Sobald Relg seine Gebete beendet hat«, antwortete Belgarath.

»Dann haben wir noch genug Zeit fürs Frühstück«, meinte Barak trocken.

Den ganzen Tag lang ritten sie unter einem tiefblauen Herbsthimmel durch das flache Grasland Südalgariens. Relg, der eine alte Kapuzentunika von Durnik über seinem Kettenhemd trug, ritt sehr schlecht. Er hatte die Beine steif von sich gestreckt und schien sich mehr darauf zu konzentrieren, seinen Kopf gesenkt zu halten, als auf den Weg zu achten.

Barak beobachtete ihn verdrießlich. Man konnte ihm die Mißbilligung deutlich vom Gesicht ablesen. »Ich will mich nicht in etwas einmischen, das mich nichts angeht, Belgarath«, sag-

te er nach ein paar Stunden, »aber der da wird uns noch Probleme bereiten, ehe alles vorbei ist.«
»Das Licht tut seinen Augen weh, Barak«, erklärte Tante Pol dem großen Cherek, »und Reiten ist er nicht gewohnt. Du darfst nicht so schnell urteilen.«
Barak kniff die Lippen zusammen, seine Miene drückte jedoch noch immer Geringschätzung aus.
»Zumindest können wir uns darauf verlassen, daß er nüchtern bleibt«, stellte Tante Pol spitz fest. »Und das ist mehr, als man von einigen anderen Mitgliedern unserer kleinen Gruppe sagen kann.«
Barak hüstelte unbehaglich.
Sie errichteten ihr Nachtlager an dem baumlosen Ufer eines gewundenen Flusses. Sobald die Sonne untergegangen war, schien Relg weniger verängstigt, obwohl er offenkundig bemüht war, nicht direkt in ihr Feuer zu blicken. Dann sah er hoch zu den ersten Sternen am Abendhimmel. Er starrte sie mit offenem Mund an, auf seinem unverschleierten Gesicht brach glitzernder Schweiß aus. Er bedeckte seinen Kopf mit den Armen und brach mit einem erstickten Schrei zusammen.
»Relg!« rief Garion, sprang herbei und legte dem erschütterten Mann ohne zu überlegen die Hand auf die Schulter.
»Faß mich nicht an!« keuchte Relg automatisch.
»Sei nicht albern. Was ist los? Bist du krank?«
»Der Himmel«, krächzte Relg verzweifelt. »Der Himmel! Er macht mir Angst.«
»Der Himmel?« Garion staunte. »Was ist mit dem Himmel?« Er sah zu den vertrauten Sternen empor.
»Er hat kein Ende«, stöhnte Relg. »Er ist unendlich.«
Plötzlich begriff Garion. In den Höhlen hatte *er* Angst gehabt – unsinnige Angst –, weil er eingeschlossen war. Hier unter freiem Himmel litt Relg unter dem gleichen blinden Entsetzen. Garion erkannte schockiert, daß Relg wahrscheinlich in seinem ganzen Leben noch nie außerhalb der Höhlen von Ulgo gewesen war. »Es ist schon gut«, beruhigte er ihn. »Der Himmel kann dir nichts tun. Er ist einfach da. Beachte ihn gar nicht.«
»Ich kann es nicht ertragen.«

»Dann sieh einfach nicht hin.«
»Ich weiß trotzdem, daß er da ist – diese endlose Leere.«
Garion sah Tante Pol hilflos an. Mit einer raschen Geste bedeutete sie ihm, weiterzureden. »Er ist nicht leer«, stammelte er. »Er ist voller Dinge – aller möglichen Dinge. Wolken, Vögel, Sonnenlicht, Sterne...«
»Was?« Relg hob den Kopf. »Was ist das?«
»Wolken? Jeder weiß doch, was...« Garion hielt inne. Offensichtlich wußte Relg wirklich nicht, was Wolken waren. Er hatte in seinem Leben noch keine einzige Wolke gesehen. Garion versuchte, diese Vorstellung in seine Gedanken einzubeziehen. Es würde nicht einfach zu erklären sein. Er holte tief Luft. »Also gut. Dann fangen wir mit den Wolken an.«
Es dauerte lange, und Garion war sich nicht sicher, ob Relg etwas begriff, oder ob er sich nur an seine Worte klammerte, um nicht an den Himmel denken zu müssen. Nach den Wolken waren Vögel schon etwas einfacher, wenn ihm auch die Erklärung der Federn Schwierigkeiten machte.
»UL hat zu dir gesprochen«, unterbrach Relg Garions Beschreibung von Flügeln. »Er hat dich Belgarion genannt. Ist das dein Name?«
»Nun«, antwortete Garion unbehaglich. »Nicht ganz. Eigentlich heiße ich Garion, aber der andere Name gehört auch zu mir – später einmal, glaube ich, wenn ich älter bin.«
»UL weiß alles«, erklärte Relg. »Wenn er dich Belgarion genannt hat, ist das dein wahrer Name. Ich werde dich Belgarion nennen.«
»Mir wäre lieber, du tätest das nicht.«
»Mein Gott hat mich getadelt«, stöhnte Relg, und heftiger Selbsthaß lag in seiner Stimme. »Ich habe vor ihm versagt.«
Garion konnte dem nicht ganz folgen. Irgendwie war Relg, selbst in seiner Panik noch, von einer theologischen Krise erschüttert. Er saß im Gras, das Gesicht vom Feuer abgewandt, und ließ in völliger Niedergeschlagenheit die Schultern hängen.
»Ich bin unwürdig«, sagte er schluchzend. »Als UL in der Stille meines Herzens zu mir sprach, fühlte ich, daß ich über alle

Menschen der Welt geehrt worden war, aber jetzt bin ich weniger als Schmutz.« In seinem Kummer begann er, mit den Fäusten gegen den Kopf zu schlagen.
»Laß das«, sagte Garion energisch. »Du tust dir noch weh. Was soll das?«
»UL sagte mir, daß ich es sei, der Ulgo das Kind enthüllt. Ich habe seine Worte so verstanden, als hätte ich vor seinen Augen besondere Gnade gefunden.«
»Um welches Kind handelt es sich denn?«
»Um *das* Kind. Den neuen Gorim. Es ist ULs Art, sein Volk zu leiten und zu schützen. Wenn das Werk eines alten Gorims getan ist, zeichnet UL die Augen des Kindes, das ihm nachfolgen wird. Als UL mir sagte, daß ich ausersehen sei, Ulgo das Kind zu bringen, habe ich seine Worte auch anderen verkündet, und sie haben mich verehrt und mich gebeten, in ULs Worten zu ihnen zu sprechen. Ich sah überall um mich nur Sünde und Verderbtheit und verkündete es auch. Die Menschen hörten mir zu – aber es waren meine Worte, nicht die ULs. In meinem Stolz habe ich geglaubt, für UL zu sprechen. Ich habe meine eigenen Sünden verkannt, um die Sünden anderer anzuprangern.« Relgs Stimme war heiser vor fanatischer Selbstbezichtigung. »Ich bin Schmutz«, erklärte er. »Unrat. UL hätte seine Hand gegen mich erheben und mich vernichten sollen.«
»Das ist verboten«, sagte Garion, ohne nachzudenken.
»Wer hat die Macht, UL irgend etwas zu verbieten?«
»Ich weiß nicht. Ich weiß nur, daß es verboten ist, etwas ungeschehen zu machen – selbst den Göttern. Es ist eins der ersten Dinge, die wir lernen.«
Relg sah ruckartig hoch, und Garion wußte, daß er einen schrecklichen Fehler gemacht hatte.
»Du kennst die Geheimnisse der Götter?« fragte der Fanatiker ungläubig.
»Daß sie Götter sind, hat damit nichts zu tun«, antwortete Garion. »Das Verbot gilt für jeden.«
Relgs Augen erglühten in plötzlicher Hoffnung. Er warf sich auf die Knie und beugte sich, bis sein Gesicht den Boden berührte. »Vergib mir meine Sünden«, flehte er.

»Was?«
»Ich habe mich selbst erhöht, als ich unwürdig war.«
»Du hast einen Fehler gemacht, das ist alles. Tu's einfach nicht wieder. Bitte steh auf, Relg.«
»Ich bin böse und unrein.«
»Du?«
»Ich hatte unschickliche Gedanken über Frauen.«
Garion errötete vor Verlegenheit. »Wir alle haben hin und wieder solche Gedanken«, sagte er mit einem nervösen Räuspern.
»Meine Gedanken sind sündig ... sündig«, stöhnte Relg schuldbeladen. »Sie brennen in mir.«
»Ich bin sicher, UL versteht das. Bitte steh auf, Relg. Du darfst das nicht tun.«
»Ich habe mit meiner Zunge gebetet, wenn mein Herz und meine Seele nicht beim Gebet waren.«
»Relg ...«
»Ich habe verborgene Höhlen gesucht, nur um der Freude des Findens willen, nicht um sie UL zu weihen. Ich habe die Gabe entweiht, die mir mein Gott verliehen hat.«
»Bitte, Relg ...«
Relg schlug den Kopf auf die Erde. »Ich habe einmal eine Höhle gefunden, in der noch das Echo von ULs Stimme hallte. Ich habe sie den anderen nicht gezeigt, sondern den Klang von ULs Stimme für mich allein behalten.«
Garion wurde unruhig. Der fanatische Relg steigerte sich in eine Raserei hinein.
»Bestrafe mich, Belgarion«, flehte Relg. »Erlege mir eine harte Strafe auf für meine Schlechtigkeit.«
Garions Kopf war ganz klar, als er antwortete. Er wußte genau, was er sagen mußte. »Das kann ich nicht tun, Relg. Ich kann dich nicht bestrafen – sowenig, wie ich dir vergeben kann. Wenn du etwas getan hast, das du nicht hättest tun sollen, dann geht das nur dich und UL etwas an. Wenn du glaubst, bestraft werden zu müssen, mußt du das selbst tun. Ich kann es nicht, und ich werde es nicht tun.«
Relg hob sein verzerrtes Gesicht und starrte Garion an. Dann

sprang er mit einem erstickten Schrei auf die Füße und floh jammernd in die Dunkelheit.
»Garion!« Tante Pols Stimme hatte die vertraute Schärfe.
»Ich habe nichts getan«, protestierte er automatisch.
»Was hast du ihm gesagt?« fragte Belgarath.
»Er behauptete, alle möglichen Sünden begangen zu haben«, erklärte Garion. »Er wollte, daß ich ihn bestrafe und ihm vergebe«.
»Und?«
»Das konnte ich nicht, Großvater.«
»Was ist daran so schwer?«
Garion starrte ihn an.
»Du mußtest ihn doch nur ein wenig anlügen. Ist das so schwer?«
»Lügen? In einer solchen Angelegenheit?« Garion war ganz entsetzt bei dem Gedanken.
»Ich *brauche* ihn, Garion, und er funktioniert nicht, wenn er durch eine religiöse Hysterie untauglich wird. Benutze deinen Kopf, Junge.«
»Ich kann das nicht, Großvater«, wiederholte Garion stur. »Es ist für ihn zu wichtig, als daß ich ihn darüber täuschen könnte.«
»Du gehst ihn besser suchen, Vater«, sagte Tante Pol.
Belgarath warf Garion einen finsteren Blick zu. »Wir zwei sind noch nicht fertig miteinander, Bursche«, sagte er wütend. Dann ging er, ärgerlich vor sich hinbrummend, auf die Suche nach Relg.
Mit kalter Gewißheit wußte Garion plötzlich, daß die Reise nach Cthol Murgos sehr lang und unangenehm werden würde.

20

Obwohl der Sommer dieses Jahres in den Niederungen und auf der algarischen Ebene lange geblieben war, gab es nur einen kurzen Herbst. Die Schneestürme und Unwetter, in die sie in den Bergen oberhalb Maragors und auf den Gipfeln von Ulgo geraten waren, hatten bereits angedeutet, daß der Winter früh einsetzen und sehr streng werden würde. Und so war es in den Nächten schon sehr kalt auf ihrem langen Ritt über das offene Grasland zu den Bergen im Osten.

Belgarath hatte seinen Zorn auf Garion wegen dessen Verhalten gegenüber Relgs Schuldgefühlen überwunden, hatte jedoch mit unausweichlicher Logik eine ungeheure Last auf Garions Schultern gelegt. »Aus irgendeinem Grund vertraut er dir«, stellte der alte Mann fest, »also werde ich ihn dir ganz überlassen. Es ist mir egal, was du tun mußt, aber bewahre ihn davor, noch einmal so die Fassung zu verlieren.«

Zuerst weigerte sich Relg, auf Garions Bemühungen, ihn aus sich herauszulocken, einzugehen, aber nach einer Weile überkam den Fanatiker wieder die Panik bei dem Gedanken an den offenen Himmel, und er begann zu reden – stockend zuerst, dann sich fast überstürzend. Wie Garion befürchtet hatte, war Relgs Lieblinsthema die Sünde. Garion war erstaunt, welch simple Dinge Relg für sündhaft hielt. Für ihn war es beispielsweise schon ein größeres Vergehen, vor einer Mahlzeit die Gebete zu vergessen. Als der Eiferer seinen Sündenkatalog immer mehr offenlegte, erkannte Garion, daß die meisten seiner Sünden eher in Gedanken als in Taten begangen wurden. Was immer wieder auftauchte, waren lustvolle Gedanken an Frauen. Zu Garions ausgesprochenem Unbehagen bestand Relg darauf, diese lüsternen Gedanken genauestens zu beschreiben.

»Frauen sind natürlich nicht genauso wie wir«, erklärte der Fanatiker eines Nachmittags, als sie nebeneinander ritten. »Ihre Seelen und ihre Herzen werden nicht so von Heiligkeit angezogen wie unsere, und sie wollen uns ständig mit ihrem Körper versuchen und zur Sünde verlocken.«

»Warum glaubst du, ist es so?« fragte Garion vorsichtig.

»Ihre Herzen sind voller Wollust«, behauptete Relg unnachgiebig. »Es bereitet ihnen besonderes Vergnügen, die Rechtschaffenen zu versuchen. Ich sage die Wahrheit, Belgarion, du würdest die Raffinesse dieser Kreaturen nicht glauben. Ich habe Beweise ihrer Schlechtigkeit selbst bei den geachtetsten Matronen gesehen – den Frauen meiner frömmsten Anhänger.

Immer berühren sie einen, streichen wie zufällig um die Männer herum, und sie geben sich große Mühe, damit ihr Ärmel hochrutscht und einen runden Arm freigibt oder die Säume ihrer Kleider sich irgendwo verhaken und einen Blick auf ihre Knöchel erlauben.«

»Wenn es dich stört, sieh doch einfach nicht hin«, schlug Garion vor.

Relg überhörte das. »Ich habe schon erwogen, sie aus meiner Umgebung zu verbannen, aber dann dachte ich, es wäre vielleicht besser, wenn ich sie im Auge behielte, so daß ich meine Anhänger vor ihrer Schlechtigkeit bewahren kann. Eine Zeitlang habe ich überlegt, ob ich meinen Gefolgsleuten die Ehe verbieten sollte, aber einige der älteren sagten, damit könnte ich die jüngeren abschrecken. Trotzdem glaube ich, daß das keine schlechte Idee wäre.«

»Würde das deine Anhänger nicht aussterben lassen?« fragte Garion. »Ich meine, wenn du es nur lange genug aufrecht erhältst? Keine Ehe, keine Kinder. Du verstehst, was ich meine?«

»Das habe ich noch nicht richtig ausgearbeitet«, gestand Relg.

»Und was ist mit dem Kind – dem neuen Gorim? Wenn zwei Menschen heiraten sollen, damit sie ein Kind haben können – dieses besondere Kind –, und du überredest sie, es nicht zu tun, würdest du dann nicht etwas verhindern, was ULs Wille ist?«

Relg sog scharf die Luft ein, als hätte er das noch gar nicht bedacht. Dann stöhnte er. »Siehst du? Selbst wenn ich mich noch so sehr bemühe, scheine ich immer über eine Sünde zu stolpern. Ich bin verflucht, Belgarion, verflucht. Warum hat UL mich erwählt, das Kind zu bringen, wenn ich so schlecht bin?«

Garion wechselte rasch das Thema, um ihn von diesen Gedanken abzulenken.

Seit neun Tagen ritten sie über das endlose Grasmeer auf die Berge im Osten zu, und seit neun Tagen überließen die anderen, mit einer Gleichgültigkeit, die Garion tief kränkte, ihn der Gesellschaft des eifernden Fanatikers. Er wurde mürrisch und warf ihnen gelegentlich vorwurfsvolle Blicke zu, doch sie ignorierten ihn.

Am Ostrand der Ebene erklommen sie einen langgestreckten Hügel und sahen zum erstenmal die gigantische Ostwand des Gebirges, die sich vor ihnen auftürmte, eine senkrechte Basaltklippe, die fast eine Meile aufragte und sich links und rechts in der Ferne verlor.

»Unmöglich«, sagte Barak. »Da können wir nie hochklettern.«

»Müssen wir auch nicht«, beruhigte ihn Silk zuversichtlich. »Ich weiß einen Weg.«

»Einen geheimen Weg, nehme ich an?«

»Geheim ist er eigentlich nicht«, antwortete Silk. »Ich glaube zwar nicht, daß viele Leute ihn kennen, aber er ist gut zu finden – wenn man weiß, wo man suchen muß. Ich mußte Mishrak ac Thull einmal in Eile verlassen und bin zufällig darüber gestolpert.«

»Man gewinnt allmählich den Eindruck, daß du fast jedes Land einmal in Eile verlassen mußtest.«

Silk zuckte die Achseln. »Zu wissen, wann man laufen muß, ist eines der wichtigsten Dinge, die Leute meines Berufes wissen müssen.«

»Wird der Fluß dort sich nicht als Hindernis erweisen?« fragte Mandorallen, der zu dem glitzernden Aldur hinübersah, der zwischen ihnen und der drohenden, schwarzen Felswand lag. Er fuhr sich mit den Fingerspitzen leicht über die Seite, um zu prüfen, wie empfindlich seine Rippen noch waren.

»Mandorallen, laß das!« befahl Tante Pol. »Sie werden nie heilen, wenn du ständig daran herumdrückst.«

»Mir scheint, meine Dame, daß sie schon fast wieder heil sind«, antwortete der Ritter. »Nur eine bereitet mir noch etwas Unbehagen.«

»Trotzdem, laß die Finger davon.«

»Ein paar Meilen flußaufwärts ist eine Furt«, sagte Belgarath, um Mandorallens Frage zu beantworten. »Zu dieser Jahreszeit führt der Fluß nur wenig Wasser, so daß wir keine Schwierigkeiten haben werden, ihn zu durchqueren.« Er ritt wieder voran, den sanften Abhang zum Aldur hinab. Am späten

Nachmittag ritten sie durch die Furt und schlugen am anderen Ufer ihre Zelte auf. Am nächsten Morgen machten sie sich auf den Weg zum Fuß der Felswand.
»Der Pfad beginnt ein paar Meilen weiter südlich«, sagte Silk und ritt den anderen an der düsteren Klippe entlang voraus.
»Müssen wir an der Wand hoch?« fragte Garion unruhig, den Kopf in den Nacken gelegt.
Silk schüttelte den Kopf. »Der Pfad verläuft in einem Flußbett, das sich tief ins Gestein eingegraben hat. Es ist etwas steil und eng, aber wird uns sicher nach oben bringen.«
Garion fand das nur wenig ermutigend.
Der Pfad erwies sich als kaum mehr als ein Spalt in der Felsklippe, durch den ein kleines Wasserrinnsal plätscherte, das in dem Geröllfeld am Fuß der Wand versickerte. »Bist du sicher, daß es bis ganz nach oben führt?« fragte Barak, der den engen Kamin argwöhnisch beäugte.
»Vertrau mir«, beruhigte ihn Silk.
»Nicht, wenn ich es vermeiden kann.«
Der Weg war mühsam, steil, und mit Geröll übersät. An manchen Stellen war er so schmal, daß die Packpferde entladen werden mußten, damit sie durch einen Spalt paßten. Über große Basaltblöcke, die sich fast zu riesigen Treppenstufen geformt hatten, mußten sie regelrecht getragen werden. Der kleine Wasserlauf machte den Untergrund feucht und glitschig. Um alles noch schlimmer zu machen, zogen von Westen her dunkle Wolken auf, und von der trockenen Hochebene Mishrak ac Thulls wehte ein kalter Wind durch die enge Kluft herab.
Sie brauchten zwei Tage. Als sie schließlich oben ankamen, etwa eine Meile hinter dem Klippenrand, waren sie alle erschöpft.
»Ich fühle mich, als hätte man mich mit einem Knüppel verdroschen«, stöhnte Barak und ließ sich in das Gebüsch fallen, das am Rand des Flußbettes wuchs. »Und zwar mit einem sehr großen, scheußlichen Knüppel.«
Sie alle setzten sich zwischen das dornige Gestrüpp, um sich von der furchtbaren Kletterei zu erholen. »Ich werde mich

etwas umsehen«, sagte Silk nach nur ein paar Minuten. Der kleine Mann hatte den Körper eines Akrobaten – drahtig, kräftig und schnell wieder erholt. Er kroch zum Rand des Flußgrabens, duckte sich tief unter die Dornbüsche und schob sich die letzten Meter auf dem Bauch vorwärts, um vorsichtig über die Kante zu spähen. Nach ein paar Minuten stieß er einen leisen Pfiff aus und machte den anderen Zeichen, zu ihm zu kommen.

Barak stöhnte wieder und stand auf. Durnik, Mandorallen und Garion erhoben sich ebenfalls.

»Seht nach, was er will«, sagte Belgarath. »Ich bin noch nicht so weit, wieder herumzulaufen.«

Die vier krochen durch loses Geröll den Hang hinauf bis zu der Stelle, wo Silk unter einem Dornbusch auf der Lauer lag. Sie legten gleichfalls die letzten Meter auf dem Bauch zurück, wie er es getan hatte.

»Was gibt's?« fragte Barak den kleinen Mann, als sie bei ihm angelangt waren.

»Gesellschaft«, antwortete Silk knapp und deutete mit der Hand auf die felsige, dürre Ebene, die sich braun und tot unter dem grauen Himmel erstreckte.

Eine gelbe Staubwolke, von dem kalten Wind über den Boden getrieben, verriet die Reiter.

»Eine Patrouille?« fragte Durnik mit gedämpfter Stimme.

»Ich glaube nicht«, antwortete Silk. »Die Thulls sind schlechte Reiter. Sie patrouillieren meist zu Fuß.«

Garion spähte auf die ausgetrocknete Ebene hinaus. »Ist da nicht jemand vor ihnen?« fragte er und zeigte auf einen winzigen, sich bewegenden Fleck, der sich etwa eine halbe Meile vor den Reitern befand.

»Ach«, sagte Silk bedrückt.

»Was ist das?« fragte Barak. »Keine Geheimnisse jetzt, Silk. Dafür bin ich nicht in der Stimmung.«

»Es sind Grolims«, erklärte Silk. »Sie jagen einen Thull, der auf der Flucht ist, um nicht geopfert zu werden. Das passiert ziemlich oft.«

»Sollten wir Belgarath warnen?« fragte Mandorallen.

»Das wird nicht nötig sein«, sagte Silk. »Die Grolims hier haben meist nur den niedrigsten Rang. Ich bezweifle, daß einer von ihnen magische Fähigkeiten hat.«

»Ich werde es ihm trotzdem sagen«, meinte Durnik. Er glitt rückwärts aus dem Gebüsch und ging zu Belgarath, Tante Pol und Relg zurück, die sich noch ausruhten.

»Solange wir außer Sicht bleiben, dürfte nichts geschehen«, sagte Silk. »Es sieht aus, als wären es nur drei, und die konzentrieren sich ganz auf den Thull.«

Der laufende Mann war nähergekommen. Er hatte den Kopf gesenkt, und seine Arme schwangen beim Laufen mit wie Pumpenschwengel.

»Was passiert, wenn er sich hier im Graben verstecken will?« fragte Barak.

Silk zuckte die Achseln. »Die Grolims werden ihm folgen.«

»An dem Punkt müßten wir eingreifen, oder?«

Silk nickte mit einem boshaften Grinsen.

»Wir könnten ihn rufen, nehme ich an«, schlug Barak vor und zog sein Schwert aus der Scheide.

»Gerade hatte ich den gleichen Gedanken.«

Durnik kam zurück, seine Schritte knirschten auf dem Geröll.

»Wolf sagt, wir sollen sie im Auge behalten«, berichtete er, »aber wir sollen nichts unternehmen, bis sie tatsächlich in den Graben kommen.«

»Wie schade!« seufzte Silk bedauernd.

Der rennende Thull war jetzt deutlich zu erkennen. Er war untersetzt und trug eine grobe, in der Taille gegürtete Tunika. Sein Haar war struppig und schmutzigbraun, sein Gesicht war in animalischer Angst verzerrt. Er kam an ihrem Versteck vorbei, in nur dreißig Schritt Entfernung, und Garion konnte seinen rasselnden Atem hören, als er vorbeihastete. Er winselte beim Laufen – ein tierisches Geräusch absoluter Verzweiflung.

»Sie versuchen fast nie, sich zu verstecken«, sagte Silk mitleidig. »Sie rennen immer nur.« Er schüttelte den Kopf.

»Sie werden ihn bald einholen«, stellte Mandorallen fest. Die verfolgenden Grolims trugen schwarze Kapuzengewänder und polierte Stahlmasken.

»Wir tauchen besser unter«, sagte Barak.

Sie duckten sich hinter den Rand des Flußgrabens. Ein paar Augenblicke später galoppierten die drei Pferde vorbei, ihre Hufe donnerten über die ausgedörrte Erde.
»In ein paar Minuten haben sie ihn«, sagte Garion. »Er läuft direkt auf den Abgrund zu. Er sitzt in der Falle.«
»Ich glaube nicht«, sagte Silk ernst.
Kurz darauf hörten sie einen langgezogenen, verzweifelten Schrei, der in dem furchtbaren Abgrund erstarb.
»Das hatte ich mehr oder weniger erwartet«, sagte Silk.
Garion drehte sich der Magen um, als er an die Höhe der Felswand dachte.
»Sie kommen zurück«, warnte Barak. »Runter.«
Die drei Grolims kamen wieder an dem Graben vorbei. Einer von ihnen sagte etwas, das Garion nicht ganz verstehen konnte, und die anderen beiden lachten.
»Die Welt könnte ein schönerer Ort sein mit drei Grolims weniger auf ihr«, flüsterte Mandorallen grimmig.
»Angenehmer Gedanke«, stimmte Silk zu. »aber Belgarath würde er wohl nicht gefallen. Wahrscheinlich ist es besser, sie laufen zu lassen. Wir wollen nicht, daß sich jemand auf die Suche nach ihnen macht.«
Barak sah den drei Grolims sehnsüchtig hinterher, dann seufzte er in tiefstem Bedauern.
»Laßt uns wieder hinuntergehen«, sagte Silk.
Sie machten kehrt und krochen zu den anderen zurück.
Als sie kamen, sah Belgarath auf. »Sind sie weg?«
»Sie reiten davon«, antwortete Silk.
»Was war das für ein Schrei?« fragte Relg.
»Drei Grolims haben einen Thull über den Rand der Klippe gejagt«, erwiderte Silk.
»Warum?«
»Er war für eine bestimmte religiöse Übung auserwählt, und er wollte nicht daran teilnehmen.«
»Er hat sich geweigert?« Relg war schockiert. »Dann hat er sein Schicksal verdient.«
»Ich glaube nicht, daß du die Zeremonien der Grolims billigen würdest, Relg.«

»Man muß sich dem Willen seines Gottes beugen«, beharrte Relg. In seiner Stimme lag eine Spur von Heuchelei. »Religiöse Verpflichtungen sind absolut.«
Silks Augen funkelten, als er den fanatischen Ulgo ansah. »Wieviel weißt du über die Religion der Angaraks, Relg?« fragte er.
»Ich beschäftige mich nur mit der Religion von Ulgo.«
»Ein Mann sollte wissen, wovon er spricht, ehe er ein Urteil abgibt.«
»Laß gut sein, Silk«, sagte Tante Pol.
»Nein, Polgara. Diesmal nicht. Ein paar Tatsachen tun unserem frommen Freund hier vielleicht gut. Ihm scheint die richtige Perspektive zu fehlen.« Silk wandte sich wieder an Relg. »Der Kern der Angarakreligion ist ein Ritual, das die meisten Menschen abscheulich finden. Die Thulls widmen ihr ganzes Leben der Umgebung dieses Rituals. Das ist die zentrale Realität des thullischen Lebens.«
»Ein widerwärtiges Volk«, sagte Relg heiser.
»Nein. Thulls sind dumm, aber sie sind wohl kaum widerwärtig. Siehst du, Relg, das Ritual, von dem ich spreche, sind Menschenopfer.«
Relg zog den Schleier von seinen Augen, um den wieselgesichtigen kleinen Mann ungläubig anzustarren.
»Jedes Jahr werden Torak zweitausend Thulls geopfert«, fuhr Silk fort, die Augen auf Relgs gebanntes Gesicht gerichtet. »Die Grolims lassen auch Sklaven als Ersatz zu, und so arbeitet ein Thull sein Leben lang, um genug Geld für einen Sklaven zu haben, der seine Stelle auf dem Altar einnehmen kann, wenn er das Pech haben sollte, erwählt zu werden. Aber Sklaven sterben manchmal, oder sie fliehen. Wenn ein Thull ohne Sklave gewählt wird, versucht er meist, davonzulaufen. Dann jagen die Grolims ihn – sie haben viel Übung, also können sie es sehr gut. Ich habe noch nie gehört, daß ein Thull tatsächlich davongekommen ist.«
»Es ist ihre Pflicht, sich zu beugen«, erklärte Relg stur, obwohl er bereits weniger sicher wirkte.
»Wie werden sie geopfert?« fragte Durnik gedämpft. Die Be-

reitwilligkeit, mit der der Thull sich in den Abgrund gestürzt hatte, bedrückte ihn tief.
»Es ist eine einfache Prozedur«, antwortete Silk, Relg genau beobachtend. »Zwei Grolims beugen den Thull nach hinten über den Altar, und ein dritter schneidet ihm das Herz heraus. Dann verbrennen sie das Herz in einem kleinen Feuer. Torak hat kein Interesse an dem ganzen Thull. Er will nur das Herz.«
Relg schauderte.
»Sie opfern auch Frauen«, fuhr Silk eindringlich fort. »Aber Frauen haben ein einfacheres Mittel zu entkommen. Die Grolims opfern keine schwangere Frauen – es bringt ihre Zählung durcheinander –, und deshalb versuchen thullische Frauen, ständig schwanger zu sein. Das erklärt, warum es so viele Thulls gibt und warum thullische Frauen für ihren zügellosen Appetit so berüchtigt sind.«
»Ungeheuerlich.« Relg rang nach Atem. »Der Tod wäre besser als solch schändliche Verderbtheit.«
»Der Tod dauert sehr lange, Relg«, sagte Silk mit kaltem Lächeln. »Ein bißchen Verderbtheit kann man rasch vergessen, wenn man sich bemüht. Vor allem dann, wenn das Leben davon abhängt.«
Relgs Gesicht verriet seine Beunruhigung, als er diese ungeschminkte Beschreibung thullischen Lebens verarbeitete. »Du bist ein böser Mann«, warf er Silk vor, allerdings ohne rechte Überzeugung.
»Ich weiß«, gab Silk zu.
Relg wandte sich an Belgarath. »Ist es wahr, was er behauptet?«
Der Zauberer kratzte sich nachdenklich den Bart. »Er hat nicht viel ausgelassen«, antwortete er. »Das Wort Religion bedeutet für verschiedene Völker auch ganz Unterschiedliches, Relg. Es hängt von der Natur des verehrten Gottes ab. Du solltest versuchen, das zu begreifen. Es wird dir einiges, was du noch tun mußt, erleichtern.«
»Ich glaube, wir haben das Thema jetzt erschöpft, Vater«, sagte Tante Pol. »Und wir haben noch einen weiten Weg vor uns.«
»Richtig«, pflichtete er ihr bei und erhob sich.

Sie ritten über ein trostloses Geröllfeld, das die Westgrenze von Mishrak ac Thull bildete. Der stete Wind war bitterkalt, obwohl nur hier und dort kleine Schneefelder unter dem finster drohenden Himmel lagen.

Relgs Augen gewöhnten sich an das trübe Tageslicht, und die Wolken schienen die Panik vertrieben zu haben, die der offene Himmel ihm eingeflößt hatte. Aber es war offensichtlich eine schwere Zeit für ihn. Die Welt hier über der Erde war ihm fremd, und alles, was ihm begegnete, schien seine ganzen Vorstellungen zu erschüttern. Es war auch eine Zeit des persönlichen religiösen Aufruhrs für ihn, die Krise stürzte ihn in ein Auf und Ab von Reden und Handeln. In einem Moment prangerte er heuchlerisch die sündige Schlechtigkeit anderer an, mit einem Ausdruck strenger Rechtschaffenheit auf dem Gesicht, im nächsten wand er sich in einem Anfall von Selbsthaß und gestand seine Sünden und seine Schuld in endloser Litanei jedem, der zuhörte. Sein blasses Gesicht mit den großen dunklen Augen, eingerahmt von der Kapuze des Kettenhemdes, verzerrte sich im Tumult seiner Gefühle. Wieder einmal überließen ihn die anderen – selbst der geduldige, warmherzige Durnik – gänzlich Garion. Relg hielt oft an, um Gebete zu sprechen oder merkwürdige kleine Rituale zu verrichten, in denen anscheinend immer auch ein ausgiebiges Wühlen im Schmutz gehörte.

»Bei dieser Geschwindigkeit brauchen wir das ganze Jahr, um nach Rak Cthol zu kommen«, brummte Barak eines Tages mürrisch und starrte mit offener Abneigung auf den glühenden Fanatiker, der im Sand abseits des Weges kniete.

»Wir brauchen ihn«, antwortete Belgarath gelassen, »und er braucht das. Wenn wir müssen, können wir damit leben.«

»Wir nähern uns der Nordgrenze von Cthol Murgos«, sagte Silk und deutete auf eine niedrige Hügelkette vor ihnen. »Wenn wir die Grenze erst einmal überschritten haben, können wir nicht mehr dauernd anhalten. Wir müssen uns sputen, um auf die Südliche Karawanen-Route zu stoßen. Die Murgos patrouillieren sehr ausgiebig, und sie mögen keine Abweichung von der Route. Sobald wir auf der Karawanenroute sind, ist alles in Ordnung, aber vorher sollten wir nicht unbedingt angehalten werden.«

»Werden sie uns nicht auch auf der Karawanenroute anhalten, Prinz Kheldar?« fragte Mandorallen. »Unsere Gesellschaft ist recht eigenartig zusammengewürfelt, und Murgos sind mißtrauisch.«

»Sie werden uns beobachten«, gab Silk zu, »aber sie werden nichts unternehmen, solange wir nicht von der Straße abweichen. Der Vertrag zwischen Taur Urgas und Ran Borune garantiert Reisefreiheit auf der Karawanenroute, und kein lebender Murgo ist so dumm, seinen König dadurch zu verärgern, daß er den Vertrag verletzt. Taur Urgas ist sehr streng mit Leuten, die ihn ärgern.«

An einem kalten, feuchten Tag, kurz nach Mittag, überquerten sie die Grenze nach Cthol Murgos und fielen sofort in Galopp. Nach einigen Meilen zügelte Relg sein Pferd.

»Jetzt nicht, Relg«, sagte Belgarath entschieden. »Später.«

»Aber...«

»UL ist ein geduldiger Gott. Er wird warten. Reite weiter.«

Sie galoppierten über die öde Hochebene auf die Karawanenroute zu, ihre Mäntel flatterten im schneidenden Wind. Es war später Nachmittag, als sie die Straße erreichten und die Pferde zügeln konnten. Die Südliche Karawanen-Route war eigentlich keine Straße, aber jahrhundertelanger Reiseverkehr hatte ihren Verlauf deutlich markiert. Silk sah sich zufrieden um.

»Geschafft«, seufzte er. »Jetzt werden wir wieder zu ehrlichen Kaufleuten, kein einziger Murgo wird sich uns in den Weg stellen.« Er lenkte sein Pferd nach Osten und ritt den anderen mit deutlich zur Schau getragenem Selbstbewußtsein voraus. Er setzte sich gerade und schien sich mit einer Art geschäftiger Wichtigkeit aufzublasen. Garion wußte, daß er sich im Geiste darauf vorbereitete, in eine neue Rolle zu schlüpfen. Als sie dem gutbewachten Troß eines tolnedranischen Händlers begegneten, der nach Westen reiste, hatte Silk seine Verwandlung beendet und grüßte den Kaufmann mit der unverbindlichen Freundlichkeit eines Handelsmannes.

»Guten Tag, edler Großkaufmann«, sagte er zu dem Tolnedra-

ner, dessen Rang erkennend. »Wenn du einen Moment erübrigen kannst, könnten wir vielleicht Informationen über die Wegstrecke austauschen. Du kommst aus dem Osten, und ich komme gerade aus dem Westen. Ein Austausch könnte zu beiderseitigem Vorteil sein.«
»Ausgezeichnete Idee«, stimmte der Tolnedraner zu. Der Großkaufmann war untersetzt, hatte eine hohe Stirn und trug einen pelzgefütterten Mantel, in den er sich fest gewickelt hatte, um den eisigen Wind abzuhalten.
»Mein Name ist Ambar«, sagte Silk. »Von Kotu.«
Der Tolnedraner neigte höflich den Kopf. »Kalvor«, stellte er sich vor, »aus Tol Horb. Du hast eine schwierige Jahreszeit für deine Reise nach Osten gewählt, Ambar.«
»Notgedrungen«, erwiderte Silk. »Mein Vermögen ist begrenzt, und die Kosten einer Überwinterung in Tol Honeth hätten das wenige auch noch aufgezehrt.«
»Die Honether sind Räuber«, gab ihm Kalvor Recht. »Lebt Ran Borune noch?«
»Als ich abreiste, ja.«
Kalvor zog ein Gesicht. »Und das Gezänk um die Thronfolge geht weiter?«
Silk lachte. »O ja.«
»Führt dieses Schwein Kaldor von Tol Vordue immer noch?«
»So weit ich weiß, macht Kaldor schwere Zeiten durch. Ich hörte, daß er einen Anschlag auf das Leben Prinzessin Ce'Nedras unternahm. Ich kann mir vorstellen, daß der Kaiser Schritte einleitet, ihn deshalb aus dieser Welt zu entfernen.«
»Großartige Neuigkeiten«, sagte Kalvor strahlend.
»Wie ist die Straße im Osten?« fragte Silk.
»Nicht viel Schnee«, erzählte Kalvor. »Aber den gibt es in Cthol Murgos ja selten. Ein sehr trockenes Land. Aber es ist kalt. Auf den Pässen ist es eisig. Wie sieht es in den Bergen Ost-Tolnedras aus?«
»Als wir sie überquerten, schneite es.«
»Das hatte ich befürchtet«, sagte Kalvor düster.
»Du hättest vielleicht bis zum Frühjahr warten sollen, Kalvor. Der schlimmste Teil der Reise liegt noch vor dir.«

»Ich mußte aus Rak Goska verschwinden.« Kalvor sah sich um, als ob er Angst hätte, belauscht zu werden. »Du begibst dich in Schwierigkeiten, Ambar«, sagte er ernst.

»Oh?«

»Es ist nicht die Zeit, nach Rak Goska zu gehen. Die Murgos dort spielen verrückt.«

»Verrückt?« fragte Silk alarmiert.

»Es gibt keine andere Erklärung. Sie verhaften ehrliche Kaufleute unter den fadenscheinigsten Vorwürfen, die du je gehört hast, und jedermann aus dem Westen wird ständig verfolgt. Es ist gewiß nicht die rechte Zeit, eine Dame dorthin zu bringen.«

»Meine Schwester«, antwortete Silk mit einem Blick auf Tante Pol. »Sie hat in mein Unternehmen investiert, aber sie traut mir nicht. Sie hat darauf bestanden, mitzukommen, um sicherzugehen, daß ich sie nicht betrüge.«

»Ich würde nicht nach Rak Goska gehen«, riet Kalvor.

»Ich bin jetzt festgelegt«, sagte Silk hilflos. »Ich habe keine andere Wahl, oder?«

»Ich sage dir ganz ehrlich, Ambar, du setzt dein Leben aufs Spiel, wenn du jetzt nach Rak Goska gehst. Ein Kaufmann, den ich kenne, wurde allen Ernstes beschuldigt, in das Frauenhaus eines Murgos eingedrungen zu sein.«

»Das soll hin und wieder vorkommen. Murgofrauen sind für ihre Schönheit bekannt.«

»Ambar«, sagte Kalvor gequält, »der Mann war dreiundsiebzig Jahre alt.«

»Dann können seine Söhne stolz auf seine Manneskraft sein.« Silk lachte. »Was ist mit ihm geschehen?«

»Er wurde verurteilt und gepfählt«, sagte Kalvor schaudernd. »Die Soldaten haben uns alle zusammengeholt, und wir mußten zusehen. Es war grauenhaft.«

Silk runzelte die Stirn. »Es ist ausgeschlossen, daß die Anschuldigungen berechtigt waren?«

»Dreiundsiebzig, Ambar«, wiederholte Kalvor. »Die Anschuldigungen waren offensichtlich falsch. Wenn ich es nicht besser wüßte, würde ich meinen, Taur Urgas versucht, alle westlichen Händler aus Cthol Murgos zu vertreiben. Rak Goska ist einfach nicht mehr sicher für uns.«

Silk schnitt eine Grimasse. »Wer weiß schon, was Taur Urgas denkt?«

»Er profitiert von jedem Abschluß in Rak Goska. Er müßte verrückt sein, uns absichtlich zu vertreiben.«

»Ich habe Taur Urgas einmal kennengelernt«, sagte Silk grimmig. »Geistige Stabilität ist nicht gerade eine seiner Stärken.« Er sah sich mit einer verzweifelten Miene um. »Kalvor, ich habe alles, was ich besitze, und alles, was ich mir borgen konnte, in dieses Unternehmen gesteckt. Wenn ich jetzt umkehre, bin ich ruiniert.«

»Wenn du durch die Berge bist, könntest du dich nach Norden wenden«, schlug Kalvor vor. »Überquere den Fluß nach Mishrak ac Thull und geh nach Thull Mardu.«

Silk verzog das Gesicht. »Ich hasse es, Geschäfte mit Thulls zu machen.«

»Es gibt noch eine andere Möglichkeit«, sagte der Tolnedraner. »Du kennst die Stelle auf halbem Weg zwischen Tol Honeth und Rak Goska?«

Silk nickte.

»Dort hat es immer eine Versorgungsstation der Murgos gegeben – Pferde, Lebensmittel und andere notwendige Dinge. Seit der Ärger in Rak Goska begonnen hat, sind ein paar Murgos dort aufgetaucht und haben ganze Karawanenladungen gekauft – mit Pferden und allem Drum und Dran. Sie zahlen zwar nicht so gut wie in Rak Goska, aber du könntest wenigstens *etwas* Gewinn machen, und du mußt dich dafür nicht der Gefahr aussetzen.«

»Aber dann habe ich keine Waren für die Rückreise«, wandte Silk ein. »Der halbe Gewinn geht verloren, wenn ich in Tol Honeth ankomme und nichts zu verkaufen habe.«

»Aber du hast dein Leben, Ambar«, sagte Kalvor nachdrücklich. Er sah sich wieder nervös um, als ob er erwartete, jeden Moment verhaftet zu werden. »Ich werde nicht mehr nach Cthol Murgos zurückkommen«, erklärte er entschieden. »Ich bin wie jeder andere gewillt, für einen guten Profit ein Risiko einzugehen, aber alles Gold der Welt ist jetzt eine Reise nach Rak Goska nicht mehr wert.«

»Wie weit ist es bis zu dem Versorgungsstützpunkt?« fragte Silk, offenbar beunruhigt.

»Ich bin drei Tage geritten, seit ich dort aufgebrochen bin«, antwortete Kalvor. »Viel Glück, Ambar – wofür du dich auch entscheidest.« Er nahm seine Zügel wieder zur Hand. »Ich möchte noch ein paar Meilen hinter mich bringen, ehe ich übernachte. In den Bergen Tolnedras mag es Schnee geben, aber wenigstens bin ich nicht mehr in Cthol Murgos und unter der Fuchtel von Taur Urgas.« Er nickte kurz und ritt nach Westen davon. Sein Troß folgte ihm.

21

Die Südliche Karawanen-Route wand sich durch mehrere trokkene Hochtäler, die in allgemeiner Ost-West-Richtung verliefen. Die umgebenden Gipfel waren hoch – vielleicht noch höher als die Berge im Westen, aber auch die höchsten Hänge waren nur dünn mit Schnee bedeckt. Der Himmel war von schmutziggrauen Wolken verhangen, die ihre Feuchtigkeit jedoch nicht auf die trockene Wildnis aus Sand, Felsen und Dorngestrüpp niedergehen ließen. Wenn es auch nicht schneite, war es doch bitterkalt. Ständig blies ein Wind und stach wie mit Nadeln in die Haut.

Sie ritten ostwärts und kamen gut voran.

»Belgarath«, sagte Barak über die Schulter nach hinten, »auf dem Kamm dort oben ist ein Murgo – südlich der Straße.«

»Ich sehe ihn.«

»Was macht er da?«

»Er beobachtet uns. Solange wir nicht von der Karawanen-Route abweichen, wird er nichts tun.«

»Sie beobachten einen immer so«, erklärte Silk. »Die Murgos behalten gern jeden im Auge, der sich in ihrem Land aufhält.«

»Der Tolnedraner Kalvor«, sagte Barak. »Glaubst du, er hat übertrieben?«

»Nein«, antwortete Belgarath. »Ich denke, daß Taur Urgas eine Entschuldigung sucht, um die Karawanen-Route zu schließen und alle Westler aus Cthol Murgos hinauszuwerfen.«

»Aber warum?« fragte Durnik.

Belgarath zuckte die Achseln. »Der Krieg steht vor der Tür. Taur Urgas weiß, daß ein großer Teil der Händler, die diese Straße nach Rak Goska benutzen, Spione sind. Er wird bald die Armeen aus dem Süden heraufbringen, und er möchte ihre Größe und ihr Bewegungen geheimhalten.«

»Was für eine Armee kann man in einem so öden und unbewohnten Land ausheben?« fragte Mandorallen.

Belgarath warf einen Blick auf die trostlose Wüste um sie herum. »Das ist nur das kleine Stückchen von Cthol Murgos, das wir sehen dürfen. Es erstreckt sich noch dreitausend Meilen oder mehr nach Süden, und dort gibt es Städte, die noch niemand aus dem Westen je gesehen hat. Hier im Norden spielen die Murgos ein ausgeklügeltes Spiel, um das wahre Cthol Murgos zu verbergen.«

»Dann glaubt Ihr also, daß der Krieg bald beginnen wird?«

»Vielleicht nächsten Sommer«, meinte Belgarath. »Vielleicht auch erst im darauffolgenden.«

»Werden wir bereit sein?« fragte Barak.

»Wir werden es versuchen.«

Tante Pol stieß einen mißbilligenden Laut aus.

»Was ist?« fragte Garion rasch.

»Geier«, sagte sie. »Widerliche Kreaturen.«

Ein Dutzend der großen Vögel hockte flügelschlagend und krächzend über etwas neben der Karawanen-Route.

»Was ist da unten?« fragte Durnik. »Ich habe keine Tiere mehr gesehen, seit wir die Felswand erklettert haben.«

»Ein Pferd wahrscheinlich – oder ein Mensch«, sagte Silk.

»Würde man einen Menschen denn unbegraben lassen?« fragte der Schmied.

»Nur teilweise«, erklärte Silk. »Manchmal kommen Banditen auf die Idee, daß es einfach wäre, die Benutzer der Karawanen-Route auszurauben. Die Murgos geben ihnen reichlich Zeit, ihren Fehler einzusehen.«

Durnik sah ihn fragend an.
»Die Murgos fangen sie«, sagte Silk, »und dann graben sie sie bis zum Hals ein und lassen sie allein. Die Geier haben gelernt, daß ein Mensch in dieser Lage hilflos ist. Oft werden sie ungeduldig und warten nicht erst auf seinen Tod, bevor sie zu fressen anfangen.«
»Auch eine Art, mit Banditen umzugehen«, sagte Barak fast anerkennend. »Selbst Murgos können manchmal gute Ideen haben.«
»Unglücklicherweise gehen die Murgos automatisch davon aus, daß jeder, der die Straße verläßt, ein Bandit ist.«
Die Geier fraßen ungerührt weiter und unterbrachen ihre grausige Mahlzeit auch dann nicht, als sie nur zwanzig Schritte von ihnen entfernt vorbeiritten. Ihre Flügel und Körper verbargen das, wovon sie fraßen, und Garion war dafür ausgesprochen dankbar. Was immer es auch war, es war nicht sehr groß.
»Dann sollten wir möglichst dicht bei der Straße bleiben, wenn wir übernachten«, sagte Durnik und wandte schaudernd den Blick ab.
»Eine sehr gute Idee, Durnik«, sagte Silk.
Die Informationen, die der tolnedranische Kaufmann ihnen über den Behelfsmarkt an der Versorgungsstation gegeben hatte, erwiesen sich als zutreffend. Am Nachmittag des dritten Tages kamen sie über eine Hügelkuppe und sahen auf eine Ansammlung von Zelten hinab, die sich um ein solides Steinhaus neben der Straße gruppierten. Die Zelte wirkten aus der Entfernung klein und blähten sich in dem unablässigen Wind, der durch das Tal strich.
»Was meinst du?« fragte Silk Belgarath.
»Es ist spät«, antwortete der alte Mann. »Wir müssen sowieso bald unser Nachtlager aufschlagen, und es würde eigenartig aussehen, wenn wir hier nicht anhielten.«
Silk nickte.
»Wir müssen allerdings Relg außer Sicht halten«, fuhr Belgarath fort. »Niemand wird uns abkaufen, daß wir ehrliche Kaufleute sind, wenn ein Ulgo bei uns ist.«
Silk überlegte einen Augenblick. »Wir wickeln ihn in eine

Decke«, schlug er vor, »und sagen jedem, der fragt, er sei krank. Die Leute halten sich von Kranken lieber fern.«
Belgarath nickte. »Kannst du krank spielen?« fragte er Relg.
»Ich *bin* krank«, antwortete der Ulgo humorlos. »Ist es immer so kalt hier oben?« Er nieste.
Tante Pol lenkte ihr Pferd neben ihn und wollte ihre Hand auf seine Stirn legen.
»Faß mich nicht an.« Relg wich vor ihrer Hand zurück.
»Stell dich nicht so an«, befahl sie. Sie berührte kurz sein Gesicht und betrachtete ihn genau. »Er bekommt eine Erkältung, Vater«, erklärte sie. »Sobald wir unser Lager aufgeschlagen haben, muß ich ihm etwas dagegen geben. Warum hast du nichts davon gesagt?« fragte sie den Eiferer.
»Ich will ertragen, was UL mir auferlegt«, sagte Relg. »Es ist seine Strafe für meine Sünden.«
»Nein«, widersprach sie ihm. »Es hat mit Sünde oder Strafe überhaupt nichts zu tun. Es ist eine Erkältung, sonst nichts.«
»Werde ich sterben?« erkundigte sich Relg ganz ruhig.
»Selbstverständlich nicht. Hast du noch nie eine Erkältung gehabt?«
»Nein. Ich war noch nie krank.«
»Das wirst du in Zukunft nicht mehr behaupten können«, sagte Silk munter, zog eine Wolldecke aus einem Bündel und reichte sie ihm. »Leg sie dir um die Schultern und über den Kopf. Versuch so auszusehen, als ob du leidest.«
»Das tue ich ja«, sagte Relg und begann zu husten.
»Du must aber auch so *aussehen*«, sagte Silk. »Denk über Sünde nach, dann siehst du von allein elend aus.«
»Ich denke immer über Sünde nach«, erwiderte Relg hustend.
»Weiß ich«, sagte Silk. »Du mußt eben noch gründlicher nachdenken.«
Sie ritten den Hügel hinab auf die Ansammlung von Zelten zu, und der trockene, eisige Wind zerrte an ihnen. Nur sehr wenige der versammelten Händler waren außerhalb ihrer Zelte, und diese wenigen beeilten sich, in der beißenden Kälte ihre Geschäfte abzuwickeln.
»Ich denke, wir sollten zuerst bei der Versorgungsstation halt

machen«, schlug Silk vor und deutete auf das solide Gebäude, das sich zwischen die Zelte duckte. »Das sieht natürlicher aus. Laßt mich nur machen.«

»Silk, du räudiger drasnischer Dieb!« röhrte eine heisere Stimme aus einem Zelt in der Nähe.

Silks Augen weiteten sich leicht, dann grinste er. »Ich glaube, ich erkenne das Quieken eines gewissen nadrakischen Ferkels wieder«, sagte er so laut, daß ihn der Mann in dem Zelt hören konnte.

Ein untersetzter Nadrak in einem gegürteten, knöchellangen Filzmantel und einer enganliegenden Pelzkappe kam aus dem Zelt. Er hatte dickes, schwarzes Haar und einen dünnen, zerzausten Bart. Seine Augen standen in dem gleichen schrägen Winkel, der charakteristisch für alle Angaraks war, aber im Gegensatz zu den toten Augen der Murgos, waren die Augen des Nadraks lebendig und freundlich. »Haben sie dich noch nicht, Silk?« fragte er heiser. »Ich war mir sicher, daß sie dich inzwischen aufgestöbert hätten.«

»Betrunken wie immer, wie ich sehe«, grinste Silk boshaft. »Wie lange hat es diesmal gedauert, Yarblek?«

»Wer weiß?« Der Nadrak lachte, wobei er leicht schwankte. »Was machst du in Cthol Murgos, Silk? Ich dachte, dein fetter König braucht dich in Gar og Nadrak.«

»Ich wurde in den Straßen von Yar Nadrak etwas zu bekannt«, antwortete Silk. »Ich war an einem Punkt angelangt, an dem mich die Leute mieden.«

»Da muß ich mich aber fragen, warum bloß«, sagte Yarblek sarkastisch. »Du betrügst beim Handeln, spielst falsch, machst dich an die Frauen anderer Männer heran, und du bist ein Spion. Das dürfte doch wirklich kein Grund sein, deine guten Seiten zu vergessen – wo sie auch liegen mögen.«

»Dein Sinn für Humor ist so überwältigend wie immer, Yarblek.«

»Mein einziger Fehler«, gab der leicht angesäuselte Nadrak zu. »Komm runter von dem Pferd, Silk. Komm in mein Zelt, und wir betrinken uns zusammen. Bring deine Freunde mit.« Er ging in sein Zelt.

»Ein alter Bekannter«, erklärte Silk rasch, während er aus dem Sattel glitt.
»Kann man ihm trauen?« fragte Barak argwöhnisch.
»Nicht ganz, aber er ist in Ordnung. Für einen Nadrak ist er wirklich kein schlechter Kerl. Er wird von allem wissen, was vor sich geht, und wenn er betrunken genug ist, können wir vielleicht ein paar nützliche Informationen aus ihm herausholen.«
»Komm rein, Silk«, röhrte Yarblek aus seinem grauen Zelt heraus.
»Wir wollen sehen, was er uns zu sagen hat«, meinte Belgarath.
Sie stiegen ab, banden die Pferde an einem Zaun neben dem Zelt an und gingen nacheinander hinein. Das Zelt war groß, und Boden und Wände waren mit dicken dunkelroten Teppichen bedeckt. Eine Öllampe hing von dem Mittelpfosten, und ein eisernes Kohlebecken verbreitete eine willkommene Wärme.
Yarblek saß mit gekreuzten Beinen im rückwärtigen Teil des Zeltes auf den Teppichen, einen großen schwarzen Krug griffbereit neben sich. »Kommt rein. Kommt rein«, sagte er barsch. »Macht die Klappe zu. Ihr laßt die ganze Wärme hinaus.«
»Dies ist Yarblek«, stellte Silk vor. »Ein mittelmäßiger Kaufmann und berüchtigter Trinker. Wir kennen uns schon sehr lange.«
»Mein Zelt gehört euch.« Yarblek rülpste ungeniert. »Es ist kein großes Zelt, aber es ist trotzdem das eure. In dem Stapel dort drüben neben dem Sattel sind Becher – manche sogar sauber. Wir wollen alle einen trinken.«
»Dies ist die Dame Pol«, stellte Silk vor.
»Gutaussehende Frau«, bemerkte Yarblek und betrachtete sie unverhohlen. »Verzeiht mir, daß ich nicht aufstehe, werte Dame, aber ich fühle mich etwas schwindlig. Wahrscheinlich ist mir etwas nicht bekommen.«
»Gewiß«, sagte sie mit einem trockenen Lächeln. »Ein Mann sollte immer gut darauf achten, was er seinem Bauch antut.«
»Das habe ich mir auch schon tausendmal gesagt.« Er beobach-

tete sie, als sie ihre Kapuze abstreifte und den Umhang öffnete. »Eine bemerkenswert schöne Frau, Silk«, erklärte er. »Du würdest sie mir wohl nicht verkaufen?«
»Du könntest dir mich nicht leisten, Yarblek«, sagte sie, ohne im geringsten beleidigt zu sein.
Yarblek starrte sie an und brach dann in schallendes Gelächter aus. »Bei Einauges Nase, bestimmt könnte ich das nicht – und außerdem hast du wahrscheinlich ein Messer unter dem Kleid versteckt. Du würdest mir den Bauch aufschlitzen, wenn ich versuchte, dich zu rauben, was?«
»Natürlich.«
»Was für eine Frau!« Yarblek kicherte vergnügt. »Kannst du auch tanzen?«
»Wie du es noch nie gesehen hast, Yarblek«, antwortete sie. »Dir würden die Knie weich werden.«
Yarbleks Augen glühten. »Wenn wir alle betrunken sind, kannst du vielleicht für uns tanzen.«
»Wir werden sehen«, sagte sie mit der Andeutung eines Versprechens. Garion war von dieser für sie uncharakteristischen Keckheit verblüfft. Offensichtlich erwartete Yarblek ein solches Verhalten von einer Frau, aber Garion wunderte sich, woher Tante Pol die Sitten der Nadraks so gut kannte, um sich ihnen ohne jede Spur von Verlegenheit anpassen zu können.
»Das ist Meister Wolf«, sagte Silk und deutete auf Belgarath.
»Laß die Namen weg«, winkte Yarblek ab. »Ich vergesse sie doch nur.« Nichtsdestoweniger betrachtete er sie alle genau. »Schließlich«, fuhr er fort und klang dabei plötzlich bei weitem nicht mehr so betrunken, wie er zu sein schien, »ist es vielleicht sogar besser, wenn ich sie nicht weiß. Was man nicht weiß, kann man nicht verraten, und ihr seid eine zu gut sortierte Gruppe, um in ehrlichen Geschäften in diesem stinkenden Cthol Murgos unterwegs zu sein. Holt euch Becher. Der Krug hier ist fast voll, und vor dem Zelt steht noch einer kalt.«
Auf Silks Geste hin, nahm sich jeder einen Becher von dem Stapel Geschirr, der neben dem abgenutzten Sattel lag, und setzte sich zu Yarblek auf den Teppich.

»Ich würde gern einschenken wie ein guter Gastgeber«, sagte Yarblek, »aber ich verschütte zuviel dabei. Bedient euch selbst.«

Yarbleks Bier war sehr dunkel und von kräftigem, fast fruchtigem Geschmack.

»Interessantes Aroma«, sagte Barak höflich.

»Mein Brauer gibt getrocknete Äpfel in die Fässer«, erklärte der Nadrak. »Dann ist es nicht so bitter.« Er wandte sich an Silk. »Ich dachte, du könntest Murgos nicht leiden.«

»Kann ich auch nicht.«

»Was machst du dann in Cthol Murgos?«

Silk zuckte die Achseln. »Geschäfte.«

»Wessen? Deine oder Rhodars?«

Silk zwinkerte ihm zu.

»Dachte ich mir. Dann wünsche ich dir Glück. Ich würde dir sogar meine Hilfe anbieten, aber es ist wohl besser, wenn ich meine Nase da raushalte. Murgos mißtrauen uns noch mehr als euch Alornern – nicht, daß ich sie deswegen wirklich tadeln könnte. Jeder Nadrak, der diesen Namen verdient, würde einen meilenweiten Umweg in Kauf nehmen, um einem Murgo die Kehle durchzuschneiden.«

»Deine Zuneigung zu deinen Vettern berührt mich tief«, grinste Silk.

Yarblek sah in finster an. »Vettern!« Er spie aus. »Wenn es nicht wegen der Grolims wäre, hätten wir die ganze kaltblütige Rasse schon vor Generationen ausgerottet.« Er goß sich noch einen Becher ein, hob ihn und sagte: »Verwirrung für die Murgos!«

»Ich glaube, wir haben etwas, auf das wir gemeinsam trinken können«, sagte Barak mit einem breiten Grinsen. »Verwirrung für die Murgos.«

»Und daß Taur Urgas Schwielen am Hintern kriegt«, fügte Yarblek hinzu. Er nahm einen tiefen Schluck, goß sich noch einmal aus dem Krug nach und trank wieder. »Ich bin etwas betrunken«, gestand er.

»Hätten wir nie erraten«, sagte Tante Pol.

»Du gefällst mir, Mädchen.« Yarblek grinste sie an. »Ich

wünschte, ich könnte es mir leisten, dich zu kaufen. Du denkst wohl nicht zufällig daran, wegzulaufen?«

Sie seufzte spöttisch. »Nein«, sagte sie. »Ich fürchte nicht. Das bringt einer Frau einen schlechten Ruf ein, weißt du.«

»Sehr wahr«, stimmte Yarblek eulenhaft zu. Er schüttelte traurig den Kopf. »Wie ich bereits sagte«, fuhr er fort, »bin ich etwas betrunken. Ich sollte wahrscheinlich gar nichts darüber sagen, aber es ist keine gute Zeit für Leute aus dem Westen hier in Cthol Murgos – vor allem nicht für Alorner. Ich habe in letzter Zeit merkwürdige Dinge gehört. In Rak Cthol gehen Gerüchte um, daß das Murgoland von Ausländern gesäubert werden soll. Taur Urgas trägt zwar die Krone und spielt in Rak Goska den König, aber der alte Grolim in Rak Cthol hat seine Hand fest um das Herz des Königs geschlossen. Der König der Murgos weiß, daß der Thron verwaist, wenn Ctuchik seine Faust ballt.«

»Wir haben ein paar Meilen westlich von hier einen Tolnedraner getroffen, der auch so etwas sagte«, erzählte Silk ernst. »Er behauptet, in Rak Goska würden Kaufleute aus dem Westen aufgrund falscher Anschuldigungen verhaftet.«

Yarblek nickte. »Das ist nur der erste Schritt. Die Murgos sind immer berechenbar, sie haben so wenig Phantasie. Taur Urgas ist noch nicht so weit, Ran Borune dadurch herauszufordern, daß er jeden westlichen Händler im Reich niedermetzeln läßt, aber es dauert nicht mehr lange. Rak Goska ist jetzt wahrscheinlich schon eine geschlossene Stadt. Taur Urgas kann sich nun dem Umland zuwenden. Ich kann mir vorstellen, daß er deswegen herkommt.«

»Er *was?*« Silk wurde sichtlich blaß.

»Ich dachte, du wüßtest das«, sagte Yarblek. »Taur Urgas marschiert mit einer Armee auf die Grenze zu. Ich schätze, er will die Grenze schließen.«

»Wie weit ist er noch weg?« wollte Silk wissen.

»Mir wurde berichtet, daß er heute morgen keine zwanzig Meilen von hier gesehen wurde«, sagte Yarblek. »Was hast du denn?«

»Taur Urgas und ich hatten einige ernste Mißverständnisse«,

antwortete Silk bestürzt. »Ich darf auf keinen Fall hier sein, wenn er kommt.« Er sprang auf.
»Wo willst du hin?« frage Belgarath rasch.
»An irgendeinen sicheren Ort. Ich treffe euch später wieder.« Er drehte sich um und schoß aus dem Zelt. Augenblicke später hörten sie Hufgeklapper.
»Soll ich mit ihm gehen? fragte Barak.
»Du würdest ihn doch nicht einholen.«
»Ich frage mich, was er Taur Urgas wohl angetan hat«, grübelte Yarblek. Dann kicherte er. »Es muß ziemlich schlimm gewesen sein, so wie der kleine Dieb davongerannt ist.«
»Ist er denn sicher, wenn er die Straße verläßt?« fragte Garion, in Gedanken an die Geier bei ihrem abscheulichen Mahl.
»Mach dir um Silk keine Sorgen«, meinte Yarblek zuversichtlich.
Aus großer Entfernung war ein monotones Trommeln zu hören. Yarbleks Augen wurden schmal vor Haß. »Es sieht aus, als wäre Silk gerade noch rechtzeitig verschwunden«, grollte er.
Das Trommeln wurde lauter und verstärkte sich zu einem hohlen, dröhnenden Klang. Durch das Dröhnen konnte man schwach einen Gesang in einer tiefen Molltonart aus vielen hundert Kehlen hören.
»Was ist das?« fragte Durnik.
»Taur Urgas«, antwortete Yarblek und spie aus. »Das ist das Kriegslied des Königs der Murgos.«
»Krieg?« fragte Mandorallen scharf.
»Taur Urgas befindet sich immer im Krieg«, sagte Yarblek verächtlich. »Selbst wenn niemand da ist, mit dem er Krieg führen kann. Er schläft in seiner Rüstung, sogar in seinem eigenen Palast. Deswegen stinkt er auch so, aber da sowieso alle Murgos stinken, macht es keinen großen Unterschied. Vielleicht sollte ich besser gehen und sehen, was er vorhat.« Er kam schwerfällig auf die Füße. »Wartet hier«, befahl er. »Dies ist ein Nadrakzelt, und unter Angaraks sind gewisse Formen der Höflichkeit üblich. Seine Soldaten werden nicht hier herein kommen, also seid ihr in Sicherheit, solange ihr

hier drin bleibt.« Er schlurfte mit einem Ausdruck kalten Hasses im Gesicht auf den Eingang des Zeltes zu.
Der Gesang und die Trommeln kamen näher. Schrille Pfeifen nahmen eine dissonante Begleitung auf, und plötzlich wurden tiefe Hörner geblasen.
»Was meinst du, Belgarath?« brummte Barak. »Dieser Yarblek scheint ja ganz in Ordnung zu sein, aber er ist immer noch ein Angarak. Ein Wort von ihm, und wir haben hundert Murgos hier am Hals.«
»Er hat recht, Vater«, pflichtete Tante Pol ihm bei. »Ich kenne Nadraks gut genug, um zu wissen, daß Yarblek längst nicht so betrunken war, wie er vorgab.«
Belgarath schürzte die Lippen. »Vielleicht ist es keine so gute Idee, sich ganz darauf zu verlassen, daß Nadraks die Murgos hassen«, überlegte er. »Möglicherweise tun wir Yarblek Unrecht, aber wir sollten uns besser davonmachen, ehe Taur Urgas alles mit Wachen umstellt. Wir wissen nicht, wie lange er hierbleiben will, und wenn er sich erst einmal eingenistet hat, haben wir bestimmt Schwierigkeiten, hier herauszukommen.«
Durnik schob einen der roten Teppiche beiseite, der vor der Rückwand des Zeltes hing, bückte sich und zog ein paar Zeltpflöcke heraus. Er hob die Zeltwand an. »Ich glaube, wir können hier hinauskriechen.«
»Dann gehen wir«, entschied Belgarath.
Einer nach dem anderen schlüpften sie aus dem Zelt in die eisige Kälte hinaus.
»Holt die Pferde«, sagte Belgarath leise. Er sah sich um, seine Augen wurden schmal. »Der Graben dort drüben.« Er deutete auf einen ausgetrockneten Wasserlauf unmittelbar hinter der letzten Zeltreihe. »Wenn wir die Zelte zwischen uns und der Straße halten, müßten wir eigentlich ungesehen davonkommen. Höchstwahrscheinlich werden alle die Ankunft Taur Urgas' miterleben wollen.«
»Würde der Murgokönig Euch erkennen, Belgarath?« fragte Mandorallen.
»Vielleicht. Wir sind uns nie begegnet, aber meine Beschrei-

bung wird schon seit langem in Cthol Murgos verbreitet. Wir gehen besser kein Risiko ein.«

Sie führten die Pferde an der Rückseite der Zelte entlang und erreichten ohne Zwischenfall den schützenden Graben.

»Das Flußbett kommt von der anderen Seite dieses Hügels«, zeigte Barak mit dem Arm. »Wenn wir ihm folgen, sind wir die ganze Zeit außer Sicht, und wenn wir erst den Hügel zwischen uns und den Markt gebracht haben, könnten wir ungesehen weiterreiten.«

»Es ist fast Abend.« Belgarath sah zu dem tiefhängenden Himmel hinauf. »Laßt uns noch ein Stück gehen und dann warten, bis es dunkel ist.«

Sie gingen durch das ausgetrocknete Flußbett, bis sie die Flanke des Hügels erreicht hatten.

»Wir sollten die Dinge besser im Auge behalten«, sagte Belgarath.

Barak und Garion krochen aus dem Graben bis zur Kuppe des Hügels, wo sie sich hinter einen struppigen Busch kauerten.

»Da sind sie«, murmelte Barak.

Ein steter Strom grimmig aussehender Murgosoldaten marschierte im Takt zu den großen Trommeln in Achterreihen auf den Markt. In ihrer Mitte, auf einem schwarzen Pferd und unter einem flatternden schwarzen Banner, ritt Taur Urgas. Er war groß, mit breiten, hängenden Schultern, und er hatte ein eckiges, mitleidloses Gesicht. Die dicken Verbindungsstücke seines Kettenhemdes waren in geschmolzenes rotes Gold getaucht worden, so daß es fast aussah, als wäre er blutbesudelt. Ein breiter Metallgürtel lag um seine Taille, das Heft seines Schwertes war mit Juwelen verziert. Ein spitzer Stahlhelm saß tief über den schwarzen Augenbrauen, und die blutrote Krone von Cthol Murgos war daran angeschmiedet. Eine Art Panzerkapuze bedeckte Rücken und Seiten des königlichen Halses und reichte bis über die Schultern.

Als er den offenen Platz vor dem Gebäude der Versorgungsstation erreicht hatte, zügelte Taur Urgas sein Pferd. »Wein!« befahl er. Seine Stimme, von dem eisigen Wind herangetragen, klang verblüffend nah.

Der Murgo, der die Station leitete, eilte hinein und kam mit einer schlanken Flasche und einem metallenen Becher zurück. Taur Urgas nahm den Becher, trank und schloß dann langsam seine große Faust darum und zerquetschte ihn. Barak schnaubte vor Verachtung.
»Was soll das?« flüsterte Garion.
»Niemand darf aus einem Becher trinken, den Taur Urgas schon benutzt hat«, antwortete der rotbärtige Cherek. »Wenn Anheg sich so benähme, würden ihn seine Krieger in die Bucht von Val Alorn werfen.«
»Hast du die Namen aller anwesenden Fremden?« fragte der König den Murgo der Station. Garion konnte seine Stimme deutlich hören.
»Wie Ihr befohlen habt, erhabener König«, antwortete der Mann mit einer unterwürfigen Verbeugung. Er zog eine Pergamentrolle aus dem Ärmel und reichte sie seinem Herrscher. Taur Urgas entrollte das Pergament und warf einen Blick darauf. »Ruft den Nadrak Yarblek auf«, befahl er.
»Laßt Yarblek von Gar og Nadrak durch«, bellte ein Offizier neben dem König.
Yarblek, dessen Übermantel im Wind flatterte, trat vor.
»Unser Vetter aus dem Norden«, grüßte ihn Taur Urgas kalt.
»Euer Majestät«, antwortete Yarblek mit einer leichten Verbeugung.
»Es wäre gut, wenn du abreistest, Yarblek«, sagte der König. »Meine Soldaten haben gewisse Befehle, und einige von ihnen könnten in ihrem Eifer, sie zu befolgen, vielleicht einen Angarak nicht erkennen. Ich kann nicht für deine Sicherheit garantieren, wenn du hierbleibst, und ich wäre betrübt, sollte dir etwas Unangenehmes zustoßen.«
Yarblek verbeugte sich wieder. »Meine Diener und ich werden unverzüglich abreisen, Eure Majestät.«
»Wenn es Nadraks sind, haben sie unsere Erlaubnis zu gehen«, sagte der König. »Aber alle Fremden müssen bleiben. Du bist entlassen, Yarblek.«
»Ich glaube, wir sind gerade noch rechtzeitig aus dem Zelt geschlüpft«, murmelte Barak.

Dann trat ein Mann in einem rostigen Kettenhemd, über dem er eine schmierige braune Weste trug, aus der Station. Er war unrasiert, und das Weiße seines einen Auges leuchtete unheilvoll.
»Brill!« entfuhr es Garion.
Baraks Augen wurden schmal.
Brill verbeugte sich mit unvermuteter Eleganz vor Taur Urgas. »Heil, mächtiger König«, sagte er. Sein Ton war gleichgültig, verriet weder Respekt noch Furcht.
»Was machst du hier, Kordoch?« fragte Taur Urgas kalt.
»Ich bin in Geschäften meines Herrn hier, erhabener König«, antwortete Brill.
»Was für Geschäfte kann Ctuchik an solch einem Ort schon machen?«
»Etwas Persönliches, großer König«, erwiderte Brill ausweichend.
»Ich behalte dich und die anderen Dagashi gern im Auge, Kordoch. Wann bist du nach Cthol Murgos zurückgekommen?«
»Vor einigen Monaten, mächtiger Arm Toraks. Wenn ich gewußt hätte, daß es Euch interessiert, hätte ich eine Nachricht geschickt. Die Leute, die ich auf Wunsch meines Herrn behandeln soll, wissen, daß ich sie verfolge, deshalb sind meine Wege kein Geheimnis.«
Taur Urgas lachte kurz, ein Lachen ohne jegliche Wärme. »Du wirst alt, Kordoch. Die meisten Dagashi hätten ihre Arbeit längst erledigt.«
»Es sind ganz besondere Leute«, sagte Brill achselzuckend. »Aber ich werde nicht mehr lange brauchen. Das Spiel ist fast vorüber. Zufällig, großer König, habe ich ein Geschenk für dich.« Er schnippte mit den Fingern, und zwei seiner Gefolgsmänner kamen aus dem Gebäude. Sie schleppten einen dritten Mann zwischen sich. Auf der Tunika des Gefangenen war Blut, und sein Kopf hing herab, als sei er nur halb bei Bewußtsein.
Barak atmete zischend aus.
»Ich dachte, Ihr hättet gern ein bißchen Unterhaltung«, meinte Brill.

»Ich bin der König der Murgos, Kordoch«, sagte Taur Urgas kalt, »und mir gefällt deine Art nicht. Ich habe nicht die Angewohnheit, den Dagashi ihre schmutzige Arbeit abzunehmen. Wenn du ihn tot sehen willst, mußt du ihn schon selbst umbringen.«

»Das wäre kaum eine schmutzige Arbeit, Euer Majestät«, sagte Brill mit einem unangenehmen Grinsen. »Der Mann ist ein alter Freund von Euch.« Er ergriff die Haare des Gefangenen und riß dessen Kopf hoch, damit der König ihn sehen konnte. Es war Silk. Sein Gesicht war blaß, und aus einem tiefen Schnitt an der Stirn sickerte Blut.

»Da habt Ihr den drasnischen Spion Kheldar.« Brill grinste. »Ich mache ihn Eurer Majestät zum Geschenk.«

Taur Urgas begann zu lächeln, seine Augen leuchteten in böser Freude. »Großartig«, sagte er. »Du hast die Dankbarkeit deines Königs, Kordoch. Dein Geschenk ist überaus kostbar.« Sein Lächeln wurde breiter. »Ich grüße dich, Prinz Kheldar«, sagte er fast schnurrend. »Ich warte schon sehr lange auf eine Gelegenheit, dich wiederzusehen. Wir haben noch viele alte Rechnungen zu begleichen, nicht wahr?«

Silk schien den König der Murgos anzustarren, aber Garion war nicht sicher, ob er überhaupt begriff, was mit ihm geschah.

»Bleib noch ein wenig bei uns, Prinz von Drasnien«, bat Taur Urgas hämisch. »Ich möchte über dein letztes Vergnügen besonders gründlich nachdenken, und ich möchte sichergehen, daß du völlig wach bist, um es auch richtig würdigen zu können. Du verdienst etwas ganz Besonderes, denke ich – etwas Langanhaltendes. Ich möchte dich keinesfalls durch überstürzte Handlungen enttäuschen.«

22

Barak und Garion schlichen zurück in den Graben, loses Geröll kollerte unter ihren Füßen den steilen Hang hinab.

»Sie haben Silk«, berichtete Barak leise. »Brill ist dort. Es sieht so aus, als hätten seine Männer Silk geschnappt, als er zu fliehen versuchte. Sie haben ihn Taur Urgas übergeben.«

Belgarath stand langsam auf, er sah elend aus. »Ist er ...« Er brach ab.

»Nein«, antwortete Barak. »Er lebt noch. Sie haben ihn wohl niedergeschlagen, aber er schien ganz in Ordnung zu sein.«

Belgarath atmete tief aus. »Das ist wenigstens etwas.«

»Taur Urgas schien ihn zu kennen«, fuhr Barak fort. »Es klang so, als hätte Silk den König einmal schwer gekränkt, und Taur Urgas wirkt sehr nachtragend.«

»Halten Sie ihn irgendwo fest, wo wir an ihn herankommen können?« fragte Durnik.

»Das haben wir nicht mitbekommen«, antwortete Garion. »Sie haben eine Weile geredet, und dann haben ihn einige Soldaten hinter das Gebäude gebracht. Wir konnten nicht sehen, wo sie ihn von da aus hinbrachten.«

»Der Murgo, der die Station betreibt, sagte etwas von einem Schacht«, setzte Barak hinzu.

»Wir müssen etwas unternehmen, Vater«, sagte Tante Pol.

»Ich weiß, Pol. Uns wird schon etwas einfallen.« Er wandte sich wieder an Barak. »Wie viele Soldaten hat Taur Urgas mitgebracht?«

»Mindestens einige Regimenter. Sie sind überall dort unten.«

»Wir könnten ihn translokieren, Vater«, schlug Tante Pol vor.

»Die Entfernung ist vielleicht zu groß, Pol«, wandte er ein. »Außerdem müßten wir genau wissen, wo er gefangengehalten wird.«

»Ich werde das herausfinden.« Sie wollte ihren Mantel öffnen.

»Warte lieber, bis es dunkel ist«, meinte er. »Es gibt nicht viele Eulen in Cthol Murgos, und bei Tageslicht würdest du sicherlich Aufmerksamkeit erregen. Hatte Taur Urgas Grolims bei sich?« fragte er Garion.

»Ich glaube, ich habe ein paar gesehen.«

»Das macht die Sache schwierig. Translokation verursacht einen höllischen Lärm. Wir hätten Taur Urgas auf den Fersen, wenn wir weiter wollten.«

»Hast du eine andere Idee, Vater?« fragte Tante Pol.

»Laß mich überlegen«, bat er. »Wir können sowieso nichts tun, bis es dunkel ist.«

Ein leiser Pfiff ertönte aus einiger Entfernung.

»Wer ist das?« Baraks Hand fuhr an sein Schwert.

»He, Alorner.« Es war ein heiseres Flüstern.

»Mir scheint, es ist der Nadrak Yarblek«, sagte Mandorallen.

»Woher weiß er, daß wir hier sind? fragte Barak.

Sie hörten knirschende Schritte im Kies, dann tauchte Yarblek um eine Biegung des Flußbettes auf. Er hatte seine Pelzmütze tief ins Gesicht gezogen, der Kragen seines Mantels war bis zu den Ohren hochgeschlagen. »Hier seid ihr ja«, sagte er erleichtert.

»Bist du allein?« In Baraks Stimme lag Argwohn.

»Natürlich bin ich allein«, schnaubte Yarblek. »Ich habe meinen Dienern befohlen, vorauszugehen. Ihr seid in Eile aufgebrochen.«

»Wir wollten nicht bleiben und Taur Urgas begrüßen«, sagte Barak.

»Ist wahrscheinlich auch gut so. Ich hatte einige Mühe, euch aus dem Schlamassel da unten herauszuhalten. Die Murgosoldaten haben jeden meiner Männer überprüft, um sicherzugehen, daß es alles Nadraks waren, ehe sie mich gehen ließen. Sie haben Silk.«

»Wissen wir«, sagte Barak. »Wie hast du uns gefunden?«

»Ihr habt die Pflöcke an der Zeltrückwand nicht wieder eingesteckt, und der Hügel bietet die nächstgelegene Deckung auf dieser Seite des Marktes. Ich habe erraten, welchen Weg ihr einschlagen würdet, und ihr habt hier und dort Spuren hinterlassen, die meine Ansicht bestätigten.« Das grobknochige Gesicht des Nadraks war ernst, und man sah ihm nicht an, daß er dem Bier vorhin so zugesprochen hatte. Wir müssen euch hier herausbekommen«, sagte er. »Taur Urgas wird bald Patrouillen ausschicken, und ihr sitzt noch fast auf seinem Schoß.«

»Erst müssen wir unseren Gefährten retten«, sagte Mandorallen.

»Silk? Das vergeßt lieber. Ich fürchte, mein alter Freund Silk

hat seine letzten Würfel geworfen.« Er seufzte. »Ich mochte ihn auch.«
»Er ist doch nicht tot, oder?« Durniks Stimme war verzerrt vor Angst.
»Noch nicht«, antwortete Yarblek, »aber Taur Urgas will das bei Sonnenaufgang richtigstellen. Ich konnte noch nicht einmal dicht genug an den Schacht herankommen, um ein Messer hineinzuwerfen, damit er sich wenigstens die Pulsadern öffnen kann. Ich fürchte, sein letzter Morgen auf dieser Welt wird sehr schlimm werden.«
»Warum versuchst du, uns zu helfen?« fragte Barak ohne Umschweife.
»Du mußt ihn entschuldigen, Yarblek«, sagte Tante Pol. »Er ist mit den Sitten der Nadraks nicht vertraut.« Sie wandte sich an Barak. »Er hat dich in dein Zelt eingeladen und dir sein Bier angeboten. Das macht dich bis zum nächsten Morgen zu einem Bruder von ihm.«
Yarblek lächelte sie kurz an. »Du scheinst uns gut zu kennen, Mädchen«, stellte er fest. »Ich habe dich nun doch nicht tanzen sehen, was?«
»Vielleicht ein andermal«, antwortete sie.
»Vielleicht.« Er kauerte nieder und zog einen gekrümmten Dolch unter seinem Mantel hervor. Mit der anderen Hand glättete er ein Fleckchen Sand und fing an, mit der Dolchspitze eine rasche Skizze zu entwerfen. »Die Murgos werden mich beobachten«, sagte er, »deswegen kann ich nicht plötzlich ein halbes Dutzend Leute oder noch mehr in meiner Reisegruppe haben, ohne daß sie über mich herfallen. Ich werde nach Osten reiten und nach ein paar Meilen auf der Karawanenroute warten. Sobald es dunkel wird, schleicht ihr los und stoßt zu mir. Dann werden wir weitersehen.«
»Warum hat Taur Urgas dir befohlen, abzureisen?« fragte Barak.
Yarblek machte ein finsteres Gesicht. »Morgen wird es einen großen Zwischenfall geben. Taur Urgas wird unverzüglich eine Entschuldigung an Ran Borune schicken – unerfahrene Truppen hätten ehrliche Kaufleute mit Banditen verwechselt, oder

so. Er wird ihm eine Entschädigung anbieten, und alles wird wieder in Ordnung sein. Geld ist ein magisches Wort, wenn man es mit Tolnedranern zu tun hat.«

»Will er das ganze Lager niedermetzeln lassen?« fragte Barak entsetzt.

»Das ist sein Plan. Er will alle Westler aus Cthol Murgos hinaushaben und glaubt anscheinend, daß einige solcher Zwischenfälle das für ihn erledigen.«

Relg stand etwas abseits, seine großen Augen blickten gedankenverloren ins Leere. Plötzlich kam er auf Yarblek zu und wischte dessen Skizze aus. »Kannst du mir genau zeigen, wo unser Freund festgehalten wird?« fragte er.

»Das würde dir nichts helfen«, meinte Yarblek. »Er wird von einem Dutzend Männern bewacht. Silk genießt einen gewissen Ruf, und Taur Urgas will ihn auf keinen Fall entwischen lassen.«

»Zeig es mir trotzdem«, beharrte Relg.

Yarblek zuckte die Achseln. »Wir sind hier auf der Nordseite.« Er zeichnete grob den Markt und die Karawanenroute auf. »Die Versorgungsstation ist hier.« Er zeigte mit seinem Dolch darauf. »Das Loch ist direkt dahinter, am Fuß des Hügels auf der Südseite.«

»Was für Wände hat es?«

»Massiven Stein.«

»Ist es eine natürliche Höhlung im Fels, oder hat man es gegraben?«

»Was macht das für einen Unterschied?«

»Ich muß es wissen.«

»Ich habe keine Spuren von Werkzeugen gesehen«, sagte Yarblek, »und die Öffnung im Boden ist unregelmäßig. Es ist wahrscheinlich einfach ein natürliches Loch.«

Relg nickte. »Und der Hügel dahinter – besteht er aus Fels oder Erde?«

»Vorwiegend aus Fels. Das ganze stinkende Cthol Murgos besteht weitgehend aus Felsen.«

Relg stand auf. »Danke«, sagte er höflich.

»Du wirst es nicht schaffen, einen Tunnel bis zu ihm zu graben, wenn es das ist, woran du denkst«, sagte Yarblek, stand ebenfalls auf und klopfte sich den Staub aus den Kleidern. »Du hast nicht genug Zeit.«

Belgaraths Augen waren nachdenklich. »Danke, Yarblek«, sagte er. »Du bist ein guter Freund.«

»Alles, um die Murgos zu ärgern«, sagte der Nadrak. »Ich wünschte, ich könnte etwas für Silk tun.«

»Gib ihn noch nicht auf.«

»Ich fürchte, uns bleibt nicht viel Hoffnung. Ich mache mich lieber auf den Weg. Meine Leute werden davonlaufen, wenn ich nicht auf sie aufpasse.«

»Yarblek«, sagte Barak und streckte die Hand aus, »eines Tages müssen wir uns zusammensetzen und einen trinken.«

Yarblek grinste ihn an und schüttelte seine Hand. Dann drehte er sich um und umarmte Tante Pol herzhaft. »Wenn du dich bei diesen Alornern je langweilen solltest, Mädchen, mein Zelt steht immer für dich offen.«

»Ich werde daran denken, Yarblek«, erwiderte sie ernsthaft.

»Viel Glück«, wünschte Yarblek. »Ich werde bis Mitternacht auf euch warten.« Dann drehte er sich um und lief den Graben hinab.

»Ein guter Mann«, sagte Barak. »Ich glaube, ich könnte ihn wirklich gernhaben.«

»Wir müssen Pläne für Prinz Kheldars Rettung schmieden«, erklärte Mandorallen und begann, seine Rüstung von einem der Lasttiere abzuschnallen. »Da alles andere ausscheidet, müssen wir notwendigerweise wieder Zuflucht zu geballter Kraft nehmen.«

»Du wirst schon wieder rückfällig, Mandorallen«, sagte Barak.

»Es wird schon erledigt«, sagte Belgarath.

Barak und Mandorallen starrten ihn an.

»Leg deine Rüstung beiseite, Mandorallen«, wies der alte Mann den Ritter an. »Du wirst sie nicht brauchen.«

»Und wer holt Silk dort raus?« wollte Barak wissen.

»Ich«, antwortete Relg ruhig. »Wie lange dauert es noch, bis es dunkel ist?«

»Etwa eine Stunde. Warum?«

»Ich brauche etwas Zeit, um mich vorzubereiten.«
»Hast du einen Plan?« fragte Durnik.
Relg zuckte die Achseln. »Ich brauche keinen. Wir schlagen einen Bogen, bis wir hinter dem Hügel auf der anderen Seite des Marktes sind. Ich hole unseren Freund, und dann können wir gehen.«
»Einfach so?« fragte Barak.
»Mehr oder weniger. Bitte entschuldigt mich.« Relg ging ein Stück abseits.
»Warte einen Moment. Sollen Mandorallen und ich nicht mit dir gehen?«
»Ihr könntet mir doch nicht folgen«, antwortete Relg. Er ging ein Stück den Graben hinauf. Nach einem Moment hörten sie, wie er seine Gebete murmelte.
»Glaubt er, er kann ihn aus dem Loch herausholen?« fragte Barak verächtlich.
»Nein«, erwiderte Belgarath. »Er wird durch den Hügel gehen und Silk herausholen. Deswegen hat er Yarblek all diese Fragen gestellt.«
»Er wird *was*?«
»Du hast gesehen, was er in Prolgu getan hat – als er seinen Arm in die Wand steckte?«
»Nun ja, aber ...«
»Für ihn ist es ganz leicht, Barak.«
»Was ist mit Silk? Wie wird er *ihn* durch den Felsen schleppen?«
»Ich weiß es nicht. Er scheint jedoch überzeugt zu sein, daß er es kann.«
»Wenn es nicht klappt, wird Taur Urgas Silk morgen früh über kleiner Flamme rösten. Das weißt du doch, oder?«
Belgarath nickte ernst.
Barak schüttelte den Kopf. »Es ist widernatürlich«, grollte er.
»Nun reg dich nicht so auf«, meinte Belgarath.
Das Tageslicht ließ nach, und Relg betete weiter. Seine Stimme hob und senkte sich in getragenen Kadenzen. Als es völlig dunkel war, kehrte er zu den anderen zurück. »Ich bin bereit«, sagte er ruhig. »Wir können jetzt gehen.«

»Wir halten uns nach Westen«, erklärte Belgarath. »Wir führen die Pferde und bleiben so lange wie möglich in Deckung.«
»Wir werden dann aber ein paar Stunden brauchen«, meinte Durnik.
»Das macht nichts. Das gibt den Soldaten Zeit, sich einzurichten. Pol, sieh nach, was die Grolims machen, die Garion gesehen hat.«
Sie nickte, und Garion fühlte den sanften Druck ihres tastenden Geistes. »Es ist in Ordnung, Vater«, sagte sie nach einer Weile. »Sie sind beschäftigt. Taur Urgas läßt sie einen Gottesdienst für sich abhalten.«
»Dann wollen wir gehen«, sagte der alte Mann.
Sie stiegen behutsam durch das Flußbett abwärts, die Pferde am Zügel führend. Die Nacht war sehr dunkel, und der Wind zerrte an ihnen, als sie sich nicht mehr zwischen den schützenden Steilufern befanden. Die Ebene im Osten des Marktes war von Hunderten kleiner Feuer gesprenkelt, die im Wind flackerten und das ausgedehnte Lager von Taur Urgas' Armee kennzeichneten.
Relg grunzte und bedeckte seine Augen mit der Hand.
»Was ist?« fragte Garion.
»Die Feuer«, sagte Relg. »Sie tun meinen Augen weh.«
»Versuche, nicht hinzusehen.«
»Mein Gott hat eine schwere Last auf meine Schultern gelegt, Belgarion.« Relg schniefte und fuhr sich mit dem Ärmel über die Nase. »Ich bin nicht dafür geschaffen, im Freien zu leben.«
»Du läßt dir besser von Tante Pol etwas gegen deine Erkältung geben. Es wird zwar scheußlich schmecken, aber du fühlst dich anschließend besser.«
»Vielleicht«, sagte Relg.
Der Hügel am Südrand des Marktes erwies sich als Granitfelsen. Der unablässige Wind hatte ihn mit einer dicken Schicht Sand und Erde bedeckt, der Felsen selbst trotzte aber jeder Witterung. Sie blieben dahinter stehen, und Relg begann sorgfältig, die Erde von dem Granit zu fegen.
»Wäre es nicht besser, du würdest es näher an Silks Gefängnis versuchen?« fragte Barak leise.

»Zuviel Erde«, antwortete Relg.
»Erde oder Felsen, wo liegt der Unterschied?«
»Es ist ein großer Unterschied. Aber das kannst du nicht verstehen.« Er lehnte sich vor und berührte den Granithang mit der Zunge, als ob er den Felsen tatsächlich schmecken wollte. »Es wird eine Weile dauern«, sagte er. Er reckte sich, begann zu beten und schob sich langsam in das Gestein.
Barak schauderte und wandte rasch die Augen ab.
»Was fehlt Euch, Graf?« fragte Mandorallen.
»Mir wird ganz kalt, wenn ich nur zusehe«, antwortete Barak.
»Unser neuer Freund mag nicht der beste aller Gefährten sein«, sagte Mandorallen, »aber wenn es dank seiner Gabe glückt, Prinz Kheldar zu befreien, will ich ihn frohen Herzens in die Arme schließen und ihn Bruder nennen.«
»Wenn er sehr lange braucht, werden wir noch verdammt in der Nähe sein, wenn es hell wird und Taur Urgas feststellt, daß Silk verschwunden ist«, bemerkte Barak.
»Wir müssen eben abwarten und sehen, was geschieht«, sagte Belgarath.
Die Nacht zog sich dahin. Der Wind heulte und pfiff um die Flanken des steinigen Hügels, und die spärlichen Dornbüsche raschelten. Sie warteten. Eine immer stärker werdende Furcht beschlich Garion, während die Stunden vergingen. Mehr und mehr war er davon überzeugt, daß sie sowohl Relg als auch Silk verloren hatten. Er fühlte die gleiche elende Leere in sich wie damals, als sie den verwundeten Lelldorin in Arendien hatten zurücklassen müssen. Er merkte etwas schuldbewußt, daß er schon seit Monaten nicht mehr an Lelldorin gedacht hatte. Er fragte sich, wie gut der junge Mann sich wohl von seiner Wunde erholt hatte – oder *ob* er sich überhaupt erholt hatte. Seine Gedanken wurden immer trübseliger, je mehr Zeit verstrich.
Dann, ohne Warnung, ohne den leisesten Laut, trat Relg aus dem Felsen, in den er Stunden vorher eingedrungen war. Auf seinem breiten Rücken hing Silk, der sich verzweifelt an ihm festklammerte. Die Augen des rattengesichtigen kleinen Drasniers waren vor Grauen geweitet, und seine Haare standen ihm regelrecht zu Berge.

Sie umringten die beiden und bemühten sich, nicht allzu laut zu jubeln, der Tatsache eingedenk, daß sie sich fast mitten in einer Armee von Murgos befanden.

»Es tut mir leid, daß es so lange gedauert hat«, sagte Relg und zuckte unbehaglich mit den Schultern, bis Silk endlich von seinem Rücken glitt. »Mitten in dem Hügel ist eine andere Art von Gestein. Ich mußte mich erst daran anpassen.«

Silk stand keuchend und unkontrolliert zitternd neben ihnen. Schließlich wandte er sich an Relg. »Mach das *nie wieder* mit mir«, entfuhr es ihm. »Nie wieder.«

»Was ist denn los?« fragte Barak.

»Ich will nicht darüber sprechen.«

»Ich hatte gefürchtet, wir hätten Euch verloren, mein Freund«, sagte Mandorallen und ergriff Silks Hand.

»Wie hat Brill dich geschnappt?« fragte Barak.

»Ich war unvorsichtig. Ich hatte nicht mit seiner Anwesenheit gerechnet. Seine Männer haben ein Netz über mich geworfen, als ich durch eine Schlucht galoppierte. Mein Pferd stürzte und brach sich das Genick.«

»Das wird Hettar gar nicht gefallen.«

»Ich werde den Wert des Pferdes aus Brills Haut herausschneiden – irgendwo dicht am Knochen, denke ich.«

»Warum haßt dich Taur Urgas so sehr?« fragte Barak neugierig.

»Vor einigen Jahren war ich in Rak Goska. Ein tolnedranischer Agent erhob falsche Anschuldigungen gegen mich – ich habe nie herausfinden können, weshalb. Taur Urgas schickte einige Soldaten aus, um mich zu verhaften. Ich wollte aber nicht verhaftet werden, also habe ich mich mit den Soldaten etwas gestritten. Einige von ihnen sind bei dem Streit gestorben. Solche Dinge passieren halt manchmal. Unglücklicherweise war eines der Opfer Taur Urgas' ältester Sohn. Der Murgokönig hat das persönlich genommen. Er ist manchmal sehr engstirnig.«

Barak grinste. »Er wird schrecklich enttäuscht sein, wenn er morgen früh feststellen muß, daß du verschwunden bist.«

»Ich weiß«, erwiderte Silk. »Er wird wahrscheinlich diesen Teil von Cthol Murgos Stein für Stein auseinandernehmen lassen, um mich zu finden.«

»Es ist wohl Zeit, daß wir gehen«, sagte Belgarath.

»Ich dachte schon, du würdest nie darauf kommen«, sagte Silk.

23

Den Rest der Nacht und den Großteil des folgenden Tages ritten sie scharf durch. Gegen Abend stolperten ihre Pferde vor Erschöpfung, und Garion war vor Müdigkeit ebenso taub wie vor Kälte.

»Wir müssen irgendwo Schutz finden«, sagte Durnik, als sie die Pferde zügelten, um Ausschau nach einem Platz für ihr Nachtlager zu halten. Sie hatten die Reihe der ineinanderübergehenden, aufsteigenden Täler, durch die sich die Südliche Karawanen-Route zog, verlassen und befanden sich nun in der zerklüfteten, öden Wildnis der Berge in Zentral-Cthol Murgos. Es war bei ihrem Aufstieg zu dieser riesigen Wüste aus Fels und Sand stets kälter geworden, und der Wind heulte unablässig zwischen den schroffen Felsklippen. Durniks Gesicht war vor Müdigkeit von Falten durchzogen, in denen sich der feine Sandstaub, den der Wind vor sich hertrieb, festgesetzt hatte und sie so noch tiefer erscheinen ließ. »Wir können nicht die Nacht hier draußen verbringen«, erklärte er. »Nicht bei dem Wind.«

»Geht da lang«, sagte Relg und deutete auf eine Klippe in dem steilen Hang, den sie gerade erkletterten. Er hatte seine Augen fast ganz zugekniffen, obwohl der Himmel noch immer verhangen war und das ohnehin schwache Tageslicht abnahm. »Dort gibt es Schutz – eine Höhle.«

Sie alle betrachteten Relg nun etwas anders, seit er Silk gerettet hatte. Der Beweis, daß er, wenn nötig, Entscheidungen treffen und entsprechend handeln konnte, machten ihn weniger zu einer Belastung und mehr zu ihrem Gefährten. Belgarath hatte ihn schließlich überzeugt, er könne ebensogut zu Pferde wie auf seinen Knien beten, und so unterbrachen seine ausgedehn-

ten Andachten ihre Reise nicht mehr. Sie empfanden seine Gebete nicht mehr als Unannehmlichkeit, sondern eher als ein persönliches Markenzeichen – etwa wie Mandorallens manchmal geschraubte Sprechweise oder Silks Spötteleien.
»Bist du sicher, daß dort eine Höhle ist?« fragte ihn Barak.
Relg nickte. »Ich kann sie fühlen.«
Sie machten kehrt und hielten auf die von Relg bezeichnete Stelle zu. Als sie näherkamen, war Relg kaum noch zu bremsen. Er drängte sein Pferd an die Spitze und zwang das müde Tier in einen schnelleren Schritt, schließlich in Trab. Am Rand der Klippe schwang er sich vom Pferd, trat hinter einen Steinblock und war verschwunden.
»Scheint, als wüßte er, wovon er redet«, meinte Durnik. »Ich bin froh, wenn ich aus diesem Wind herauskomme.«
Die Öffnung der Höhle war eng, und sie mußten schieben und ziehen, um die unwilligen Pferde hineinzuzwängen, aber im Inneren erweiterte sich die Höhle zu einem großen Raum mit niedriger Decke.
Durnik sah sich anerkennend um. »Guter Platz.« Er band seine Axt vom Sattel los. »Wir brauchen Feuerholz.«
»Ich helfe dir«, sagte Garion.
»Ich auch«, erbot sich Silk rasch. Der kleine Mann betrachtete die steinernen Wände und die Decke nervös, und er war offensichtlich erleichtert, als sie draußen waren.
»Was ist mit dir?« fragte Durnik.
»Nach letzter Nacht fühle ich mich in geschlossenen Räumen etwas unwohl«, antwortete Silk.
»Wie war es denn?« fragte Garion neugierig. »Ich meine, durch den Felsen zu gehen?«
Silk schüttelte sich. »Es war grauenhaft. Wir sind regelrecht in die Felsen eingesickert. Ich konnte fühlen, wie sie durch mich hindurchglitten.«
»Aber es hat dich nach draußen gebracht«, erinnerte ihn Durnik.
»Ich glaube fast, ich wäre lieber geblieben, wo ich war.« Wieder überlief ihn ein Schauer. »Müssen wir darüber sprechen?«
Feuerholz war in diesen öden Bergen schwer zu finden und

noch schwerer zu schneiden. Die starken, federnden Dornbüsche widerstanden hartnäckig Durniks Axt. Nach einer Stunde, als es allmählich dunkel wurde, hatten sie lediglich drei armselige Armvoll.

»Habt ihr jemanden gesehen?« fragte Barak, als sie wieder in die Höhle kamen.

»Nein«, antwortete Silk.

»Taur Urgas sucht wahrscheinlich nach dir.«

»Da bin ich sogar sicher.« Silk sah sich um. »Wo ist Relg?«

»Er ist nach hinten in die Höhle gegangen, um seine Augen auszuruhen«, erklärte Belgarath. »Er hat Wasser gefunden – oder eigentlich Eis. Wir müssen es auftauen, ehe wir die Pferde tränken können.«

Durniks Feuer war nur klein, und er fütterte es mit Zweigen und kleinen Holzstückchen, um ihren mageren Vorrat zu schonen. Es würde eine ungemütliche Nacht werden.

Am nächsten Morgen betrachtete Tante Pol Relg kritisch. »Wie fühlst du dich?«

»Es geht mir gut«, antwortete er, bemüht, sie nicht direkt anzusehen. Die Tatsache, daß sie eine Frau war, machte ihm zu schaffen, und er hielt sich so gut er konnte von ihr fern.

»Was ist mit deiner Erkältung?«

»Ich glaube, sie konnte nicht durch die Felsen gehen. Sie war weg, nachdem ich ihn letzte Nacht durch den Hügel gebracht hatte.«

Sie sah ihn ernst an. »Daran hätte ich nie gedacht«, sagte sie. »Man hat noch nie eine Erkältung heilen können.«

»Eine Erkältung ist wirklich nichts so Ernstes, Polgara«, sagte Silk gequält. »Ich garantiere dir, durch Gestein zu gleiten, wird nie eine populäre Heilmethode werden.«

Sie brauchten vier Tage, um die Berge zu überqueren und den riesigen Talkessel zu erreichen, den Belgarath »Die Öde von Murgos« nannte, und einen weiteren halben Tag, um den Abstieg über den steilen Basalthang zu dem schwarzen Sand auf dem Talboden zu schaffen.

»Was hat diese ungeheure Vertiefung hervorgerufen?« fragte Mandorallen mit einem Blick auf das ausgedehnte, unfruchtba-

re Gebiet mit den Felsbrocken, schwarzem Sand und schmutziggrauen Salztümpeln.
»Hier war einmal ein Binnenmeer«, erklärte Belgarath. »Als Torak die Welt spaltete, brach der Ostrand, und das ganze Wasser floß ab.«
»Das muß ein Anblick gewesen sein«, meinte Barak.
»Wir hatten damals anderes zu tun.«
»Was ist das?« fragte Garion alarmiert. Er zeigte auf etwas, das vor ihnen aus dem Sand aufragte. Das Ding hatte einen riesigen Kopf mit einer langen Schnauze und scharfen Zähnen. Die leeren Augenhöhlen, groß wie Eimer, starrten sie unheilvoll an.
»Ich glaube nicht, daß es einen Namen hat«, antwortete Belgarath ruhig. »Sie haben in dem Meer gelebt, ehe das Wasser abfloß. Sie sind jetzt schon seit Jahrtausenden tot.«
Als sie an dem toten Seeungeheuer vorbeikamen, konnte Garion sehen, daß es nur noch ein Skelett war. Seine Rippen waren wie Dachsparren, und der gewaltige, gebleichte Schädel war groß wie ein Pferd. Die Augenhöhlen schienen sie zu beobachten.
Mandorallen, wieder einmal in voller Rüstung, betrachtete den Schädel. »Ein furchterregendes Ungeheuer«, murmelte er.
»Seht euch mal die Zähne an«, sagte Barak erschüttert. »Die konnten mit einem Zubeißen bestimmt einen Mann zweiteilen.«
»Das ist auch ein paarmal geschehen«, erzählte Belgarath, »bis die Menschen lernten, diese Gegend zu meiden.«
Sie waren nur ein paar Meilen weiter durch die Öde geritten, als der Wind auffrischte und an den schwarzen Dünen unter dem bleigrauen Himmel entlangjagte. Der Sand begann sich zu bewegen, und als der Wind noch stärker wurde, peitschte er von den Dünen herab, ihnen ins Gesicht.
»Wir suchen besser Schutz«, rief Belgarath gegen den heulenden Wind an. »Dieser Sandsturm wird noch schlimmer, wenn wir nicht mehr so dicht bei den Bergen sind.«
»Gibt es hier irgendwo Höhlen?« erkundigte sich Durnik bei Relg.

Relg schüttelte den Kopf. »Keine, die wir benutzen könnten. Sie sind alle voller Sand.«
»Dort drüben.« Barak zeigte auf einen schroffen Felsen, der sich neben einem Salztümpel erhob. »Wenn wir auf die Leeseite gehen, wird er den Wind abhalten.«
»Nein«, rief Belgarath. »Wir müssen auf der dem Wind zugewandten Seite bleiben. Sonst werden wir lebendig begraben.«
Sie erreichten den Felsen und stiegen ab. Der Wind riß an ihren Kleidern, und der Sand wogte wie eine große, schwarze Wolke über der Wüste.
»Das ist aber ein schlechter Schutz, Belgarath«, brüllte Barak, dessen Bart ihm um die Schultern flatterte. »Wie lange dauert so etwas?«
»Einen Tag, zwei Tage, manchmal sogar eine Woche.«
Durnik hatte sich gebückt und einen der Steine aufgehoben, die von dem Felsbrocken abgesplittert waren. Er betrachtete ihn genau, drehte ihn hin und her. »Er ist kantig gesplittert«, sagte er und hielt ihn hoch. »Es wird gut zusammenhalten. Wir können eine Mauer daraus bauen, um uns zu schützen.«
»Das wird aber lange dauern«, wandte Barak ein.
»Hast du etwas anderes vor?«
Gegen Abend hatten sie die Mauer schulterhoch errichtet, und indem sie Zeltplanen auf ihr und an der Seite des großen Felsens befestigten, konnten sie dem schlimmsten Wind entgehen. Es war sehr eng, denn sie mußten auch die Pferde schützen, aber wenigstens waren sie nicht mehr dem Sturm ausgesetzt.
Sie kauerten zwei Tage unter ihrer überfüllten Schutzhütte. Der Wind heulte die ganze Zeit, und die straff gespannten Zeltplanen knatterten. Als der Wind sich endlich wieder legte und der schwarze Sand sich setzte, war die Stille fast bedrükkend.
Als sie hinauskamen, sah Relg einmal hoch, bedeckte dann sein Gesicht und warf sich, inbrünstig betend, auf die Knie. Der klare Himmel strahlte in leuchtendem, kaltem Blau. Garion ging zu dem betenden Fanatiker hinüber. »Es ist schon gut, Relg«, sagte er, und streckte, die Hand nach ihm aus.

»Faß mich nicht an«, sagte Relg und betete weiter.

Silk klopfte sich Sand und Staub aus den Kleidern. »Gibt es hier öfter solche Stürme?« fragte er.

»Es ist die Jahreszeit dafür«, erwiderte Belgarath.

»Wie schön«, sagte Silk verdrossen.

Dann kam ein tiefes Rumpeln aus der Erde, und der Boden hob sich. »Erdbeben!« warnte Belgarath. »Holt die Pferde raus!«

Durnik und Barak sprangen in die Schutzhütte und führten die Pferde von dem schwankenden Felsen weg auf die Salzfläche. Nach einer Weile hörte das Beben auf. »Macht Ctuchik das?« fragte Silk. »Will er uns mit Sandstürmen und Erdbeben bekämpfen?«

Belgarath schüttelte den Kopf. »Nein. Niemand hat soviel Kraft. Das dort ist die Ursache.« Er wies nach Süden. In weiter Ferne konnten sie eine Reihe dunkler Gipfel sehen. Eine dichte Rauchfahne stieg von einem der Gipfel hoch und ballte sich in der Luft zu einer großen schwarzen Wolke zusammen. »Ein Vulkan«, sagte der alte Mann. »Wahrscheinlich derselbe, der letzten Sommer ausgebrochen ist und Sthiss Tor unter Asche begraben hat.«

»Ein Feuerberg?« brummte Barak, die Augen auf die große Wolke gerichtet, die aus der Bergspitze quoll. »Ich habe noch nie einen gesehen.«

»Das ist etwa hundertfünfzig Meilen entfernt, Belgarath«, überlegte Silk. »Kann denn dann sogar hier noch die Erde beben?«

Der alte Mann nickte. »Die Erde besteht aus einem Stück, Silk. Die Kraft, die eine solche Eruption hervorruft, ist ungeheuer groß. Sie muß ein paar Risse verursachen. Ich glaube, wir sollten weitergehen. Taur Urgas' Patrouillen werden jetzt wieder nach uns suchen, wo der Sandsturm vorbei ist.«

»In welche Richtung gehen wir?« fragte Durnik, der sich umschaute, um die Orientierung wiederzugewinnen.

»Da lang.« Belgarath deutete auf die rauchenden Berge.

»Ich hatte befürchtet, daß du das sagen würdest«, brummte Barak.

Sie galoppierten den Rest des Tages dahin und hielten nur, um

die Pferde auszuruhen. Die trostlose Öde schien kein Ende zu haben. Der schwarze Sand hatte sich während des Sandsturms zu neuen Dünen geformt, und die dickverkrusteten Salzflächen waren vom Wind gebleicht worden, bis sie fast weiß waren. Sie kamen an einigen Riesenskeletten der Seeungeheuer vorbei, die einst dieses Binnenmeer bewohnt hatten. Die knochigen Gestalten sahen fast aus, als würden sie auf dem schwarzen Sand schwimmen, und die kalten, leeren Augenhöhlen sahen sie irgendwie hungrig an.
Sie verbrachten die Nacht neben einer weiteren großen Felsansammlung. Obwohl der Wind nachgelassen hatte, war es noch immer bitterkalt, und es gab kein Feuerholz.
Am nächsten Morgen, als sie weiterritten, stieg Garion ein seltsamer, fauliger Geruch in die Nase. »Was ist das für ein Gestank?« fragte er.
»Der Tarn of Cthok«, antwortete Belgarath. »Ein See. Das ist alles, was von dem Meer übriggeblieben ist, das hier einmal war. Er wäre schon vor Jahrhunderten ausgetrocknet, wenn er nicht von unterirdischen Quellen gespeist würde.«
»Es stinkt wie verfaulte Eier«, sagte Barak.
»Im Grundwasser gibt es hier Schwefel. Ich würde nicht aus dem See trinken.«
»Das hatte ich auch nicht vor.« Barak rümpfte die Nase.
Der Tarn of Cthok war ein großer, seichter See, dessen öliges Wasser nach allen toten Fischen der Welt stank. Seine Oberfläche dampfte in der eiskalten Luft, und die Dampffetzen trugen den scheußlichen Gestank heran. Als sie das Südufer des Sees erreichten, machte Belgarath ihnen ein Zeichen, anzuhalten.
»Das nächste Stück ist gefährlich«, sagte er ernst. »Laßt eure Pferde nicht einfach laufen. Achtet darauf, auf festem Grund zu bleiben. Grund, der fest aussieht, ist es oft nicht, und es gibt noch andere Dinge, auf die wir achten müssen. Wenn ich stehenbleibe, bleibt auch stehen. Wenn ich losgaloppiere, dann tut das gleiche.« Er sah Relg nachdenklich an. Der Ulgo hatte sich noch ein Tuch um die Augen gebunden, teils um das Licht fernzuhalten, teils um nicht die Weite des Himmels sehen zu müssen.

»Ich führe sein Pferd, Großvater«, erbot sich Garion.
Belgarath nickte. »Das ist vermutlich die einzige Lösung.«
»Irgendwann muß er das auch noch überwinden«, sagte Barak.
»Vielleicht, aber jetzt ist weder der Ort noch die Zeit dafür. Wir wollen weiter.« Der alte Mann ritt vorsichtig im Schritt los.
Das Gebiet vor ihnen dampfte und rauchte. Sie kamen an einem großen Teich aus grauem Schlamm vorbei, der gurgelte und qualmte, und dahinter lag eine funkelnde Quelle mit klarem Wasser, das fröhlich sprudelte und als brühheißer Bach in den Schlamm floß. »Wenigstens ist es hier wärmer«, stellte Silk fest.
Mandorallens Gesicht unter dem schweren Helm glänzte vor Schweiß. »Viel wärmer«, stimmte er zu.
Belgarath war langsam vorangeritten, den Kopf leicht geneigt, da er angespannt lauschte. »Halt!« rief er plötzlich.
Alles blieb stehen.
Unmittelbar vor ihnen war ein weiterer Tümpel unvermittelt ausgebrochen, und ein grauer Geysir aus flüssigem Schlamm schoß fast zehn Meter hoch in die Luft. Er sprudelte noch einige Minuten weiter, dann sank er allmählich in sich zusammen.
»Jetzt!« bellte Belgarath. »Schnell!« Er gab seinem Pferd die Sporen, und sie galoppierten an der noch brodelnden Oberfläche des Tümpels vorbei, durch den heißen Schlamm, der auf den Weg geschleudert worden war. Als sie ihn hinter sich gelassen hatten, verlangsamte der alte Mann das Tempo wieder und lauschte erneut.
»Worauf lauscht er?« fragte Barak Polgara.
»Die Geysire machen ein bestimmtes Geräusch, kurz bevor sie ausbrechen«, antwortete sie.
»Ich habe nichts gehört.«
»Du weißt auch nicht, auf was du achten mußt.«
Hinter ihnen schoß der Schlammgeysir wieder in die Höhe.
»Garion!« fuhr Tante Pol ihn plötzlich an, als er sich umdrehte, um der Schlammfontäne nachzusehen, die aus dem Tümpel emporstieg. »Paß auf, wohin du gehst!«
Er sah rasch wieder nach vorn. Der Boden vor ihm sah durchaus normal aus.

»Zurück«, befahl sie. »Durnik, nimm die Zügel von Relgs Pferd.«

Durnik nahm die Zügel, und Garion wollte kehrt machen.

»Ich sagte zurück«, wiederholte sie.

Garions Pferd setzte einen Huf auf den scheinbar festen Grund vor ihm, und der Huf versank bis zum Gelenk. Das Pferd taumelte und zitterte, bis Garion es wieder fest im Griff hatte. Dann lenkte Garion es langsam, Schritt für Schritt, auf den festen Untergrund ihres Weges zurück.

»Treibsand«, sagte Silk keuchend.

»Er ist überall um uns herum«, bestätigte Tante Pol. »Weicht nicht vom Pfad ab – keiner von euch.«

Silk starrte angeekelt auf den Hufabdruck von Garions Pferd, der in dem Treibsand verschwand. »Wie tief ist er?«

»Tief genug.«

Sie ritten weiter, bahnten sich behutsam ihren Weg durch Morast und Treibsand. Oft mußten sie stehenbleiben, wenn weitere Geysire – manche aus Schlamm, manche aus schäumendem, kochendem Wasser – in die Luft schossen. Am späten Nachmittag, als sie einen niedrigen Kamm festen Untergrunds erreicht hatten, waren sie alle erschöpft von der Anstrengung, sich die ganze Zeit auf den Weg durch dieses furchtbare Gebiet zu konzentrieren.

»Müssen wir noch oft durch so etwas?« fragte Garion.

»Nein«, antwortete Belgarath. »Das gibt es nur am Südrand des Sees.«

»Kann man es dann nicht umgehen?« erkundigte sich Mandorallen.

»Dann dauert der Weg viel länger, und der Sumpf hilft, Verfolger abzuschrecken.«

»Was ist das?« rief Relg plötzlich.

»Was ist was?« fragte Barak.

»Ich habe etwas gehört, vor uns – eine Art Klicken, als ob zwei Kiesel aneinanderstoßen.«

Garion spürte einen leichten Druck vor seinem Gesicht, wie eine unsichtbare Welle in der Luft, und wußte, daß Tante Pol mit ihrem Geist die Gegend vor ihnen absuchte.

»Murgos!« sagte sie.
»Wie viele?« fragte Belgarath.
»Sechs – und ein Grolim. Sie warten direkt hinter dem Kamm auf uns.«
»Nur sechs?« fragte Mandorallen leicht enttäuscht.
Barak grinste. »Leichtes Spiel.«
»Du wirst noch genauso schlimm wie er«, warf Silk ihm vor.
»Graf, denkt Ihr, ein Plan wird vonnöten sein?« fragte Mandorallen.
»Eigentlich nicht«, meinte Barak. »Es sind nur sechs. Wir wollen jetzt in ihre Falle gehen.«
Die beiden Krieger setzten sich an die Spitze, wobei sie unauffällig ihre Schwerter aus den Scheiden lösten.
»Ist die Sonne schon untergegangen?« erkundigte sich Relg bei Garion.
»Sie geht gerade unter.«
Relg löste die Binde von den Augen und zog den dunklen Schleier ab. Er stöhnte auf und kniff seine großen Augen fast ganz zu.
»Du wirst deinen Augen schaden«, sagte Garion, »du solltest sie verbunden lassen, bis es ganz dunkel ist.«
»Vielleicht brauche ich sie aber«, sagte Relg, als sie den Hügelrücken hinaufritten auf den Hinterhalt der Murgos zu.
Die Murgos gaben keinerlei Warnung. Sie kamen hinter einem großen schwarzen Felsblock hervor, galoppierten direkt auf Mandorallen und Barak zu und schwangen ihre Schwerter. Die beiden Krieger erwarteten sie jedoch und reagierten ohne die Schrecksekunde, die den Angriff hätte erfolgreich werden lassen können. Mandorallen zog sein Schwert aus der Scheide, noch als er sein Schlachtroß einem der angreifenden Murgos entgegenlenkte. Er stellte sich in den Steigbügeln auf und holte zu einem mächtigen Hieb aus, mit dem er den Kopf des Murgos spaltete. Dessen Pferd, durch die Wucht des Aufpralls von den Beinen gerissen, fiel nach hinten und begrub seinen sterbenden Reiter unter sich. Barak, der die anderen Angreifer aufs Korn nahm, hieb einen weiteren Murgo mit drei kräftigen Schlägen aus dem Sattel. Helles rotes Blut spritzte auf Sand und Felsen.

Ein dritter Murgo wich Mandorallens Angriff aus und schlug auf den Rücken des Ritters ein, wo seine Klinge jedoch nur harmlos auf die stählerne Rüstung klirrte. Verzweifelt hob der Murgo sein Schwert, um noch einmal zuzuschlagen, wurde aber steif und glitt aus dem Sattel, als Silks geschickt geworfenes Messer ihm unterhalb des Ohrs in den Hals drang.

Ein dunkel gekleideter Grolim mit seiner Stahlmaske war hinter dem Felsen hervorgetreten. Garion spürte förmlich, wie sich der Jubel des Priesters in Entsetzen verkehrte, als Barak und Mandorallen seine Krieger systematisch in Stücke schlugen. Der Grolim richtete sich auf, und Garion erkannte, daß er seinen Willen konzentrieren und zuschlagen wollte. Aber es war zu spät. Relg war bereits bei ihm. Die breiten Schultern des Fanatikers spannten sich, als er den Grolim mit seinen knotigen Händen packte. Anscheinend ohne jede Mühe hob er ihn hoch und preßte ihn gegen eine glatte Stelle eines haushohen Felsblocks.

Zuerst sah es so aus, als wollte Relg den Grolim nur festnageln, bis die anderen ihm mit dem zappelnden Gefangenen helfen konnten, aber dem war nicht so. Die Anspannung seiner Schultern zeigte, daß er noch nicht fertig war mit seinem Vorhaben. Der Grolim hämmerte mit seinen Fäusten auf Relgs Kopf und Schultern ein, aber Relg preßte ihn unerbittlich fester gegen den Felsen. An der Stelle, gegen die er den Grolim drückte, schien der Stein zu schimmern.

»Relg – nicht!« rief Silk entsetzt.

Der dunkelgekleidete Grolim sank langsam in den Felsen ein. Er schlug wild mit den Armen um sich, während Relg ihn entsetzlich langsam weiter hineinschob. Als er immer tiefer in das Gestein einsank, schloß sich die Oberfläche über ihm wieder. Relg preßte weiter, seine Arme glitten in den Stein, und der Grolim sank tiefer und tiefer. Die ausgestreckten Hände des Priesters zuckten und wanden sich, selbst als sein übriger Körper schon völlig verschluckt war. Dann zog Relg seine Arme aus dem Felsen und ließ den Grolim darin stecken. Die beiden Hände, die noch herausschauten, öffneten sich noch einmal in stummem Flehen, dann wurden sie zu starren Klauen.

Garion hörte, wie Silk hinter ihm würgte.

Barak und Mandorallen waren jetzt mit zweien der übriggebliebenen Murgos beschäftigt, ihre Schwerthiebe klangen metallisch in der kalten Luft. Der letzte Murgo, die Augen weit vor Angst, riß sein Pferd herum und jagte davon. Ohne ein Wort schnappte Durnik seine Axt und galoppierte hinter ihm her. Aber statt den Mann niederzustrecken, überholte er ihn und stellte sich ihm in den Weg, um ihn so zurückzutreiben. Der panikerfüllte Murgo drosch mit der flachen Seite seines Schwertes auf sein Pferd ein, drehte von dem grimmigen Schmied ab und galoppierte zurück über den Kamm, dicht gefolgt von Durnik.

Die beiden anderen Murgos waren inzwischen am Boden, und Barak und Mandorallen sahen sich mit funkelnden Augen nach weiteren Feinden um. »Wo ist der letzte?« fragte Barak.

»Durnik jagt ihn«, antwortete Garion.

»Wir dürfen ihn nicht entkommen lassen. Er wird sonst andere holen.«

»Durnik wird schon dafür sorgen«, meinte Belgarath.

Barak sagte aufgeregt: »Durnik ist ein guter Mann, aber er ist kein Krieger. Vielleicht sollte ich ihm lieber helfen.«

Von der anderen Seite des Kammes ertönte ein plötzlicher Entsetzensschrei, dann noch einer. Der dritte Schrei brach abrupt ab, dann war Stille.

Nach ein paar Minuten kam Durnik allein zurück.

»Was ist los?« fragte Barak. »Er ist doch nicht entkommen, oder?«

Durnik schüttelte den Kopf. »Ich habe ihn zurück in den Sumpf gejagt, und er ist in Treibsand geraten.«

»Warum hast du ihn nicht mit deiner Axt niedergeschlagen?«

»Ich schlage nicht gerne Leute«, antwortete Durnik.

Silk starrte Durnik an, noch aschgrau im Gesicht. »Also hast du ihn statt dessen einfach in den Treibsand gejagt und dann zugesehen, wie er versank? Durnik, das ist monströs!«

»Tot ist tot«, sagte Durnik mit für ihn uncharakteristischer Brutalität. »Wenn es vorbei ist, spielt es keine Rolle mehr, wie es geschehen ist, oder?« Er sah gedankenvoll aus. »Das *Pferd* tut mir allerdings leid.«

24

Am nächsten Morgen folgten sie dem Hügelzug, der nach Osten abbog. Der Winterhimmel strahlte in eisigem Blau, die Sonne verbreitete jedoch keinerlei Wärme. Relg ließ seine Augen verbunden und murmelte ständig Gebete, um seine Panik unter Kontrolle zu halten. Mehrmals sahen sie weit draußen in der Wüste aus Sand und Salz Staubwolken, aber sie konnten nicht erkennen, ob es sich um Murgopatrouillen handelte oder um Windhosen.

Gegen Mittag drehte der Wind und blies nun aus Süden. Eine riesige Wolke, tintenschwarz, stieg von der zerklüfteten Gipfelreihe am südlichen Horizont empor. Sie bewegte sich mit finsterer Unerbittlichkeit auf sie zu, und Blitze zuckten aus ihrem dunklen Bauch.

»Da zieht ein böser Sturm auf, Belgarath«, brummte Barak, die Augen auf die Wolke gerichtet.

Belgarath schüttelte den Kopf. »Das ist kein Sturm«, sagte er. »Es ist Asche. Der Vulkan dort bricht wieder aus, und der Wind trägt die Asche zu uns her.«

Barak zog ein Gesicht, dann zuckte er die Achseln. »Wenigstens müssen wir uns dann keine Sorgen machen, daß man uns sehen könnte, wenn es einmal angefangen hat«, sagte er.

»Die Grolims suchen uns nicht mit den Augen, Barak«, erinnerte ihn Tante Pol.

Belgarath kratzte sich den Bart. »Dagegen müssen wir wohl bald etwas unternehmen.«

»Es ist eine große Gruppe, um einen Schutzschild aufzubauen, Vater«, erklärte Tante Pol mit Nachdruck, »die Pferde noch gar nicht eingerechnet.«

»Du wirst das schon schaffen, Pol. Du warst immer sehr gut darin.«

»Ich kann meine Seite so lange aufrechterhalten wie du deine, Alter Wolf.«

»Ich fürchte, ich werde dir nicht helfen können, Pol. Ctuchik selbst sucht nach uns. Ich habe ihn schon ein paarmal gespürt. Ich muß mich auf ihn konzentrieren. Wenn er zuschlägt, wird

es sehr schnell geschehen, und ich muß bereit sein. Das kann ich aber nicht, wenn ich mit einem Schutzschild beschäftigt bin.«
»Ich kann das nicht allein, Vater«, protestierte sie. »Niemand kann ohne Hilfe all diese Männer und Pferde einschließen.«
»Garion kann dir helfen.«
»Ich?« Garion riß sich von dem Anblick der finsteren Wolke los und starrte seinen Großvater an.
»Er hat es noch nie gemacht, Vater«, wandte Tante Pol ein.
»Er muß es sowieso irgendwann lernen.«
»Jetzt ist wohl kaum der richtige Ort und die richtige Zeit für Experimente.«
»Er wird es schon schaffen. Geh es ein- oder zweimal mit ihm durch, bis er weiß, worauf es ankommt.«
»Was soll ich denn tun?« fragte Garion mißtrauisch.
Tante Pol warf Belgarath einen bösen Blick zu und wandte sich dann an Garion. »Ich werde es dir zeigen, Lieber«, sagte sie. »Zuerst mußt du ganz ruhig sein. Es ist gar nicht so schwer.«
»Aber du hast gerade gesagt ...«
»Kümmere dich nicht um das, was ich gesagt habe. Paß gut auf.«
»Was soll ich denn tun?« fragte er zweifelnd.
»Erst einmal mußt du dich entspannen«, antwortete sie, »und an Sand und Felsen denken.«
»Ist das alles?«
»Mach es erst einmal. Konzentriere dich.«
Er dachte an Sand und Felsen.
»Nein, Garion, nicht *weißen* Sand. *Schwarzen* Sand, wie der Sand hier überall.«
»Das hast du nicht gesagt.«
»Ich dachte nicht, daß es nötig wäre.«
Belgarath begann zu lachen.
»Willst *du* es lieber machen, Vater?« fragte sie schroff. Dann wandte sie sich wieder Garion zu. »Versuch es noch einmal, Lieber, aber diesmal richtig.«
Er fixierte die Vorstellung in seinem Geist.

»Das ist besser«, lobte sie. »Wenn du jetzt Sand und Felsen fest im Griff hast, möchte ich, daß du die Idee in einem Halbkreis ausdehnst, der deine ganze rechte Seite einschließt. Ich kümmere mich um die linke.«
Er mühte sich damit ab. Es war das Schwerste, was er je getan hatte.
»Schieb es nicht so stark hinaus, Garion. Du machst Falten hinein, und es ist dann sehr schwer für mich, die Nähte passend zu machen. Halt es ruhig und glatt.«
»Tut mir leid.« Er glättete es.
»Wie sieht es aus, Vater?« fragte sie den alten Mann.
Garion spürte einen probeweisen Druck gegen das Bild, das er aufrecht erhielt.
»Nicht schlecht, Pol«, erwiderte er. »Gar nicht schlecht. Der Junge hat Talent.«
»Was machen wir eigentlich genau?« fragte Garion. Trotz der Kälte war er schweißgebadet.
»Du machst einen Schutzschild«, erklärte Belgarath. »Du schließt dich selbst in das Bild aus Sand und Felsen ein, und es verbindet sich mit dem wirklichen Sand und den wirklichen Felsen um uns herum. Wenn die Grolims mit ihrem Geist nach uns suchen, suchen sie nach Menschen und Pferden. Sie werden über uns hinwegsehen, weil sie nur noch mehr Sand und mehr Felsen finden werden.«
»Das ist alles?« Garion freute sich, daß es so einfach war.
»Es geht noch weiter, Lieber«, sagte Tante Pol. »Wir müssen es jetzt ausdehnen, bis es uns alle einschließt. Fang langsam an, immer nur ein paar Schritte auf einmal.«
Das war weit weniger einfach. Er zerriß das Gewebe der Idee ein paarmal, ehe er es so weit ausgezogen hatte, wie Tante Pol wünschte. Er spürte ein seltsames Verschmelzen von Tante Pols und seinem Geist, dort, wo sich die beiden Hälften des Kreises berührten.
»Ich glaube, jetzt haben wir es, Vater«, sagte Tante Pol.
»Ich wußte doch, daß er es schafft, Pol.«
Die purpurschwarze Wolke zog drohend über den Himmel auf sie zu. Schwaches Donnergrollen begleitete sie.

»Wenn diese Asche der in Nyissa ähnelt, werden wir wie Blinde herumtappen, Belgarath«, sagte Barak.

»Mach dir darüber keine Sorgen«, erwiderte der Zauberer. »Ich habe Rak Cthol unter Verschluß. Die Grolims sind nicht die einzigen, die Dinge so festlegen können. Laßt uns weiterreiten.«

Sie ritten weiter an dem Höhenzug entlang, als die Wolke über ihnen war. Der Donner grollte unablässig, und Blitze zuckten. Die Blitze krachten und prasselten trocken, wenn Millionen kleinster Teilchen kochten und schäumten und gewaltige statische Entladungen aufbauten. Dann sanken die ersten Ascheflocken durch die eisige Luft, und Belgarath führte sie von dem Hügelrücken fort in die sandige Ebene.

Nach der ersten Stunde fand Garion, daß es einfacher geworden war, das Bild in seinem Geist festzuhalten. Es war nicht mehr wie zu Anfang nötig, sich ganz darauf zu konzentrieren. Nach der zweiten Stunde war es nur noch langweilig. Während sie durch den stärker werdenden Ascheregen ritten, dachte er an eines der riesigen Skelette, an denen sie vorbeigekommen waren, als sie zuerst in die Wüste kamen. Peinlich genau konstruierte er eines und stellte es in das Bild, das er aufrecht erhielt. Im großen und ganzen sah es recht gut aus, und es beschäftigte ihn.

»Garion«, sagte Tante Pol barsch, »bitte versuch nicht kreativ zu sein.«

»Bitte?«

»Bleib beim Sand. Das Skelett ist sehr hübsch, sieht aber mit nur einer Hälfte etwas seltsam aus.«

»Eine Hälfte?«

»Auf meiner Seite des Bildes war kein Skelett, nur auf deiner. Bleib beim Einfachen, Garion. Keine Verzierungen.«

Sie ritten weiter, die Gesichter verhüllt, um die erstickende Asche nicht in Mund und Nase zu bekommen. Garion spürte einen tastenden Druck gegen das Bild. Etwas schien gegen seinen Geist zu flattern, fast wie die zappelnden Kröten, die er einst im Teich auf Faldors Farm gefangen hatte.

»Halt es aufrecht, Garion«, warnte Tante Pol. »Das ist ein Grolim.«

»Hat er uns gesehen?«
»Nein. Da, er zieht weiter.« Die flatternde Berührung verschwand.
Sie verbrachten die Nacht auf einem der Geröllstreifen, die über die Öde verstreut waren. Sie verzehrten ein kaltes Mahl aus Brot und Dörrfleisch und machten kein Feuer. Garion und Tante Pol hielten abwechselnd das nur aus Sand bestehende Bild schräg wie einen Regenschirm über alle. Er entdeckte, daß es viel einfacher war, wenn sie sich nicht bewegten.
Am nächsten Morgen regnete es noch immer Asche, aber der Himmel war nicht mehr so tintenschwarz wie am Vortag.
»Ich glaube, es läßt nach, Belgarath«, sagte Silk, als sie die Pferde wieder sattelten. »Wenn es vorbei ist, müssen wir wieder den Patrouillen ausweichen.«
Der alte Mann nickte. »Wir sollten uns beeilen«, stimmte er zu. »Ich kenne eine Stelle, an der wir uns verstecken können – etwa fünf Meilen nördlich der Stadt. Ich möchte gern dort sein, ehe der Ascheregen aufhört. Von den Mauern Rak Cthols aus kann man dreißig Meilen weit in alle Richtungen sehen.«
»Sind die Mauern denn so hoch?« fragte Mandorallen.
»Höher, als du dir vorstellen kannst.«
»Gar höher als die Mauern Vo Mimbres?«
»Zehnmal, fünfzigmal höher. Du mußt es gesehen haben, um es zu begreifen.«
Sie legten an diesem Tag ein scharfes Tempo vor. Garion und Tante Pol hielten den Gedankenschirm aufrecht, aber die suchenden Berührungen der Grolims kamen jetzt öfter. Einige Male war der Druck gegen Garions Geist sehr stark und kam ohne jede Warnung.
»Sie wissen, was wir tun, Vater«, sagte Tante Pol. »Sie versuchen, den Schirm zu durchdringen.«
»Haltet ihn fest«, sagte er. »Du weißt, was zu tun ist, wenn einer von ihnen durchbricht.«
Sie nickte grimmig.
»Warne den Jungen.«
Sie nickte wieder und wandte sich dann an Garion. »Hör mir

jetzt gut zu, Lieber«, sagte sie ernst. »Die Grolims wollen uns überraschen. Der beste Schild der Welt kann durchbrochen werden, wenn man schnell und fest genug zuschlägt. Wenn einem von ihnen der Druchbruch gelingt, werde ich ›Halt!‹ rufen. Wenn ich das rufe, möchte ich, daß du das Bild sofort auslöschst und deinen Geist völlig davon löst.«

»Das verstehe ich nicht.«

»Das brauchst du auch nicht. Tu einfach genau, was ich dir sage. Wenn ich ›Halt!‹ sage, mußt du den Kontakt mit meinem Geist sofort abbrechen. Ich werde dann etwas sehr Gefährliches tun, und ich will nicht, daß dir etwas geschieht.«

»Kann ich dir nicht helfen?«

»Nein, mein Lieber. Diesmal nicht.«

Sie ritten weiter. Der Ascheregen wurde immer dünner, und der Himmel nahm ein dunstiges, gelbliches Blau an. Die Sonne, blaß und rund wie der Vollmond, stand knapp über dem Horizont im Südwesten.

»Garion, halt!«

Was kam, war kein Druck, sondern ein scharfer Stich. Garion keuchte und riß seine Gedanken los, warf das Bild mit dem Sand von sich. Tante Pol erstarrte, ihre Augen glühten. Ihre Hand machte eine rasche Geste, sie sprach ein einzelnes Wort. Die Woge, die Garion spürte, als sie ihren Willen lospeitschte, war überwältigend. In einem Augenblick des Entsetzens erkannte er, daß sein Geist noch immer mit dem ihren verbunden war. Die Verschmelzung, die der Schirm ermöglicht hatte, war zu stark, zu vollständig gewesen, um sie so einfach zerreißen zu können. Er fühlte sich mitgezogen, als ihr noch mit dem seinen verbundener Geist wie eine Peitsche losschlug. Sie schossen an der schwachen Spur des Gedankens entlang, der den Schild durchstochen hatte und fanden seinen Ursprung. Sie berührten einen anderen Verstand, der erfüllt war von dem Jubel über seine Entdeckung. Dann, ihres Ziels sicher, schlug Tante Pol mit der ganzen Kraft ihres Willens zu. Der Verstand, den sie berührt hatten, wich zurück, versuchte, den Kontakt zu unterbrechen, aber es war zu spät. Garion konnte fühlen, wie der andere Geist anschwoll, sich unerträglich ausdehnte. Dann zerbarst er plötzlich und explodierte in schnatternden Irrsinn, als ihn das Grauen überkam. Dann spürte er Flucht, blinde, entsetzte Flucht über dunkle Steine, eine Flucht getrieben von dem einzigen Gedanken an ein schreckliches, endgültiges Entkommen. Die Steine waren verschwunden, und es gab nur noch das Gefühl, von einer unglaublichen Höhe herabzufallen. Garion wich zurück.

»Ich habe dir doch gesagt, dich herauszuhalten«, fuhr Tante Pol ihn an.

»Ich konnte nicht anders. Ich kam nicht los.«

»Was ist denn geschehen?« fragte Silk verblüfft.

»Ein Grolim ist durchgebrochen«, erwiderte sie.

»Hat er uns gesehen?«

»Nur einen Augenblick lang. Aber das spielt keine Rolle. Er ist tot.«

»Du hast ihn getötet? Wie?«

»Er hat vergessen, sich selbst zu verteidigen. Ich habe seinen Gedanken zurückverfolgt.«

»Er ist verrückt geworden«, sagte Garion mit erstickter Stimme, der man das Entsetzen über diese Begegnung noch deutlich anhörte. »Er ist von etwas sehr Hohem gesprungen. Er wollte springen. Es war der einzige Weg, wie er dem entgehen konnte, was mit ihm geschah.« Garion fühlte sich elend.

»Es war schrecklich laut, Pol«, sagte Belgarath gequält. »Du bist seit Jahren nicht mehr so plump gewesen.«

»Ich hatte auch diesen Passagier.« Sie warf Garion einen eisigen Blick zu.

»Es war nicht meine Schuld«, protestierte Garion. »Du hast so festgehalten, daß ich nicht loskam. Du hast uns zu fest verbunden.«

»Das tust du manchmal, Pol«, sagte Belgarath. »Der Kontakt wird etwas zu persönlich, und du scheinst dann eine ständige Verbindung daraus machen zu wollen. Ich glaube, es hat etwas mit Liebe zu tun.«

»Hast du eine Ahnung, wovon sie sprechen?« erkundigte sich Barak bei Silk.

»Ich möchte nicht mal raten.«

Tante Pol sah Garion nachdenklich an. »Vielleicht war es mein Fehler«, gab sie schließlich zu.

»Du mußt ihn eines Tages sowieso loslassen, Pol«, sagte Belgarath ernst.

»Möglich, aber jetzt noch nicht.«

»Ihr richtet besser wieder den Schild auf«, schlug der alte Mann vor. »Sie wissen jetzt, daß wir hier draußen sind, und andere werden nach uns suchen.«

Sie nickte. »Denk wieder an Sand, Garion.«

Im Laufe des Nachmittags setzte sich die Asche allmählich, und mit jeder Meile konnten sie deutlicher sehen. Sie konnten die Umrisse unregelmäßiger Gesteinsanhäufungen erkennen und einige Basaltnadeln, die aus dem Sand aufragten. Als sie sich einem weiteren der niedrigen Felskämme näherten, die in regelmäßigen Abständen die Öde durchschnitten, sah Garion etwas Dunkles und unglaublich Hohes undeutlich vor ihnen liegen.

»Wir können uns hier verstecken, bis es dunkel ist«, sagte Belgarath und stieg vor dem Kamm vom Pferd.

»Sind wir da?« fragte Durnik, um sich schauend.

»Das ist Rat Cthol.« Der alte Mann deutete auf den drohenden Schatten.

Barak spähte hinüber. »Ich dachte, das wäre nur ein Berg.«

»Ist es auch. Rak Cthol wurde auf der Spitze erbaut.«

»Dann ist es fast wie Prolgu, oder?«

»Die Lage ist ähnlich, aber Ctuchik der Magier lebt hier, und das ist der Unterschied zu Prolgu.«

»Ich dachte, Ctuchik wäre ein Zauberer«, meinte Garion verwirrt. »Warum nennst du ihn immer Magier?«

»Es ist ein verächtlicher Ausdruck«, antwortete Belgarath. »In unserer besonderen Gesellschaft gilt er als tödliche Beleidigung.«

Sie pflockten die Pferde an einigen großen Felsen auf der Rückseite des Kammes an und kletterten die gut zehn Meter zum Grat empor, wo sie sich niederließen, um auf die Nacht zu warten.

Als die Asche noch dünner wurde, tauchte der Gipfel aus dem

Dunst auf. Es war eigentlich weniger ein Berg als eine gigantische Felsnadel, die aus der Wüste wuchs. An der Basis, umgeben von einer dicken Schicht aus losem Geröll, maß sie volle fünf Meilen im Umfang, ihre Wände waren glatt und schwarz wie die Nacht.

»Wie hoch ist er?« fragte Mandorallen, die Stimme unbewußt zu einem Flüstern gesenkt.

»Etwas mehr als eine Meile«, antwortete Belgarath.

Ein steiler Fußweg stieg von der Wüste zu dem schwarzen Turm auf und führt im oberen Teil in Serpentinen um ihn herum. »Hat wohl eine Weile gedauert, das zu bauen«, meinte Barak.

»Über tausend Jahre«, sagte Belgarath. »Als er im Bau war, haben die Murgos jeden Sklaven gekauft, dessen die Nyisser habhaft werden konnten.«

»Ein finsteres Geschäft«, bemerkte Mandorallen.

»Es ist auch ein finsterer Ort«, meinte Belgarath.

Als der kalte Wind den letzten Rest des Dunstes fortblies, wurden die Umrisse der Stadt, die auf dem schlanken Felsen thronte, sichtbar. Die Mauern waren so schwarz wie die Wände der Felssäule, und schwarze Türme ragten daraus empor, anscheinend zufällig verteilt. Dunkle Säulen erhoben sich innerhalb der Mauern und stachen wie Speere in den Himmel. Eine unheilvolle, böse Atmosphäre lag über der schwarzen Stadt der Grolims. Sie kauerte drohend auf dem Gipfel, blickte über die Öde hinaus auf den Sand, die Felsen und die schwefelstinkenden Tümpel, die sie umgaben. Die Sonne sank in die Wolken- und Aschebänke am Westrand der Wüste und badete die grimmige Festung in tiefroter Glut. Die Mauern Rak Cthols schienen zu bluten. Es war, als ob alles Blut, das seit Beginn der Welt auf Toraks Altären vergossen worden war, sich gesammelt hätte, um die finstere Stadt zu färben, und alle Weltmeere würden nicht ausreichen, um es wieder abzuwaschen.

25

Als das letzte Tageslicht verblaßte, ritten sie vorsichtig von dem Felsrücken über den aschebedeckten Sand auf den drohenden Felsturm zu. An dem Geröllfeld am Fuße des Turms stiegen sie ab, ließen die Pferde bei Durnik zurück und kletterten über den steilen Geröllhang zu der Basaltklippe empor, die die Sicht auf die Sterne verdeckte. Obwohl Relg noch einen Augenblick zuvor geschaudert und seine Augen verhüllt hatte, ging er jetzt fast eifrig weiter. Dann blieb er stehen und legte vorsichtig Hand und Stirn gegen den eiskalten Fels.

»Nun?« frage Belgarath mit gedämpfter Stimme, die aber doch seine Besorgnis verriet. »Hatte ich recht? Gibt es hier Höhlen?«

»Es gibt hohle Stellen«, erwiderte Relg. »Aber sie sind tief drinnen.«

»Kannst du zu ihnen durchkommen?«

»Das hat keinen Sinn. Sie führen nirgendwohin. Es sind lediglich eingeschlossene Hohlräume.«

»Was jetzt?« fragte Silk.

»Ich weiß nicht«, gestand Belgarath tief enttäuscht.

»Wir wollen es ein Stückchen weiter probieren«, schlug Relg vor. »Von dort kann ich einige Echos spüren. In der Richtung könnte etwas sein.« Er wies mit der Hand dorthin.

»Ich möchte nur eins auf jeden Fall klarstellen«, verkündete Silk entschieden. »Ich werde nicht noch einmal durch Felsen gehen. Wenn es soweit kommen sollte, bleibe ich hier.«

»Wir werden uns schon etwas einfallen lassen«, sagte Barak.

Silk schüttelte stur den Kopf. »Kein Durchdringen von Gestein mehr«, erklärte er hartnäckig.

Relg ging bereits weiter, seine Finger berührten leicht den Basalt. »Es wird stärker«, sagte er. »Es ist groß und führt aufwärts.« Er ging noch etwa hundert Meter weiter. Sie folgten ihm und beobachteten ihn dabei gespannt. »Hier drinnen ist es«, sagte er schließlich und klopfte mit einer Hand gegen das Gestein. »Das ist vielleicht, was wir suchen. Wartet hier.«

Er legte die Hände gegen den Fels und preßte sie langsam hinein.

»Ich ertrage das nicht«, sagte Silk und drehte sich rasch um. »Sagt mir Bescheid, wenn er drin ist.«

Mit grimmiger Entschlossenheit bahnte Relg sich seinen Weg in den Fels.

»Ist er schon weg?« fragte Silk.

»Noch nicht ganz«, berichtete Barak. »Eine Hälfte von ihm guckt noch heraus.«

»Bitte, Barak, sprich nicht davon.«

»War es denn *so* schlimm?« fragte der große Mann.

»Du hast keine Ahnung. Du hast absolut keine Ahnung.« Der rattengesichtige kleine Mann zitterte unkontrolliert.

In der kalten Dunkelheit warteten sie ungefähr eine halbe Stunde. Irgendwo hoch über ihnen ertönte ein Schrei.

»Was war das für ein Schrei?« fragte Mandorallen.

»Die Grolims sind bei der Arbeit«, antwortete Belgarath finster. »Es ist die Zeit der Verwundung – als das Auge Toraks Hand und Gesicht verbrannte. Eine große Zahl von Opfern wird zu dieser Jahreszeit dargebracht – meist Sklaven. Torak scheint nicht auf Angarakblut zu bestehen. So lange es nur von Menschen stammt, genügt es ihm.«

Entlang der Klippe waren leise Schritte zu hören und kurz darauf gesellte Relg sich wieder zu ihnen. »Ich habe sie gefunden«, sagte er. »Die Öffnung ist ungefähr eine halbe Meile weiter.«

»Geht es bis ganz nach oben?« fragte Barak.

Relg zuckte die Achseln. »Es führt aufwärts. Wie weit, kann ich noch nicht sagen. Wir können es nur herausfinden, wenn wir den Höhlen folgen. Das ganze Höhlensystem ist nämlich sehr ausgedehnt.«

»Haben wir eine andere Wahl, Vater?« fragte Tante Pol.

»Nein. Ich glaube nicht.«

»Ich hole Durnik«, sagte Silk. Er drehte sich um und verschwand in der Dunkelheit.

Die anderen folgen Relg, bis sie eine kleine Öffnung in der Oberfläche des Felsens erreichten, knapp oberhalb des Geröll-

feldes. »Wir müssen einen Teil der losen Steine wegschaffen, damit die Tiere hineinkönnen«, erklärte er.
Barak bückte sich und hob einen der großen Steine auf. Er taumelte unter dessen Gewicht und warf ihn dann mit lautem Poltern beiseite.
»Leise!« zischte Belgarath.
»Entschuldigung«, murmelte Barak.
Die Steine waren zumeist nicht groß, aber es waren sehr viele. Als Durnik und Silk wieder zu ihnen stießen, arbeiteten sie alle daran, den Höhleneingang von dem losen Geröll freizulegen. Sie brauchten fast eine Stunde, um die Öffnung so zu vergrößern, daß sich die Pferde hindurchzwängen konnten.
»Ich wünschte, Hettar wäre hier«, grunzte Barak, der mit der Schulter ein störrisches Packpferd hineinzuschieben versuchte.
»Sprich mit ihm, Barak«, schlug Silk vor.
»Tu ich ja.«
»Dann versuch's mal ohne die Schimpfworte.«
»Wir werden klettern müssen«, sagte Relg, nachdem auch das letzte Pferd endlich drin war und sie nun in der totalen Finsternis der Höhle standen. »So weit ich sagen kann, verlaufen die Verbindungsgänge senkrecht, so daß wir von Ebene zu Ebene klettern müssen.«
Mandorallen lehnte sich gegen die Wand, seine Rüstung klirrte.
»Das geht ohnehin nicht«, sagte Belgarath. »In dieser Rüstung kannst du nicht klettern. Laß sie hier bei den Pferden, Mandorallen.«
Der Ritter seufzte und legte seine Rüstung ab.
Dann mischte Relg Pulver aus zwei Lederbeuteln, die er unter seinem Kettenhemd trug, in einer hölzernen Schale. Die Mischung verbreitete ein schwaches Glühen.
»Das ist schon besser«, sagte Barak anerkennend, »aber wäre eine Fackel nicht heller?«
»Viel heller«, gab Relg zu, »aber dann könnte ich nichts sehen. Hiermit habt ihr genug Licht, um sehen zu können, wo ihr hintretet.«
»Laßt uns gehen«, sagte Belgarath.

Relg reichte die glühende Schale an Barak weiter und ging dann in einen dunklen Gang voraus.
Nach etwa hundert Metern kamen sie an einen steilen Hang aus losem Gestein, der aufwärts in die Dunkelheit führte. »Ich werde nachsehen«, sagte Relg und kletterte den Hang hinauf, bis er außer Sicht war. Nach einem Augenblick hörten sie ein merkwürdig knatterndes Geräusch, und kleine Bruchstücke von Stein regneten auf sie herab. »Ihr könnt jetzt kommen«, rief Relg.
Vorsichtig kletterten sie über das Geröll, bis sie vor einer glatten Wand standen. »Rechts von euch«, sagte Relg von oben. »Ihr findet im Felsen Löcher, die ihr beim Klettern zuhilfe nehmen könnt.«
Sie fanden die Löcher. Sie waren rund und etwa zwanzig Zentimeter tief. »Wie hast du die gemacht?« fragte Durnik, als er eines der Löcher untersuchte.
»Schwierig zu erklären«, sagte Relg. »Hier oben ist ein Sims. Er führt zu einem weiteren Gang.«
Nacheinander kletterten sie die Steinwand empor bis zu dem Sims, wo Relg auf sie wartete. Wie er gesagt hatte, führte der Sims zu einer Galerie, die in scharfem Winkel aufwärts verlief. Sie folgten ihr ins Innere des Felsenturms, wobei sie an einigen anderen Gängen vorbeikamen, die auf die Galerie mündeten.
»Sollten wir nicht nachsehen, wohin sie führen?« fragte Barak, nachdem sie die dritte oder vierte Abzweigung passiert hatten.
»Sie führen nirgendwo hin«, sagte Relg.
»Woher weißt du das?«
»Ein Gang, der irgendwohin führt, riecht anders. Der, an dem wir gerade vorbei sind, läuft nach etwa dreißig Metern auf eine glatte Wand zu.«
Barak grunzte zweifelnd.
Sie kamen zu einer weiteren blanken Wand, und Relg blieb stehen, um durch die Finsternis nach oben zu spähen.
»Wie hoch ist es?« fragte Durnik.
»Vielleicht zehn Meter. Ich werde ein paar Löcher machen, damit wir hinaufklettern können.« Relg kniete sich hin und schob langsam eine Hand in den Fels. Dann spannte er seine

Schultermuskeln und drehte leicht den Arm. Das Gestein zersprang mit einer kleinen Explosion, und als Relg seine Hand herauszog, kam ein Kiesschauer mit. Er bürstete den Rest der Trümmer aus dem Loch, stand auf und schob seine Hand etwa einen halben Meter über dem ersten Loch in den Stein.
»Clever«, sagte Silk bewundernd.
»Ein ganz alter Trick«, antwortete Relg.
Sie folgten Relg die Wand hinauf und zwängten sich oben durch einen schmalen Spalt. Barak fluchte, als er sich hindurchkämpfte, denn er mußte einen ansehnlichen Teil seiner Haut zurücklassen.
»Wie hoch sind wir jetzt?« fragte Silk. In seiner Stimme schwang eine gewisse Furcht mit, und er betrachtete nervös das Gestein, das ihn zu erdrücken schien.
»Wir sind ungefähr zweihundertfünfzig Meter über der Grundfläche der Felssäule«, antwortete Relg. »Wir gehen jetzt dort entlang.« Er zeigte auf einen weiteren ansteigenden Gang.
»Ist das nicht die Richtung, aus der wir gerade gekommen sind?« fragte Durnik.
»Die Höhlen verlaufen im Zickzack«, erklärte Relg. »Wir müssen den Gängen folgen, die aufwärts führen.«
»Führen sie bis ganz nach oben?«
»Sie kommen irgendwo heraus. Das ist alles, was ich im Moment mit Sicherheit sagen kann.«
»Was ist das?« rief Silk plötzlich.
Aus irgendeinem der dunklen Gänge erklang eine Stimme, die etwas sang. In dem Lied schien eine tiefe Traurigkeit zu liegen, aber die Echos machten es unmöglich, die Worte zu verstehen. Man konnte lediglich feststellen, daß es sich bei dem Sänger um eine Frau handelte.
Nach einem Moment stieß Belgarath einen verblüfften Schrei aus.
»Was ist?« fragte Tante Pol.
»Marag!« sagte der alte Mann.
»Unmöglich.«
»Ich kenne das Lied, Pol. Es ist ein Begräbnislied der Marag. Wer immer sie ist, sie liegt im Sterben.«

Die Echos in den gewundenen Gängen machten es sehr schwierig, den genauen Aufenthaltsort der Sängerin zu bestimmen, aber als sie weitergingen, schien auch das Lied näherzukommen.

»Hier unten«, sagte Silk schließlich, den Kopf zur Seite geneigt, und blieb vor einer Öffnung stehen.

Der Gesang endete abrupt. »Keinen Schritt weiter«, warnte die unsichtbare Frau eindringlich. »Ich habe ein Messer.«

»Wir sind Freunde«, rief Durnik ihr zu.

Sie lachte bitter. »Ich habe keine Freunde. Ihr werdet mich nicht zurückbringen. Mein Messer ist lang genug, um mein Herz zu erreichen.«

»Sie hält uns für Murgos«, wisperte Silk.

Belgarath begann in einer Sprache zu reden, die Garion noch nie gehört hatte. Nach einem Moment antwortete die Frau stockend, als ob sie sich an die Worte erst erinnern müßte, die sie seit Jahren nicht gesprochen hatte.

»Sie hält es für einen Trick«, sagte der alte Mann leise. »Sie sagt, sie hält ein Messer direkt auf ihr Herz gerichtet, wir müssen also vorsichtig sein.« Wieder sprach er in den dunklen Gang hinein, und die Frau antwortete. Die Sprache, die sie benutzten, war fließend, musikalisch.

»Sie sagt, sie läßt einen von uns zu sich«, sagte Belgarath schließlich. »Sie traut uns noch immer nicht.«

»Ich gehe«, sagte Tante Pol.

»Sei vorsichtig, Pol. Vielleicht entscheidet sie sich im letzten Moment, ihr Messer gegen dich zu richten statt gegen sich selbst.«

»Ich werde damit schon fertig, Vater.« Tante Pol nahm das Licht von Barak entgegen und ging langsam den dunklen Gang hinunter, während sie beruhigend auf die Frau einsprach.

Die anderen standen in der Dunkelheit und lauschten angespannt auf das Stimmengemurmel, das aus dem Gang zu ihnen drang, als Tante Pol leise auf die Maragfrau einredete. »Ihr könnt kommen«, rief sie endlich. Sie gingen auf die Stimmen zu.

Die Frau lag neben einer kleinen Wasserlache. Sie war lediglich mit Lumpen bekleidet und sehr schmutzig. Ihr Haar war glänzend schwarz, aber stark verfilzt, und ihr Gesicht trug einen resignierten, hoffnungslosen Ausdruck. Sie hatte hohe Wangenknochen, volle Lippen und große, violette Augen, die von dichten schwarzen Wimpern umrahmt wurden. Die erbärmlichen Fetzen, die sie am Leibe hatte, ließen einen großen Teil ihrer hellen Haut frei. Relg sog scharf die Luft ein und drehte sich auf dem Absatz um.

»Sie heißt Taiba«, erzählte Tante Pol. »Sie ist vor einigen Tagen aus den Sklavenquartieren unter Cthol Murgos entkommen.«

Belgarath kniete neben der erschöpften Frau nieder. »Du bist eine Marag, nicht wahr?« fragte er gespannt.

»Das hat meine Mutter jedenfalls gesagt«, bestätigte sie. »Sie hat mir auch die alte Sprache beigebracht.« Ihr dunkles Haar fiel ihr strähnig ins Gesicht.

»Gibt es noch andere Marags in den Sklavenunterkünften?«

»Ein paar, glaube ich. Es ist schwer zu sagen. Den meisten Sklaven hat man die Zunge herausgeschnitten.«

»Sie braucht etwas zu essen«, sagte Tante Pol. »Hat einer daran gedacht, etwas mitzunehmen?«

Durnik knüpfte einen Beutel von seinem Gürtel los und reichte ihn ihr. »Etwas Käse«, sagte er, »und ein bißchen Dörrfleisch.« Tante Pol öffnete den Beutel.

»Hast du eine Ahnung, wie Angehörige deines Volkes hierher kommen?« fragte Belgarath die Sklavin. »Denk nach. Es könnte sehr wichtig sein.«

Taiba zuckte die Achseln. »Wir waren schon immer hier.« Sie nahm, was Tante Pol ihr reichte, und begann gierig zu essen.

»Nicht zu hastig«, warnte Tante Pol.

»Hast du je gehört, wie die Marags in die Sklaverei der Murgos gelangt sind?« drängte Belgarath.

»Meine Mutter hat mir früher erzählt, daß wir vor vielen Jahren in einem Land unter freiem Himmel gelebt haben und keine Sklaven waren«, antwortete Taiba. »Aber ich habe ihr nicht geglaubt. Es ist eine Geschichte, wie man sie kleinen Kindern erzählt.«

»Es gibt alte Geschichten über den tolnedranischen Überfall auf Maragor, Belgarath«, warf Silk ein. »Seit Jahren kursieren Gerüchte, daß einige der Legionskommandanten ihre Gefangenen an die Nyisser verkauft haben, anstatt sie zu töten. Das würde zu einem Tolnedraner passen.«
»Es ist wohl eine Möglichkeit«, erwiderte Belgarath stirnrunzelnd.
»Müssen wir hierbleiben?« fragte Relg barsch. Er kehrte ihnen noch immer den Rücken zu, und man merkte ihm seine Empörung deutlich an.
»Warum ist er wütend auf mich?« fragte Taiba. Die Worte kamen nur langsam über ihre Lippen und waren kaum mehr als ein Flüstern.
»Verhülle deine Nacktheit, Weib«, befahl Relg. »Du beleidigst gottesfürchtige Augen.«
»Ist das alles?« Sie lachte voll und kehlig. »Das ist alles, was ich an Kleidern habe.« Sie blickte an ihrer üppigen Figur herab. »Außerdem ist mit meinem Körper alles in Ordnung. Er ist nicht mißgestaltet oder häßlich. Warum sollte ich ihn verstecken?«
»Schamloses Weib!« fuhr Relg sie an.
»Wenn es dich so stört, sieh eben nicht hin«, schlug sie vor.
»Relg hat gewisse religiöse Probleme«, erklärte Silk trocken.
»Sprich nicht von Religion«, sagte sie schaudernd.
»Seht ihr«, schnaubte Relg, »sie ist völlig verderbt.«
»Eigentlich nicht«, sagte Belgarath. »In Rak Cthol bedeutet Religion das Messer und den Altar.«
»Garion«, bat Tante Pol, »gibt mir deinen Mantel.«
Er löste seinen schweren Umhang und reichte ihn Pol. Sie deckte die erschöpfte Frau damit zu, hielt aber plötzlich inne und betrachtete sie genau. »Wo sind deine Kinder?« fragte sie.
»Die Murgos haben sie geholt«, antwortete Taiba unbeteiligt. »Es waren zwei niedliche kleine Mädchen, aber jetzt sind sie fort.«
»Wir bringen sie dir zurück«, versprach ihr Garion impulsiv.
Sie lachte bitter auf. »Das glaube ich nicht. Die Murgos haben

sie den Grolims übergeben, und die Grolims haben sie auf Toraks Altar geopfert. Ctuchik selbst hat das Messer geführt.«
Garion fühlte, wie sein Blut zu Eis erstarrte.
»Der Mantel ist warm«, sagte Taiba dankbar, ihre Hände strichen über das rauhe Tuch. »Ich habe so lange gefroren.« Sie seufzte müde und zufrieden.
Belgarath und Tante Pol sahen sich über Taiba hinweg an. »Ich muß doch irgend etwas richtig machen«, sagte der alte Mann nach einem Moment rätselhaft. »Nach all den Jahren des Suchens hier über sie zu stolpern!«
»Bist du sicher, daß sie die richtige ist, Vater?«
»Sie muß es sein. Alles paßt gut zusammen – bis in die kleinste Einzelheit.« Er holte tief Luft und stieß sie dann explosionsartig wieder aus. »Seit tausend Jahren hat mir das Sorgen bereitet.« Plötzlich sah er ausgesprochen selbstzufrieden aus. »Wie bist du aus den Sklavenquartieren entkommen, Taiba?« fragte er freundlich.
»Ein Murgo hat vergessen, eine Tür abzuschließen«, erzählte sie schläfrig. »Nachem ich hinausgeschlüpft war, habe ich dieses Messer gefunden. Ich wollte Ctuchik suchen und ihn töten, aber ich habe mich verlaufen. Es gibt so viele Höhlen hier unten... so viele. Ich wünschte, ich könnte ihn töten, bevor ich sterbe, aber ich glaube, dafür besteht jetzt kaum noch Hoffnung.« Sie seufzte bedauernd. »Ich möchte jetzt gerne schlafen. Ich bin so schrecklich müde.«
»Wird es dir hier gutgehen?« fragte Tante Pol. »Wir müssen weg, aber wir kommen wieder. Brauchst du noch etwas?«
»Vielleicht etwas Licht.« Taiba seufzte. »Ich habe mein Leben im Dunklen verbracht. Ich hätte gern etwas Licht, wenn ich sterbe.«
»Relg«, bat Tante Pol, »mach ihr etwas Licht.«
»Wir brauchen es vielleicht selbst noch.« Seine Stimme verriet noch immer seine Entrüstung.
»Sie braucht es nötiger.«
»Tu es, Relg«, befahl Belgarath dem Fanatiker mit fester Stimme.
Relgs Gesicht verfinsterte sich, aber er mischte etwas aus sei-

nen Beuteln auf einem flachen Stein zusammen und tröpfelte Wasser darauf. Die breiartige Substanz begann zu glühen.
»Danke«, sagte Taiba schlicht.
Relg antwortete nicht, sah sie nicht einmal an.
Sie gingen durch den Gang zurück und ließen Taiba neben dem kleinen Teich mit ihrem schwachen Licht allein. Sie begann wieder zu singen, sehr leise und dem Schlaf schon nahe.
Relg leitete sie weiter durch die gewundenen Gänge, oft die Richtung wechselnd, aber immer aufwärts. Stunden vergingen, wenn auch Zeit hier in der ewigen Dunkelheit keine Bedeutung besaß. Sie erkletterten weitere glatte Wände und folgten den Gängen, die sich höher und höher durch die riesige Felsnadel wanden. Garion verlor die Orientierung und fragte sich manchmal, ob Relg überhaupt wußte, wo er hinging. Als sie um eine weitere Biegung in einen Gang bogen, schien eine leichte Brise ihre Gesichter zu streifen. Der Lufthauch brachte einen grauenhaften Gestank mit sich.
»Was ist denn das?« fragte Silk naserümpfend.
»Wahrscheinlich die Sklavenquartiere«, meinte Belgarath. »In Sanitärfragen sind Murgos ziemlich lasch.«
»Die Quartiere befinden sich unterhalb von Rak Cthol, nicht wahr?« fragte Barak.
Belgarath nickte.
»Und sie haben Verbindung zu der Stadt selbst?«
»So weit ich mich erinnern kann, ja.«
»Du hast es geschafft, Relg«, sagte Barak und schlug dem Ulgo auf die Schulter.
»Faß mich nicht an«, sagte Relg.
»Entschuldige, Relg.«
»Die Sklavenquartiere werden bewacht«, sagte Belgarath. »Wir müssen jetzt sehr leise sein.«
Sie schlichen den Gang entlang und achteten sorgfältig darauf, wo sie ihre Füße hinsetzten. Garion war nicht sicher, ab wann der Gang Zeichen menschlicher Bearbeitung aufwies. Schließlich kamen sie an eine halboffene eiserne Tür. »Ist jemand da?« fragte der alte Mann Silk flüsternd.
Der kleine Mann glitt zu der Türöffnung. Den Dolch hielt er

bereit. Er warf einen Blick hinein, dann bewegte sich sein Kopf ruckartig zurück. »Nur ein paar Knochen«, sagte er leise.

Belgarath blieb stehen. »Diese tiefergelegenen Gänge sind wahrscheinlich aufgegeben worden«, sagte er flüsternd. »Nachdem der Durchgang hier hinauf fertiggestellt war, hatten die Murgos keinen Bedarf mehr für die Tausende von Sklaven. Wir gehen jetzt weiter, aber seid leise und haltet die Augen offen.«

Schweigend folgten sie dem leicht ansteigenden Gang. Sie kamen an weiteren rostigen Eisentüren vorbei, die halb offen standen. Plötzlich machte der Gang eine scharfe Kurve, führte aber weiter aufwärts. Einige Worte in einer Schrift, die Garion nicht entziffern konnte, waren grob in die Wand geritzt.

»Großvater«, wisperte er und zeigte auf die Worte.

Belgarath warf einen Blick auf die Buchstaben und grunzte. »Neunte Ebene«, murmelte er. »Wir sind noch immer ein gutes Stück unterhalb der Stadt.«

»Wie weit können wir noch gehen, ehe wir auf Murgos stoßen?« brummte Barak, mit der Hand am Schwert.

Belgarath zuckte die Achseln. »Schwer zu sagen. Ich schätze, daß nur die obersten zwei oder drei Ebenen benutzt werden.«

Sie folgten dem Gang, bis er wieder scharf abbog, und wieder standen einige Worte in der fremden Schrift an der Wand. »Achte Ebene«, übersetzte Belgarath. »Weiter.«

Der Geruch der Sklavenquartiere wurde stärker, je weiter sie in den aufsteigenden Gängen vordrangen.«

»Licht voraus«, warnte Durnik, unmittelbar ehe sie die Biegung zur vierten Ebene erreichten.

»Wartet hier«, wisperte Silk und schob sich um die Ecke, den Dolch griffbereit.

Das Licht war nur schwach und schien auf und ab zu tanzen. Als die Zeit verstrich, wurde es allmählich heller. »Jemand mit einer Fackel«, murmelte Barak.

Der Fackelschein flackerte plötzlich auf und warf kreisende Schatten. Dann wurde er ruhig und tanzte nicht mehr. Einen Augenblick später kam Silk zurück und wischte sorgfältig seinen Dolch sauber. »Ein Murgo«, erzählte er. »Ich glaube, er hat etwas gesucht. Die Zellen hier sind noch leer.«

»Was hast du mit ihm gemacht?« fragte Barak.

»Ich habe ihn in eine der Zellen geschleift. Sie werden erst über ihn stolpern, wenn sie nach ihm suchen.«

Relg verschleierte seine Augen.

»Selbst das bißchen Licht?« fragte Durnik.

»Es ist die Farbe«, erklärte Relg.

Sie gingen um die Ecke in die vierte Ebene und dann weiter aufwärts. Nach etwa hundert Metern war eine Fackel in einen Spalt in der Wand geklemmt, wo sie ruhig brannte. Als sie näherkamen, konnten sie die frischen Blutspuren auf dem unebenen, schmutzigen Boden erkennen.

Belgarath blieb vor der Zellentür stehen und kratzte sich den Bart. »Was hatte er an?« fragte er Silk.

»Eines dieser Kapuzengewänder«, antwortete Silk. »Warum?«

»Hol es.«

Silk sah ihn kurz an, dann nickte er. Er ging in die Zelle und kehrte einen Augenblick später mit einem schwarzen Murgogewand zurück. Er reichte es Belgarath.

Belgarath hob das Gewand hoch und betrachtete kritisch den langen Schnitt im Rücken. »Mach das nächste Mal möglichst nicht so große Löcher«, bat er den kleinen Mann.

Silk grinste ihn an. »Tut mir leid. Ich war wohl etwas zu übereifrig. Von jetzt an werde ich vorsichtiger sein.« Er sah Barak an. »Möchtest du mitkommen?« fragte er einladend.

»Natürlich. Kommst du, Mandorallen?«

Der Ritter nickte feierlich und löste sein Schwert aus der Scheide.

»Dann warten wir hier«, sagte Belgarath. »Seid vorsichtig, und braucht nicht länger als unbedingt nötig.«

Die drei Männer schlichen durch den Gang auf die dritte Ebene zu.

»Kannst du abschätzen, wie spät es ist, Vater?« fragte Tante Pol leise, nachdem sie verschwunden waren.

»Ein paar Stunden nach Mitternacht.«

»Werden wir vor Morgengrauen noch genügend Zeit haben?«

»Wenn wir uns beeilen.«
»Vielleicht sollten wir den Tag hier unten abwarten und erst hinaufgehen, wenn es wieder dunkel ist.«
Er runzelte die Stirn. »Ich glaube nicht. Ctuchik hat etwas vor. Er weiß, daß ich komme, das spüre ich schon seit einer Woche, aber er hat noch nichts unternommen. Wir wollen ihm nicht mehr Zeit geben, als sein muß.«
»Er wird gegen dich kämpfen, Vater.«
»Das ist ohnehin lange überfällig«, antwortete er. »Ctuchik und ich schleichen jetzt schon seit Jahrtausenden umeinander herum, weil nie ganz der richtige Zeitpunkt war. Jetzt ist es endlich soweit.« Er blickte gedankenverloren in die Dunkelheit, sein Gesicht war finster. »Wenn es losgeht, möchte ich, daß du dich da heraushältst, Pol.«
Sie betrachtete den grimmigen alten Mann lange, dann nickte sie. »Wie du willst, Vater.«

26

Das Murgogewand war aus grobem schwarzem Tuch, in das ein seltsames rotes Emblem, direkt über Garions Herz, eingewebt war. Es roch nach Rauch und etwas sehr Unangenehmem. Unter der linken Achsel war ein kleines ausgefranstes Loch, und der Stoff um das Loch herum war steif und feucht. Garion wich innerlich vor dieser Feuchtigkeit zurück.
Sie bewegten sich schnell durch die Gänge der letzten drei Ebenen, die tief herabgezogenen Kapuzen der Murgogewänder verbargen ihre Gesichter. Obwohl die Gänge von rußenden Fackeln erhellt waren, begegneten sie keinen Wachen, und die Sklaven, die hinter den verschlossenen, rostfleckigen Türen lagen, gaben keinen Laut von sich, als sie vorbeihasteten. Garion konnte die entsetzliche Angst spüren, die hinter diesen Türen herrschte.
»Wie kommen wir in die Stadt hinauf?« wisperte Durnik.
»Am oberen Ende des letzten Ganges ist eine Treppe«, antwortete Silk leise.

»Ist sie bewacht?«
»Jetzt nicht mehr.«
Ein mit einer Kette gesichertes, eisenbeschlagenes Tor versperrte den Ausgang am oberen Ende der Treppe, aber Silk bückte sich, zog ein kleines metallenes Werkzeug aus seinem Stiefel und bearbeitete damit sekundenlang das Schloß. Dann grunzte er zufrieden, als das Schloß unter seinen Händen nachgab. »Ich werde mich etwas umsehen«, flüsterte er und schlüpfte hinaus.
Hinter dem Tor konnte Garion die Sterne sehen und die finsteren Gebäude von Rak Cthol, die sich scharf gegen den Himmel abzeichneten. Ein Schrei echote gequält und verzweifelt durch die Stadt, nach einem Moment gefolgt von dem tiefen, hohlen Dröhnen eines gewaltigen Gongs. Garion schauderte.
Kurz darauf kam Silk zurück. »Es scheint niemand in der Nähe zu sein«, sagte er leiste. »In welche Richtung gehen wir?«
Belgarath wies die Richtung. »Dort entlang. Wir gehen über die Mauer zum Tempel.«
»Zum Tempel?« fragte Relg scharf.
»Wir müssen durch ihn hindurch, um zu Ctuchik zu gelangen«, erklärte der alte Mann. »Wir müssen uns beeilen. Der Morgen ist nicht mehr weit.«
Rak Cthol war anders als andere Städte. Die großen Häuser waren nicht so voneinander abgegrenzt, wie sie es woanders waren. Es schien, als hätten die Murgos und Grolims, die hier lebten, keinen Sinn für persönlichen Besitz, so daß ihren Gebäuden die Abgeschlossenheit des Privateigentums fehlte, die man in den Städten des Westens fand. Es gab keine Straßen im üblichen Sinn des Wortes, sondern nur miteinander verbundene Höfe und Wege, die zwischen und oft genug auch durch die Häuser verliefen.
Die Stadt wirkte verlassen, als sie durch die dunklen Höfe und Gänge schlichen, und doch lag eine Art drohender Wachsamkeit in den düsteren, schweigenden Mauern. Merkwürdig geformte Türmchen entsprangen an unerwarteten Stellen den

Mauern, ragten hoch über den Höfen und blickten finster auf sie herab. Schmale Fenster starrten sie vorwurfsvoll an, und die gewölbten Türnischen waren voller lauernder Schatten. Eine bedrückende Atmosphäre des Bösen lastete auf Rak Cthol, und die Steine selbst schienen Garion und seine Freunde zu beobachten, als sie tiefer und tiefer in das dunkle Labyrinth der Grolim-Festung eindrangen.

»Weißt du auch bestimmt, welchen Weg du gehen mußt?« wisperte Barak Belgarath nervös zu.

»Ich war schon früher einmal hier und habe diesen Weg benutzt«, antwortete der alte Mann leise. »Ich behalte Ctuchik gern im Auge. Wir gehen diese Treppe hinauf. Sie bringt uns auf die Stadtmauer.«

Die Treppe war eng und steil, mit massiven Wänden auf beiden Seiten und einer gewölbten Decke. Die Steinstufen waren in jahrhundertelanger Benutzung ausgetreten. Schweigend stiegen sie nach oben. Ein weiterer Schrei gellte durch die Stadt, und wieder ertönte der riesige eiserne Gong.

Als sie die Treppe erklommen hatten, standen sie oben auf der äußeren Stadtmauer. Sie war breit wie eine Straße und umschloß die gesamte Stadt. Eine Brüstung verlief an ihrem Außenrand und markierte die Kante des furchtbaren Abgrundes, der eine Meile oder mehr zu der Felswüste am Fuß des Basaltturms abfiel. Sobald sie aus dem Schutz der Gebäude heraus waren, spürten sie wieder die Kälte, und die schwarzen Bodenplatten und roh behauenen Blöcke der Brüstung glitzerten im kalten Licht der Sterne vor Frost.

Belgarath betrachtete das offene Gelände vor ihnen auf der Mauer und die dahinterliegenden, in tiefe Schatten gehüllten finsteren Gebäude. »Wir verteilen uns besser«, flüsterte er. »Zu viele Leute auf einem Fleck erregen in Rak Cthol Aufmerksamkeit. Wir werden immer zu zweit gehen. Geht ganz normal, nicht zu schnell und nicht zu langsam. Versucht auszusehen, als gehörtet ihr hierher. Gehen wir.« Er ging mit Barak zielstrebig, aber scheinbar ohne Eile voraus. Nach kurzer Zeit folgte Tante Pol mit Mandorallen.

»Durnik«, flüsterte Silk. »Garion und ich gehen als nächste.

Komm mit Relg in ungefähr einer Minute nach.« Er betrachtete Relgs Gesicht, das von einer Murgokapuze tief beschattet wurde. »Bist du in Ordnung?« fragte er.
»Solange ich nicht zum Himmel hochschaue, ja«, antwortete Relg steif. Seine Stimme klang, als ob er die Zähne zusammenbisse.
»Dann komm, Garion«, murmelte Silk.
Es erforderte Garions ganze Selbstbeherrschung, um in normalem Tempo über die frostglitzernde Mauerkrone zu gehen. Irgendwie hatte er das Gefühl, daß aus jedem Gebäude und jedem Turm Augen zusahen, wie er und der kleine Drasnier das Stück Weg zurücklegten. Die Luft war totenstill und bitterkalt, und die Steinquader der äußeren Brüstung waren mit einem zarten Filigran aus Rauhreif bedeckt.
Wieder ertönte ein Schrei aus dem Tempel, der irgendwo vor ihnen lag.
Die Ecke eines hohen Turms sprang am Ende des offenen Mauerstücks vor, so daß der dahinterliegende Weg verborgen war. »Warte einen Augenblick hier«, flüsterte Silk, als sie vorsichtig in den Schatten traten, und schlüpfte um die Ecke.
Garion stand in der eisigen Kälte, seine Ohren lauschten angestrengt auf jedes Geräusch. Er warf einen Blick zu der Brüstung hinüber. Weit draußen in der trostlosen Öde dort unten brannte ein kleines Feuer. Es flackerte in der Dunkelheit wie ein kleiner roter Stern. Er überlegte, wie weit entfernt es wohl sein mochte.
Plötzlich war über ihm ein leises, schabendes Geräusch. Er wirbelte herum, seine Hand fuhr an sein Schwert. Eine undeutliche Gestalt fiel von einem Sims an der Seite des Turms und landete mit katzengleicher Lautlosigkeit unmittelbar vor ihm. Garion roch den vertrauten, säuerlich-beißenden Geruch nach altem Schweiß.
»Es ist lange her, nicht wahr, Garion?« sagte Brill leise mit einem häßlichen Kichern.
»Bleib zurück«, warnte Garion und hielt die Spitze seines Schwertes tief, wie Barak es ihn gelehrt hatte.
»Ich wußte, daß ich dich eines Tages allein erwischen würde«,

sagte Brill, ohne sich durch das Schwert beeindrucken zu lassen. Er spreizte die Hände und duckte sich, sein schielendes Auge glitzerte im Licht der Sterne.
Garion wich zurück und schwang drohend sein Schwert. Brill sprang zur Seite, Garion folgte ihm instinktiv mit dem Schwert. Dann, so schnell, daß Garions Augen kaum folgen konnten, schoß Brill zurück und schlug mit einer Hand heftig auf seinen Unterarm. Garions Schwert schlitterte über die eisigen Fliesen davon. Verzweifelt griff er nach seinem Dolch.
Dann tauchte ein weiterer Schatten in der Dunkelheit an dem Turm auf. Brill grunzte, als ein Fuß ihn kräftig in der Seite traf. Er fiel, rollte jedoch blitzschnell über den Boden und kam wieder auf die Füße. Breitbeinig stand er da, seine Hände bewegten sich langsam durch die Luft.
Silk ließ sein Murgogewand fallen, schob es mit dem Fuß aus dem Weg und spreizte ebenfalls die Hände.
Brill grinste. »Ich hätte wissen müssen, daß du irgendwo in der Nähe steckst, Kheldar.«
»Ich hätte wohl auch mit dir rechnen sollen, Kordoch«, antwortete Silk. »Du scheinst immer dann aufzutauchen, wenn man es am wenigsten vermutet.«
Brill stieß mit einer Hand nach Silks Gesicht, aber der kleine Mann wich ihm mühelos aus. »Wie schaffst du es, uns immer voraus zu sein?« fragte er, fast im Konversationston. »Diese Angewohnheit beginnt Belgarath zu irritieren.«
Sein Fuß zuckte nach Brills Leistengegend, doch der schielende Mann sprang gewandt zurück.
Brill lachte kurz auf. »Ihr seid zu weichherzig gegenüber euren Pferden. Auf der Jagd nach euch habe ich ein paar zu Tode geritten. Wie bist du aus diesem Loch herausgekommen?« fragte er interessiert. »Taur Urgas war am nächsten Morgen außer sich vor Wut.«
»Wie furchtbar.«
»Er hat den Wachen die Haut abziehen lassen.«
»Ein Murgo muß ohne seine Haut doch recht merkwürdig aussehen.«
Plötzlich sprang Brill mit ausgestreckten Händen vor, aber Silk

wich zur Seite und ließ seine Handkante auf Brills Rücken niedersausen. Wieder grunzte Brill, rollte sich jedoch außer Reichweite. »Du könntest tatsächlich so gut sein, wie behauptet wird«, gestand er widerwillig.

»Probier's doch aus, Kordoch«, lud Silk ihn mit einem bösen Grinsen ein. Er bewegte sich von der Turmmauer weg, seine Hände waren in ständiger Bewegung. Garion beobachtete mit klopfendem Herzen, wie die beiden einander umkreisten.

Wieder sprang Brill, diesmal mit den Füßen voran, doch Silk tauchte unter ihm weg. Noch als er auf die Füße kam, holte Silks Hand aus und traf Brill hoch am Kopf. Brill taumelte von dem Schlag, es gelang ihm jedoch, Silk gegen die Knie zu treten, als dieser zurücksprang. »Deine Technik ist defensiv, Kheldar«, knirschte er. Er schüttelte den Kopf, um die Wirkung von Silks Schlag loszuwerden. »Das ist Schwäche.«

»Nur ein anderer Stil, Kordoch«, erwiderte Silk.

Brill versuchte, mit den Daumen Silks Augen zu treffen, aber Silk blockte ihn ab und plazierte einen schnellen Gegenschlag in die Magengrube seines Gegners. Brill verschränkte beim Fallen die Beine und zog Silk so ebenfalls zu Boden. Beide Männer wälzten sich über die vereisten Steine und sprangen wieder auf die Füße. Ihre Hände bewegten sich zu schnell für Garions Augen.

Es war nur ein leichter Fehler, so leicht, daß Garion nicht sicher war, *ob* es überhaupt ein Fehler war. Brill setzte zu einem Schlag auf Silks Gesicht an, der eine Idee härter war, als er hätte sein sollen und um Millimeter zu weit ging. Silks Hände schossen hoch und umklammerten das Handgelenk seines Gegners in tödlichem Griff. Silk ließ sich rückwärts auf die Brüstung fallen und verhakte beim Fallen seine Beine in die von Brill. So aus dem Gleichgewicht gebracht, schoß Brill nach vorn. Plötzlich versteiften sich Silks Beine, hoben den schielenden Mann hoch und schleuderten ihn in einer gewaltigen Anstrengung nach vorn. Mit einem erstickten Schrei klammerte sich Brill verzweifelt an einen der großen Steinblöcke der Brüstung, aber er war zu hoch und hatte zuviel Schwung. Er schoß über die Brüstung hinaus in die Dunkelheit jenseits der

Mauer. Sein Schrei verhallte langsam, als er fiel, und verlor sich in einen neuen Schrei aus dem Tempel.
Silk erhob sich, warf einen Blick über den Rand und kehrte dann zu Garion zurück, der zitternd im Schatten des Turms stand.
»Silk!« rief Garion und griff erleichtert nach dem Arm des kleinen Mannes.
»Was war das?« fragte Belgarath, der um die Ecke bog.
»Brill«, erklärte Silk leise und zog sein Murgogewand wieder über.
»*Schon* wieder?« fragte Belgarath empört. »Was hat er denn diesmal getan?«
»Als ich ihn das letztemal sah, versuchte er zu fliegen«, grinste Silk.
Der alte Mann sah ihn verblüfft an.
»Er konnte es allerdings nicht sehr gut«, setzte Silk hinzu.
Belgarath zuckte die Achseln. »Vielleicht lernt er es mit der Zeit noch.«
»Er hat eigentlich nicht mehr viel Zeit.« Silk beugte sich über die Brüstung.
Von weit unten – entsetzlich weit unten – kam ein schwacher, gedämpfter Aufprall, nach einigen Sekunden noch einer. »Gilt Abstürzen auch?« fragte Silk.
Belgarath verzog das Gesicht. »Eigentlich nicht.«
»Dann würde ich sagen, er hat es nicht mehr rechtzeitig gelernt«, frohlockte Silk. Er sah sich mit breitem Grinsen um. »Was für eine schöne Nacht«, sagte er zu niemand bestimmten.
»Laßt uns weitergehen«, meinte Belgarath und warf rasch einen nervösen Blick auf den östlichen Horizont. »Es wird bald hell.«
Sie schlossen sich den anderen an, die ein paar hundert Meter weiter im Schatten der hohen Tempelmauer standen, und warteten angespannt auf Relg und Durnik.
»Was hat dich aufgehalten?« flüsterte Barak, während sie warteten.
»Ich habe einen alten Freund von uns getroffen«, antwortete

Silk leise. Sein Grinsen ließ seine weißen Zähne in der Dunkelheit aufleuchten.

»Es war Brill«, erzählte Garion den anderen in heiserem Flüsterton. »Er und Silk haben miteinander gekämpft, und Silk hat ihn über die Brüstung geworfen.«

Mandorallen blickte zu der Brüstung hinüber. »Ist ein ordentliches Stück bis unten«, stellt er fest.

»Ja, nicht wahr?« stimmte Silk ihm zu.

Barak kicherte und legte Silk wortlos seine große Hand auf die Schulter.

Dann kamen Relg und Durnik über die Mauer auf sie zu.

»Wir müssen durch den Tempel gehen«, sagte Belgarath leise. »Zieht die Kapuzen so tief wie möglich ins Gesicht und haltet den Kopf gesenkt. Geht hintereinander und murmelt vor euch hin, als ob ihr beten würdet. Wenn uns jemand anspricht, überlaßt mir das Reden; und jedesmal, wenn der Gong ertönt, dreht euch in Richtung des Altars und verbeugt euch.« Er führte sie zu einer schweren Tür, die mit verwitterten Eisenbändern verstärkt war. Er sah einmal zurück, um sich zu vergewissern, daß sie auch alle in einer Reihe standen, dann legte er die Hand auf die Klinke und stieß die Tür auf.

Das Innere des Tempels erglühte in rauchig-rotem Licht, und ein scheußlicher Leichengestank erfüllte ihn. Die Tür, durch die sie eintraten, führte auf einen überdachten Balkon, der an der Rückseite des Tempels entlanglief. Eine steinerne Balustrade faßte den Balkon ein, die in gleichmäßigen Abständen von dicken Säulen unterbrochen wurde. Die Öffnungen zwischen den Säulen waren mit dem gleichen groben Tuch verhangen, aus denen die Gewänder der Murgos hergestellt wurden. Entlang der Innenseite des Balkons befand sich eine Reihe tief in den Stein eingelassener Türen. Garion vermutete, daß der Balkon in erster Linie von Tempelangestellten auf ihren verschiedenen Besorgungsgängen benutzt wurde.

Sobald sie auf dem Balkon waren, kreuzte Belgarath die Hände über der Brust und ging langsam und gemessenen Schrittes voran, wobei er mit tiefer Stimme vor sich hinsang.

Ein durchdringender Schrei, erfüllt von Entsetzen und Todesqualen, hallte von unten herauf. Garion blickte unwillkürlich durch einen Spalt in den Vorhängen auf den Altar. Für den Rest seines Lebens wünschte er, er hätte es nicht getan.

Die runden Mauern des Tempels waren aus poliertem schwarzem Stein gebaut, und unmittelbar hinter dem Altar befand sich ein riesiges Gesicht, aus Stahl geschmiedet und zu spiegelndem Glanz poliert – das Antlitz Toraks und die Vorlage zu den Stahlmasken der Grolims. Das Gesicht war schön – das stand außer Frage –, dennoch lag etwas Böses darin, eine Grausamkeit, die die menschliche Vorstellungskraft von der Bedeutung des Wortes überstieg. Vor dem Bild des Gottes knieten dichtgedrängt Murgos und Grolims, die in einem Dutzend Dialekten ein unverständliches Lied sagen. Der Altar stand auf einer erhöhten Plattform direkt unter dem schimmernden Antlitz Toraks. Ein rauchendes Kohlebecken auf einem eisernen Gestell stand an jeder Ecke des blutverschmierten Altars, und ein quadratisches Loch im Boden öffnete sich unmittelbar vor der Plattform. Häßliche rote Flammen leckten aus dem Loch, und schwarzer, öliger Rauch stieg daraus empor zu der hohen, gewölbten Decke.

Ein halbes Dutzend Grolims in schwarzen Roben und Stahlmasken war um den Altar versammelt. Sie hielten den nackten Körper eines Sklaven fest. Das Opfer war bereits tot, seine Brust gähnte offen wie bei einem geschlachteten Schwein, und ein einzelner Grolim stand mit erhobenen Händen vor dem Altar, das Gesicht dem Bildnis Toraks zugewandt. In seiner rechten Hand hielt er ein langes, gekrümmtes Messer, in seiner linken ein blutiges menschliches Herz. »Nimm dieses Opfer an, Drachengott von Angarak«, rief er mit lauter Stimme, dann drehte er sich um und legte das Herz in eines der qualmenden Kohlebecken. Eine Rauchwolke stieg auf, und man hörte ein grausiges Zischen, als das blutige Herz auf die glühenden Kohlen fiel. Von irgendwo tief unter dem Tempel ertönte der gewaltige Gong, dessen Schall die Luft erzittern ließ. Die versammelten Murgos und ihre Grolims stöhnten und preßten die Gesichter auf die Erde.

Garion fühlte eine Hand auf der Schulter. Silk hatte sich schon

umgedreht und verbeugte sich in Richtung des blutigen Altars. Ungeschickt und elend von dem Grauen, das er gesehen hatte, verbeugte Garion sich gleichfalls.
Die sechs Grolims am Altar schoben den leblosen Körper des Sklaven fast verächtlich herab und warfen ihn in den Schacht vor der Empore. Flammen schossen auf und Funken stoben in dichtem Rauch hoch, als der Körper in das Feuer fiel.
Ein schrecklicher Zorn wallte in Garion auf. Ohne zu überlegen konzentrierte er seinen Willen, um den schändlichen Altar und das grausame Bildnis, das darüber schwebte, mit einem einzigen wütenden Peitschenhieb ungebändigter Kraft zu Staub zu zermalmen.
»*Belgarion*!« sagte die Stimme in seinem Geist scharf. »*Misch dich nicht ein! Jetzt ist nicht die Zeit dafür*!«
»*Ich kann es nicht ertragen*!« tobte Garion lautlos. »*Ich muß etwas tun.*«
»*Das kannst du nicht. Nicht jetzt. Du wirst die ganze Stadt in Aufruhr versetzen. Laß deinen Willen los, Belgarion.*«
»*Tu, was er sagt, Garion*«, klang Tante Pols Stimme leise in seinem Geist. Eine unausgesprochene Verständigung fand zwischen dem seltsamen anderen Wesen und Tante Pol statt, als Garion hilflos seinen Zorn und seinen Willen aus sich herausströmen ließ.
»*Diese Greuel werden nicht mehr lange existieren, Belgarion*«, versicherte ihm die Stimme. »*Schon jetzt sammelt die Erde Kraft, um sich davon zu befreien.*« Dann schwieg die Stimme.
»Was macht ihr da?« dröhnte eine andere Stimme. Garion wandte den Blick von der grausigen Szenerie unter ihnen. Ein Grolim in Robe und Maske stand vor Belgarath und versperrte ihnen den Weg.
»Wir sind die Diener Toraks«, antwortete der alte Mann in einem Akzent, der perfekt die gutturalen Laute der Murgosprache imitierte.
»Jeder in Rak Cthol ist der Diener Toraks«, sagte der Grolim. »Ihr wohnt nicht der Opferzeremonie bei. Weshalb nicht?«
»Wir sind Pilger aus Rak Hagga«, erklärte Belgarath, »und

gerade erst in der ehrwürdigen Stadt eingetroffen. Wir haben Befehl, uns sofort nach unserer Ankunft bei dem Hierarchen von Rak Hagga zu melden. Diese Pflicht hat unsere Teilnahme an der Feier verhindert.«

Der Grolim knurrte argwöhnisch.

»Würde der verehrte Priester des Drachengottes wohl so freundlich sein, uns den Weg zu den Gemächern unseres Hierarchen zu weisen? Wir sind mit dem Dunklen Tempel nicht so vertraut.«

Wieder erklang ein Schrei aus der Tiefe. Als der eiserne Gong dröhnte, drehte sich der Grolim um und verbeugte sich zum Altar hin. Belgarath nickte kurz, dann drehte er sich um und verbeugte sich gleichfalls.

»Geht zu der vorletzten Tür«, wies der Grolim sie an. Offenbar hatte ihn die fromme Geste zufriedengestellt. »Sie führt zu den Hallen der Hierarchen.«

»Wir sind dem Priester des Dunklen Gottes unendlich dankbar«, sagte Belgarath mit einer höflichen Verbeugung. Sie marschierten an dem maskierten Grolim vorüber. Dabei hielten sie die Köpfe gesenkt und die Hände auf der Brust gekreuzt und murmelten wie im Gebet vor sich hin.

»Schande!« keuchte Relg. »Abschaum! Greuel!«

»Halt den Kopf unten!« wisperte Silk. »Überall um uns herum sind Grolims.«

»Wenn UL mir die Kraft gibt, werde ich nicht eher ruhen, bis Rak Cthol in Schutt und Asche liegt«, gelobte Relg aufgebracht.

Belgarath hatte eine mit Schnitzereien verzierte Tür am Ende des Balkons erreicht und drückte sie vorsichtig auf. »Beobachtet uns der Grolim noch?« fragte er Silk flüsternd.

Der kleine Mann sah zurück, wo der Priester in einiger Entfernung noch stand. »Ja. Warte... jetzt geht er. Der Balkon ist leer.«

Der Zauberer schloß die Tür wieder und ging statt dessen zu der letzten Tür auf dem Balkon. Er zog vorsichtig an dem Knopf, und die Tür glitt geräuschlos auf. Er runzelte die Stirn. »Früher war sie immer abgeschlossen«, murmelte er.

»Glaubst du, es ist eine Falle?« brummte Barak, dessen Hand unter der Murgorobe schon nach dem Schwert tastete.
»Möglich, aber wir haben keine andere Wahl.« Belgarath stieß die Tür ganz auf, und alle schlüpften hinein, als vom Altar ein weiterer Schrei ertönte. Die Tür schloß sich langsam hinter ihnen, während der Gong die Mauern des Tempels erbeben ließ. Sie betraten die ausgetretenen Steinstufen, die hinter der Tür begannen. Die Treppe war eng und nur kümmerlich beleuchtet. Sie führte steil nach unten und bog immer rechtsum ab.
»Wir sind direkt an der Außenmauer, nicht wahr?« fragte Silk und berührte die schwarzen Steine zu seiner Linken.
Belgarath nickte. »Die Treppe führt zu Ctuchiks Privatgemächern.« Sie gingen weiter, bis die Wände zu beiden Seiten nicht mehr aus behauenen Blöcken, sondern aus unbearbeitetem Fels bestanden.
»Er lebt unter der Stadt?« fragte Silk überrascht.
»Ja«, antwortete Belgarath. »Er hat sich eine Art hängenden Turm aus dem Felsen hauen lassen.«
»Seltsame Idee«, meinte Durnik.
»Ctuchik ist auch ein seltsamer Mensch«, erwiderte Tante Pol grimmig.
Belgarath blieb stehen. »Die Treppe führt noch etwa dreißig Meter tiefer«, flüsterte er. »Zwei Wächter werden an der Tür zum Turm stehen. Nicht einmal Ctuchik kann das ändern – gleich, was er vorhat.«
»Zauberer?« fragte Barak leise.
»Nein. Die Wächter sind mehr aus zeremoniellen als aus praktischen Gründen da. Es sind nur einfache Grolims.«
»Dann werden wir sie im Sturm nehmen.«
»Das wird nicht nötig sein. Ich kann euch nahe genug heranbringen, daß ihr mit ihnen fertig werden könnt, aber macht schnell und seid leise.« Der alte Mann griff in sein Gewand und zog eine Pergamentrolle hervor, die mit einem schwarzen Band verschnürt war. Er ging weiter, Barak und Mandorallen folgten ihm dichtauf.
Nach einer Biegung der Treppe sahen sie Licht. Fackeln erhell-

ten den Fuß der Treppe und eine Art Vorzimmer, das aus dem massiven Fels herausgehauen war. Zwei Grolimpriester standen mit verschränkten Armen vor einer glatten schwarzen Tür. »Wer nähert sich dem Allerheiligsten?« fragte einer von ihnen und fuhr mit der Hand an sein Schwert.

»Ein Bote«, verkündete Belgarath wichtigtuerisch. »Ich bringe eine Botschaft für den Meister von dem Hierarchen von Rak Goska.« Er hielt das zusammengerollte Pergament hoch.

»Komm näher, Bote.«

»Gelobt sei der Name des Jüngers des Drachengottes von Angarak«, brummte Belgarath, als er die letzten Stufen, mit Barak und Mandorallen zur Seite, hinabstieg und vor den Wächtern in ihren Stahlmasken stehenblieb. »So habe ich meinen Auftrag ausgeführt«, erklärte er und hielt ihnen das Pergament hin.

Einer der Wächter streckte die Hand danach aus, doch Barak ergriff seinen Arm mit einer Hand. Die andere Hand schloß sich geschickt um die Kehle des überraschten Grolims.

Die Hand des anderen Wächters zuckte zu seinem Schwert, aber er grunzte und klappte zusammen, als Mandorallen ihm einen spitzen Dolch in den Bauch rammte. Mit tödlicher Konzentration drehte der Ritter die Waffe und stieß die Spitze tiefer in den Körper des Grolims. Der Wächter erschauerte, als die Klinge sein Herz traf. Mit einem langen, gurgelnden Seufzer brach er zusammen.

Baraks kräftige Schulter spannte sich, und es knirschte, als das Genick des Grolims unter seinem erbarmungslosen Griff brach. Die Füße des Wächters scharrten einen Augenblick lang krampfhaft über den Boden, dann wurde er steif. »Jetzt geht es mir schon besser«, murmelte Barak und ließ den Körper fallen.

»Du bleibst mit Mandorallen hier«, befahl Belgarath. »Ich möchte nicht gestört werden, wenn ich drin bin.«

»Dafür sorgen wir schon«, versprach Barak. »Was ist mit denen hier?« Er deutete auf die beiden toten Wächter.

»Sieh zu, daß du sie los wirst, Relg«, sagte Belgarath zu dem Ulgo.

Silk drehte sich rasch um, als Relg zwischen den beiden Leichen

niederkniete und jede mit einer Hand ergriff. Ein gedämpftes Schaben war zu hören, als er sie niederpreßte und in den Steinfußboden versenkte.
»Da guckt noch ein Fuß raus«, bemerkte Barak ungerührt.
»*Mußt* du davon reden?« fragte Silk.
Belgarath holte tief Luft, dann legte er die Hand auf den eisernen Türgriff. »Also gut«, sagte er leise. »Gehen wir.« Er stieß die Tür auf.

27

Der Reichtum ganzer Länder lag hinter der schwarzen Tür. Haufen hellgelber Münzen – Gold ohne Zahl – lagen auf dem Boden; dazwischen sorglos verstreut Ringe, Armbänder, Ketten und Kronen, die strahlten und funkelten. Blutrote Goldbarren aus den Minen von Angarak waren an einer Wand aufgestapelt, umrahmten hier und dort offenstehende Kisten, aus denen faustgroße Diamanten quollen, die wie Eis glitzerten. Ein großer Tisch stand in der Mitte des Raumes, auf dem Rubine und Saphire und Smaragde, groß wie Taubeneier, lagen. Bänder und Ketten aus Perlen, rosa, grau und sogar schwarz, hielten die schweren Vorhänge an den Fenstern zurück.
Belgarath pirschte durch den Raum, seine Bewegungen ließen sein Alter nicht vermuten. Er hatte seine Augen überall. Er ignorierte die Reichtümer und ging über die dicken Teppiche zu dem nächsten Raum, dem Zimmer eines Gelehrten, wo eng zusammengerollte Pergamente auf Gestellen lagen, die bis zur Decke reichten, und die ledergebundenen Rücken der Bücher in langen Reihen auf dunklen Holzregalen strammstanden. Die Tische in diesem zweiten Raum waren bedeckt mit seltsamen Glasapparaturen für chemische Experimente und merkwürdigen Maschinen aus Messing und Eisen, die ganz aus Zahnrädchen, Flaschenzügen, Ketten und Rädern bestanden.
In einem dritten Raum stand ein massiv goldener Thron vor Wandbehängen aus schwarzem Samt. Ein Hermelincape lag

über einer Armlehne, und auf dem Sitz lagen eine schwere goldene Krone und ein Szepter. In den polierten Steinfußboden war eine Landkarte eingearbeitet, die – so weit Garion es beurteilen konnte – die gesamte Welt darstellte.
»Was ist das für ein Ort?« flüsterte Durnik ehrfürchtig.
»Ctuchik unterhält sich hier«, erklärte Tante Pol voll Abscheu. »Er hat viele Laster, und er trennt sie fein säuberlich voneinander.«
»Er ist nicht hier unten«, murmelte Belgarath. »Wir gehen in die nächste Etage hinauf.« Er führte sie wieder in den ersten Raum zurück und eine Reihe von Steinstufen hinauf, die an der runden Außenmauer des Turms entlangliefen.
Der Raum, in dem die Treppe endete, war voller Greuel. In der Mitte stand eine Streckbank, und Peitschen und Geißeln hingen an den Wänden. Grausame Werkzeuge aus schimmerndem Stahl lagen ordentlich aufgereiht auf einem Tisch an der Wand – Haken, nadelspitze Stacheln und scheußliche Geräte mit Sägezähnen, zwischen denen noch Knochen- und Fleischfetzen klebten. Der ganze Raum stank nach Blut.
»Du gehst mit Silk allein weiter, Vater«, sagte Tante Pol. »In den anderen Räumen auf dieser Etage sind Dinge, die Garion, Durnik und Relg besser nicht sehen sollten.«
Belgarath nickte und ging mit Silk durch die nächste Tür. Nach ein paar Minuten kamen sie durch eine andere Tür zurück. Silk sah etwas elend aus. »Er frönt einigen ziemlich exotischen Abscheulichkeiten, nicht wahr?« bemerkte er schaudernd.
Belgaraths Gesicht war finster. »Wir gehen weiter hinauf«, sagte er leise. »Er ist auf der obersten Ebene. Das hatte ich mir fast gedacht, aber ich wollte sichergehen.« Sie erklommen eine weitere Treppe.
Als sie sich dem oberen Ende der Treppe näherten, spürte Garion ein eigenartiges, klingendes Glühen, das irgendwo tief in ihm begann, und eine Art endloser Gesang schien ihn vorwärts zu ziehen. Das Zeichen in seiner rechten Hand brannte.
Ein schwarzer steinerner Altar stand im ersten Zimmer der obersten Etage des Turms, und das stählerne Bildnis von Torak blickte unheilvoll von der Wand dahinter herab. Ein funkeln-

des Messer, verkrustet von getrocknetem Blut, lag auf dem Altar, und in jede Pore des Steins war Blut eingedrungen. Belgarath bewegte sich jetzt rasch, angespannt und leise wie eine Katze. Er blickte durch eine Tür in der Wand hinter dem Altar, schüttelte den Kopf und ging auf eine geschlossene Tür in der gegenüberliegenden Wand zu. Er legte die Finger sacht auf das Holz, dann nickte er. »Er ist da«, murmelte er zufrieden. Er holte tief Luft und grinste dann plötzlich. »Darauf habe ich lange gewartet«, sagte er.

»Trödle nicht, Vater«, sagte Tante Pol ungeduldig. Ihre Augen waren stählern, und die weiße Locke an ihrer Schläfe glitzerte wie Eis.

»Ich möchte, daß du dich da heraushältst, wenn wir drin sind, Pol«, erinnerte er sie. »Du auch, Garion. Das ist eine Sache nur zwischen Ctuchik und mir.«

»Ist gut, Vater«, antwortete Tante Pol.

Belgarath streckte die Hand aus und öffnete die Tür. Der Raum dahinter war spärlich möbliert, geradezu kahl. Auf dem Steinfußboden lag kein Teppich, und die runden Fenster, die in die Dunkelheit hinausstarrten, hatten keine Vorhänge. Einfache Kerzen brannten in Haltern an der Wand, und ein schlichter Tisch stand mitten im Zimmer. An dem Tisch saß, mit dem Rücken zur Tür, ein Mann in schwarzem Kapuzengewand, der offenbar in eine Eisenschatulle starrte. Garion spürte, wie sein ganzer Körper als Antwort auf das, was in der Schatulle war, bebte. Der Gesang in seinem Geist wurde übermächtig.

Ein kleiner Junge mit blaßblondem Haar stand vor dem Tisch und schaute ebenfalls in die Schatulle. Er trug einen verschmutzten Leinenkittel und staubige Schuhe. Obwohl seine Miene keine Gedanken widerspiegelte, war eine süße, herzergreifende Unschuld um ihn. Seine Augen waren blau, groß und vertrauensvoll, und er war bestimmt das schönste Kind, das Garion je gesehen hatte.

»Warum hast du so lange gebraucht, Belgarath?« fragte der Mann am Tisch, ohne sich auch nur umzudrehen. Seine Stimme klang rauh. Er schloß die Eisenschatulle mit einem leisen

Klicken. »Ich fing fast schon an, mir Sorgen um dich zu machen.«

»Nur ein paar kleine Verzögerungen, Ctuchik«, erwiderte Belgarath. »Hoffentlich haben wir dich nicht zu lange warten lassen.«

»Ich kann mich gut beschäftigen. Kommt herein. Kommt herein – ihr alle.« Ctuchik drehte sich um und betrachtete sie. Sein Haar und sein Bart waren von einem gelblichen Weiß und sehr lang. Sein Gesicht zeigte tiefe Falten, und seine Augen funkelten in ihren Höhlen. Es war ein Gesicht des uralten und abgrundtiefen Bösen. Grausamkeit und Arroganz hatten alle Spuren von Bescheidenheit und Menschlichkeit daraus getilgt, und ein übersteigerter Eigendünkel hatte es zu einer ständigen Grimasse verzerrt, voller Verachtung für jedes andere Lebewesen. Seine Augen wanderten zu Tante Pol. »Polgara«, grüßte er sie mit einer spöttischen Neigung des Kopfes. »Du bist schön wie immer. Hast du dich endlich entschieden, dich dem Willen meines Herrn zu beugen?« Sein Blick war widerlich.

»Nein, Ctuchik«, sagte sie kalt. »Ich kam, um Gerechtigkeit zu sehen.«

»Gerechtigkeit?« Er lachte geringschätzig. »Das gibt es nicht, Polgara. Die Starken tun, was ihnen gefällt, und die Schwachen gehorchen. Das hat mein Meister mich gelehrt.«

»Und sein entstelltes Gesicht hat dich nichts anderes gelehrt?« Das Gesicht des Hohepriesters verfinsterte sich kurz, aber er schüttelte den Ärger schnell ab. »Ich würde euch gerne Sitzgelegenheiten und vielleicht eine Erfrischung anbieten«, fuhr er mit derselben rauhen Stimme fort, »aber ich fürchte, ihr bleibt nicht so lange.« Er betrachtete der Reihe nach die anderen. »Deine Gruppe scheint geschrumpft zu sein, Belgarath«, stellte er fest. »Ich hoffe, du hast unterwegs niemanden verloren.«

»Sie sind alle wohlauf, Ctuchik«, versicherte Belgarath. »Aber ich bin sicher, daß sie alle deine Anteilnahme zu schätzen wissen.«

»Alle?« fragte Ctuchik geziert. »Ich sehe den Flinken Dieb

und den Mann mit den Zwei Leben und den Blinden Mann, aber ich sehe die anderen nicht. Wo sind der Schreckliche Bär und der Ritter? Der Herr der Pferde und der Bogenschütze? Und die Damen? Wo sind sie – die Königin der Welt und die Mutter des Volkes, das nicht mehr ist?«

»Alle wohlauf, Ctuchik«, antwortete Belgarath. »Alle wohlauf.«

»Wie bemerkenswert. Ich war fast sicher, daß du mittlerweile ein oder zwei von ihnen verloren hättest. Ich bewundere deine Hartnäckigkeit, alter Mann – sich über Jahrhunderte hinweg an eine Prophezeiung zu klammern, die zusammengebrochen wäre, wenn auch nur ein einziger Vorfahr zur falschen Zeit gestorben wäre.« Seine Augen schienen kurz in die Ferne zu sehen. »Ach«, sagte er. »Ich verstehe. Du hast sie als Wache unten gelassen. Das war nicht nötig, Belgarath. Ich habe Befehl gegeben, daß wir nicht gestört werden.«

Dann ruhten die Augen des Hohepriesters auf Garion. »Belgarion«, sagte er fast höflich. Trotz des Gesangs, der seine Adern durchströmte, spürte Garion eine plötzliche Kälte, als die böse Macht des Hohepriesters seinen Geist berührte. »Du bist jünger, als ich dachte.«

Garion starrte ihn feindselig an und konzentrierte seinen Willen, um jeden Überraschungsangriff des alten Mannes am Tisch abwehren zu können.

»Du würdest deinen Willen gegen meinen stellen, Belgarion?« Ctuchik schien belustigt. »Du hast Chamdar zwar verbrannt, aber er war ein Narr. Ich wäre ein ungleich stärkerer Gegner. Sag mir, Knabe, hat es dir Spaß gemacht?«

»Nein«, antwortete Garion, noch immer bereit.

»Mit der Zeit wirst zu lernen, Spaß daran zu haben«, sagte Ctuchik mit bösem Grinsen. »Deinen Feind schreiend und sich windend in den Klauen deines Geistes zu sehen, ist eine der befriedigendsten Belohnungen der Macht.« Er blickte wieder zu Belgarath hinüber. »Und so bist du schließlich gekommen, um mich zu zerstören?« fragte er spöttisch.

»Wenn es sein muß, ja. Es hat lange gedauert, Ctuchik.«

»Ja, nicht wahr? Wir sind uns sehr ähnlich, Belgarath. Ich habe mich fast so sehr auf diese Begegnung gefreut wie du. Ja, wir sind uns sehr ähnlich. Unter anderen Umständen hätten wir vielleicht sogar Freunde werden können.«

»Das bezweifle ich. Ich bin ein einfacher Mann, und einige deiner Spielereien sind etwas zu raffiniert für meinen Geschmack.«

»Erspare mir das, bitte. Du weißt so gut wie ich, daß es für uns keine Grenzen gibt.«

»Vielleicht, aber ich ziehe es vor, mir meine Freunde etwas sorgfältiger auszusuchen.«

»Du wirst langweilig, Belgarath. Sag den anderen, daß sie heraufkommen sollen.« Ctuchik zog ironisch eine Augenbraue hoch. »Möchtest du nicht, daß sie zusehen, wie du mich zerstörst? Denk nur, wie ihre Bewunderung für dich steigen wird.«

»Da wo sie sind, sind sie gut aufgehoben«, sagte Belgarath.

»Sei nicht so umständlich. Du wirst mir doch nicht die Gelegenheit verweigern, der Königin der Welt meine Ehrerbietung zu erweisen.« Ctuchiks Stimme war spöttisch. »Ich verlange danach, ihre ausgesuchte Schönheit zu sehen, ehe du mich tötest.«

»Ich bezweifle, daß ihr viel daran liegt, Ctuchik. Aber ich werde ihr deine Grüße übermitteln.«

»Ich bestehe darauf, Belgarath. Es ist nur eine kleine Bitte – leicht erfüllt. Wenn du sie nicht rufst, tue ich es.«

Belgaraths Augen wurden schmal, dann grinste er plötzlich. »Das ist es also«, sagte er leise. »Ich habe mich schon gewundert, weshalb du dir die Mühe gemacht hast, uns so einfach durchkommen zu lassen.«

»Aber das spielt jetzt keine Rolle mehr, weißt du«, schnurrte Ctuchik. »Du hast deinen letzten Fehler gemacht, alter Mann. Du hast sie nach Rak Cthol gebracht, und das ist alles, was ich brauche. Deine Prophezeiung stirbt hier und jetzt, Belgarath – und du mit ihr, denke ich.« Die Augen des Hohepriesters flackerten triumphierend auf, und Garion fühlte, wie die finstere Macht Ctuchiks ausgesandt wurde, um zu suchen.

Belgarath tauschte einen raschen Blick mit Tante Pol aus und blinzelte ihr listig zu.

Ctuchiks Augen wurden plötzlich weit, als sein Geist durch die unteren Etagen des Turmes suchte und sie leer fand. »Wo ist sie?« fragte er entgeistert mit einer Stimme, die fast schon ein Kreischen war.

»Die Prinzessin konnte leider nicht mit uns kommen«, antwortete Belgarath sanft. »Aber sie läßt ihre Entschuldigung ausrichten.«

»Du lügst, Belgarath. Du hättest es nie gewagt, sie zurückzulassen. Es gibt keinen Platz auf der Welt, wo sie sicher wäre.«

»Nicht einmal in den Höhlen von Ulgo?«

Ctuchik erbleichte. »Ulgo?« keuchte er.

»Armer alter Ctuchik«, sagte Belgarath, in spöttischem Bedauern den Kopf schüttelnd. »Ich fürchte, du gehst unter. Dein Plan war nicht schlecht, aber hast du nie überprüft, ob die Prinzessin auch wirklich bei uns war, ehe du mich so dicht an dich herangelassen hast?«

»Einer der anderen tut es genausogut«, behauptete Ctuchik. Seine Augen funkelten vor Wut.

»Nein«, widersprach Belgarath. »Die anderen sind alle unangreifbar. Ce'Nedra ist die einzig verwundbare, und sie ist in Prolgu – unter dem Schutz von UL selbst. Du kannst *das* versuchen, wenn du willst, aber ich würde es dir nicht raten.«

»Fluch über dich, Belgarath!«

»Warum gibst du mir jetzt nicht einfach das Auge, Ctuchik?« schlug Belgarath vor. »Du weißt, daß ich es dir wegnehmen kann, wenn ich muß.«

Ctuchik bemühte sich, seine Selbstbeherrschung wiederzufinden. »Laß uns nichts überstürzen, Belgarath«, sagte er nach einem Moment. »Was gewinnen wir denn, wenn wir uns gegenseitig zerstören? Wir haben Cthrag Yaska in unserem Besitz. Wir könnten die Welt zwischen uns aufteilen.«

»Ich will nicht die halbe Welt, Ctuchik.«

»Du willst sie ganz?« Ein kurzes, wissendes Lächeln glitt über Ctuchiks Gesicht. »Das wollte ich auch einmal, aber ich gebe mich mit der Hälfte zufrieden.«

»Ich will sie eigentlich überhaupt nicht.«

Ctuchiks Gesicht nahm einen leicht verzweifelten Ausdruck an. »Was willst du dann, Belgarath?«

»Das Auge«, antwortete Belgarath unerbittlich. »Gib es mir, Ctuchik.«

»Warum vereinigen wir nicht unsere Kräfte und benutzen das Auge, um Zedar zu zerstören?«

»Wozu?«

»Du haßt ihn genauso wie ich. Er hat deinen Meister verraten. Er hat euch Cthrag Yaska gestohlen.«

»Er hat sich selbst verraten, Ctuchik, und ich glaube, das quält ihn manchmal. Sein Plan, das Auge zu stehlen, war allerdings sehr schlau.« Belgarath blickte nachdenklich auf den kleinen Jungen, der vor dem Tisch stand und auf die eiserne Schatulle mit dem Auge sah. »Ich frage mich, wo er dieses Kind gefunden hat«, grübelte er. »Unschuld und Reinheit sind natürlich nicht ganz dasselbe, aber sie liegen dicht beisammen. Es muß Zedar große Mühe gekostet haben, ein völlig unschuldiges Kind aufzuziehen. Denk nur an all die Impulse, die er hat unterdrücken müssen.«

»Deswegen habe ich *ihn* das auch tun lassen«, sagte Ctuchik. Der kleine blonde Junge, der anscheinend begriff, daß sie über ihn sprachen, sah die beiden alten Männer an. In seinen Augen stand absolutes Vertrauen.

»Der Punkt ist, daß ich Cthrag Yaska – das Auge – noch immer habe«, sagte Ctuchik, lehnte sich in seinem Sessel zurück und legte eine Hand auf die Schatulle. »Wenn du versuchst, es zu nehmen, werde ich dich bekämpfen. Keiner von uns kann mit Sicherheit sagen, wie das ausgehen würde. Warum also das Risiko eingehen?«

»Was nützt es dir? Selbst wenn es dir gehorchen würde, was dann? Würdest du Torak aufwecken und es *ihm* übergeben?«

»Man könnte darüber nachdenken. Aber Torak schläft nun seit fünf Jahrhunderten, und die Welt kommt auch sehr gut ohne ihn aus. Ich kann mir nicht vorstellen, daß es viel Sinn hat, ihn gerade jetzt zu stören.«

»Dann bliebest du also im Besitz des Auges.«

Ctuchik zuckte die Achseln. »Einer muß es ja haben. Warum also nicht ich?«

Er lehnte noch immer in seinem Sessel, anscheinend völlig

gelassen. Es gab keine warnende Bewegung, keine Gefühlsregung, als er zuschlug.
Es kam so schnell, daß es keine Woge, sondern ein Hieb war, und das begleitende Geräusch war nicht das inzwischen vertraute Dröhnen, sondern ein Donnerschlag. Garion wußte, wenn dieser Hieb auf ihn gerichtet gewesen wäre, hätte er ihn getötet. Aber er war nicht auf ihn gerichtet. Er zielte statt dessen auf Belgarath. Eine Schrecksekunde lang sah Garion seinen Großvater verschlungen von einem Schatten, der schwärzer als die Nacht war. Dann zerbarst der Schatten wie ein Kristallbecher und versprühte Splitter der Dunkelheit. Mit grimmiger Miene stand Belgarath vor seinem alten Feind. »Ist dies das Beste, was du bieten kannst, Ctuchik?« fragte er, während sein eigener Wille bereits zuschlug.
Ein sengendes blaues Licht umgab plötzlich den Grolim, schloß ihn ein, schien ihn mit seiner Intensität zu zermalmen. Der schwere Sessel, in dem er gesessen hatte, barst in Stücke, als ob ein ungeheures Gewicht auf ihm gelastet hätte. Ctuchik fiel zwischen die Bruchstücke seines Sessels und schob das blaue Licht mit beiden Händen von sich. Er torkelte auf die Füße und antwortete mit Flammen. Einen schrecklichen Augenblick lang dachte Garion an Asharak, der im Wald der Dryaden verbrannt war, aber Belgarath fegte das Feuer hinweg und, entgegen seiner einstigen Behauptung, daß der Wille und das Wort keine Gesten benötigten, hob er seine Hand und schmetterte Blitze auf Ctuchik.
Der Zauberer und der Magier standen sich in der Mitte des Raums gegenüber, umgeben von zuckenden Blitzen und Flammenzungen und Dunkelheit. Garions Geist wurde gefühllos unter den wiederholten Detonationen reiner Energie, während die beiden kämpften. Er spürte, daß ihr Kampf nur teilweise sichtbar war und Schläge ausgeteilt wurden, die er nicht sehen – ja, sich nicht einmal vorstellen konnte. Die Luft in dem Turmzimmer schien zu knistern und zu zischen. Seltsame Bilder tauchten auf und verschwanden, flackerten an den Grenzen des Sichtbaren – riesige Gesichter, gewaltige Hände und Dinge, für die Garion keinen Namen hatte. Der Turm selbst

erzitterte, als die beiden furchtbaren alten Männer das Gewebe der Wirklichkeit aufrissen, um nach Waffen der Einbildung und Täuschung zu greifen.

Ohne zu überlegen, begann Garion, seinen Willen zu konzentrieren und seinen Geist auf ein Ziel zu richten. Er mußte dem ein Ende setzen. Die Ausläufer der Hiebe trafen ihn und die anderen. Jenseits aller Vernunft inzwischen, ließen Belgarath und Ctuchik, blind vor Haß, Kräfte frei, die sie alle töten konnten.

»Garion! Halt dich da raus!« Tante Pols Stimme war so schrill, daß er sie kaum erkannte. »Sie sind noch innerhalb der Grenzen. Wenn du noch irgend etwas hineinwirfst, wirst du sie beide zerstören.« Sie winkte den anderen heftig zu. »Geht zurück – alle. Die Luft um sie herum ist regelrecht lebendig.«

Ängstlich zogen sie sich an die Rückwand des Turmzimmers zurück.

Der Zauberer und der Magier standen nun kaum noch ein paar Schritte voneinander entfernt, ihre Augen schossen Blitze, ihre Macht wogte hin und her. Die Luft zischte, ihre Gewänder qualmten.

Dann fiel Garions Blick auf den kleinen Jungen. Er beobachtete alles mit ruhigen, verständnislosen Augen. Er zuckte nicht zusammen und wich auch nicht zurück bei den entsetzlichen Geräuschen und Bildern, die um ihn herum tobten. Garion spannte sich, um vorwärts zu stürmen und das Kind in Sicherheit zu bringen, aber im selben Moment wandte sich der kleine Junge dem Tisch zu. Ganz ruhig ging er durch eine plötzlich auftauchende Wand aus grünem Feuer, die vor ihm in die Luft schoß. Entweder sah er sie nicht, oder er fürchtete sie nicht. Er erreichte den Tisch, stellte sich auf die Zehenspitzen, öffnete den Deckel und griff in die Schatulle, die Ctuchik so lange angestarrt hatte. Er hob einen runden, grauen, polierten Stein heraus. Im gleichen Augenblick fühlte Garion wieder das klingende Glühen, so stark, daß es ihn fast überwältigte. Seine Ohren waren erfüllt von dem brausenden Gesang.

Er hörte, wie Tante Pol nach Atem rang.

Den grauen Stein wie einen Ball in beiden Händen haltend,

drehte sich der kleine Junge um und ging direkt auf Garion zu. Seine Augen waren voller Vertrauen, das kleine Gesichtchen zuversichtlich. Der polierte Stein reflektierte die zuckenden Blitze des entsetzlichen Kampfes, der im Zimmer tobte, aber es war noch ein anderes Licht um ihn. Tief drinnen stand ein intensiv azurblauer Glanz, ein Licht, das weder flackerte noch sich veränderte, ein Licht, das stetig stärker wurde, als der Junge sich Garion näherte. Das Kind blieb stehen, hob die Hände und hielt ihn Garion hin. Es lächelte und sagte ein einziges Wort: »Botschaft.«
Ein Bild zuckte durch Garions Geist, ein Bild unkontrollierter Angst. Er wußte, daß er direkt in Ctuchiks Geist blickte. Da war ein Bild – ein Bild, in dem Garion den glühenden Stein in der Hand hielt –, und dieses Bild entsetzte den Grolim. Garion fühlte, wie Wellen der Angst auf ihn zuströmten. Bewußt und ganz langsam streckte er die rechte Hand nach dem Stein aus, den der Junge ihm hinhielt. Das Zeichen in seiner Hand drängte nach dem Stein, und der Chor in seinem Geist schwoll an zu seinem mächtigen Crescendo.
Schon als er die Hand ausstreckte, spürte er die plötzliche, irrationale, animalische Panik in Ctuchik.
Die Stimme des Grolims war nur noch ein heiserer Schrei. »*Sei nicht*!« schrie er verzweifelt, und richtete seine ganze furchtbare Kraft auf den Stein in der Hand des Kindes.
Für einen schockierenden Moment erfüllte ein tödliches Schweigen den Turm. Selbst Belgaraths Gesicht, gezeichnet von dem entsetzlichen Kampf, drückte Schrecken und Unglauben aus.
Das blaue Glühen im Herzen des Steins schien sich zusammenzuballen. Dann flammte es wieder auf.
Ctuchik, mit zerzaustem Haar und Bart, stand mit weitaufgerissenen Augen und vor Grauen offenstehendem Mund da. »Ich habe es nicht so gemeint!« heulte er. »Ich habe nicht...«
Aber eine neue und viel gewaltigere Macht befand sich nun im Raum. Die Kraft strahlte kein Licht aus und drückte auch nicht gegen Garions Geist. Statt dessen schien sie an ihm zu ziehen, als sie sich über dem entsetzten Ctuchik schloß.

Der Hohepriester schrie wie wahnsinnig. Dann schien er sich erst auszudehnen, dann wieder zusammenzuballen und wieder auszudehnen. Risse erschienen auf seinem Gesicht, als hätte er sich plötzlich in Stein verwandelt, und der Stein würde unter der gewaltigen Kraft, die in ihm aufwallte, zerbersten. In diesen grauenhaften Rissen und Sprüngen sah Garion nicht Fleisch und Blut, sondern nur lodernde Energie. Ctuchik begann zu glühen, heller, immer heller. Er hob flehend die Hände. »Helft mir!« schrie er. Er kreischte ein langes, verzweifeltes »NEIN!« Und dann, mit einem ohrenbetäubenden Geräusch, lauter als jeder Lärm, explodierte der Jünger Toraks ins Nichts.
Zu Boden geworfen von der furchtbaren Wucht, taumelte Garion gegen die Wand. Ohne zu überlegen ergriff er den kleinen Jungen, der wie eine Puppe gegen ihn geschleudert worden war. Der runde Stein polterte und schepperte gegen die Wand. Garion wollte ihn auffangen, doch Tante Pols Hand schloß sich um sein Handgelenk. »Nein!« sagte sie. »Faß es nicht an. Es ist das Auge.«
Garions Hand erstarrte.
Der kleine Junge entwand sich seinem Griff und lief hinter dem rollenden Auge her. »Botschaft.« Er lachte triumphierend, als er es auffing.
»Was ist passiert?« murmelte Silk, kam auf die Füße und schüttelte den Kopf.
»Ctuchik hat sich selbst vernichtet«, sagte Tante Pol und stand ebenfalls auf. »Er hat versucht, das Auge ungeschehen zu machen.« Sie sah rasch zu Garion. »Hilf mir mit deinem Großvater.«
Belgarath hatte fast im Zentrum der Explosion gestanden, die Ctuchik vernichtet hatte. Der Druck hatte ihn halb durch den Raum geschleudert. Nun lag er mit offenen Augen und angesengtem Haar und Bart am Boden.
»Steh auf, Vater«, drängte Tante Pol, über ihn gebeugt.
Der Turm begann zu beben, und der riesige Basaltfelsen, an dem er klebte, schwankte. Ein gewaltiges Dröhnen echote aus der Erde. Stein- und Mörtelbrocken regneten von den Wänden

des Zimmers nieder, als die Erde selbst im Nachhall von Ctuchiks Zerstörung erzitterte.

In den tieferliegenden Räumen wurde die starke Tür aufgestoßen, und Garion hörte schwere Schritte. »Wo seid ihr?« brüllte Barak.

»Hier oben«, rief Silk die Treppe hinab.

Barak und Mandorallen stürzten die Treppe hinauf. »Raus hier!« brüllte Barak. »Der Turm bricht von dem Felsen los. Der Tempel oben stürzt ein, und in der Decke, wo der Turm an den Felsen grenzt, ist schon ein breiter Riß.«

»Vater!« sagte Tante Pol scharf. »Du mußt aufstehen!«

Belgarath starrte sie verständnislos an.

»Heb ihn auf!« fuhr sie Barak an.

Es gab ein furchtbares Knirschen, als die Steine, die den Turm mit der Felswand verbanden, sich unter dem Druck der erschütterten Erde zu lösen begannen.

»Dort!« sagte Relg alarmiert. Er deutete auf die Rückwand des Turms, wo die Steine bereits barsten und splitterten. »Kannst du die Wand öffnen? Dahinter ist eine Höhle.«

Tante Pol sah rasch auf, richtete ihre Augen auf die Wand und wies mit einem Finger darauf. »Zerspringe!« befahl sie. Die Steinwand wurde in die dahinterliegende Höhle geworfen wie ein Heuballen im Sturm.

»Er reißt ab!« schrie Silk mit schriller Stimme. Er zeigte auf einen breiter werdenden Riß zwischen dem Turm und dem massiven Gestein des Felsens.

»Springt!« brüllte Barak. »Beeilt euch!«

Silk schoß über den Spalt und wirbelte herum, um Relg aufzufangen, der ihm blindlings gefolgt war. Durnik und Madorallen, mit Tante Pol zwischen sich, sprangen, als der gähnende Spalt sich noch weiter verbreiterte. »Los, Junge!« befahl Barak Garion. Den immer noch halb bewußtlosen Belgarath über der Schulter, stürmte der große Cherek auf die Spalte zu.

»*Das Kind*!« krächzte die Stimme in Garions Geist, jetzt nicht länger trocken oder uninteressiert. »*Rette das Kind, oder alles, was je geschehen ist, wird bedeutungslos*!«

Garion keuchte, als ihm plötzlich der kleine Junge wieder

Unterirdische Verliese und Gangsysteme erforschen, Auseinandersetzungen mit Bösewichtern aller Art, das kluge Umgehen von gefährlichen Stellen oder gar Fallen, Duelle zwischen mächtigen Magiern, kurz Fantasieabenteuer im ursprünglichen Sinne sind nicht nur Romanhelden vom Schlage eines Garion oder Belgarath vorbehalten.
Auch Sie selbst können solche Abendteuer erleben! Und zwar indem Sie in die Rolle einer dieser Figuren schlüpfen und spannende Handlungen wie die eben gelesene nachvollziehen. Sie brauchen dazu nur das fantastische Rollenspiel »Das schwarze Auge«, das Anfängern wie auch den Fortgeschrittenen des immer populärer werdenden Rollenspiels die besten Möglichkeiten bietet.

Bitte umblättern ☞

Droemer Knaur

Das Schwarze Auge©

Ein fantastisches Fantasie-Spielvergnügen in neuen Dimensionen!

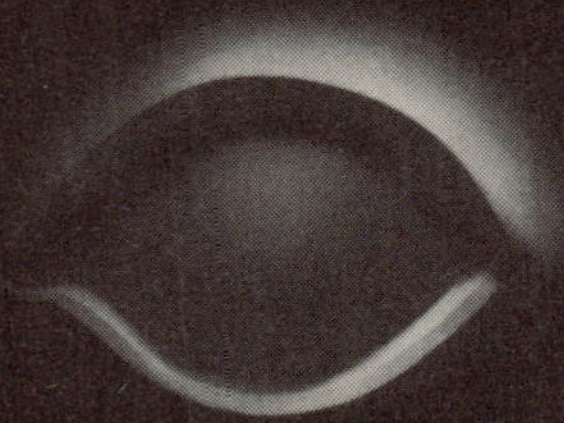

Lieben Sie fantastische Literatur, die Welt der Sagen und Mythen? Dann werden Sie an den Rollen-Spielen des »Schwarzen Auges« Ihre wahre Freude haben.
Sie schlüpfen in eine neue, aufregende Rolle. »Das Schwarze Auge« entführt Sie in eine geheimnisvolle, magische Welt.
Was Sie brauchen, sind Mut, Fantasie, ein paar wackere Mitspieler und – das Abenteuer-Basis-Spiel.
Es enthält alles, um nach Aventurien, in das Reich des »Schwarzen Auges« aufzubrechen und das erste Abenteuer zu bestehen.

Wenn Sie mehr über »Das Schwarze Auge« wissen wollen – Ihr Buchhändler informiert Sie gern. Fragen Sie ihn nach dem ausführlichen Prospekt – oder fordern Sie diesen direkt an bei:

Droemer Knaur Verlag
Postfach 80 04 80
8000 München 80

einfiel. Er drehte sich um und rannte zurück in den sich langsam neigenden Turm. Er riß den Jungen in seine Arme und lief mit ihm auf das Loch zu, das Tante Pol in den Fels gesprengt hatte. Barak sprang hinüber, und taumelte einen schrecklichen Moment lang auf dem gegenüberliegenden Rand. Noch beim Laufen mobilisierte Garion seine Kraft. In dem Moment, in dem er sprang, ließ er seinen Willen los. Mit dem Kind im Arm flog er regelrecht über den gähnenden Abgrund und landete in Baraks breitem Rücken.

Der kleine Junge, das Auge Aldurs schützend gegen seine Brust gedrückt, lächelte zu ihm auf. »Botschaft?« fragte er.

Garion drehte sich um. Der Turm lehnte sich jetzt weit von dem Basaltfelsen weg, die tragenden Steine barsten und rissen sich von der Felswand los. Donnernd kippte er. Und dann, in einem Regen von Bruchstücken aus Toraks Tempel, brach er ganz ab und fiel in den Abgrund.

Der Boden der Höhle, in der sie sich befanden, bebte, als die Erde zitterte und Erschütterung um Erschütterung durch die riesige Basaltsäule lief. Große Mauerstücke Rak Cthols brachen los und flogen im roten Licht der aufgehenden Sonne an der Öffnung der Höhle vorbei.

»Sind alle da?« fragte Silk und sah sich rasch um. Als er alle in Sicherheit wußte, setzte er hinzu: »Wir gehen besser ein Stück von der Öffnung weg. Dieser Teil des Berges scheint nicht sehr stabil zu sein.«

»Sollen wir jetzt wieder absteigen?« fragte Relg Tante Pol. »Oder möchtest du lieber warten, bis die Erschütterungen nachlassen?«

»Wir sollten jetzt gehen«, meinte Barak. »Sobald das Beben aufhört, werden die Höhlen von Murgos nur so wimmeln.«

Tante Pol warf einen Blick auf den halb bewußtlosen Belgarath, dann richtete sie sich auf. »Wir steigen hinunter«, entschied sie. »Wir müssen sowieso noch halt machen und die Sklavin mitnehmen.«

»Sie ist bestimmt schon tot«, sagte Relg rasch. »Das Erdbeben hat wahrscheinlich die Decke ihrer Höhle zum Einsturz gebracht.«

Tante Pols Augen waren hart, als sie ihm voll ins Gesicht sah. Kein lebender Mensch konnte diesen Blick lange ertragen. Relg senkte die Augen. »Schon gut«, sagte er finser. Er drehte um und führte sie in die dunkle Höhle zurück, während das Erdbeben unter ihren Füßen dröhnte und rumpelte.

Hier endet das dritte Buch vom AUGE ALDURS
Buch Vier, »Turm der Hexerei«

eröffnet Garion und Ce'Nedra zum erstenmal ihr Erbe, während die Prophezeiung sich langsam erfüllt und Garion herausfindet, daß es noch kompliziertere Dinge als die Zauberei gibt.

Science Fiction Fantasy **Knaur®**

Taschenbücher

Reisen ans Ende des Bewußtseins

David Eddings

Die Prophezeiung des Bauern

272 Seiten – Band 5791

Band 1 der Saga vom Auge Aldurs

Vor vielen Jahrhunderten, als die Welt noch jung war, formte der Gott Aldur aus einem Stein ein magisches Juwel, das ungeheure Macht verlieh, in den falschen Händen aber seinen Besitzer und die ganze Welt vernichten konnte. Aldurs Bruder Torak dürstete es nach der Vorherrschaft unter den sieben Göttern – er stahl den Stein und entzweite mit dieser Tat Götter und Menschen. Es kam zu einem fürchterlichen Krieg, und Torak setzte das Auge Aldurs, jenen magischen Stein, als Waffe ein, aber das Juwel verbrannte und entstellte ihn, so daß er vor Gram und Schmerz in tiefen Schlaf sank. Die Menschen des Westens eroberten das Auge Aldurs und brachten es nach Riva. Solange es dort liegen würde, so lautete die Prophezeiung, würde die Menschheit sicher sein.
Für den Bauernjungen Garion war das nur eine alte Geschichte – er glaubte nicht an ein magisches Schicksal der Menschen. Aber eines Tages war das Auge Aldurs aus Riva verschwunden, und für Garion wurde der Mythos bitterer Ernst. Zusammen mit dem Zauberer Belgarath und dessen Tochter Polgara machte er sich auf die Suche nach dem magischen Stein, der dem finsteren Gott Torak nicht in die Hände fallen dürfte …

Science Fiction Fantasy

Knaur

Taschenbücher

Reisen ans Ende des Bewußtseins

David Eddings

Die Zaubermacht der Dame

384 Seiten – Band 5792

Band 2 der Saga vom Auge Aldurs

Als die Welt noch jung war, raubte der böse Gott Torak das Auge Aldurs und floh damit, denn er trachtete nach der Herrschaft. Das Auge widerstand ihm, und sein Feuer fügte ihm schreckliche Verbrennungen zu. Aber er mochte es nicht aufgeben, denn es war ihm teuer …

So oder ähnlich beginnen die alten Legenden, die dann von der Niederlage Toraks künden und vom Triumph der Alorner, die das Auge Aldurs – diesen seltsamen Stein der Macht – nach Riva brachten und Toraks Truppen schlugen.
Aber nun, Jahrtausende nach diesen Ereignissen, ist das Auge Aldurs aus Riva verschwunden und droht dem bösen Gott erneut in die Hände zu fallen. Um dies und damit die sichere Vernichtung der Völker des Westens zu verhindern, machen sich der Zauberer Belgarath und seine Tochter Polgara auf die Suche nach dem Auge. Und mit ihnen zieht der junge Garion, der magische Kräfte in sich spürt …

Dieser Roman ist das zweite Buch der fünfbändigen Fantasy-Saga vom Auge Aldurs, die lange Zeit auf der amerikanischen Bestsellerliste stand und die von begeisterten Lesern mit Tolkiens RING-Trilogie verglichen wird.

Science Fiction Fantasy **Knaur®**

Taschenbücher

Reisen ans Ende des Bewußtseins

Marta Randall

Die Reiter von Jentesi

320 Seiten – Band 5796

Fürst Gambin von Jentesi liegt im Sterben. Der Herrscher Chereks hatte mit starker Hand regiert, aber nun herrscht nur noch Chaos. Gambins Erben werden vor nichts zurückschrecken, um den todkranken Fürsten zu zwingen, seinen Nachfolger zu bestimmen. Inmitten eines Labyrinths aus Intrigen und Manipulationen schließt sich ein Netz des Verrats um Lyeth, die Reiterin des Fürsten. Lyeth ist zwar auf Gambin eingeschworen, doch sie haßt den grausamen Mann. Dennoch sieht sie sich zum Eingreifen gezwungen, denn ein grausiges Verbrechen bedroht die Reitergilde von Jentesi und stellt die Zukunft ihrer Welt in Frage …

Science Fiction Fantasy **Knaur®**

Taschenbücher

Reisen ans Ende des Bewußtseins

Fred Saberhagen

Das erste Buch der Schwerter

272 Seiten – Band 5791

Der Ton steigerte sich zu einem schrillen Kreischen. Er kam von dem Schwert in den Händen seines Bruders. In der Luft war ein sichtbares Phänomen entstanden.
Dann kam der Speerstoß. Der Ton in der Luft schwoll abrupt an, als der Speer in den verwischten Schimmer eindrang, in dem das Schwert seitwärts parierte. Mark sah, wie die Speerspitze wirbelnd durch die Luft flog, und mit ihr ein handbreites Stück des sauber durchtrennten Schaftes. Noch bevor die Spitze zu Boden fiel, hatte Stadtretter im Rückschwung das Kettenhemd von der Brust des Speerträgers gerissen, so daß die feinen Stahlglieder umherflogen wie eine Handvoll sommerlicher Blütenfedern …

Jahrtausende nach einem Krieg, der so schrecklich war, daß er die Naturgesetze außer Kraft setzte, schreiten wieder Götter und Riesen auf der Erde einher und treiben ihr grausames Spiel mit den Menschen …

Der erste Band eines neuen, meisterhaften Fantasy-Epos.

Science Fiction Fantasy **Knaur®**

Taschenbücher

Reisen ans Ende des Bewußtseins

Jo Clayton

Unter den magischen Monden

304 Seiten – Band 5787

Duell der Magier I

Serroi war eine Ausgestoßene ihres Volkes, sie paßte nicht zu den Windrennern: Sie war zu klein, hatte olivfarbene Haut und seltsam geschärfte Sinne. Also schloß sie sich dem Orden an und wurde zu einer *meie*, einer ausgebildeten Kriegerin. Aber sie mußte den Schwur brechen, den sie abgelegt hatte, denn sie wurde unfreiwillig Zeugin eines Mordplans. Der Domnor sollte getötet werden, wenn die magischen Monde beieinanderstanden und der Zugang zur Welt der Dämonen günstig war. Serroi ist jedoch nur eine kleine Figur in einer gigantischen Auseinandersetzung mystischer Mächte. Abwechselnd wird sie von den beiden Kontrahenten geführt: Ser Noris, dem Herrscher der Inseln der Zauberer und schurkischsten Magier aller Zeiten, und Reikijanja, auch Jungfrau oder Hexe genannt und Inbegriff des Wechsels von Leben und Tod und der komplexen Bahn der Monde, der Phönix aus der Asche und der gute Geist der Natur. Wie dieser Machtkampf ausgehen wird, vermag noch niemand zu sagen, aber eines zeichnet sich von Anfang an ab: Er wird das Schicksal von Serrois Welt entscheiden.